C000293415

Chester Rock

In Samuels Augen

2. Auflage

© 2019 Impressum Mitwirkende

Verlag: Haffner Verlag, Eschenstrasse 3, 85464
Neufinsing

ISBN
Paperback: 978-3-9821432-0-0
Hardcover: 978-3-9821432-1-7
e-Book: 978-3-9821432-2-4

Das Werk, einschließlich seiner Teile, ist urheber-
rechtlich geschützt. Jede Verwertung ist ohne Zustimmung des Verlages und des Autors unzulässig.
Dies gilt insbesondere für die elektronische oder
sonstige Vervielfältigung, Übersetzung, Verbreitung
und öffentliche Zugänglichmachung.

Vorwort:

Was wäre, wenn meine Geschichte, meine Fiktion, real werden würde?

Was wäre, wenn das, was ich hier aufgeschrieben habe, tatsächlich ein Teil der realen Welt außerhalb dieses Buches werden würde?

Stellen Sie sich vor, Ihre Augen befreien sich von diesen Zeilen, blicken über den Rand dieses Buches hervor und Sie sehen das, was hier geschrieben steht. Wie ein Sachbuch über den Strand in Cala Millor, welches Sie in Cala Millor am Strand verschlingen.

Ein Buch über die Finsternis, das Sie in der Nacht lesen, oder ein Sachbuch über Katzen, das Sie lesen, während Sie Ihren pelzigen Mitbewohner streicheln.

Beten wir zusammen dafür, dass diese Fantasie eines Schreiberlings eine Fiktion bleibt.

Inhaltsverzeichnis:

Kapitel 1 – Gute Zeiten

Die Minuten schienen schier unendlich zu sein. Eine irrwitzige Odyssee, die der siebzehnjährige Samuel Stromer tagtäglich durchleiden musste. Immer und immer wieder starrte der Junge mit dem langen blonden Haar auf seine teure Uhr. Und letztendlich geschah es doch ... Wie jeden Tag ertönte auch an diesem Dienstag die Glocke der Freiheit.

BING

Lautstark und in einem atemberaubenden Tempo packten die Schüler der St. Stanley Highschool ihre Taschen und verließen fluchtartig das Schulgebäude. Wie jeden Tag schienen die letzten Minuten und Sekunden vor dem finalen Gong nicht vergehen zu wollen.

»Ja, das war's. Aus. Finito. Game over.« Und wie nach jedem Schultag ließ sein bester Freund Ricco die gleichen abgedroschenen Floskeln von sich.

Die beiden Freunde verließen das Klassenzimmer und fanden sich wenige Minuten später vor dem Schulgelände auf dem Pausenhof wieder. An jenem

14. Mai des Jahres 2008 schien es das Wetter gut gemeint zu haben. Die milde Frühlingsluft wehte den beiden durchs Haar und ließ unvermeidlich

Gedanken an den nahenden Sommer aufkommen.

»Oje, was für ein Mist. Ich hab's verbockt. Wochenlang habe ich mich Abend für Abend auf diese Schulaufgabe nicht vorbereitet und jetzt habe ich es tatsächlich verbockt«, sagte Ricco schmollend und fuhr sich mit einer übertrieben verzweifelten Geste durch sein kurzes schwarzes Haar.

Es dauerte einen kleinen Moment, bis Samuel den Satz seines besten Freundes verstand, und wenige Sekunden danach lachten die beiden laut prustend los.

Das Leben konnte schön sein in New Jersey. Besonders wenn man noch zur Schule ging und Eltern hatte, die stets für ein warmes Bett und das leibliche Wohl sorgten. Samuel konnte besten Gewissens behaupten, dass das Jahr 2008 das schönste seiner bisherigen Jugendzeit war. Keine Probleme und Sorgen nagten an ihm und selbst die kleinen Hürden, die er zu meistern hatte, nahm er mit links und lächelte dabei.

»Was steht heute an, Sam?«, fragte Ricco und sah sich den Aufkleber, der an seinem Rucksack heftete, genauer an. Seine Lieblingsband Aerosmith war darauf zu sehen und immer wenn Ricco sich das Bild ansah, wusste er, dass er auch einmal ganz weit oben stehen würde. Irgendwie … irgendwann.

»Weiß nicht. Wir könnten zum Bolzplatz fahren. Ein bisschen Fußballspielen?«

Ricco dachte einen kleinen Moment über den Vorschlag seines Freundes nach und nickte.

»Um 16:00 Uhr?«

»Machen wir lieber eine Stunde vor fünf«, grübelte Sam laut und blickte seinen Freund kritisch an.

»Idiot ... Bis dann«, lachte Ricco und mit diesen Worten verabschiedeten sich die beiden und jeder ging seines Weges.

»Hi, Mum!«

Es war immer das gleiche Ritual bei den Stromers. Gegen 14:00 Uhr kam Samuel von der Schule und seine Mutter begrüßte ihn mit fröhlichen Worten und einer kulinarischen Köstlichkeit, die sie Tag für Tag auf den Tisch zauberte. Pamela war eine stolze Mutter und fleißige Hausfrau. Sie tat das, was wahrscheinlich Millionen von Frauen auf der ganzen Welt taten. Sie umsorgte ihre Familie mit all ihrer Kraft und Liebe, die sie besaß. Viele Menschen schätzten den 24-Stunden-Job einer Hausfrau und Mutter, andere hingegen sprachen in ihrer Unwissenheit vom ewigen Urlaub. Was allerdings die Stromers anging, so wussten alle, was Pamela tagtäglich für die Familie aufbrachte. Weiß Gott, das war nicht immer ein Zuckerschlecken.

»Was gibt's denn heute Feines?« Samuel zog im gleichen Augenblick den heißen Deckel vom Topf. »GULASCH!«, rief er erfreut und suchte hektisch nach einem Löffel.

»Ah, ah, ah … Du wartest. Dad kommt heute Mittag auch nach Hause. Solange wirst du dich noch gedulden müssen, meine kleine Fressraupe.«

Mit einem leisen, resignierten Stöhnen stapfte Samuel nach oben in sein Zimmer.

Pamela Stromer war eine bildhübsche Frau und hätte sie vor dreißig Jahren nicht Mike kennengelernt, so wäre es durchaus möglich gewesen, sie auf den Titelseiten diverser Modezeitschriften wiederzufinden. Ihr blondes schulterlanges Haar und ihre attraktive Figur trafen den medialen Nerv des Idealbildes einer Frau und sie wäre das Vorbild vieler jungen Mädchen gewesen. Sie glich sicherlich keiner lebenden Barbiepuppe und dennoch hätte sie mit Sicherheit von ihrem Aussehen sehr profitieren können. Ihr Leben hätte an einer der unzähligen Kreuzungen einen anderen Weg genommen … wenn sie es gewollt hätte.

Was allerdings Mike anging, so verkörperte er äußerlich das typische Bild eines kanadischen Holzfällers. Der kleine Unterschied lag darin, dass er sein tägliches Brot nicht mit dem Fällen großer Bäume verdiente, sondern mit dem Lenken großer Flugzeuge. Das Fliegen war immer seine Passion gewesen und er hatte es tatsächlich geschafft, seinen Traum zum Beruf zu machen. Dieses Privileg wurde ihm an jedem neuen Tag bewusst, an dem er die Turbinen der ihm zugewiesenen Maschine startete. Dementsprechend verdiente Mike auch und so kam es, dass sich die Stromers Anfang der Jahrtausendwende ein schmuckes Haus in einem Außenbezirk von New Jersey kauften. Der beachtliche Garten und das zweistöckige Haus vermittelten dem Betrachter unweigerlich das Gefühl, dass hier eine erfolgreiche, typisch amerikanische Familie lebte. Der gepflegte Vorgarten und die akkurat aufgestellten Blumen auf der Veranda hätten einen Hollywoodregisseur, der auf der Suche nach DEM amerikanischen Eigenheim war, in Wallung gebracht. Eine Kulisse, die keinerlei Änderung bedurfte. Die Arbeit der letzten Jahrzehnte hatte sich gelohnt und abgesehen von den zwei Wagen der Mittelklasse besaßen die Stromers ein großes Boot, das an der Küste des Atlantischen Ozean lag. Wenn man über das nötige Kleingeld verfügte, konnte eine Bundesstaat wie New Jersey durchaus seine Vorzüge haben.

Als Samuel hörte, wie die Haustür aufgeschlossen wurde, sprang er auf und rannte nach unten.

»Hab dich! Peng! Peng!« Mike legte seinen Koffer schnell hin und schoss mit seinem Zeigefinger, welcher sich binnen Sekunden in eine imaginäre, voll geladene 45er Magnum verwandelt hatte, auf seinen Sohn, der bereits auf der Treppe stand.

»Ah! Ich bin getroffen … Warte. PENG! PENG!«, schrie nun Samuel und schoss ebenfalls aus seinem Zeigefinger, was das Zeug hielt, und so lieferten sich Vater und Sohn eine wilde Schießerei zwischen Eingangstür und Treppengeländer.

»Ich … oh …« Mike fasste sich mit der Hand an die Brust und sah ungläubig zu seinem Sohn. »Ich … bin … getroffen …«, keuchte er theatralisch und torkelte nach vorn. Ungläubig betrachtete er seine Hand, voll mit unsichtbarem Blut, und schob seine Augenbrauen nach oben, nicht ohne seine Augen in bester laienhafter Darstellung zu verdrehen.

»Dafür … wirst du büßen … Django … Kein … äh … NACHTISCH!«, stammelte er und begann schelmisch zu grinsen.

»Nein, Moment. Du bist zwar getroffen, Dad, aber von Nachtisch war nie die Rede.« Samuel zog die Augenbrauen grimmig zusammen, hob mahnend seinen Finger und machte einen Schritt in Richtung seines Vaters.

»FALLE!«, schrie dieser mit einem Mal und hechtete auf Samuel zu. Die beiden ließen sich auf eine harmlose Keilerei ein.

»Wer hat jetzt Hunger?«, unterbrach Pamela das Gerangel. Sie stand mit dem Kochlöffel in der Küchentür und kaute auf einer Nudel herum. Der erbarmungslose Kampf zwischen Vater und Sohn stoppte abrupt und beide sahen Pamela mit großen Augen an. Diese musste unmittelbar an zwei Hasen denken, die ehrfürchtig in das Scheinwerferlicht eines Wagens blicken, und prustete laut lachend los.

Nach einer Viertelstunde saßen die drei glücklich und zufrieden am Tisch und aßen zu Mittag. Das Familienglück der Stromers war mehr als harmonisch. Es war nicht nur eine Familie, sondern eine Bande, die nichts und niemand trennen konnte.

Obwohl den ganzen Tag nicht ein Wölkchen den Himmel getrübt hatte, zogen gegen 14:30 Uhr schwarze Wolken auf. Der Himmel über New Jersey wurde zunehmend dunkler und die ersten Regentropfen landeten auf der trockenen Erde. Es war, als wollte die Natur die kommenden Ereignisse im Leben eines normalen Jungen, der nichts ahnend mit seiner Familie zu Mittag aß, unterstreichen.

»Nach diesem Knallersong von Bon Jovi erreicht uns die Meldung, dass heute wohl doch noch etwas Wasser unser schönes New Jersey erreichen wird.« Die aufdringliche Stimme des Radiomoderators erfüllte den Raum.

»Also packt euren Schirm aus, vergesst das Lächeln nicht und denkt immer daran: Gibt dir das Leben eine Zitrone, mach Tequila daraus! Und weiter geht's mit den Nachrichten hier auf KCCB.«

Samuel blickte aus dem Fenster und betrachtete die immer größer werdenden Wolken.

»Wie kann man so dämlich rumquasseln?«, murrte er mit Blick auf das Radio. »Und wenn ihr morgen sterbt, nehmt es leicht ...«, äffte er den Sprecher nach.

Sam stand auf die Musik von KCCB, wäre da nur nicht dieser fürchterlich überdrehte Moderator, der es immer wieder schaffte, ihn binnen Sekunden auf die Palme zu bringen. Er würgte den unheimlich nervenden Radiomoderator ab.

»... jedenfalls meinte Marvin, dass meiner Beförderung nichts im Weg stehen würde. Er braucht nur noch das Okay von der Führungsebene«, beendete Mike gerade seinen Satz.

Samuel und Pamela saßen da und lauschten seinen Worten mit offenem Mund. Eine Beförderung würde zwar mehr Arbeit und Überstunden mit sich bringen, logischerweise aber auch mehr Geld. Und genau das war der Knackpunkt. Schon seit geraumer Zeit überlegten Pamela und Mike, sich ein zweites zwar kleineres, aber genauso schönes Haus in New Jersey zu kaufen.

Natürlich als Kapitalanlage und irgendwann vielleicht sogar als Geschenk an ihren einzigen Sohn.

Nach einer Weile verließ Samuel die familiäre Gesprächsrunde und ging hoch in sein Zimmer. Man brauchte nicht viel Musikwissen, um zu erkennen, dass Sam ein großer Fan der härteren Töne war. Überall in seinem Zimmer klebten Bilder und Poster von Rockgruppen. Die meisten zeigten seine wahren Idole: die Mitglieder der Band Aerosmith. Wieder eine Leidenschaft, die er mit seinem Freund Ricco teilte. In allen Posen starrten die langhaarigen Musiker von den Fotos herab. Momentaufnahmen einer anderen Welt.

Samuel griff zu seiner Elektrogitarre und schrubbte ein wenig darauf herum. Anders konnte man das, was er da machte, nicht bezeichnen, obwohl er es mit einer Hingabe tat, von der sich so mancher Musiker hätte etwas abschauen können. Der Gitarrenunterricht war ihm zu mühselig gewesen und auch das Erlernen von Noten gab ihm nichts. Eigentlich liebte er nur den lauten Sound, den die Gitarre von sich gab. Sein Vater bezeichnete die Musikrichtung seiner Idole immer als »undefinierbare Kongomusik«. Sicherlich eine Beleidigung an die globale Heavy-Metal-Szene, doch angesichts dessen, dass diese Äußerung von seinem eigenen Vater kam, verzichtete Samuel auf belehrende Worte und umfangreiche Aufklärung. Es hätte sowieso keinen Sinn gehabt.

So etwas nannte man dann wohl Generationenkonflikt. Nach einer Stunde ließ er von der Gitarre ab und zog sich für den Bolzplatz um.

Plötzlich öffnete sich die Tür und seine Mutter stand lächelnd im Zimmer.

»Danke fürs Aufhören, Liebling«, sagte sie mit einem liebevollen Lächeln und verließ kurz darauf wieder den Raum. Es war jedes Mal das Gleiche. Sobald Samuel aufhörte, Gitarre zu spielen, kam Pamela die Treppe hoch, öffnete seine Zimmertür und bedankte sich recht herzlich für sein Erbarmen. Er interpretierte es als einen psychologischen Trick, um ihn entweder für den Gitarrenunterricht zu begeistern oder es aber ein für alle Mal sein zu lassen.

Gegen 16:00 Uhr traf Samuel auf dem nicht allzu weit entfernten Bolzplatz ein und übte allein schon einmal mit seinem Fußball. Die Wolken hatten sich weiter zugezogen und es schien, als lauerten sie prall gefüllt nur darauf, ihre nasse Ladung über New Jersey abzulassen.

»Hey, hi!«, plärrte plötzlich eine Stimme hinter Sam und er drehte sich blitzschnell um. Ricco lief ihm entgegen und kurze Zeit später lieferten sich die beiden ein unerbittliches Mann-gegen-Mann-Match.

Ricco und Sam verbrachten ihre Zeit so, wie sie Millionen von Jugendlichen auf der ganzen Welt verlebten. Eine Zeit der Sorglosigkeit und Heiterkeit. Im Schutz ihrer Jugend sollte es noch Jahre dauern, bis Beziehungen, Job und Geldthemen sowie im fortgeschrittenen Alter Krankheiten und Einsamkeit auf sie zukommen sollten. Doch Sam ahnte nicht, dass sein Leben gegen 18:00 Uhr komplett aus der Bahn geworfen werden sollte. Eine neue Ära sollte unaufhaltsam eingeläutet werden.

Gegen 17:00 Uhr beschlossen die beiden Freunde, zu »Henrys Iceman« zu gehen. Ein Café, das sich etwa einen Kilometer vom Bolzplatz entfernt befand. Hier trafen sich die Jugendlichen des Bezirks und verbrachten den Nachmittag und den Abend miteinander. Ein Großteil der Klasse von Ricco und Sam kam regelmäßig in das Café. Schnell hatte sich in der St. Stanley Highschool herumgesprochen, dass dies der allerbeste Ort für Verabredungen, Sammelpunkt gelangweilter Seelen sowie die Lokation schlechthin für erste Dates sei.

»Hey-hey-hey!« Wie die anderen Schulkameraden auch wurden Ricco und Sam herzlich mit dem berühmt-berüchtigten dreimaligen Hey begrüßt. An diesem Dienstag schien allerdings keine richtige Stimmung aufkommen zu wollen und so beschlossen die beiden, das Café nach einer halben Stunde wieder zu verlassen. Als sie die Straße betraten, löste der

Himmel sein stummes Versprechen ein und die ersten Regentropfen fielen auf Ricco Fellers Nase.

»Ach, nö ... Jetzt regnet es schon wieder. So ein Mist. Was machen wir denn jetzt, Sam?«, fragte der schwarzhaarige Schönling seinen Freund und warf einen grimmigen Blick in Richtung Himmel.

»Keine Ahnung ... Lass uns heimgehen. Irgendwie fühl ich mich nicht so besonders«, murmelte Sam und rieb sich mit seinen Zeigefingern die Schläfen.

»Kopfweh? Oder Schiss, dass ich dich bei einer nassen Fußballpartie schlagen könnte?« Ricco begann seinen Freund zu necken und schubste ihn kumpelhaft hin und her.

»Hör auf, Ricco. Mir ist wirklich ein bisschen komisch.« Sam spürte einen stechenden Schmerz in seinem Kopf.

»Das nennt man auch Angst, du Feigling!«, rief Ricco und tänzelte wie ein wildgewordener Gnom um seinen Freund herum und schubste ihn von allen Seiten.

»Ich ... mein Kopf ... Er ... explodiert ...«, stöhnte Sam und rieb sich die Schläfen immer fester, ohne auf die Provokationen seines Freundes zu achten.

»Mach jetzt bloß nicht schlapp, Sam. Die Tour zieht nicht«, plapperte Ricco euphorisch, ohne mit seinem hektischen Getänzel aufhören zu wollen.

Schlagartig wurde Samuel heiß und er hatte das Gefühl, innerlich zu verbrennen. Gerade wollte er seinen Mund aufmachen, um seinem Freund zu sagen, dass er Hilfe brauchte, als plötzlich ein harter Schlag auf seinen Hinterkopf für Dunkelheit sorgte.

Ricco war hinter Sam zum Stehen gekommen und hatte seinen Fußball gegen den Hinterkopf seines Freundes geworfen. Wie so oft hätte das zwangsläufig zu einer wilden Rauferei geführt, bei der Ricco wie immer verloren hätte. Nicht jedoch an diesem Tag. Samuel Stromer fiel wie ein nasser Sack zu Boden und blieb dort regungslos liegen. Nur sein dumpfes Stöhnen sorgte dafür, das Ricco es schlagartig mit der Angst zu tun bekam. Die Art des Aufpralls ließ Ricco vermuten, dass Samuel nicht simulierte, zu plump und hart war der Aufschlag auf den Boden gewesen.

»Steh auf, Mann«, befahl Ricco leise und blieb wie angewurzelt stehen.

»Sam! Steh jetzt auf!«, schrie er noch einmal und stupste seinen Freund vorsichtig mit dem Fuß an. »Das ist nicht lustig, Mann! Steh auf!«, brüllte Ricco, doch Sam blieb regungslos liegen.

Glücklicherweise befanden sich die beiden Freunde nicht weit von »Henrys Iceman« entfernt. Einige Jugendliche hatten das Gebrüll von Ricco gehört und eilten zu Hilfe.

»Was ist mit ihm?«, keuchte Lydia, ein Mädchen, das auch die Klasse der beiden besuchte.

»Er bewegt sich nicht mehr«, stellte Ricco fest und stand da wie ein Häufchen Elend.

»Worauf wartest du denn noch? Hol Hilfe, er ist bewusstlos!«, schrie Lydia ihn plötzlich an.

Ricco starrte das Mädchen mit offenem Mund an und konnte nicht fassen, was sie da gesagt hatte. Das konnte nicht sein. Er hatte doch gar nicht so fest geworfen.

»Lauf, Ricco! Jetzt!«, kreischte das Mädchen hysterisch los und Ricco setzte sich in Bewegung.

Lydia lief zurück zum Café, um ebenfalls Hilfe zu holen, und nach zehn Minuten traf endlich ein Notarztwagen ein. Sam wurde in das Innere des Autos verfrachtet. Die Traube der Jugendlichen stand still und betroffen um den Rettungswagen, bis auf Ricco, der verzweifelt einen Sanitäter anflehte, mitfahren zu dürfen.

»Wir müssen ihn ins Krankenhaus bringen ... Sein Puls ist sehr niedrig und seine Pupillen reagieren kaum noch. Wie heißt der Junge?«, fragte der Sanitäter ernst.

»Samuel Stromer.« Ricco stand unter Schock, er kämpfte mit den Tränen. Er hatte doch nichts getan. Nicht mehr, als er normalerweise auch getan hatte. Und nun lag sein bester Freund seinetwegen im Sterben.

»Er darf nicht sterben. Ich wollte das nicht.«, schluchzte Ricco nun und die Tränen kullerten ihm die Wange hinab.

»Er stirbt nicht. Wir wissen allerdings auch nicht, was er hat. Eine Bewusstlosigkeit hat immer eine Ursache. Wir müssen auf jeden Fall mit ihm ins Krankenhaus. Geh jetzt nach Hause, Junge.« Ricco stieg aus. Kaum hatte er die Tür des Notarztwagens geschlossen, schoss das Fahrzeug mit Sirene und Blaulicht davon. Diesen Moment sollte Ricco Feller, ein Junge, der nicht einmal einer Fliege etwas zuleide tat, niemals wieder vergessen.

Die Tränen liefen dem Jungen die Wangen hinab und vermischten sich mit den Tropfen, die auf ihn fielen. Der Regen wurde immer heftiger, doch Ricco realisierte das Prasseln auf seinem Körper kaum. Wie mechanisch bahnte er sich seinen Weg und stand gefühlte zehn Sekunden später vor einem Haus mit der Nummer acht und las mit verweinten Augen das Klingelschild, auf dem »Stromer« stand. Langsam näherte sich sein Zeigefinger der Türklingel.

»Ich kann nicht ... Er stirbt bestimmt«, jammerte er zu sich selbst und wischte die Mixtur aus Tränen und Regentropfen von seinem Gesicht.

Ricco drückte die Türklingel.

Es dauerte keine Viertelstunde, bis Pamela und Michael Stromer in ihrem alten Chevrolet saßen und mit einer irrsinnigen Geschwindigkeit Richtung St. Vincent-Hospital rasten. Immer wieder fing Pamela an zu zittern, die nervliche Anspannung und die Sorge um ihr Kind waren kaum aushaltbar.

»Wo ist mein Sohn?«, fragte Pamela die Krankenschwester, die sich hinter einer Glasscheibe am Empfang aufhielt.

Die wohlgenährte Schwester kam näher und betrachtete die Frau mit einem argwöhnischen Blick. »Geben Sie mir erst einmal Ihren Namen?«, fragte sie mit einem mechanischen und geradezu gelangweilten Ton.

»Wollen Sie Pommes dazu? Ja? Dann fahren Sie bitte zum zweiten Fenster vor, ja? Wir haben das auch im Super-Spar-Menü mit Ketchup, ja? Wollen Sie Ketchup? Ja? Ja?«

Pamela hatte Mühe, nicht komplett durchzudrehen. »Stromer. Pamela Stromer. Ich bin die Mutter von Sam.«

»Sam? Hm, Moment.«, sagte die Krankenschwester und verschwand hinter einer Wand. Es vergingen mit Sicherheit geschlagene fünf Minuten, bis die unhöfliche Angestellte des Krankenhauses wieder zum Vorschein kam. In ihrer Hand hielt sie eine Mappe, auf deren Umschlag Pamela den Namen ihres Sohnes lesen konnte.

»Das wäre dann Professor Dr. Möbius. Kleinen Moment«, gab die Frau von sich, verschwand wieder hinter der ominösen Wand und ließ die Eltern von Sam unwissend vor der Glasscheibe stehen.

»Ich werde wahnsinnig«, fauchte Pamela und schlug mit der flachen Hand gegen die Glasscheibe.

»Beruhige dich, Pam. Sie ruft bestimmt den zuständigen Arzt.« Mike versuchte seine Frau zu beruhigen.

Nach zehn unendlichen Minuten stand endlich der Arzt vor ihnen. »Guten Tag, mein Name ist Professor …«

»Wie geht es meinem Sohn?«, unterbrach Pamela den Mann und postierte sich so nah an ihn, dass er ihren Atem auf den Lippen spüren konnte.

»Beruhigen Sie sich doch, Mrs. Stromer. Ihrem Sohn geht es gut. Er ist nicht mehr in einem labilen Zustand und wieder bei Bewusstsein. Kommen Sie bitte mit.« Der Arzt brachte die beiden in den zweiten Stock und nach einem Spaziergang durch einen der unendlichen Korridore erreichten die drei ihr Ziel und schritten durch eine Tür, auf der in großen goldenen Lettern stand:

Professor Doktor Walter Möbius.

»Setzen Sie sich doch bitte.« Dr. Möbius ließ sich in seinen luxuriösen Ledersessel nieder und verteilte Schnupftabak auf seiner Handaußenfläche.

»Schnupftabak?«, fragte Mike ungläubig und sah den Mann zweifelnd an. »Ja. Stört es Sie?«

»Nein, nein. Ich … Alles in Ordnung«, ruderte Mike zurück.

»Wissen Sie, wir Ärzte sind keine Götter und haben auch unsere Laster. Aber kommen wir nun zum Wesentlichen. Samuel ist auf dem Weg der Besserung. Er hatte lediglich für einen Moment das Bewusstsein verloren. Wahrscheinlich durch den Aufprall des Balles, von … äh … diesem Jungen. Wie war sein Name noch?«

»Ricco. Sams bester Freund. Er heißt Ricco Feller.« Pam hatte sich wieder gefangen und bemerkte, wie ihre Hände langsam aufhörten zu zittern und der Herzschlag in ihrer Brust schwächer wurde.

»Genau, Ricco. Alles halb so schlimm. Wir haben Ihren Sohn untersucht, ihm Blut abgenommen und seine Werte analysiert. Samuel ist kerngesund. Wir lassen ihn noch diese Nacht zur Beobachtung im Krankenhaus und morgen können Sie Ihren Sprössling wieder mit nach Hause nehmen«, erklärte der Arzt und begann damit, das feine Pulver in die Nase hochzuziehen.

»Dürfen wir ihn sehen?«, fragte Mike und rechnete eigentlich mit einem eindeutigen Ja.

Dr. Möbius senkte seinen Blick auf die Akten, die vor ihm lagen, und verzog das Gesicht. Seine Augen schienen sich das Innere seines Kopfes anschauen zu wollen und mit einem lauten Nieser verabschiedete sich die seltsame Optik des Arztes und seine Pupillen standen wieder da, wo sie hingehörten.

»Nun, ich halte es für keine besonders gute Idee. Wenn Sie darauf bestehen, ist es natürlich kein Problem, nur würde ich Ihnen momentan davon abraten. Wir haben Samuel ein leichtes Beruhigungsmittel gespritzt, da er etwas aufgeregt war, als er im Krankenhaus erwacht ist. Logischerweise wusste er nicht, wie er hierhergekommen ist. Oftmals haben Patienten, die ihr Bewusstsein verlieren, keine direkte Erinnerung daran, was geschehen ist. Ich denke, dass Ihr Sohn jetzt einzig und allein Ruhe braucht. Wenn Sie wollen, werden wir ihm einen schönen Gruß von Ihnen ausrichten, und morgen gegen 10:00 Uhr können Sie ihn dann mit nach Hause nehmen. Bis dahin haben wir den morgendlichen Check auch erledigt. In Ordnung?«

Pamela und Mike sahen sich einen Augenblick an und nickten dann widerwillig mit dem Kopf. Sie glaubten dem Professor, auch wenn nicht alles so der Wahrheit entsprach, wie er es erzählt hatte.

Dr. Möbius begleitete die Stromers bis vor die Tür des St. Vincent-Hospitals und beteuerte nochmals, dass ihr Sohn hier in besten Händen sei und es ihm wirklich besser ginge.

»Sie rufen uns an, wenn in der Nacht etwas sein sollte?«, fragte Pamela bei der Verabschiedung besorgt.

»Natürlich, das steht außer Frage. Aber ich verspreche Ihnen, Ihr Sohn wird tief und fest schlafen, machen Sie das Gleiche.« Mit einem beruhigenden Zwinkern verabschiedete sich der Arzt und verschwand wieder hinter der gläsernen Eingangstür.

»Alles klar bei dir?«, fragte der farbige Pfleger den Siebzehnjährigen.

»Klar. Alles in Ordnung«, antwortete Sam und rieb sich die Augen. Er war erschöpft von der medizinischen Odyssee, welche die Ärzte mit ihm durchgeführt hatten. Schließlich handelte es sich lediglich um einen harmlosen, kurzen Bewusstseinsverlust ... nicht mehr und nicht weniger. Das jedenfalls wurde ihm so erzählt. Was allerdings weder er noch seine Eltern wussten: Samuel Stromer war ein Junge, den man wegen Bewusstlosigkeit eingeliefert hatte, der nach circa zehn Minuten Aufenthalt im St.Vincent-Hospital jedoch für klinisch tot erklärt worden war. Die ausgebrochene Hektik war groß, als der Junge auf die Intensivstation gebracht wurde und alle anwesenden Ärzte vor einem Rätsel standen. Nach einer knappen Minute begann Sam wieder zu atmen. Sein Puls und seine Vitalfunktionen hatten sich in Bruchteilen von Sekunden wieder stabilisiert. So als wäre niemals etwas geschehen. Gleichzeitig mit der Stabilisierung erwachte Sam aus seiner Bewusstlosigkeit. Keiner der anwesenden Ärzte konnte erklären, wie es zu diesem Phänomen gekommen war. Schnell wurde ein großes Blutbild erstellt und sämtliche Statistiken ausgewertet. Doch egal was die studierten

Mediziner prüften, es kam immer und immer wieder das gleiche Ergebnis heraus. Sam hatte weder einen anaphylaktischen Schock erlitten, noch zeigten die Testergebnisse eine Unregelmäßigkeit seiner Werte. Mit anderen Worten: Samuel Stromer war kerngesund.

Um sich nicht einem peinlichen Frage-und-Antwort-Spiel aussetzen zu müssen, beschloss Möbius, die Sache mit Samuels Herzstillstand in den Tiefen der Krankenhausakten zu begraben und dafür zu sorgen, dass sie niemals wieder ans Tageslicht kam. Eine Entscheidung, die selten war, aber durchaus praktiziert wurde. Schließlich musste man nicht in einem Wespennest herumstochern, wenn es dafür keinen Grund mehr gab.

»Schlaf gut, Sam. Morgen bist du wieder zu Hause.« Mit diesen Worten machte der Pfleger, der sich Jimmy nannte, die Tür des Krankenzimmers zu.

Was Sam blieb, war die Dunkelheit und die Einsamkeit. Doch vollgepumpt mit Beruhigungs- und Schlafmitteln vergaß der Junge bald, wo er sich befand. Und so entschwand Samuel Stromer ins Reich der Träume. Ein Ort, an dem weder seine Eltern noch seine Freunde waren. In der Konstruktion seiner Gedankenwelt gab es weder Grenzen noch ein Entrinnen. Sam hatte die Tiefschlafphase erreicht.

Sam ging die Medlesterstreet entlang. Jene Straße, in der er wohnte und die ein Teil seines täglichen Schulweges war. Er trug seinen Rucksack und schlenderte an diesem wunderbar warmen und sonnigen Tag von der Schule nach Hause.

Ricco war nicht bei ihm, obwohl sich auch sein Elternhaus in der gleichen Straße befand. Sein Freund wohnte nicht direkt neben ihm. Ein kleines Stück musste Sam allein gehen, da die Familie Feller in einer Wohnung vier Hausnummern weiter lebte. Keine Menschenseele war an diesem Tag auf der mit vielen Bäumen geschmückten Medlesterstreet zu sehen. Das sonst so lebhafte Treiben in seiner Straße blieb aus. Er drehte sich um und blickte zur Hausnummer sechs. Selbst Mr. Bigglesworth, die nervig kläffende Töle der Townsends, verschonte ihn heute mit seinem sonst unermüdlichen Gebell. Er ging weiter, als er plötzlich von hinten angehupt wurde. Sam drehte sich blitzschnell um und sah einen alten blauen Ford.

»Hey, Junge! Kannst du mir sagen, wo die, äh warte mal ...«, der junge Mann hinter dem Steuer suchte in seiner Jackentasche krampfhaft nach einem Zettel, »ah, Jacobstreet genau, die suche ich. Weißt du, wo die sein soll?«, fragte er höflich und schob seine John-Lennon-Brille wieder nach oben.

Sam überlegte und drehte seinen Kopf, um die Hauptstraße zu sehen. »Okay, Sie fahren zurück zur Hauptstraße und dann nach links weiter zur …« Er stockte. Sein Blick blieb auf dem Kopf des Fahrers haften. Ungläubig fixierte er den Mann und sagte keinen Ton mehr.

Der Mann sah Sam an und zog die Augenbrauen verwundert nach oben.

»Alles klar?«, fragte er, doch Sam reagierte nicht. »Junge, ist alles in Ordnung mit dir?« Der Fahrer des Wagens blickte Samuel besorgt an.

Samuel konnte sehen, wie sich die Haarfarbe des Mannes von Braun in Schwarz verwandelte. Die Verfärbung schritt langsam, aber stetig voran. Erst am hinteren Teil des Kopfes. Schleichend, bis schließlich das komplette Haar in einem satten und tiefen Schwarz erstrahlte.

»Ihr … Was ist mit Ihren Haaren, Sir?«, stotterte Sam mit halb offenem Mund.

Sichtlich geschockt blickte der Fahrer in den Innenspiegel seines Fahrzeuges.

»Was soll damit sein? Was ist denn da?« Akribisch durchsuchte der Mann sein Haar und mit einem Wimpernschlag war es wieder so, wie Samuel es anfangs gesehen hatte: braun und leicht zerzaust.

Sam rieb sich die Augen.

»Nichts, Sir, da war wohl nur eine Biene oder so etwas«, stammelte er und versuchte sich wieder zu sammeln.

»Hör mal, ich muss wirklich diesen Ricco finden, verstehst du? Dieser böse Junge wird böse Dinge tun, verstehst du?«, sagte der Mann freundlich und grinste Samuel diabolisch an.

»Wie bitte?«

»Böse Kinder dürfen keine bösen Dinge tun. Verstehst du? Böse Kinder kommen in den Kochtopf zu all den anderen bösen Kindern, verstehst du?« Die Stimme des Mannes wurde immer tiefer und tiefer.

»Wieso Ricco? Was hat er denn getan?«, fragte Samuel und sah den Mann ängstlich an.

»Du musst verstehen, so kann es nicht gehen. Hahaha. Böse Kinder und böse alte Frauen dürfen nicht tun, was sie tun wollen. Böse Riccos kommen in den Ricco-Topf, Hahaha!« Der namenlose Fahrer grinste ihn an und hielt sein Lenkrad so fest, dass Sam erkennen konnte, wie sich die Haut an den Fingern weiß verfärbte.

»Was hat Ricco getan?«

»Was für ein Ricco? Junge, ich will in die Jacobstreet. Kennst du jetzt den Weg oder nicht?« Der Mann hinter dem Lenkrad wurde immer genervter.

»Die Jacobstreet, ja Moment…« Samuel versuchte sich wieder zu fangen und sich auf die Frage des Mannes zu konzentrieren.

»Sie fahren also…«

TOCK, TOCK, TOCK

Samuel hörte ein Hämmern, das ganz offensichtlich aus dem Inneren der Motorhaube kam.

»Also, Sie fahren zurück zur Hauptstraße, wenn Sie an der Kreuzung …«

TOCK, TOCK, TOCK

»Hören Sie das auch?«

»Junge, willst du mich verarschen?«, zischte der Mann. Langsam, aber sicher verlor er die Nerven.

Das Hämmern wurde immer lauter und Samuel blickte zur Motorhaube des Ford Mustangs. Was er dort auf dem alten Auto entdeckte, war ein in Schwarz geschriebener Schriftzug, der gelblich pulsierte. Sam wollte seinen Augen nicht trauen und vergaß alles, was um ihn herum geschah.

Tim Caray – 19. Februar 1972 bis 14. Mai 2008 Verstorben an den Folgen eines Verkehrsunfalles.

Zunächst hielt Sam das alles für einen makabren Scherz, doch umso länger er auf den Schriftzug starrte, desto deutlicher wurde ihm, dass dies alles andere als ein Witz war.

»Sir, die Motorhaube.«, stotterte Sam und deutete mit seinem Zeigefinger auf den Wagen.

»Was?! Was zum Teufel ist da?«, fragte der junge Mann und versuchte vom Fahrersitz aus etwas zu erkennen.

»Die Buchstaben...«, flüsterte der Junge und fühlte, wie sich ein flaues Gefühl in seiner Magengegend breitmachte.

»Verdammt! Ist er beschmiert? Oh, Scheiße!«, fluchte der entnervte Mann und riss die Fahrertür auf. Er stürzte zu seiner Motorhaube und sah kurz darauf verdutzt den Jungen an.

»Hör zu, Kleiner, wenn du mich verarschen willst, versohl ich dir den Hintern«, fauchte er los und hob drohend seine Hand.

»Sehen Sie das nicht, Sir? HIER!« Sam berührte die Schrift auf dem Ford.

»NEIN! Du kleiner Scherzbold! Gibt es denn in New Jersey nur noch Idioten?!«, schrie der Mann und setzte sich wütend hinter sein Lenkrad. Mit quietschenden Reifen und einem gestreckten Mittelfinger brauste er davon.

Sam blieb zurück und verstand die Welt nicht mehr. Er hatte es doch gesehen, er hatte alles gesehen. Mit eigenen Augen! »Oh mein Gott, ich drehe durch ...«, stöhnte er und rieb sich die Augen.

Die Geräusche des Wagens wurden immer leiser und was zurückblieb, war die gleiche seltsame Ruhe, die vor dem Intermezzo des mysteriösen Fahrers geherrscht hatte. Sam beschloss, weiterzugehen und seiner Mum und seinem Dad von den Erlebnissen zu erzählen. Er sah auf die Uhr und erschrak. Ihre Zeiger rasten in einer irrsinnigen Geschwindigkeit um ihre eigene Achse, erst vorwärts, dann rückwärts, bis sie schlagartig stehen blieben. Sam las die Zeit ab, die seine Uhr anzeigte:

»Fünf … vor … zwölf …«, artikulierte der verwirrte Junge, als hätte er gerade erst das Sprechen gelernt. Es konnte nicht fünf vor zwölf sein. Das war unmöglich! »VERDAMMT!«, brüllte Sam, löste das Armband und warf die Uhr von sich.

»Was ist denn hier los?«

Endlich erreichte er sein Elternhaus in der Medlesterstreet Nummer acht. Der Vorgarten war wie gewohnt gepflegt und der englische Rasen war penibel geschnitten worden, so wie es immer war. Er schloss die Eingangstür auf und betrat den großen Flur des Hauses.

»Hi, Mum!«, begrüßte er den leeren Raum und wartete auf eine Resonanz. Keine Antwort, weder Mum noch Dad antworteten ihm.

Sam beschloss, in die Küche zu gehen, als er plötzlich eine kaum hörbare Stimme vernahm.

»Ich bin im Wohnzimmer, kleiner Sam«, sprach die fremde weibliche Stimme. Sie klang heiser und sehr alt.

Sam bekam eine Gänsehaut. Er hatte das Gefühl, langsam durchzudrehen, und musste sich zügeln, um nicht schreiend aus dem Haus zu laufen. Er öffnete die Wohnzimmertür: In dem Sessel, in dem sein Vater oft seinen Feierabend verbrachte, saß eine Frau. Sie war um die neunzig Jahre alt und sah furchterregend aus. Schneeweißes Haar fiel auf ihre knochigen Schultern. Sie trug moderne Turnschuhe und ein dreckiges gelbes Kleid mit großen roten Punkten. Sam bemerkte, wie etwas Warmes an seiner Hose entlanglief. Zu verstörend und abstoßend war der Anblick dieser alten, verwahrlosten Frau.

»Setz dich, kleiner Sam«, befahl die heisere Stimme liebevoll.

Sam folgte ihren Worten und setzte sich der Frau direkt gegenüber. »Wo sind meine Eltern?«, fragte er und bemerkte zu seinem Erstaunen, wie sehr seine Stimme zitterte.

Die alte Frau lächelte, womit unzählige Falten zum Vorschein kamen. »Jetzt und hier gibt es keine Eltern, kleiner Sam«, säuselte sie leise.

Samuel blickte an der fremden Frau vorbei zu dem eingeschalteten Fernseher. Offensichtlich hatte sich

der Gast vor Sams Ankunft die Nachrichten angesehen. Ungläubig verfolgte er den Bericht, der gerade
gezeigt wurde.

Ein Nachrichtensprecher im Anzug und mit blut-
verschmiertem Gesicht las lächelnd von seinem Zettel ab: »Washington: Die Eskalation mit Nordkorea
hat nun weitere Staatsmächte auf den Plan gerufen.
Ich zitiere: ›Wir werden nicht zulassen, dass die USA
weitere Vergeltungsaktionen gegenüber unseren
Verbündeten durchführt. Wir werden mit militärischen Schritten auf die Aktionen der letzten Nacht
antworten‹, so der chinesische Verteidigungsminis-
ter Jo Zuen …«

»Was denn für eine Eskalation?«, flüsterte Samuel.
Er blickte auf die Uhr im Wohnzimmer und sah, dass
der Minutenzeiger raste, während der Stundenzeiger
wie eingefroren stillstand.

»Was ist hier los?«

Er warf wieder einen Blick auf den Fernseher. Der
Nachrichtensprecher war verschwunden und das
Bild zeigte Ackerland. Inmitten des Feldes stand ein
Stuhl und darauf saß ein Mann, dessen Gesicht man
nicht erkennen konnte, da er mit dem Rücken zur Kamera gefilmt wurde. Der Mann auf dem Stuhl drehte
sich um. Sam erschrak und erkannte Ricco. Grau, alt,
mit einem weißen Bart und lichtem Haar.

»Es tut mir so leid, mein Freund. Alles tut mir so unendlich leid. Ich wollte das alles nicht. Das musst du mir glauben ...« Der Alte begann bitterlich zu weinen, immer lauter und immer verzweifelter.

»Schalten Sie das ab«, flüsterte Samuel.

»Kleiner Sam, nichts ist, wie es scheint, aber ...«

»Ich sagte, SCHALTEN SIE DAS AB«, schrie Samuel.

Just im nächsten Moment wurde der Fernseher schwarz. Die kleine rote Standby-Lampe leuchtete rechts unterhalb des Fernsehers und nichts war zu hören.

Wieder suchten seine Augen die Wohnzimmeruhr. Fünf vor zwölf. Stille. Der Irrsinn schien ein Ende zu haben.

Er begann zu realisieren, dass das, was er hier erlebte, nicht echt sein konnte. Der Himmel stand voller dunkler Wolken und dennoch war das Tageslicht so hell, als würde die Sonne ihre schönsten Strahlen der Erde schenken. Der Fakt, dass kein Mensch, kein Vogel und kein Geräusch zu hören waren, ließ den Jungen immer mehr an seine Vermutung glauben. Er hatte sich beruhigt. Das Zittern hatte aufgehört und langsam, aber sicher begann Sam wieder klar zu denken.

»Das ist alles nur ein Traum«, sagte er und musste zu seinem Entsetzen feststellen, dass er laut gesprochen hatte.

Die alte Frau sah Sam lange an. Immer noch lächelte sie und schien seine Worte nicht gehört zu haben. »Ach, Sam, kleiner Sam.«, stöhnte sie.

Samuel stand da und sah sie verwundert an. Was sollte das werden? Er stand in dem Wohnzimmer seiner Eltern und betrachtete eine Greisin, die er noch nie zuvor gesehen hatte, und dennoch beschlich ihn das Gefühl, ihr unheimlich nahezustehen. Die absurde Vertrautheit, die er empfand, konnte er sich nicht erklären.

»Kannst du dich an das blaue Auto erinnern?«, fragte sie plötzlich und drehte ihren Kopf langsam zur Seite.

»Ja«, antwortete Sam knapp.

»Nichts ist, wie es scheint, kleiner Sam. Realität und Traum liegen oft sehr nah beieinander. Deine Gabe wurde dir in die Wiege gelegt. Verschließe nicht die Augen davor. Lerne, damit umzugehen. Wir sehen uns wieder, kleiner Sam.«

»Freibier!«

Sam riss die Augen auf und starrte seinen Pfleger Jimmy an.

»Ha! Das zieht doch immer bei euch Kids. Steh auf, Sam. Deine Eltern kommen in einer Stunde.« Lachend entfernte er sich und schloss die Tür.

Sam wischte sich den Schweiß von der Stirn und ging zum Fenster. Alles war wieder normal. Es war nur ein schlechter Traum gewesen. Nicht mehr und nicht weniger. Draußen tobte der alltägliche Verkehr und die Vögel gaben ihr Bestes. Sam blickte auf seine Uhr und sie tat, was sie tun sollte, Sekunde für Sekunde, Minute für Minute. Die Realität hatte ihn wieder.

»Ein Albtraum, nur ein dummer, dummer Albtraum ...«, beruhigte er sich selbst und rieb sich die Augen. Das war mit Abstand das Verrückteste und Schlimmste gewesen, das Sam jemals geträumt hatte.

Samuel war wieder im Hier und Jetzt, doch trotz der Erkenntnis, schlecht geträumt zu haben, war der Trip, der vermutlich auf die Medikamente und die Ereignisse der letzten Stunden zurückzuführen war, sehr real und lebendig gewesen. So real, dass Sam sich noch Tage danach bildlich an jedes Detail jener Nacht erinnern sollte, ob er es wollte oder nicht. Der Traum schien nicht verblassen zu wollen.

Aber nicht nur in New Jersey ging das Leben weiter. Auch in der

Millionenmetropole New York tobten das Leben und die Hektik. An jenem

14. Mai des Jahres 2008 kündigte der örtliche Wetterdienst einen schweren Sturm für die Abendstunden an. Die Bewohner erledigten ihre Besorgungen und Einkäufe, bevor Mutter Natur der Menschheit wieder einmal zeigen sollte, wie mächtig und unaufhaltsam sie war. Der Berufsverkehr hatte sich gelegt und die allabendlichen Staumeldungen nahmen stetig ab.

In der Wallbroughstreet, einer kleinen Nebengasse im Herzen New Yorks, saß Tom im Wohnzimmer seines kleinen Apartments mitten auf dem Boden. Eigentlich war es kein richtiges Wohnzimmer. Es glich einer Kombination aus Küche, Schlaf- und Wohnraum. Die dreißig Quadratmeter kleine Unterkunft war genau das Richtige für Tom. Sicherlich gehörte die Wallbroughstreet nicht zu den Gegenden in New York, in die man unwissende Touristen schicken würde. Polizeisirenen und das nächtliche Gegröle Betrunkener gehörten zur Tagesordnung. Doch genau das war es, was Tom gesucht hatte, als er vor zwei Jahren nach New York gekommen war. Im Schutze der Anonymität und versteckt hinter den schweren Betonmauern der Wolkenkratzer fühlte er sich am wohlsten. Tagsüber verdiente der sechsunddreißigjährige Mann sein Geld in einem Schlachtereibetrieb. Ein Job, der mit Sicherheit nicht jedermanns

Sache war, doch Tom macht es nichts aus. Er gab seine Leistung und bekam dafür Geld ... Das war der Deal. Mit dieser Art von Arbeit konnte er leben. Schließlich empfand er weder Leidenschaft noch Ekel für seinen Job. Es war einfach nur ein Job.

Tom Midler saß nun schon geschlagene zwei Stunden auf dem Boden seines Wohnzimmers und hatte die Augen geschlossen. Die aufgestellten Kerzen spendeten genügend Licht, um eine gespenstische Stimmung zu erzeugen. Er zündete immer Kerzen an, wenn er beschloss, nach der Arbeit zu meditieren. Das entspannte seinen Körper und seinen Geist.

RING

Tom öffnete die Augen, stand auf und nahm den Hörer seines altmodischen Telefons ab.

»Ja? Wer ist da?«

»Ich bin's Ricky. Ich hab ...« Doch weiter kam die aufgeregte Stimme am anderen Ende der Leitung nicht.

»Haben Sie Feuer?«, unterbrach Tom und setzte sich mit seinem Telefon wieder auf den Wohnzimmerboden.

»Nein, danke. Ich habe aufgehört mit dieser Teufelssucht!«, antwortete die Stimme.

»Okay, Ricky ... Was gibt's?«, fragte Tom, nachdem der Anrufer die Frage richtig beantwortet hatte. Es war ein lächerlicher Code, um zu prüfen, ob auch wirklich ein Vertrauter am anderen Ende der Leitung sprach. Ricky hatte Tom schon mehrmals gesagt, dass dieser unglaublich gewiefte Trick in der heutigen Zeit niemanden vor nichts schützen würde, doch die Neurosen des Thomas Midler waren stärker und sturer als jegliche Logik.

»Wir treffen uns heute Abend bei Willy. Die Prospekte sind fertig. Sehen echt toll aus. Um 23:00 Uhr, in Ordnung?«, fragte Ricky aufgeregt.

Tom grinste. Er freute sich, dass es mit der Produktion so schnell geklappt hatte.

»Alles klar, Ricky. Um 23:00 Uhr bei Willy. Danke.«

Tom hatte aufgelegt, ohne auf die Verabschiedung seines Freundes zu warten. Er hatte gehört, was er hören wollte, und das genügte ihm. Er setzte sich auf seine Couch und schaltete den Fernseher ein. Mit einer kühlen Dose Bier in der Hand sah er sich die Nachrichten an.

»… ließ unser Präsident verlauten, dass die Verschärfung des Waffengesetzes in erster Linie nicht vorrangig sei, aber auf jeden Fall überprüft werden müsse…«

Tom schaltete den Fernseher wieder aus. Er konnte das Geschwätz der Regierung nicht mehr hören. Immer wieder leere Versprechungen, Korruption und Lügen. Er stand auf, ging zur Küchenzeile und schob sich ein Stück Wurst in den Mund.

»Wartet nur ...«, sagte er schmatzend und sah verträumt aus dem Fenster. Draußen war es dunkel geworden und die unzähligen Lichter erhellten die Nacht. Jedes einzelne war ein Schicksal ... eine Geschichte und genau dessen war sich Tom Midler bewusst.

Im Badezimmer angekommen begann Tom sich schnell fertigzumachen. Schließlich waren die Prospekte gekommen und auf ihn wartete eine erfolgreiche Nacht. Er zog sich um, schloss die Tür hinter sich ab und stieg in seinen alten Wagen. Tom Midler startete den Motor und fuhr mit quietschenden Reifen los ... weg in die Dunkelheit einer Millionenstadt.

Es dauerte keine zwanzig Minuten, bis Tom Willys Haus erreichte. Sie kannten sich schon seit der Zeit in der US Army. Tom klingelte und eine schmächtige Gestalt mit einem kindlichen Gesicht öffnete kurz darauf die Tür.

»Komm rein ... Da liegt es ...«, plapperte der Mann mit der Halbglatze schnell los.

Willy befand sich in der gleichen Altersklasse wie Tom und Ricky.

Tom trat ein und fand das Wohnzimmer im gleichen chaotischen Zustand vor wie bei seinem letzten Besuch. Im Raum befanden sich Unmengen an leeren Bierflaschen, Kataloge über Schusswaffen und Pornomagazine. Tom räumte einen Stapel davon beiseite und verschaffte sich somit einen Platz auf der Couch.

»Wo ist es?«, fragte er bestimmt und wartete auf eine Antwort.

Willy sah seinen Freund an, worauf Ricky sofort in der Küche verschwand.

»Na, gibt's irgendwas Neues?«, fragte Willy gelangweilt und nahm einen kräftigen Schluck aus seiner Bierflasche.

»Nicht wirklich, nichts wirklich Interessantes«, antwortete Tom und lächelte seinen Freund und Mitstreiter schelmisch an.

Ricky kam währenddessen wieder aus der Küche zurück und hielt ein verschnürtes Paket in den Händen. Er legte es auf dem mit etlichen Flecken verzierten Wohnzimmertisch ab und öffnete es.

»Oh Mann, du wirst Augen machen. Die aus der Druckerei sahen mich etwas komisch an, als ich es abgeholt habe. Ich würde vorschlagen, das nächste Mal eine Bestellung bei der Druckerei oberhalb von diesem Eiscafé. Na, wo war denn das …«

»Halt die Klappe, Ricky. Mach schon«, unterbrach Tom barsch den Monolog seines Freundes und fixierte das Paket mit funkelnden Augen.

»Hier ist es!«, sagte Ricky stolz und legte ein Flugblatt auf den versifften Tisch.

UBFA

Sehr geehrter Bürger, sehr geehrte Bürgerin,

wir wenden uns heute an SIE! Ihre Stimme ist es, die Amerika vor dem wirtschaftlichen und moralischen Kollaps retten kann!

Unsere Vereinigung, die von dem manipulierten Rechtssystem leider nicht anerkannt wird, soll endlich zum Zuge kommen und die amerikanische Bevölkerung wachrütteln und auf den richtigen Weg führen.

Millionen von Ausländern, Schwulen, Lesben und arbeitsfaulen Mitbürgern belasten unser Wirtschaftssystem zunehmend. Es ist unsere Pflicht, Amerika wieder frei von Parasiten und Mitbürgern ohne gesunden Patriotismus und ohne gesunde Verantwortung gegenüber der amerikanischen Geschichte zu machen.

Steuern werden verschwendet, um behindertengerechte Wohnungen zu bauen, Steuern werden verschwendet, um die Migration von Flüchtlingen und Straftätern zu vereinfachen.

Amerikanische Frauen und Kinder werden von Menschen anderer Nationalitäten, die unser Land überschwemmt haben, Tag für Tag vergewaltigt und missbraucht.

So darf es nicht weitergehen. So wird es nicht weitergehen.

Wir, die Untergrundbewegung Freies Amerika, haben es uns zum Ziel gemacht, Amerika für Amerikaner wieder lebenswert zu machen. Helfen Sie mit und wehren Sie sich gegen politische Gegner und Andersdenkende, die unser stolzes Amerika unterwandern wollen. Nur mit vereinten Kräften sind wir stark und unaufhaltbar.

Nur so schaffen wir es, Amerika zu säubern. Amerika muss wieder rein werden.

Amerika muss wieder eine Moral bekommen.

Amerika muss wieder Amerika werden.

Wer nicht für uns ist, ist nicht für AMERIKA!

UNTERGRUNDBEWEGUNG-FREIES-

AMERIKA

Tom las die letzten Zeilen des Flugblattes und begann zu grinsen. Doch war es kein normales Lächeln. Ein diabolisches Grinsen zeichnete sich in seinem Gesicht ab.

»Das habt ihr gut gemacht, Jungs«, sagte er leise.

Willy und Ricky sahen einander stolz an und begannen zu lächeln.

Vor knapp fünf Jahren hatte Tom mit seinen beiden Freunden jene politische Bewegung gegründet, die das amerikanische System und das FBI als extrem und nicht vertretbar einstuften. Die Gründung einer neuen Partei scheiterte kläglich. Fast jedes Wochenende und natürlich auch unter der Woche trafen sich die drei, um neue Pläne und Vorschläge zur Verbreitung ihrer politischen Ansichten auszubrüten. Nun schien es endlich vollbracht. Das ultimative Flugblatt in grüner Schrift lag direkt vor Toms Augen.

»Wie viele Exemplare hast du drucken lassen?«, fragte Tom und sah verträumt auf das Meisterwerk, während sein Daumen über die letzten aufgedruckten Worte strich.

»Fünftausend Stück. Jetzt müssen wir sie nur noch unter das Volk bringen«, antwortete Ricky.

»Das dürfte nicht allzu schwer sein, denke ich.« Willy kam mit drei Tassen Kaffee aus der Küche zurück und setzte sich zu Tom.

»New York ist eine Millionenmetropole. Es gibt genügend Plätze und Gassen, in denen wir unsere Nachricht unter die Menschen bringen können, ohne geschnappt zu werden.«

Tom sah Willy an und dachte über dessen Worte nach. Er nickte und klopfte Willy auf die Schulter. »Gut. Was haben wir heute? Donnerstag. Ich würde vorschlagen, wir treffen uns am Samstagmorgen um 7:00 Uhr vor Willys Haus. Ich mache mich inzwischen kundig, an welchen Lokationen wir das Blatt am besten verteilen, und ihr besorgt Pinsel und Leim«, beendete Tom seinen Gedanken. Er stand auf und verließ die Wohnung, ohne auf eine Resonanz seiner Mitstreiter zu warten.

Auf der Heimfahrt dachte Tom noch einmal über den Text des Blattes nach und ein leichtes Lächeln huschte ihm über die Lippen. Der erste Schritt zur Befreiung Amerikas war getan. Jetzt lag es nur noch am amerikanischen Volk. Entweder sie öffneten die Augen jetzt oder eben später. Die Kapitulation gegenüber diesem System war keine Option für ihn. Für Tom Midler spielte es keine große Rolle, ob das Flugblatt am Samstag einschlagen würde oder nicht. Ob die Menschen es dankbar entgegennehmen oder einfach vorbeiziehen würden. Tom hatte Zeit und unermesslich viel Geduld. Er wusste, dass seine Ideologie die einzig Richtige war, um das untergehende Amerika aus der Misere zu heben.

Er steckte eine Kassette in das Autoradio und lauschte den weichen Klängen von Beethoven. So ausgeglichen und ruhig der sechsunddreißigjährige Tom auch zu sein schien, innerlich brodelte sein Hass. Lange genug hatte er sich von dem verdrehten System befehligen lassen. Nun war die Zeit des Widerstandes gekommen.

Ein Unfall blockierte die Hauptstraße, welche zu seiner Wohnung führte, und so kam es, dass Tom den Motor abstellte und das Fenster runterkurbelte. Er nahm sich eine Zigarette aus der Schachtel. In Gedanken erinnerte er sich an Erlebnisse, die nun schon mehrere Jahre zurücklagen. Damals lebten seine Eltern noch und die Welt schien in Ordnung zu sein. Tom war damals in der siebten Klasse und wie jeden Mittwochnachmittag hatte Sport auf dem Unterrichtsplan gestanden.

Kevin Mustan, ein brutaler Rüpel, der schon zweimal durchgefallen war, befand sich in Toms Jahrgangsstufe. Nach dem Sportunterricht warteten die meisten Schüler an der Haltestelle auf den Bus, wie damals auch Tom.

»Hey! Was rempelst du mich an?«, zischte Kevin und tat so, als würde er von einem unsichtbaren Schlag getroffen.

Tom stand am anderen Ende der Bushaltestelle und sah dem Treiben von Kevin mit Verwunderung zu.

»Hey, Brillenschlange, ich hab dich was gefragt«, keifte Kevin los. Sein Anblick konnte einem Siebtklässler schon Angst machen. An jedem Ohrläppchen befanden sich drei Ringe und die große blaue Tätowierung auf seinem rechten Arm ließ nichts Gutes erahnen.

»Meinst du mich, Kevin?«, fragte der damals noch schüchterne Tom leise und zeigte auf sich selbst.

»MEINST DU MICH, KEVIN? MEINST DU MICH, KEVIN?«, äffte Kevin Tom nach und begann sein Gesicht zu einer Grimasse zu verziehen.

»Willst du mich verarschen, kleiner Zwerg?« Kevin hatte mit seinen Imitationskünsten aufgehört und sah Tom bedrohlich an.

»Was habe ich dir denn getan?« In Toms Bauch machte sich immer mehr das Gefühl breit, seine Beine unter die Arme nehmen zu müssen. Einmal hatte er auf dem Pausenhof gesehen, wie ein Junge der achten Klasse Kevin dumm gekommen war. Und das war weiß Gott kein schöner Anblick gewesen.

»Willst du unbedingt sterben, du kleines Arschloch?« Die Stimme von Kevin klang leise und sehr bedrohlich. Er setzte sich in Bewegung und ging langsam auf Tom zu.

Die Angst hatte den kleinen Jungen erstarren lassen. Tom bemerkte, wie sein Pulsschlag immer schneller und schneller wurde, und er bekam, wie immer in solchen Situationen, einen faden Geschmack im Mund.

»Entschuldige dich, du Wurm«, befahl Kevin und grinste.

Die umstehenden Schüler an der Bushaltestelle hatten sich wie eine verängstigte Herde von Schafen in das andere Eck des kleinen Wartehäuschens gezwängt und harrten mit großen Augen und ängstlichen Blicken der Dinge, die da noch kommen sollten.

»Entschuldigung.«, stotterte Tom. Ihm war alles recht, diese grauenhafte Situation sollte nur endlich vorbeigehen. Tom riskierte einen Blick auf seine Uhr, nur um zu sehen, wann der rettende Schulbus endlich kommen würde, doch das war ein gravierender Fehler.

Kevin schlug Tom plötzlich mit der flachen Hand ins Gesicht. Der Junge drehte sich beinahe um seine eigene Achse und fiel anschließend zu Boden. Seine Wange brannte wie Feuer und er hatte für einen kurzen Moment Schwierigkeiten, seine Orientierung wiederzuerlangen.

»Du schaust nur auf die Uhr, wenn ich es dir sage, kapiert?!«, brüllte der kleine, wütende Kerl los und fixierte Tom mit seinen wahnsinnigen Augen.

»Ja, Entschuldigung.«, wimmerte Tom und hielt sich seine glühende Wange. Es schien, als hätte sich sein Herz in seine rechte Wange verlagert. Tom spürte nur noch das schmerzende Pochen in seinem Gesicht.

»Küss mir den Schuh«, befahl Kevin sichtlich amüsiert und sah sich gelangweilt in der Gegend um.

Tom sah ihn an, als hätte er den Satz nicht richtig verstanden. Doch es dauerte nicht lange und er realisierte, was wohl passieren würde, wenn er es nicht tat.

Er küsste den Cowboystiefel von Kevin mit Ekel. Als er wieder aufrecht stand, schlug Kevins Hand wieder auf seine Wange. Noch intensiver und schmerzhafter als zuvor. Tom fiel erneut zu Boden und versuchte verzweifelt sich ohnmächtig zu stellen, als er einen Tritt in die Magengegend bekam. Nun schrie der Junge vor Schmerzen und er hatte das Gefühl, seinen kompletten Mageninhalt an der Bushaltestation herauslassen zu müssen.

Die Reifen des herannahenden Schulbusses kamen ächzend zum Stillstand und Tom Midler dankte dem lieben Gott für diese Rettung.

Kevin beugte sich nochmals über den schmerzerfüllten Jungen und flüsterte ihm ins Ohr:

»Ich bin mit dir noch lange nicht fertig, du Wurm, Hahaha. Außerdem weiß ich, wo du wohnst. Gute Heimfahrt!« Mit diesen Worten und einem psychopathischen Blick verabschiedete sich der brutale Kerl und stieg in den Bus ein.

Tom schaffte es nicht mehr, aufzustehen, und der Bus fuhr ohne ihn davon.

Was die nächsten Tage folgte, war die pure Angst und ein Verfolgungswahn, der bis zum nächsten Mittwoch anhalten sollte. Kevin hatte sich nicht mehr blicken lassen und fehlte wie so oft unentschuldigt im Unterricht. Am Mittwoch stand Kugelstoßen auf dem Sportplan und Kevin betrat die Umkleidekabine. Glücklicherweise war Tom gerade fertig umgezogen.

»Hey, Tom. Bist du bereit für die nächste Abreibung?«, begrüßte er sein Opfer und es wurde still in der sonst so lauten Umkleidekabine.

»Lass mich in Frieden, du Idiot!«, antwortete Tom gelangweilt und konnte selbst nicht glauben, was sein Mund da gerade von sich gegeben hatte. Tom Midler, ein zurückhaltender und schüchterner Junge, hatte Kevin zurechtgewiesen. Seine Angst schlug plötzlich in Wut und Angriffslust um.

Kevin stand mit offenem Mund da und war vollkommen perplex. Ihm fehlten die Worte, was sich in seinem Gesichtsausdruck widerspiegelte.

Tom verließ die Umkleidekabine, um ins Freie zu gelangen. Er konnte immer noch nicht glauben, was er da eben gesagt hatte. Auf der einen Seite machte es den Jungen sehr stolz auf sich selbst, doch schnell kam die Erkenntnis, was wohl passierte, wenn die beiden allein aufeinandertreffen würden, ohne Lehrer, ohne Schutz.

Der Unterricht begann und das Kugelstoßen wurde an diesem Schultag benotet. Kevin fixierte Tom mit einem gehässigen Blick und versuchte permanent in der Nähe seines Opfers zu sein.

»Ich mach dich platt, du Nichts«, flüsterte er.

»Ich lach mich tot, du hirnloser Idiot«, antwortete Tom gelangweilt und bemerkte, wie ein Gefühl in ihm hochkam, dass er in dieser Form noch nie gespürt hatte: Mut. Er bezwang seine Angst und wandelte seine ganze Energie in Mut um.

Wieder stand Kevin da und sah Tom ungläubig an.

»Wo willst du sterben? Hier oder an der Bushalte?«, fragte er wütend und fletschte seine Zähne.

»Besteh erst einmal die Klasse, du Clown. Dann reden wir weiter«, antwortete Tom salopp und innerlich feierte er einen Siegeszug, der schöner nicht hätte sein können.

Die Worte waren laut und deutlich aus Toms Mund gekommen, was unweigerlich dazu führte, dass die umstehenden Schüler in Gelächter ausbrachen. Blitzschnell drehte sich Kevin zu den Schülern, das Gelächter verstummte abrupt. Das Maß war voll und Tom konnte beobachten, wie Kevins Gesichtsfarbe sich immer rötlicher verfärbte.

Nun sollte der Höhepunkt des ganzen Debakels folgen. Tom war mit dem Stoßen der schweren Bleikugel dran. Wie sollte es auch anders sein? Genau hinter ihm in der Schlange der wartenden Schüler stand ausgerechnet Kevin. Wie ein Löwe, der nur auf den richtigen Moment wartete, beäugte er sein Opfer.

Tom setzte an, als er plötzlich die Stimme hinter sich sagen hörte: »Deine Mutter ist eine Schlampe, ich sollte sie mal besuchen kommen.«, schrie Kevin so laut, dass es alle Anwesenden hören konnten.

Tom sah Kevin in die Augen, als würde er versuchen, den Jungen mit seinem Blick zu töten. Seine Pupillen funkelten vor Hass, so offensichtlich, so intensiv, dass Kevin einen Schritt nach hinten trat. Dieser angespannte Augenblick dauerte nicht einmal zehn Sekunden, als Tom plötzlich fünf Meter nach vorn ging. Er drehte seinen Kopf zu Mr. Proler, dem Sportlehrer der 7c.

»Entschuldigen Sie bitte, Mr. Proler, aber dieser Idiot hat es nicht anders verdient«, sagte er leise, setzte die Kugel auf seine Schulter und warf sie mit voller Wucht in Richtung Kevin.

Die Kugel landete mit hoher Geschwindigkeit im Gesicht des Jungen, dessen Nasenbein mit einem deutlich hörbaren Knacken brach. Kevin sackte schreiend in sich zusammen. Ungläubig starrten Lehrer und Schüler abwechselnd zu Kevin und dann wieder zu Tom.

Der damals noch minderjährige Midler hatte eine unfassbar brutale und voll beabsichtigte Aktion gegen einen seiner Mitschüler unternommen. So jedenfalls lautete die offizielle Beschuldigung des tätlichen Angriffs später.

Nur schwerlich konnte man diesen Akt als einen geistigen Aussetzer deklarieren, denn Tom war sich von dem Moment des Wurfes an bis zum schmerzhaften Aufprall des Balls in Kevins Gesicht seiner Tat voll und ganz bewusst gewesen. Die Worte, die er damals im Vorfeld zu Mr. Proler gesagt hatte, untermauerten bis zum heutigen Tage seinen Standpunkt. Kevin hatte es nicht anders verdient.

Bis zu diesem Mittwoch galt der unauffällige Tom Midler als hilfsbereit und zuvorkommend. Doch seit diesem Wurf hatte sich in seinem Kopf etwas Grundlegendes geändert. Er hatte begriffen, dass Gewalt nicht falsch war, sondern dass man damit sehr effizient sein Ziel erreichen konnte.

Kevin wurde damals in das städtische Krankenhaus eingeliefert. Nach zwei Wochen Aufenthalt konnte er wieder entlassen werden. Doch sein neugewonnenes Erscheinungsbild sollte ihn bis an sein Lebensende an Tom Midler erinnern.

Der Stau löste sich auf und Tom verließ seine Gedankenwelt rasch. Er legte den ersten Gang ein und fuhr langsam los. Seine Hände umklammerten das Lenkrad so fest, dass die Haut um die Knöchel weiß wurde.

Am Abend dieses 14. Mai des Jahres 2008 ging Tom Midler pünktlich zu Bett wie jeden Abend. Und wie so oft war sein Ziel, noch nicht einzuschlafen, sondern zu träumen. Zu träumen von einem Amerika, das sauber und rein war. Ohne jene Menschen, die seinem geliebten Staat nur zur Last fielen und Gewalt auf den Straßen verbreiteten.

Er träumte mit offenen Augen von einer Welt, die nach seiner Pfeife tanzte und seine Ideologie für den einzig wahren Weg Amerikas hielt, aus dem Desaster herauszukommen.

»Ach ja … eines Tages … eines Tages …«, murmelte er müde zu sich selbst und holte aus dem Nachtschrank seine Abendlektüre heraus, die er letzte Woche zu einem horrenden Preis in einer Buchhandlung erworben hatte.

Er schlug das Buch in der Mitte auf und begann weiter zu lesen. Auf dem Cover befand sich nur ein Symbol. Das Zeichen eines Mannes, der ungefähr das gleiche Ziel hatte wie er. Dieser Mann faszinierte Tom und zog ihn auf magische Art und Weise in seinen Bann. Er schlug das Buch wieder zu und sah sich das Symbol an. Lächelnd fuhr Tom, wie schon Stunden zuvor, mit seinem Daumen über das Papier. Auf dem Buch prangte in roter Schrift: Adolf Hitler – »Mein Kampf«.

Er schaltete seine Stereoanlage an und lauschte den leisen Klängen Beethovens. Wieder schlug er eine Seite um, nickte bestätigend und las weiter, während seine Lippen stumm die Worte jenes Mannes, der seinerzeit die Welt in eines der größten Unglücke der Menschheitsgeschichte riss, wiedergaben.

Der Mai ging ins Land und die Temperaturen kletterten unaufhaltsam nach oben. Mit dem nahenden Sommer stieg stetig auch die Laune der Bevölkerung. Es ist in Stein gemeißelt, dass der Sommer den Menschen immer wieder ein Lächeln auf das Gesicht zaubert. Frühlingsgefühle und Wärme können so Bezauberndes bewirken. Die Vögel singen öfter und die Pflanzenwelt zeigt der Menschheit, welch wunderbare Kraft und Schönheit sie doch besitzt.

In Samuels Welt lief alles wieder in geordneten Bahnen. Der Krankenhausaufenthalt war längst in Vergessenheit geraten und auch Pamela und Mike Stromer hatten die Ereignisse gut verdaut. Der Alltag hatte sie wieder.

»Wie schaut's aus, Sam?«, fragte Ricco und bewies seinem Freund, dass er seine alte Angewohnheit nicht vergessen hatte, sich durch sein kurzes schwarzes Haar zu streichen.

»Ich weiß nicht, obwohl es sicherlich lustig wäre …«, sinnierte Sam laut und konnte sich zu keiner Entscheidung durchringen.

»Komm schon. Was sollen wir denn sonst mit diesem angebrochenen Samstagmorgen machen?«

»Und wenn sie uns erwischen?«

»Werden sie nicht!«, unterbrach Ricco seinen Freund und fuchtelte ungeduldig mit seinen Händen umher.

Samuel hatte sich in der Schule erheblich verbessert. Das hatte zur Folge, dass er nicht mehr die alte Mrs. Wolthers aufsuchen musste, um sich unzählige Stunden in ihrem Nachhilfeunterricht für Mathe herumzuquälen. Die neugewonnene freie Zeit verbrachten die beiden Freunde auf einer Bank, die sich direkt neben dem Elternhaus von Sam in der Medlesterstreet befand. Dort blieben sie jedoch nur so lange sitzen, bis ihnen der nächste Blödsinn einfiel und sie jubelnd davonsausten.

»Und wenn doch?«, hakte Sam noch einmal nach und sah seinen Freund an.

»Dann laufen wir einfach davon. Komm schon, sei kein Angsthase!«, drängelte Ricco und stach seinem Freund mit dem Zeigefinger in die Seite.

»Okay, aber du fährst.«

»Okay, dann los.« Er klopfte Samuel bestätigend auf die Schulter und grinste wie ein Honigkuchenpferd.

Ricco Feller hatte den genialen Einfall, sich kurz den Wagen seines Vaters auszuborgen, um damit eine kleine Spritztour zu machen. Weder Ricco noch Sam waren in Besitz eines Führerscheins und dennoch oder gerade deshalb schien dieser verbotene Spaß die Jungen magisch anzuziehen.

Riccos Mutter arbeitete bei einer großen Versicherungsagentur, die ihre Mitarbeiter von Zeit zu Zeit in den Außendienst schickte, um Kundenkontakte zu pflegen. Riccos Eltern waren wohlhabend, sodass sich sein Dad nach dem Teilzeitjob die Zeit damit vertrieb, Fitnessstudios aufzusuchen oder mit seinen Freunden über die Ergebnisse des letzten Baseballspiels zu diskutieren. Kurzum: Weder Mandy noch Robert Feller waren an diesem Samstagmorgen zu Hause.

Schnell erreichten sie die Medlesterstreet Nummer vier und befanden sich im nächsten Augenblick im Wohnzimmer von Riccos Eltern.

»Warte … hier ist er!« Wie eine Trophäe hielt Ricco den gefundenen Autoschlüssel des nagelneuen BMW in der Hand. Sein breites Grinsen verriet, dass er sich schon tierisch auf eine kleine Spritztour freute.

Sam band sich sein langes Haar mit einem Gummi zusammen und machte ein kritisches Gesicht.

»Blödsinnmachen schön und gut, Ricco, aber wenn uns die Polizei aufhält, haben wir ein ernsthaftes Problem.« Die Zweifel des siebzehnjährigen Jungen wollten nicht nachlassen und irgendwie hatte Samuel Stromer ein eigenartiges Gefühl.

»Jetzt mach dir mal nicht ins Hemd, Alter. Das wird bestimmt lustig. Wir können bei Susi vorbeifahren. Mann, die wird Augen machen.« Ricco grinste.

Dieser Schuss traf genau ins Schwarze. Die heimliche Liebe seines Freundes war genau der Knackpunkt, um alle Zweifel und Ängste zu beseitigen.

»Ach, was soll's. Man lebt nur einmal«, antwortete Sam, drehte sich um und ging wieder zur Haustür.

»Cool, Mann. Genau meine Rede, Alter, genau meine Rede ...« Ricco klopfte seinem Freund auf die Schulter und die beiden begaben sich zur Garage der Fellers.

Die Sonne zeigte sich an diesem 10. Juni von ihrer besten Seite und der Sommer schien in großen, unaufhaltsamen Schritten auf New Jersey zuzukommen. Auf der Straße ertönte laut die Musik eines vorbeifahrenden Autos. Die Beach Boys dröhnten mit Surfin' USA aus den Lautsprechern des Wagens und auch Sam begann nun zu lächeln. Es war schönstes Wetter, es war Samstag und warum sollten die beiden Freunde nicht schlicht und ergreifend ein wenig Spaß haben?

Ricco hatte sich schon öfters heimlich das Auto seines Vaters geliehen und war somit der bessere Fahrer. Sie setzten sich in den BMW und genossen für einen Augenblick diesen Moment des Erwachsenseins. Es war schon überwältigend, in einem 60.000-Dollar-Wagen zu sitzen und sich wie der König der Welt zu fühlen.

Für einen kurzen Moment ließen die beiden Jungs das erhabene Gefühl auf sich wirken und hielten inne. Ricco fuhr sich durch das Haar und grinste wie ein Schneekönig.

»Wow, das ist echt ...Wow...« Er schnallte sich an. »Bist du bereit?«, fragte er und starrte konzentriert wie ein Rennfahrer nach vorn, der nur auf das grüne Licht der Startampel wartet.

Sam nickte und schaltete das Autoradio an. Er legte seine Lieblings-CD ein und plötzlich ertönte die Rockhymne »Walk this Way« von Aerosmith.

»Los geht's!«, schrie Ricco laut und legte den ersten Gang ein. Langsam setzte sich der teure BMW in Bewegung und die beiden fuhren die Medlesterstreet entlang Richtung Hauptstraße.

»Das ist schöner als Sex.« Ricco wippte im Rhythmus der Musik.

»Woher willst du das wissen? Du hattest doch noch nie Sex!«, antwortete Samuel und sah seinen Freund verwundert an. Nach einem kurzen Augenblick prusteten die beiden laut los.

Ein paar Minuten später hatten sie die Hauptstraße erreicht und fädelten sich ordnungsgemäß in den Verkehr ein. Ricco steuerte auf den Highway zu. Das war die Gelegenheit, den Wagen einmal richtig auszufahren.

»Sachte, sachte«, murmelte Sam und versuchte sich irgendwo festzuhalten.

Ricco beschleunigte den PS-Protz sehr schnell und die beiden bemerkten, welche Power sich unter der Motorhaube befand. Mit einer wahnsinnigen Geschwindigkeit raste Ricco den Highway New Jerseys entlang und gab ordentlich Gas. Glücklicherweise war zu dieser Zeit wenig Verkehr und die beiden Freunde schossen davon.

»Geil!«, brüllte Ricco und drehte das Radio weiter auf. Der Bass vibrierte in dem Wagen und Sam konnte jeden einzelnen Ton in seiner Magengegend fühlen.

»Langsamer, Ricco. Fahr langsamer.« Sam versuchte seinen Freund zu zügeln, doch es war zu spät. Ricco befand sich im Geschwindigkeitsrausch.

Konzentriert und grinsend wie ein Breitmaulfrosch drückte der Siebzehnjährige das Gaspedal ein Stück weiter Richtung Fahrzeugboden.

»Wahnsinn! Der geht ab wie 'ne Rakete!«, johlte er und drückte das Gaspedal weiter durch.

Die vorgegebene Geschwindigkeitsbegrenzung hatte der BMW längst überschritten und so rauschten die beiden eine Zeit lang über den Highway.

»Oh, Scheiße …«, stöhnte Sam und drehte sich um.

Auch Ricco schaute in den Rückspiegel und sah, warum sein Freund jammerte. Blaulichter funkelten am Horizont und kamen näher und näher. Sam stellte die Musik leise und nun konnten sie auch die bedrohlichen Sirenen des Polizeiwagens hören. Für einen kleinen Moment war Ricco Feller vom Gas gegangen. Doch plötzlich stieg er wieder in die Eisen und der BMW schoss los.

»Bist du wahnsinnig? Bleib stehen!«, schrie Sam und blickte seinen Kumpel ungläubig an.

»Die hängen wir ab. Die nächste Ausfahrt fahren wir runter und dann verschwinden wir in der Stadt«, antwortete Ricco knapp und versuchte sich weiter auf den Verkehr zu konzentrieren.

»Bist du irre? Sie werden uns schnappen! Bleib verdammt noch mal stehen!«, brüllte Sam und spürte Panik in sich aufsteigen.

Die heulenden Sirenen kamen näher. Die nächste Ausfahrt war nur noch knapp hundert Meter entfernt, als Ricco den Lenker plötzlich stark nach rechts riss. Sie hatten es geschafft. Der Wagen befand sich auf der Ausfahrtsstraße und Ricco schaltete den Warnblinker ein. Er hupte sich den Weg frei.

»Hör auf mit dem Wahnsinn. Halt den Wagen an, du Idiot!«, befahl Sam, doch Ricco reagierte nicht. Immer noch mit zu hoher Geschwindigkeit raste der Wagen in die Stadt. Das Polizeiauto war im Rückspiegel nicht mehr zu sehen und die beiden fühlten sich für einen Moment wieder sicher.

»Wir haben es geschafft. Sie sind weg«, stöhnte Ricco und wischte sich den Schweiß von der Stirn.

Sam saß mit offenem Mund da und konnte nicht glauben, was soeben passiert war. Er und sein

Freund Ricco lieferten sich an einem Samstagvormittag eine wilde Verfolgungsjagd mit der Polizei von New Jersey.

»Lass mich aussteigen.« Sam sah seinen Freund ernst an.

»Gleich, Mann. Ich bringe den Wagen nur noch zurück. War eine Scheißidee…tut mir leid, Sam«, entschuldigte sich Ricco knapp und gliederte sich wieder in den fahrenden Verkehr ein.

»Ich möchte aber JETZT aussteigen«, antwortete Samuel Stromer und drehte sich mit seinem Oberkörper zu seinem Freund.

»Ich möchte auch raus aus diesem Wagen, Sam. Wir fahren ihn zurück in die Garage und vergessen das alles wieder. In Ordnung?«, zischte Ricco und Sam bemerkte, dass auch sein Kumpel nervlich angeschlagen war. Aus dem anfänglichen Spaß war ein gefährliches Katz-und-Maus-Spiel geworden.

»Okay.« Sam rieb sich die Augen und versuchte sich und seinen Puls wieder zu beruhigen.

Der Wagen bog langsam in die Medlesterstreet ein, als sie von Weitem ein Lichtermeer sahen. Anscheinend hatte die Polizei nach dem Halter des Kennzeichens gefahndet und so kam es, dass fünf Streifenwagen vor dem Elternhaus von Ricco Feller standen.

»Scheiße. Oh, verdammt. Nein«, stammelte Ricco und bremste. Der Wagen stand nun keine zweihundert Meter von der Nummer vier entfernt.

Eine drückende Ruhe machte sich in dem BMW breit. Weder Ricco noch Sam wagte es, ein Wort zu sagen. Ungläubig betrachteten sie die blinkenden Polizeiwagen.

»Sie werden uns einsperren – verhaften – Mum – Gericht – Schule – Dad – in Handschellen abführen.« Die Gedanken von Sam kreisten in seinem Kopf.

»Zwei Jugendliche bei wilder Verfolgungsjagd getötet. Ja, so wird es die Zeitung schreiben. Aber ich will nicht sterben«, murmelte Sam und schloss die Augen. Er hatte das Gefühl, langsam, aber sicher durchzudrehen. Seine Hände waren nass vor Schweiß und er spürte, wie seine Magensäure versuchte, sich einen Weg nach oben zu bahnen.

»So nicht«, fauchte Ricco und fuhr sich wieder durch sein Haar. Er schaltete das Radio wieder ein und drehte es auf volle Lautstärke. Mit einem Mal ertönte in ohrenbetäubender Lautstärke das Lied »Detroit Rock City« von Kiss.

Sam sah, wie sich die Polizisten umdrehten und nicht nur die Musik, sondern auch den gesuchten Wagen inklusive der beiden Flüchtigen wahrnahmen.

»Drehst du jetzt völlig durch?!«, schrie Sam seinen Freund an.

Doch der reagierte nicht.

»I feel uptight on Saturdaynight ...«, tönte es aus dem luxuriösen Wagen.

Ricco drehte den Zündschlüssel um und trat das Gaspedal bis zum Anschlag durch. Mit quietschenden Reifen und einer leichten Rauchwolke startete das PS-starke Auto durch.

»Halt an, oh mein Gott ... Wir werden sterben ...«, stöhnte Sam und hielt es für besser, die Augen zu schließen.

Der BMW schoss davon und mit ihm fünf Polizeiwagen mit Sirenen und Blaulicht. Ricco steuerte wieder auf die Hauptstraße und beschloss, über die Bundesstraße auszuweichen.

Die Highways von New Jersey waren gut zu fahren, da es die meiste Zeit nur geradeaus ging. Die ideale Strecke, um alles aus dem BMW zu holen, was ging. Er setzte den Blinker links und fuhr, was der Wagen hergab. Die Bäume und Autos zischten nur so an seinem Blickfeld vorbei und der siebzehnjährige Junge musste sich konzentrieren, um keinen Unfall zu bauen und die Spur halten zu können.

»Bleib stehen, Ricco Feller! Es ist sinnlos!«, ertönte plötzlich eine blecherne Stimme aus einem der Streifenwagen.

»Sie kennen meinen Namen. Sie wissen, wer ich bin. Wissen wer ich bin... wissen ...«

Wie ein hungriger Geier kreiste immer und immer wieder der gleiche Satz in dem völlig überlasteten Gehirn von Ricco. Der Junge beschloss, noch mehr Gas zu geben, und begann Zickzack zu fahren.

»Willst du uns umbringen?!«, brüllte Sam und Ricco sah ihn an.

»Nein. Ich versuche nur zu entkommen.«, fauchte er und versuchte, den entgegen kommenden Autos auszuweichen.

»Hier spricht das NYPD. Halten Sie den Wagen an«, ertönte wieder die blecherne Stimme hinter ihnen.

Ricco sah in den Rückspiegel und musste mit Entsetzen feststellen, dass aus den fünf Polizeiwagen plötzlich sieben geworden waren. Er richtete seinen Blick wieder nach vorn und hatte völlig vergessen, dass er sich auf der Gegenspur befand. Mit Fernlicht und hupend kam ihm rasend schnell ein Wohnmobil entgegen. Ricco riss das Lenkrad nach rechts und konnte eine Kollision im letzten Moment verhindern. Er war wieder auf der rechten Spur und bemerkte nicht, dass wegen seiner radikalen Spurwechsel hinter ihm ein Unfall geschah.

»OH MEIN GOTT!«, schrie Sam und sah aus dem Fenster nach hinten. Zwei Pkw waren ineinandergekracht, weil der Fahrer dem brutal einscherenden Ricco nicht mehr hatte ausweichen konnte. Die damit verbundene Vollbremsung führte zu einem Crash. Im Nachhinein sollte sich herausstellen, dass Ricco mit dieser Aktion nicht nur einem jungen Mann das Leben genommen hatte, sondern einer kleinen Tochter auch den Vater.

»Oh mein Gott, oh mein Gott, oh mein Gott.«, stöhnte Ricco immer wieder. Er kam sich vor wie in einem schlechten Film, den er nicht abschalten konnte. Hinter ihm befand sich das Blaulichtermeer der Polizeiwagen und jetzt war er auch noch für einen Unfall verantwortlich.

Und so rasten die beiden Jugendlichen in einer wahnsinnigen Geschwindigkeit den Highway herunter, während in dem Auto immer noch das Lied von Kiss lief: »... I got to laugh 'cause I know I'm gonna die ... why?«

Schon länger als eine halbe Stunde waren die beiden nun auf der Flucht vor den Gesetzeshütern. Es zeichnete sich immer noch kein Ende ab und sowohl die psychischen als auch die physischen Kräfte der beiden Freunde neigten sich langsam dem Nullpunkt zu.

»Wir fahren hier ab«, teilte Ricco knapp mit.

Sam reagierte nicht, sondern starrte apathisch aus dem Fenster.

Ricco bremste den Wagen ab und fuhr die Ausfahrt herunter. Seit ungefähr zehn Minuten war nicht nur eine Schar von Polizeiwagen hinter der Limousine her, auch ein Hubschrauber gab seine Informationen aus der Luft bekannt und unterstützte die Kräfte am Boden.

DINGDONG

Pamela lief zur Tür und öffnete. Vor ihr stand ein uniformierter Mann mit einem Zettel in der Hand.

»Ah, Polizei?«, fragte die verdutzte Frau und zog die Augenbrauen nach oben.

»Guten Tag. Sind Sie Mrs. Stromer?«, fragte der Beamte höflich und reichte Pamela die Hand.

Sie erwiderte den Händedruck und erwartete das Schlimmste.

»Ja. Pamela Stromer. Ist etwas mit meinem Mann?«, fragte sie den Beamten und ihre Fantasie begann verrücktzuspielen.

»Nein. Mein Name ist Markus Drewler, New York Police Department. Ich möchte Sie bitten, mitzukommen«, sagte der Mann.

»Weshalb?«, fragte Pamela und verstand die Welt nicht mehr.

»Ihr Sohn, Samuel, nicht wahr? Und ein gewisser Ricco Feller befinden sich auf der Flucht.«

Dieser knappe, aber aussagekräftige Satz rammte sich wie ein heißer Nagel in den Kopf von Pamela. »Was haben Sie da gesagt?«, stammelte sie langsam, als hätte sie die Worte des Polizisten nicht verstanden.

»Ich sagte, dass sich Ihr Sohn und Ricco Feller auf der Flucht vor der Polizei befinden. Die beiden rasen auf dem Highway entlang und liefern sich mit unseren Beamten waghalsige Verfolgungsjagden. Da Ihr Sohn minderjährig ist, müssen wir Sie in die Verantwortung nehmen. Die Situation ist laut meinem letzten Informationsstand sehr heikel, da die beiden ja wirklich Nerven und Ausdauer zu haben scheinen. Wir haben sämtliche Einsatzkräfte mobilisiert und die Außenbezirke, die für eine eventuelle Flucht in Frage kommen, abgesperrt. Ich möchte Sie bitten, mitzukommen, um den beiden Jungen klarzumachen, dass es keinen Sinn mehr macht. Wir wollen die beiden ja schließlich nicht von der Straße kratzen.«

Kaum hatte der Beamte seine Ausführung beendet, drehte sich Pamela um, ging ins Wohnzimmer und setzte sich auf die Couch.

Der Beamte folgte ihr.

»Ist Ihnen nicht gut? Soll ich einen Arzt kommen lassen?«, fragte er fürsorglich und setzte sich neben die Frau.

In Pamelas Kopf drehte sich ein Karussell, das immer schneller und schneller wurde.

»Oh mein Gott…«, flüsterte sie und bemerkte nicht, dass ihr eine Träne die Wange hinab lief.

»Mein Mann«, sagte sie knapp, griff zum Telefonhörer und wählte.

»Bleibt stehen! Die Straßen sind gesperrt! Es hat keinen Sinn mehr!«, ertönte wieder das Megafon, doch nun klang die blecherne Stimme eindringlicher als zuvor.

»Halt den Wagen an, Ricco! Es ist sinnlos!«, schrie Sam seinen Freund an und packte ihn an der Schulter.

»Wir schaffen es, glaub mir. Wir schaffen es.« Ricco sah Sam mit weit aufgerissenen Augen an. Das Adrenalin und die zunehmende Panik hatten die Kontrolle übernommen. Anscheinend hatte Ricco nur noch einen einzigen Gedanken: Die Polizei abhängen und die Misere, in der sich die beiden jungen Menschen befanden, einfach rückgängig machen. Irgendwie.

»Was willst du schaffen?! Die wissen, wer wir sind! HÖR ENDLICH AUF!«, kreischte Sam und verlor die Nerven. Er versuchte, das Lenkrad in seine

Gewalt zu bekommen, und für einen kurzen Augenblick geriet der Wagen ins Schleudern. Glücklicherweise kam seit geraumer Zeit kein Gegenverkehr mehr. Dem Resultat der weiträumigen Straßensperren war es zu verdanken, dass die beiden nicht in ein anderes Fahrzeug krachten.

Ricco schlug Sam ins Gesicht. Er hatte den Wagen wieder unter Kontrolle.

Sam saß da, hielt seine Wange und versuchte, seine Gedanken zu sortieren.

»Hör zu, Sam. Wir dürfen jetzt nicht durchdrehen. Ich werde die Polizei abhängen, dann werden wir den Wagen irgendwo abstellen und nach Hause laufen. Wenn uns jemand fragt, sagen wir, dass wir den ganzen Nachmittag auf dem Bolzplatz waren. Okay?!«

Es war offensichtlich: Ricco Feller verlor seinen Verstand. Eine rasende Zeitbombe schoss auf den Straßen New Jerseys entlang, gefolgt von der halben Bereitschaftspolizei. Das Katz-und-Maus-Spiel nahm gefährliche Formen an.

Pamela und Mike Stromer befanden sich in einem Polizeiwagen, der mit rasanter Geschwindigkeit und Blaulicht die Bundesstraße entlangraste. Mike hielt die Hand seiner Frau und streichelte ihr beruhigend über den Kopf.

»Ricco hat doch noch gar keinen Führerschein.«, stammelte Pamela geistesabwesend, starrte mit leerem Blick aus dem Fenster und betrachtete ungläubig die anderen Polizeiwagen, während die hektischen Funksprüche der Zentrale ihre Gedanken immer wieder unterbrachen.

Mike hatte sich mehr im Griff. Das lag vor allem daran, dass seine Fantasie nicht mit ihm durchging. Ohne Frage, die Situation war für alle Beteiligten mehr als gefährlich und dennoch wusste er, dass seinem Sohn nichts passieren würde. Er glaubte daran.

Der Polizeiwagen schoss die Ausfahrt herunter und versuchte, Anschluss an die Verfolgungsjagd zu bekommen.

»Halt dich fest!«, schrie Ricco, als er einen Polizeiwagen sah, der sich vor ihnen quer auf die Fahrbahn gestellt hatte. Der Polizist hatte sich hinter dem Auto in Sicherheit gebracht und winkte den beiden Jugendlichen hektisch zu. Der BMW brach aus, überfuhr einen Grünstreifen und landete unversehrt auf der Spur, die wieder auf den Highway führen sollte. Es schien, als würde diese irrsinnige Odyssee nie enden wollen, und der Wagen von Robert Feller raste wieder auf die Bundesstraße.

»Geschafft. Wir haben es geschafft.«, staunte Ricco laut und wischte sich den Schweiß von der Stirn. Immer wieder musste er eine Hand vom Lenkrad nehmen, um sie an seiner Jeans abzutrocknen.

Sam fuhr das Fenster nach unten, streckte seinen Kopf heraus und sah nach oben.

»Der Helikopter ist immer noch da, Ricco. Bleib doch bitte stehen, es macht keinen Sinn.«, jammerte Sam und schloss das Fenster wieder.

Plötzlich fixierten Riccos Augen den Innenspiegel. Irgendetwas schien dort hinten aufgetaucht zu sein.

»Was ist denn?« Kaum hatte Sam seine Frage gestellt, drehte er sich um und sah aus der Heckscheibe. »Ach du Scheiße.«, stöhnte er und drehte sich mit weit aufgerissenen Augen wieder nach vorn.

Circa fünfhundert Meter hinter dem BMW war eine Armada von Polizeimotorrädern aufgetaucht und schien unaufhaltsam in extrem hohen Tempo auf sie zuzukommen.

»Halt dich fest. Das wird ein Meisterstück«, sagte Ricco und trocknete sich nochmals die Hände an seiner Hose ab.

Der Wagen brach nach rechts aus und begann die fahrenden Autos auf der Standspur zu überholen. Sie hatten den gesperrten Abschnitt der Polizei verlassen und rasten in dem regulären Verkehr von New Jersey weiter ins Ungewisse.

»So verlieren sie uns aus dem Blickfeld«, erklärte Ricco und gab Vollgas.

Obwohl die linke Spur frei war, entschied sich der siebzehnjährige Junge, den Grünstreifen zu nehmen.

Damit hatte die Polizei nicht gerechnet.

»Pass auf, wo du hinfährst! Geh vom Gas ... GEH VOM GAS!«, schrie Sam erneut und hörte wieder die blecherne Stimme hinter sich.

»Stoppen Sie den Wagen! Sie gefährden sich und Ihre Mitmenschen! Stoppen Sie den Wagen!«, schrie die Megafonstimme mahnend, doch es war zu spät: Ricco verlor die Kontrolle über den PS-Protz und der Wagen begann auszubrechen.

Der motorisierte Polizist hinter den Flüchtigen kam zum Stehen, klappte sein Visier nach oben und sah dem Spektakel ungläubig zu. »Oh mein Gott«, kam es über seine Lippen.

Der BMW touchierte einen Lkw, der sich auf der rechten Spur befand. Anscheinend gab es keinen harten Zusammenstoß, dennoch reichte es, dass Ricco die Kontrolle über den Wagen gänzlich verlor. Wie ein ferngesteuertes Spielzeugauto, das von einem zerstörungswütigen Kind gelenkt wurde, raste der Wagen auf die linke Spur und wieder zurück. Der BMW krachte gegen einen anderen Pkw, überschlug sich mehrmals und kam Funken sprühend auf dem Dach zum Stehen.

Mit der Verfolgungsjagd endete nicht nur eine lebensgefährliche Spritztour, sondern auch der sinnlose Versuch, der Polizei zu entkommen und Geschehenes ungeschehen zu machen. Schnell waren Rettungskräfte am Einsatzort und die Feuerwehr von New Jersey versuchte mit schwerem Gerät, die beiden regungslosen Körper aus dem Wrack zu befreien.

»Einen wunderschönen rockigen, sonnigen Donnerstagmorgen wünscht euch euer Booobaaa! Hahaha – und los geht's mit den Rollenden Steinen und ihrer Megaballade ANGIEEE.«

Tom schaltete das Radio aus. Glücklicherweise hatte er heute und morgen frei, doch trotzdem stand er wie jeden Morgen um 6:00 Uhr auf. Er ging ins Bad, um sich zu waschen und anzuziehen. Und wie jeden Morgen schaltete er vor seinem täglichen Reinigungsritual den Fernseher an.

Heute war ein wichtiger Tag, denn nicht nur Tom hatte frei. Auch Willy und Ricky hatten sich für dieses besondere Ereignis Urlaub genommen. Gegen 8:00 Uhr trafen sich die drei Freunde in einem Café, das in einem der Außenbezirke von New York lag. Keine Lokation, die sehr einladend aussah, was nicht nur an der etwas schmuddeligen Inneneinrichtung des Bistros lag. Doch der Kaffee bei »Smodo« schmeckte hervorragend und die Bedienungen wirkten jederzeit gelangweilt, was seinen Sinn und Zweck erfüllte, in Ruhe gelassen zu werden. Außerdem war es ein unauffälliges Örtchen mit versteckten Tischen, die in dem verwinkelten Café kaum einsehbar waren.

»Weshalb sind wir jetzt hier, Chef?«, fragte Willy und stopfte sich ein großes Stück Himbeertorte in den Mund.

Tom sah Willy ernst an und plötzlich landete seine flache Hand auf dessen Wange. Willy fiel die Gabel aus der Hand und er sah seinen langjährigen Freund verdutzt an.

»Du solltest wissen, dass man mit vollem Mund nicht spricht, du Idiot«, sagte Tom in einem leisen Ton und rührte bedächtig mit dem Löffel in der Kaffeetasse umher.

»Entschuldigung, Tom«, murmelte Willy demütig und senkte den Blick wie ein kleiner Schuljunge, der seine Hausaufgaben nicht gemacht hatte.

»Ich habe vor circa zwei Wochen im Darknet Kontakt mit einer ausländischen Organisation aufgenommen, die in ihrer Ideologie unser Vorhaben unterstützt, auch wenn ihre – nun, sagen wir einmal – Vorgehensweise dem Terror wohl recht nahe kommt«, erzählte Tom, schmunzelte kurzweilig über seine Rhetorik und schob sich ein Stück seines Kuchens in den Mund.

Ricky und Willy sahen sich verdutzt an und konnten nicht glauben, was ihr Anführer und Chef der UBFA gerade gesagt hatte. Schließlich wollten sie doch ein reines Amerika und eine Partnerschaft mit Terroristen widersprach ihren Zielen.

»Warum das denn?«, fragte Ricky verwundert.

»Ich habe erkannt, dass wir auf legalem Weg keinen Erfolg erzielen werden, zumindest nicht so schnell, wie ich mir das wünsche. Das amerikanische System ist so starr und eingefahren, dass es neuen innovativen Ideen keine Chance gibt und die Hoffnung schon im Keim ersticken lässt. Deshalb habe ich beschlossen, dass die UBFA zukünftig mit radikalen Untergrundbewegungen kooperieren wird, um an das gewünschte Ziel zu gelangen.« Tom beendete seine Ausführung seelenruhig und aß noch ein Stück des feinen Schokoladenkuchens.

»Weshalb ... Ich meine ... Wie soll diese Kooperation aussehen?«, fragte Willy.

Tom spielte an seinem Fingernagel und kratzte sich am Kopf. Schließlich grinste er Willy herablassend an.

»Diese Leute werden uns jene Menschen aus dem Weg räumen, die uns daran hindern, an die Macht zu gelangen. So einfach ist das.« Tom zündete sich eine Zigarette an und genoss den ersten Zug, ohne seine Freunde auch nur eines kurzen Blickes zu würdigen. Er sah nach oben und betrachtete, wie sich der blaue Dunst verflüchtigte.

»Das ist kriminell«, stellte Ricky fest und bereute im nächsten Augenblick seine Worte.

»Kriminell, ja?«, fragte Tom und seine braunen Augen schienen Ricky auseinandernehmen zu wollen. Er presste seine Lippen fest aufeinander:

»Wenn es dir nicht passt, kannst du gerne aussteigen. Noch kannst du es.«

»Nein, nein. Es ist okay«, stotterte Ricky und wusste genauso gut wie Tom, dass ein Aussteigen schon lang nicht mehr möglich war. Er konnte »aussteigen« wie damals Luigi. Doch zwei Wochen nach seinem Austritt war der Arme bei einem Autounfall gestorben. Die Bremsen hatten versagt und er war frontal in einen Baum gekracht. Niemand glaubte damals an einen Unfall und die beiden erinnerten sich, dass Tom am Abend zuvor noch eine seltsame Bemerkung gemacht hatte, bevor er in der Nacht »spazieren« fuhr.

Wenn man bedachte, dass die UBFA eigentlich nur aus drei Personen und einer kleinen Anzahl von passiven Anhängern aus dem Internet bestand, so war es doch bewundernswert, wie Tom Midler es bis zum heutigen Tage geschafft hatte, dass weder das FBI noch die CIA eine Ahnung von ihrer Existenz hatten. Das Gesuch auf Gründung einer Partei wurde seinerzeit abgelehnt, doch das geschah in den USA zweihundertmal pro Woche. Was die UBFA anging, hatte noch niemand einen Verdacht geschöpft. Ein Antrag, eine Ablehnung – weiter im Text. Mehr war es nicht. Und das war auch gut so.

Nur so war es Tom und seinen Komplizen möglich, Aktionen im Untergrund zu planen, ohne in das Augenmerk der National Security Agency zu gelangen.

»Wir wollen doch alle, dass Amerika wieder lebenswert wird, oder?«, fragte Tom.

»Klar.«

»Natürlich.«

Und wieder hatten seine Schäfchen richtig geantwortet.

Tom nickte zufrieden und lächelte.

»Wir werden mit unseren neuen Freunden eine
Koalition eingehen und effizienter an unser Ziel kommen, als ihr es euch in euren kühnsten Träumen vorstellen könnt. Radikale Veränderungen benötigen radikale Schritte.«

Wieder taten die beiden Handlanger, was von
ihnen erwartet wurde, und nickten zustimmend.

Tom trank den letzten Schluck Kaffee aus seiner
Tasse, wischte sich langsam den Mund ab und betrachtete seine beiden Freunde.

»Es wird bald der Tag kommen, an dem wir in einem reinen und sauberen Amerika wieder stolz auf
unser Land sein können. Stolz darauf, Amerikaner zu
sein, stolz darauf, ein großartiges Land wieder stark
zu machen.« Seine Worte schossen euphorisch wie
bei einem Wahlkampfredner aus dem Mund.

Willy sah Ricky verstört an. Glücklicherweise bemerkte Tom den Blick seines Freundes nicht, da er in
seine Worten vertieft nach oben blickte und davon
träumte, bald ins Weiße Haus einzuziehen, um der
Welt endlich den wahren Führer Amerikas präsentie-
ren zu können. Mit all seiner Genialität, seiner Ideologie und seinem tief sitzenden Hass.

Die Besprechung zwischen Tom und seinen Kumpanen lief wie immer. Tom brachte Vorschläge und Ideen, die willenlos und mit großer Begeisterung angenommen wurden. Was blieb ihnen auch anderes übrig. Schließlich war Tom der Drahtzieher des ganzen Szenarios.

Gegen Nachmittag kam Tom in seiner Wohnung an. Er musste noch einige wichtige Telefonate führen, um die Aktion »Rettet Amerika« zu organisieren.

Er zog sich seine Jogginghose an und sah aus dem Fenster der kleinen Wohnung. Ein Obdachloser saß im Schneidersitz auf dem Bürgersteig und hielt seine Hände geöffnet im Schoß. Ein paar Cent konnte Tom von seinem Fenster aus erkennen.

»Damit wird bald Schluss sein. Wir werden mein Land von diesen Parasiten befreien«, prophezeite er und sah, wie der Regen wieder einsetzte. Die Tropfen prasselten an die Scheibe und Tom verlor sich wieder in seinen eigenen Gedanken.

Plötzlich klingelte das Telefon und ließ ihn zusammenzucken.

»Hallo?«

»Guten Tag,« sagte eine männliche Stimme sachlich. »Guten Tag, sind Sie …«

»Hatten wir doch vereinbart, oder?«

»Entschuldigen Sie, habe ich vergessen. Natürlich.«, plapperte Tom hastig und erinnerte sich an das

Gespräch von gestern Abend. Er tat sich schwer, Termine im Kopf zu behalten. Das musste sich der sechsunddreißigjährige Mann ein für alle Mal eintrichtern.

»Haben Sie über unsere Geschäftsidee nachgedacht?« Er sprach zwar fließend Englisch, aber Tom erkannte einen Akzent in der ernsten Stimme.

»Ja. Ich habe mit meinen Partnern gesprochen. Wir würden gerne mit Ihnen und Ihrer Organisation kooperieren«, antwortete Tom und versuchte, so seriös wie es nur ging, zu klingen.

»Das ist sehr gut. Sie werden sich heute Abend mit einem Mitarbeiter vor dem Café treffen, in dem Sie heute Morgen waren. In Ordnung?«, sagte die Stimme.

Tom stockte. Woher wusste der Mann, was er heute Morgen getan hatte? Auf seiner Stirn bildete sich kalter Schweiß.

»Woher wissen Sie, in welchem Café ich war? Woher wissen Sie, was ich gemacht habe?« Die Fragen schossen nur so aus Toms Mund. Doch kaum hatte er die Worte ausgesprochen, bereute er schon wieder seine naive Fragerei.

Stille. Für einen kleinen Augenblick dachte Tom, der Anrufer hätte aufgelegt, doch dann hörte er, wie die Person tief einatmete. Es war ein gelangweiltes Einatmen, fast ein Seufzen.

»Das sind sinnfreie Fragen. Denken Sie wirklich, wir machen mit jedem Geschäfte?«, fragte die Stimme und lachte gehässig.

»Nein. Natürlich nicht. Verzeihen Sie. Wann soll ich dort sein?« »Um 22:00 Uhr.«

»Das Café schließt aber um 22:30 Uhr. Ist das nicht ein wenig knapp?«

»Es war nie die Rede davon, dass Sie das Café betreten«, sagte die Stimme hörbar genervt und Tom beschloss, seinen Mund zu halten.

»In Ordnung.«

Der Mann hatte aufgelegt, ohne sich zu verabschieden. Tom atmete tief durch und ging in die Küche. Er nahm sich ein Dosenbier aus dem Kühlschrank und trank die Hälfte davon in einem Zug aus.

»Oh mein Gott.«, stöhnte er.

Das Gefühl der Sicherheit war verschwunden. Es war zwar nicht die NSA, von der er sich beobachtet fühlte, und dennoch wusste er, dass jemand in seiner Nähe war.

»Für Amerika, richtig … Für mein Land«, beruhigte er sich selbst und trank die andere Hälfte des Bieres aus.

Tom Midler wusste, dass er nun mit Leuten zusammenarbeitete, die nicht in seiner Liga spielten.

Doch der Wille, seine UBFA, sein Baby, zu einer anerkannten Partei zu machen, war größer als die Angst. Er war es doch schließlich gewesen, der diese Ideologie von einem besseren Amerika geboren hatte. Tom Midler war der Mann, der die USA retten würde, auch wenn es noch niemand wusste ... Er war sich sicher: Er würde eines Tages der Präsident der Vereinigten Staaten sein.

Tom zog die Vorhänge zu, machte die Stereoanlage an und stellte sich in die Mitte des Wohnzimmers. Die Stimme Hitlers ertönte in voller Lautstärke und Tom begann seine Lippen zu den Worten des Diktators zu bewegen. Er ahmte die Mimik und Gestik Hitlers nach, irgendwo im Herzen Amerikas.

Der Abend kam und Tom parkte seinen Wagen an der gleichen Stelle, an der er ihn ein paar Stunden zuvor schon einmal abgestellt hatte. Er schloss die Fahrertür und wollte sich gerade auf den Weg zum Café machen, als plötzlich eine unbekannte Stimme von hinten ertönte.

»Sie sind pünktlich, Mr. Midler. Das schätzen wir sehr«, sprach jemand und Tom drehte sich blitzschnell um. Vor ihm stand ein Mann in den Vierzigern mit vollem schwarzen Haar. Der Fremde war ungefähr einen Kopf größer als Tom, was allerdings bei seinen 1,65 Meter keine Besonderheit darstellte.

Tom gab dem Mann die Hand, ohne ein Wort zu sagen. Dieser begann zu grinsen und schlug ein.

»Und Manieren haben Sie auch noch. Fein. Das ist sehr lobenswert, Mr. Midler«, sprach er, drehte sich um und ging voraus.

Die beiden liefen ein Stück, als der Fremde plötzlich vor einer Luxuslimousine stehenblieb.

»Steigen Sie ein«, sagte er höflich und hielt die Tür auf.

Einen kleinen Moment zögerte Tom, bevor er in das sündhaft teure Auto stieg.

»Fahren Sie ein wenig herum!«, befahl der Mann dem Chauffeur und der Wagen setzte sich in Bewegung. Der Innenraum war so groß, dass ohne Weiteres fünf Personen hätten Platz nehmen können. Abgeschirmt durch dickes getöntes Glas blieben die Worte im hinteren Teil des Wagens. Der Fremde hatte die kleine Luke zum Fahrer, welche die einzige Kommunikationsmöglichkeit nach vorn darstellte, geschlossen.

»Wollen Sie einen Drink, Mr. Midler?« »Nein, danke.«

»Nicht so schüchtern. Ich beiße nicht und die Bar ist gut sortiert. Greifen Sie ruhig zu. Alles geht auf Kosten des Hauses. Oder sollte ich lieber auf Kosten des Autos sagen? Hahaha.« Der Fremde lachte offenbar gern über seine eigenen Witze und Tom sah, dass ausschließlich Goldzähne den Unterkiefer des Mannes zierten.

»Das ist ein sehr teurer Wagen, nicht wahr?«, fragte Tom und sah sich ehrfürchtig im Innenraum um.

»Nun ja. Das gute Stück kostet rund eine halbe Million Dollar. Ich denke doch, dass er zu der gehobenen Klasse gehört.« Wieder kamen die unzähligen Goldzähne zum Vorschein.

»Wie sind Sie auf unsere Adresse im Darknet gestoßen? Woher haben Sie den Link und das Passwort bekommen?«, fragte der Mann.

»Ich habe einen alten Bekannten, der vor einem halben Jahr aus dem Gefängnis gekommen ist. Er weiß von meiner Partei und meinen Plänen. So kam das eine zum anderen und er gab mir letztendlich die Zugangsdaten«, antwortete Tom verschüchtert. Er traute sich kaum, dem Mann in die Augen zu sehen.

»Oh, wie unhöflich. Ich habe mich noch gar nicht vorgestellt. Nennen Sie mich einfach Danny. Danny reicht vollkommen«, sagte der Mann und streckte Tom die Hand entgegen.

Wieder schüttelten die beiden Männer sich die Hände. Natürlich war das ein rein psychologischer Trick, um Vertrauen zu gewinnen und das Eis zu brechen. Mit einem Mal verlor Tom einen großen Teil seiner Angst und begann zu lächeln.

»Unsere internationale Untergrundbewegung arbeitet schon seit Jahren gegen das amerikanische System. Sicherlich ist unsere Bewegung etwas radikal, aber wem sage ich das? Unser Ziel ist es, das amerikanische System und die politischen Ziele dieser Weltmacht ein für alle Mal zu eliminieren«, begann Danny zu erzählen und Tom bekam große Augen.

»Nein, nein. Nicht dass Sie denken, wir wollen Amerika vernichten. Auf keinen Fall, dazu sind das Land und seine Ressourcen viel zu wertvoll. Allerdings bezweifeln wir stark, dass die Richtung, die das amerikanische Politsystem verfolgt, richtig ist. Wir wollen – sagen wir mal – Amerika wieder auf den richtigen Weg bringen. Eine globale, einheitliche Führung erschaffen. Keine Provokationen mehr im Irak, in Syrien und in anderen fernöstlichen Regionen, die uns am Herz liegen. Wir suchen Gleichgesinnte, die das selbe Ziel verfolgen wie wir.« Danny holte das Flugblatt heraus, welches Tom und seine Kumpane vor Kurzem verteilt hatten. Er sah es sich genau an und begann wieder zu lächeln.

»Woher haben Sie das?«, fragte Tom.

Danny begann mit einem Mal laut zu lachen, als ob er einen grandiosen Witz gehört hätte. Er japste nach Luft und schlug sich auf den Oberschenkel.

»Oh, Mr. Midler. Sie sind ein kleiner Spaßvogel.« Weiter ging Danny nicht auf die Frage ein.

Langsam, aber sicher realisierte Tom, dass diese Untergrundbewegung mehr Macht und Einfluss besaß, als er es sich je erträumt hätte. Diese Macht, würde ihm helfen seine Pläne zu verwirklichen. Doch mit diesem Wissen wuchs auch die Angst davor, sich mit jemandem eingelassen zu haben, der ihn zertreten konnte wie ein Insekt.

Die schwarze Limousine fuhr durch die Dunkelheit der Nacht. Niemand ahnte zu diesem Zeitpunkt, welch gravierende Ausmaße das Gespräch zwischen Tom und Danny haben sollte.

»Wissen Sie, Mr. Midler, ich habe in Ihrem Alter auch viele Wünsche und Träume gehabt. Niemals habe ich sie aus den Augen verloren und diese Tatsache hat mich zu dem gemacht, was ich heute bin: ein reicher Mann mit Macht«, sagte Danny und starrte aus dem Fenster des Luxuswagens.

Tom lauschte ehrfürchtig den Worten seines neuen Partners.

»Aber reden wir über das Geschäft, Mr. Midler. Sie brauchen unsere Hilfe und wir sind bereit, Ihnen diese zu gewähren. Logischerweise hat alles seinen Preis. Ich hoffe, Sie sind sich dessen bewusst?« Danny sah Tom mit ernstem Gesicht an.

»Ja«, antwortete Tom knapp.

»Woran hatten Sie gedacht, Mr. Midler? Welche Aktion würde Ihrer Bewegung guttun?«, fragte Danny. Er bediente sich an der Bar und goss Gin in ein gekühltes Glas.

»Es gibt einige Leute, die nicht wollen, dass die UBFA genehmigt wird«, stellte Tom nachdenklich fest und befeuchtete seine trockenen Lippen.

»Reden Sie Klartext, Mr. Midler. Ein Mord, ein Bombenattentat oder nur ein paar Drohungen?« Fast schon gelangweilt zählte der Mann in dem schwarzen Ledermantel das Repertoire seiner Organisation auf. Tom weitete seine Augen. Erst jetzt wurde ihm bewusst, mit welchen Menschen er sich da eingelassen hatte. Doch der Zug war abgefahren. Es war eindeutig zu spät, um von diesem immer schneller werdenden Karussell abzuspringen.

»Ich weiß nicht... äh...«, stotterte er.

Danny kam plötzlich blitzschnell näher, sodass Tom den Atem des Mannes auf seinem Gesicht spüren konnte. »Passen Sie auf, Mann.«, flüsterte er in heiserem Ton,

»das ist kein Spiel, Midler. Sie sagen uns, was Sie von uns benötigen, und ich nenne Ihnen den Preis. Ganz einfach. Also, was wollen Sie?« Mit stechenden Augen sah er sein Gegenüber an.

»Mord.« Tom war über dieses eine Wort, das völlig problemlos seine Lippen verließ, überrascht. Als hätte er gerade beim Bäcker zwei Bagels bestellt.

»Gut. Die Person, die Sie eliminieren wollen, ist sie in einer öffentlichen Position? In einer Partei?«, fragte Danny und holte ein kleines blaues Büchlein aus seinem Mantel.

»Ich habe mich noch nicht entschieden, wer es sein soll.«

»Wie meinen Sie das?« Argwöhnisch beäugte Danny sein Gegenüber.

»Es arbeiten so viele gegen uns. Ich, ich …«

»Hören Sie mir jetzt gut zu, Midler. Ich werde das Gefühl nicht los, dass Sie gar nicht so recht wissen, was Sie wollen. Ich sage es Ihnen noch im Guten: Das hier ist kein Spiel!«

Die beiden Männer sahen sich schweigend an. Tom hielt dem Blick nicht mehr stand und schaute auf seine Füße.

Nach einigen angespannten Minuten, in denen Tom nichts sagen konnte und Danny nichts sagen wollte, lehnte sich letzterer zurück, zog eine dicke Zigarre aus seinem Mantel und zündete sie an.

»Ich schlage vor, dass ich Sie wieder bei Ihrem Wagen absetze. Lassen Sie sich das heute Nacht einfach durch den Kopf gehen. Morgen sehen wir uns zur gleichen Zeit, am gleichen Ort wieder. Bis dahin möchte ich wissen, wen wir für Sie aus der Welt räumen dürfen. Verstanden?« Er musterte den eingeschüchterten Mann, der vor ihm kauerte.

»Alles klar, Da… Danny … Morgen um 22:00 Uhr. Kein Problem,« stammelte Tom und schämte sich für sein unprofessionelles Verhalten und seine offensichtliche Unsicherheit.

Die Limousine hielt wieder vor dem Café und Tom stieg aus. Ohne eine Verabschiedung brauste der Wagen in die Nacht und ließ den Mann in der Dunkelheit stehen. Das erste Mal seit Langem spürte Tom Angst. Die nackte Angst ums Überleben.

In dieser Nacht schloss er kein Auge. Die Gedanken, seine Ängste, aber auch die Möglichkeiten, die jene neue Bekanntschaft mit sich brachte, ließen ihn nicht zur Ruhe kommen.

RING, RING.

»Ja?« Tom schmatzte schlaftrunken in sein Telefon. Er blickte auf die Uhr und musste voller Verwunderung feststellen, dass es halb vier in der Früh war.

»Hi, Tom, ich bin's. Wie war's?«, plapperte Ricky aufgeregt ins Telefon.

»Weißt du, wie spät es ist?«

»Warte. Halb vier. Warum?«

»Ich hatte es endlich geschafft, einzuschlafen, und jetzt das. Fuck!«, schimpfte Tom immer noch müde in den Hörer. Er hatte nicht übel Lust, das Gespräch einfach zu beenden.

»Entschuldige. Aber ich war so neugierig und wollte unbedingt wissen, was er gesagt hat.«

»Du kannst Willy anrufen. Wir treffen uns um neun Uhr in seiner Wohnung.«

Tom hatte entnervt aufgelegt. Er setzte sich auf seine Couch und holte einen Ordner aus dem kleinen Regal neben ihm hervor. Es war der Ordner, in dem jeder Gedanke, jede Idee und Aktion der UBFA penibelst protokolliert worden war. Im hinteren Teil des dicken Hefters befand sich der Schriftverkehr mit der Stadt New York. Tom stöberte in den Papieren und fand nach einer Weile das Dokument, nach dem er gesucht hatte.

Sehr geehrter Mr. Midler,

im Namen der Stadt NEW YORK, des Police Departments, des Bundeswahlleiters Ihres Bezirks und des Ordnungsamtes muss ich Ihnen mitteilen, dass der von Ihnen gestellte Antrag auf Versammlung im Jackson Square Park nicht genehmigt wurde.

Ihre Bemängelung unsererseits, das demokratische Recht auf Meinungsäußerung zu untergraben, weisen wir aufgrund der Versammlung einer radikalen Vereinigung, von uns.

Abschließend wünsche ich Ihnen alles Gute für die Zukunft und verbleibe

mit freundlichen Grüßen

Joanna Kraft

»Joanna Kraft.« Tom las die letzte Zeile und begann hasserfüllt zu grinsen. Er hatte sein erstes Opfer auserwählt. Die erste Person, die daran schuld war, dass vor einem halben Jahr kein öffentlicher Vortrag der UBFA zustande gekommen war.

Tom legte sich wieder auf die Couch und schloss die Augen. Jetzt wusste er, was er wollte. Auch wenn Joanna Kraft nichts weiter war als eine Angestellte, die einen Text zu Papier gebracht hatte. Schließlich arbeitete sie auch indirekt für die amerikanische Regierung und galt somit als Bedrohung für die UBFA.

Der United States Marine Corps waren es doch schließlich gewesen, die seinen Vater in den Bolivienkrieg geschickt hatten. Seine Eltern hatte Tom über alles geliebt, bis das System beschloss, seine Familie zu zerstören. Seinen Vater schickten sie nach Saigon und seine Mutter in die Trauer und den Alkoholismus. Die Midlers waren durch das soziale Netz gefallen. Auf Toms Wange rollte eine einsame Träne herunter. Er hatte die grausamen Erlebnisse aus seiner Kindheit nie verarbeitet. In seinen Zwanzigern, als die Beziehung mit Samantha in die Brüche ging, hatte Tom für einen Augenblick darüber nachgedacht, zu einem Psychiater zu gehen und all die Erinnerungen, die tief verborgen in der Schublade seines Unterbewusstseins schlummerten, aufzuarbeiten. Doch so schnell wie der Gedanke gekommen war, so schnell verwarf er ihn wieder. Er kam selbst darauf, dass die Schuld an dem Tod seiner Eltern nicht bei ihm lag. Schuld war das System. Es war Amerika mit all den verlogenen Politikern, die ihm seinen Vater und schließlich auch seine Mutter entrissen hatten. Amerika hatte ihm die Kindheit geraubt, seine Jugend zerstört und ihm jegliche Perspektive auf eine gute Zukunft genommen. Er wurde ein Einzelkämpfer, ohne eine Familie und ohne Freude am Leben.

Tom hatte gelernt, sich selbst zu rehabilitieren. Je älter er wurde, desto stärker und hasserfüllter wurde er. Die verschobene Realität und die Schuldzuweisung hatten sich wie das Grundgesetz in sein Gehirn eingebrannt. Es war sein Gesetz. Eine in Stein gemeißelte Tatsache, die nichts und niemand ändern konnte: Amerika hatte die Familie Midler auf dem Gewissen.

»Ich werde euch retten. Ich rette euch.«, flüsterte er mit geschlossenen Augen und wieder bahnte sich eine Träne den Weg hinab an seiner Wange. Tom wischte sich den Tropfen vom Gesicht und ballte die Fäuste so fest, dass jeder Knochen seiner Hand zu sehen war. Er begann zu lachen. Hysterisch, verzweifelt und voller Wut.

Tom raffte sich nach einer Weile wieder auf, zog nochmals den Ordner mit der Korrespondenz hervor und las sich Wort für Wort den Brief von Joanna Kraft durch. Er stand auf, öffnete die Schublade seines Schreibtisches und kramte einen dicken schwarzen Marker hervor. In Großbuchstaben schrieb er quer über das offizielle Schreiben der Stadt New York drei Buchstaben: TOT.

An jenem Abend braute sich wieder ein Gewitter am Himmel über New York zusammen. Die schwere Wolkendecke hing nun schon seit einigen Stunden über der Millionenmetropole und wollte genauso wenig verschwinden wie Toms Gedanken. Gegen 21:00 Uhr schüttete es wie aus Eimern und es machte den Eindruck, als wolle die Natur New York unter Wasser setzen. Die Scheibenwischer liefen auf Hochtouren und er hatte Probleme damit, die Seitenlinie der Straße zu erkennen. Das Radio spielte einen der unzähligen Hits von Elton John, während Tom seinen alten Wagen an der gleichen Stelle parkte wie am Abend zuvor.

Die Luxuslimousine stand bereits um die Ecke und Tom klopfte an die getönte Scheibe. Das leise elektrische Surren der Fenster brachte das ernste Gesicht von Danny zum Vorschein.

»Haben Sie sich entschieden, Mr. Midler?«

»Ja«, antwortete Tom knapp und versuchte, nicht einen einzigen Gesichtsmuskel zu bewegen.

»Gut. Steigen Sie ein.«

Im Innenraum des Wagens saß ein fremder Mann neben Danny. Tom irritierten die Anwesenheit des Unbekannten und die Tatsache, dass dieser keine Anstalten machte, sich vorzustellen. Nachdem Tom es nicht mehr aushielt, streckte er dem Mann seine Hand entgegen:

»Mein Name ist Midler. Und Sie sind?«

Der Mann ignorierte die Hand und schwieg. Stattdessen ergriff Danny das Wort.

»Wissen Sie, Midler, hätten Sie mir mitgeteilt, dass Sie sich gegen eine Kooperation entscheiden. Nun, so hätte mein Freund hier aussteigen müssen«, antwortete Danny in einer monotonen und kühlen Stimmlage.

»Wie meinen Sie das, Danny?« Tom stand auf der Leitung.

Plötzlich öffnete der fremde Mann seinen Mund und beugte sich etwas nach vorn.

»Ich hätte Ihren Puls gestoppt.«

Diese fünf Worte reichten aus und Tom verlor wie am Abend zuvor sein Pokerface.

»Puls gestoppt«, wiederholte er ungläubig.

»Wir arbeiten nur mit professionellen Partnern zusammen, die entschlossen sind, ihr Geschäftsmodell auch zu verwirklichen. Amateure akzeptieren wir nicht. Letztendlich mussten wir herausfinden, zu welcher Sorte Geschäftspartner Sie gehören.«

Danny und der Fremde sahen sich an und begannen zu lachen. Tom sah dem Treiben ein paar Sekunden zu und beschloss, sich dem Gelächter anzuschließen.

Die dunkle Limousine setzte sich in Bewegung und verschwand in der Nacht und dem Regen von New York. Dieses Gespräch dauerte länger als das zuvor. Tom verließ den Wagen erst gegen Viertel vor zwei in der Nacht. Diesmal stiegen die beiden Männer mit aus und schüttelten ihm partnerschaftlich die Hand. Er setzte sich in sein altes Auto und fuhr nach Hause.

Es glich einer dramatischen Szenerie eines dieser B-Movies: Der Fahrer des Wagens starrt gedankenverloren durch die Windschutzscheibe, während die Scheibenwischer verzweifelt versuchen, die Wassermassen von dem Glas zu schieben.

Immer wieder kreisten seine Gedanken um Worte, die im Inneren der teuren Limousine gewechselt worden waren. Er hatte einen neuen Weg für sich und die UBFA beschritten.

»Ich danke Ihnen für die Entscheidung und nehme die Wahl als Präsident der Vereinigten Staaten von Amerika an. Ich gelobe, dieses Land zu beschützen, zu säubern und von jeglichen Parasiten zu befreien.«

Die Menge tobte und spendete euphorischen Applaus.

»Danke, liebe Amerikanerinnen und Amerikaner. Zuerst werden wir unser atomares Rüstungsprogramm ausweiten und das Budget verdoppeln. Die Ausweisung sämtlicher Schwarzarbeiter und Flüchtlinge sowie der Stopp des Gesetzes, Behinderte und Ausländer einstellen zu müssen, werde ich morgen per Dekret unterzeichnen. Wir werden unsere Grenzen stärker kontrollieren und ein neues Bildungssystem einführen, zu dem unter anderem auch eine Kleiderordnung für Schüler und Studenten gehört. Der Import ausländischer Waren wird geprüft und zu achtzig Prozent verringert. Amerika muss Amerika bleiben. Ausländische Lebensmittel werden per Gesetz, welches nächste Woche formuliert und verabschiedet wird, strenger kontrolliert. Die Gesundheit unserer Mitbürger muss von importierten Krankheiten und Erregern geschützt werden.«

Wieder jubelte und tobte die Menge.

»Midler. Schütze uns. Midler. Schütze uns.«, rief die Menge vor dem Weißen Haus und Tom hob seine Hand.

»Wie einst kluge Machthaber der Vergangenheit werde ich versuchen, den Geist eines reinen und sauberen Staates wieder aufleben zu lassen. Wir sind das mächtigste Land der Welt. Wir sind die größte Militärmacht der Welt. Nichts und niemand kann und wird uns stoppen.«

Unter die Lobeshymnen mischten sich andere Gesänge und Tom hatte zunächst Schwierigkeiten, die Worte der tobenden Masse zu verstehen.

»Midler. Schütze uns. HEIL MIDLER. Midler. Schütze uns. HEIL MIDLER!«

Tom Midler, der neue Präsident der USA, lächelte sanftmütig und hob seine rechte Hand.

»Lassen wir es einfach weiterregnen und Mr. Bon Jovi weitersingen mit Living on a Praaayeeeer …«, trällerte der Moderator im Radio und riss Tom aus seinem Tagtraum.

Er hatte einen Pakt mit dem Teufel geschlossen und wusste, dass dieser Vertrag nicht kündbar war. Je länger Tom darüber nachdachte, umso mehr wollte er diesen Pakt. Immer mehr und mehr erschien ihm das Treffen mit Danny als ein Geschenk Gottes. Der große Bruder war gekommen, um all die

Probleme und Hürden auf seinem Weg nach oben Stück für Stück beiseitezuräumen.

Er drückte den Fuß fester auf das Gaspedal und brauste davon.

Kapitel 2 – Ricco & Sam

Die Tage gingen ins Land und der Sommer kam unaufhaltsam näher. Das Leben hatte sich bei den Stromers wieder normalisiert. Der schlimme Autounfall von Sam und Ricco war längst noch nicht vergessen, dennoch hatten Pamela und Mike gelernt, damit zu leben. Die beiden Jungen konnten in letzter Sekunde gerettet werden. Wäre nicht direkt hinter ihnen die Polizei gewesen, so wäre ohne das schnelle Absetzen eines Funkspruchs bei der Zentrale der Rettungswagen mit großer Wahrscheinlichkeit zu spät eingetroffen.

Ricco wurde mit einem Krankenwagen in das St. Vincent-Hospital gefahren, während Samuel mit einem Rettungshubschrauber eingeliefert werden

musste. Die Spritztour zog verheerende Folgen nach sich. Ricco Feller musste mit einer schweren Schädelfraktur auf die Intensivstation gebracht werden, doch das Schlimmste folgte am nächsten Morgen nach der Operation. Ricco wachte auf und stellte voller Entsetzen fest, dass er seine Beine nicht mehr bewegen konnte. Eine Tatsache, auf die ihn die Ärzte schonend vorbereiten wollten. Doch leider kamen sie nicht dazu. Weinend und hysterisch schreiend versuchte der siebzehnjährige Junge aufzustehen und schlug wie wild auf seine Beine ein. Doch es gelang ihm nicht. Ricco sollte nie wieder gehen können. Die Querschnittslähmung ließ den Teenager in einen dunklen Tunnel fahren, ohne Hoffnung und Lebenswillen.

Was Sam anging, so befand er sich seit der Rettung durch die Sanitäter in einem tiefen Koma. Die Geräusche des Beatmungsgerätes und der Herz- Lungen-Maschine waren die einzigen Laute in dem Krankenzimmer.

Vierzehn Tage nach dem Unfall musste Ricco noch Beruhigungstabletten und Antidepressiva zu sich nehmen, da er sein Schicksal nicht annehmen konnte. Einem Jungen, der gerade anfing zu leben, wurde das Wichtigste geraubt: seine Selbstständigkeit, seine Freiheit. Immer wieder wachte er schweißgebadet auf und musste von der diensthabenden Schwester beruhigt werden, doch die Tatsache blieb bestehen. Er war querschnittsgelähmt. Aus Rücksicht auf seinen labilen Zustand wurde Ricco nicht gesagt, wie es um seinen Freund stand und auch nicht, dass während der irrsinnigen Verfolgungsjagd ein Mann getötet wurde. Die Tatsache, dass Samuel direkt im Zimmer nebenan lag, wurde Ricco bis zu seiner Entlassung verschwiegen. Immer und immer wieder sah der Junge in seinen Träumen den BMW, die Streifenwagen und den Hubschrauber. Fast jede Nacht mahnten ihn die Megafonstimmen der Polizisten, den Wagen zu stoppen. Jede Nacht wachte Ricco schweißgebadet auf und schrie. Der einzige Weg, seinem Schmerz, seiner Verzweiflung und seiner Angst in der Nacht entgegenzuwirken, war es, zu schreien. Weglaufen konnte er nicht mehr.

Am 26. Juni wurde Ricco Feller aus der Klinik entlassen. Trotzdem musste er regelmäßig im Krankenhaus erscheinen. Die wöchentlichen Kontrollen würden in monatliche übergehen, bis sie bis zum Ende seiner Tage in halbjährlichen Routinechecks sein Leben bestimmen sollten.

An diesem Tag fuhren die Fellers ins Krankenhaus. Robert machte sich schwere Vorwürfe, während seine Frau Mandy seit dem Tag des Unfalles angefangen hatte zu trinken. Sie konnte die Tatsache, nun einen querschnittsgelähmten Jungen zu haben, dem seine Zukunft geraubt worden war, nicht ertragen, und gab sich die Schuld, in der Erziehung versagt zu haben. Die Worte ihres Mannes halfen nichts – sie trank, bis sie ihr Bewusstsein verlor. Anders konnte die liebende Mutter mit dieser Situation nicht fertig werden.

»Soll ich allein reingehen?«, fragte Robert und sah seine Frau ernst an.

»Mach, was du willst«, nuschelte sie und rieb sich die Augen. Mandy hatte die ganze Nacht getrunken und war von den nächtlichen Strapazen zu erschöpft, als dass sie einen klaren Gedanken fassen konnte.

Robert stieg aus und betrat das St. Vincent-Hospital. Die Schwester brachte ihn in den zweiten Stock zum Zimmer 306. Dort wartete schon Ricco auf seine Abholung.

»Hi, Ricco. Wie geht's dir heute?«, fragte Robert und versuchte, gute Laune zu verbreiten, was ihm gänzlich misslang.

»Wo ist Mum?«, fragte Ricco und starrte mit leerem, hoffnungslosen Blick die kahle Wand des Krankenzimmers an, ohne seinen Vater anzusehen.

»Sie wartet im Auto.«

»Hat sie wieder getrunken, Dad?«, fragte Ricco. Eine Frage, auf die er die Antwort bereits kannte. Oft genug hatte er in letzter Zeit seine Mutter mit glasigen Augen und schwerer Zunge erleben müssen.

»Ja, Ricco, sie hat wieder ein bisschen getrunken. Du musst sie verstehen, es...« Weiter kam Robert nicht.

»Lass uns gehen, Dad. Ich möchte morgen Samuel besuchen. Die Ärzte sagten mir, dass er schon entlassen wurde.«

»Ja, Ricco.« Natürlich wusste Robert die Wahrheit über Samuel. Immer wieder spielte er das Szenario in seinem Kopf durch. Welcher Weg wäre der sanfteste für seinen Sohn? Zu gern würde er die Schuld von den jungen Schultern seines Schützlings nehmen.

Robert brachte Ricco zum Wagen und setzte ihn hinein.

»Riccoschätzchen ... Schön, dass du wieda hier bist ...«, lallte seine Mutter.

»Danke, Mum«, antwortete Ricco mechanisch und starrte aus dem Fenster.

»Jetz' is' Schluss mit dem komfor... kompftab... Na, du weiß' schon, mit dem Luxusleben im Hotel, jetzt geht's wieder heim.«, lachte die Frau völlig überdreht.

Robert blickte nach hinten und sah Mandy strafend an.

»Man wird ja wohl noch 'n bisscheen gude Laune verbreiten dürfen, oder?«, verteidigte sie sich und ließ sich mit einem lauten Seufzer nach hinten fallen.

Es dauerte keine fünf Minuten, bis lautes Schnarchen den Wagen erfüllte. Robert sah seinen Sohn entschuldigend an. Während der Heimfahrt wechselten Vater und Ricco kein Wort miteinander, sahen starr nach vorn und überließen Mandys Schnarchen und dem Autoradio den Job, die bedrückende Stille zu durchbrechen.

Die Fellers hatten Vorkehrungen für ihren querschnittsgelähmten Sohn getroffen. Eine Firma hatte sämtliche Räume rollstuhlgerecht umgebaut: Die Treppen, das Badezimmer, die Küche und auch Riccos Zimmer waren mit Rampen versehen, die Schränke und das Waschbecken waren nun nach unten versetzt.

Die drei saßen im Wohnzimmer und tranken Kaffee, als Mandy die angespannte Ruhe beendete.

»Wie fühlst du dich, Sohnemann?«, fragte sie. Ihr Lallen war mittlerweile dank des Kaffees verschwunden.

»Wie würdest du dich fühlen, wenn du an einen Rollstuhl gefesselt wärst?«, antwortete Ricco ruhig und verspürte kalten Hass auf seine Mutter. Anstatt ihm zu helfen und die neue Situation anzunehmen, versteckte sie sich hinter dem ewigen Freund und Feind, dem Alkohol.

»Ich habe nur gefragt! Schrei mich nicht an!«, brüllte sie und rannte weinend aus dem Wohnzimmer.

Ricco sah seinen Vater verdutzt an.

»Habe ich geschrien?«, fragte er in derselben ruhigen Tonlage, mit der er zuvor mit seiner Mutter gesprochen hatte.

»Nein, hast du nicht, Ricco«, entgegnete ihm Robert und rieb sich die Augen. Die Nerven der einst so glücklichen Mutter lagen blank. Robert sah ihr traurig hinterher.

»Du musst ihr verzeihen, aber sie kommt einfach nicht mit der neuen Situation klar. Sie versucht dir ja zu helfen, soweit sie es nun einmal kann. Es ist für uns alle schwer, weißt du?«, entschuldigte sich Robert und fuhr seinem Sohn mit der Hand durchs Haar.

Zum ersten Mal seit dem Unfall lächelte Ricco. Allerdings war es kein normales Lächeln, es war ein bemitleidenswertes.

»Ist schon okay, Dad. Ich glaube, ich muss mich damit abfinden und lernen, damit zu leben«, antwortete Ricco und wusste im gleichen Moment, dass es ein Ding der Unmöglichkeit war. Eigentlich wollte er seinen Vater nur beruhigen, um endlich eine Pause von den aufmunternden Worten zu haben.

»Schau ein bisschen fern. Ich kümmere mich um deine Mutter.« Mit diesen Worten verließ auch Robert das Wohnzimmer und ließ den Jungen allein.

Ricco zappte sich von einem Programm zum nächsten, als seine Eltern plötzlich lautstark im ersten Stock miteinander stritten.

»Ah, Sam.« Er erinnerte sich daran, dass er seinen Freund besuchen wollte. Schnell schrieb Ricco seinen Eltern eine Nachricht auf einen Zettel und verließ das Haus.

Statt den Treppen benutzte er die neu angefertigte Rampe und fuhr die Medlesterstreet hinunter. Er konnte schon recht gut mit dem Rollstuhl umgehen und bei Hindernissen, die er meistern konnte, kam ein ungewolltes Erfolgserlebnis in ihm auf. Vielleicht brauchte es wirklich nur Zeit, um sich an den Zustand zu gewöhnen.

»Er wird mich beschimpfen. Hassen. Wie es ihm wohl geht? Beschimpfen. Er hasst mich ...« So kreisten die Gedanken durch seinen Kopf, während er auf die Nummer acht zusteuerte.

Eine Strecke, für die er an längst vergangenen Tagen nicht einmal fünf Minuten gebraucht hätte, schaffte er nun in zwanzig Minuten. Seine Arme taten ihm weh und er stöhnte, als er das Haus der Stromers erreichte. Da er die Treppe zur Veranda nicht hinauf konnte, blieb ihm nur die Möglichkeit, lauthals auf sich aufmerksam zu machen.

»Hallo, Sam, ich bin's, Ricco!«, schrie er, doch es kam keine Antwort. Ricco blickte zu dem Fenster und versuchte festzustellen, ob jemand zu Hause war.

In diesem Moment hörte er das Klicken der Haustür. Mike stand auf der Veranda. Seine Augen waren gerötet und er sah ungepflegt aus.

Die beiden blickten sich an und Ricco traute sich nicht, irgendetwas von sich zu geben.

»Hallo, Ricco.« Mike schluckte und war von dem Anblick des Jungen sichtlich entsetzt.

»Hallo, Mr. Stromer. Ich... ich bin gekommen, nun ist Sam da?«, stotterte Ricco.

»Sam?«, fragte Mike und zog die Augenbrauen hoch. Für einen kurzen Moment dachte Mike an einen schlechten Witz, bis ihm klar wurde, dass Ricco offensichtlich nicht wusste, was mit Sam geschehen war. Pam und Mike hatten in den letzten Wochen oft mit den Fellers zusammengesessen, um ihr Leid zu teilen und sich gegenseitig zu stützen. Dabei hatten sie vereinbart, es Ricco so leicht wie möglich zu machen und auf Schuldzuweisungen zu verzichten.

Mike starrte den Jungen an. Für eine Sekunde vergaß er Samuel und dachte darüber nach, was Ricco sich selbst angetan hatte. Es kam ihm sehr bitter vor, dass keine Krankheit und kein betrunkener Autofahrer an der Querschnittslähmung schuld waren, sondern dass es Ricco selbst war, der sich aus eigener Dummheit an den Rollstuhl gefesselt hatte.

Für einen kurzen Moment wollte er zu ihm hinuntergehen. Ihn in die Arme schließen und einfach losweinen. Am liebsten hätte er den jungen Mann durchgeschüttelt und gefragt:

»Was hast du dir bloß dabei gedacht? Was hast du bloß getan? Warum? Ricco! WARUM?!«

Mike verwarf den Gedanken schnell wieder und schluckte, um nicht in Tränen auszubrechen.

Ricco knetete seine Hände, um sich von der anstrengenden Fahrt zu erholen, und blickte hoffnungsvoll in die Augen von Samuels Vater.

»Ich hole ihn gleich, Ricco«, rief Mike und schloss die Tür hinter sich.

»Pamela!« Mike rief in einem ruhigen Ton nach seiner Frau.

Sie kam aus der Küche und sah ihren Mann fragend an. »Was ist denn?«, fragte sie.

Auch an Pamela sah man die Spuren der Schlaflosigkeit und des Leides. Ihre tiefen Augenringe sprachen für viele Nächte der Unruhe und der Trauer.

»Ricco ist vor der Tür. Er möchte unseren Sohn besuchen. Ruf bitte Robert und Mandy an. Sie müssen sofort zu uns kommen«, sagte er und öffnete wieder die Tür, um den Jungen hereinzuholen.

So kam es, dass Ricco am Nachmittag des 26. Juni 2008 im Wohnzimmer der Stromers saß, vor ihm eine Tasse Kakao stand und er nicht wusste, was die ganze Warterei sollte.

»Was ist jetzt mit Sam?«, fragte er und rührte mit dem Löffel lustlos in seinem Kakao.

Die Türglocke ertönte und ließ ihn kurz zusammenzucken.

»Warte kurz.« Mike stand auf und ließ Riccos Eltern hinein.

Sie betraten das Wohnzimmer und sahen ihren Sohn besorgt an. Mandy begann zu weinen, Robert fuhr seinem Sohn wie eine halbe Stunde zuvor durchs Haar.

»Was soll das Ganze? Warum seid ihr hier?! Ich will jetzt Sam sehen!«, schrie Ricco ungeduldig los. Er saß in seinem Rollstuhl umringt von vier Erwachsenen, die ihn besorgt betrachteten. Eine unermessliche Wut packte ihn und Tränen rollten an seiner Wange hinab. Dass keiner der Erwachsenen etwas sagte, versetzte ihn beinahe in Panik. Mike kniete sich schließlich direkt vor Ricco und ergriff seine Hände.

»Ricco. Samuel ist noch im Krankenhaus. Er hat es nicht so gut wie du.« Mike schluckte und kämpfte mit den Tränen.

Ricco schüttelte ungläubig den Kopf.

»Was hat er?«, flüsterte er schnell und schluckte.

Mike stand auf und wandte sich von dem Jungen ab. Zu sehr kämpfte der Vater mit den Tränen. Robert kam ihm zu Hilfe und setzte sich vor seinen Jungen auf den Boden. Er zupfte gedankenverloren an dem Teppich herum und brachte es nicht fertig, seinem Sohn in die Augen zu sehen.

»Sam liegt in einem Zimmer, das nicht unweit von deinem ist. Er ist an Maschinen angeschlossen. Ricco, Sam liegt im Koma.« Es war gesagt.

Die Wanduhr schlug zur vollen Stunde. Für Robert hörte sie sich an wie eine Glocke, die den Untergang Riccos einläutete.

Eine eiserne Ruhe machte sich im Wohnzimmer der Stromers breit. Die Blicke der Erwachsenen trafen sich ab und an, sie sahen kurz auf Ricco hinunter, um anschließend wieder hilfesuchend in die Gesichter der anderen zu schauen.

Immer noch schüttelte Ricco langsam den Kopf und nur ein einziges Wort verließ immer und immer wieder seine Lippen: »Nein.«

»Wir ... wir gehen jetzt besser, Mike. Ich rufe dich heute Abend an«, sagte Robert leise und klopfte seinem Freund und Leidensgenossen auf die Schulter.

Durch den Unfall und all seine Folgen waren die Paare einander nähergekommen und hatten eine tiefe Verbundenheit entwickelt.

Dem Jungen im Rollstuhl kam die ganze Situation so surreal vor, dass er nicht imstande war, irgendetwas zu sagen. Immer und immer wieder kreisten die Worte seines Vaters durch seinen Kopf: »Ricco ... Sam liegt im Koma ... Ricco ... Sam liegt im Koma ... Du bist schuld ... Ricco ... Sam liegt im Koma ... DU BIST SCHULD.«

Langsam, aber sicher verinnerlichte der Junge, dass es tatsächlich seine Schuld war. Er ganz allein trug die Verantwortung daran, dass sein bester Freund im St. Vincent-Hospital lag und nur noch von Maschinen am Leben gehalten wurde. Früher hatte Ricco schon einmal etwas von einem komatösen Zustand gehört und auch davon, dass es nicht sicher war, ob der Patient jemals wieder daraus erwachte.

»Sam liegt im Koma, du Krüppel. Du bist schuld. Dein Freund stirbt. Du bist jetzt ein Mörder, du Krüppel!« Riccos Gedanken spielten verrückt. Er drückte seine Hände fest auf seine Ohren und schloss die Augen.

»Was hast du getan? Warum hast du den Wagen nicht gestoppt? Sam hat dich angeschrien, dich angefleht, du Mörder. Warum hast du das Gaspedal durchgedrückt? Du Mörder! Du bist jetzt behindert und dein bester Freund bald tot.«

»NEIN!«, schrie Ricco laut.

Robert drehte sich zu seinem Sohn.

»Alles okay?«, fragte Robert.

»Ja.«

»Dann ist ja gut, mein Sohn. Lassen wir Samuel noch ein bisschen vor sich hinvegetieren, bevor wir die Stecker ziehen. Hahaha. Aber mach dir nichts draus. Warum hast du denn heute kein Gel in deinen Haaren, Ricco? Willst du ein Stück Erdbeertorte, Rollstuhl-Ricco?«

Voller Entsetzen sah er, wie sein Vater ihm ein Stück Torte hinhielt, während er mit der anderen Hand den Wagen lenkte. Er schloss die Augen, versuchte nicht zu schreien, atmete tief ein und aus. Immer wieder. Langsam öffnete er sie wieder. Alles war, wie es sein sollte.

Ricco versuchte sich wieder auf den Verkehr, die Häuser, einfach auf irgendetwas in seiner Umgebung zu konzentrieren, um nicht komplett durchzudrehen.

Der Tag neigte sich dem Ende zu und nach dem Abendbrot setzte sich die Familie vor den Fernseher und versuchte eine altbewährte Gewohnheit wieder aufleben zu lassen. Robert hatte Ricco gesagt, dass er bald wieder in die Schule gehen könne, abgesehen davon hätten sich viele seiner Mitschüler nach seinem Zustand erkundigt.

»… jedenfalls meinte Mrs. Miller, du könntest zunächst von zu Hause aus weitermachen und den aktuellen Schulplan lassen sie dir per Post nach Hause schicken, bis du wieder in die Schu…«

»Glaubst du, Sam wacht wieder auf?«, unterbrach Ricco seinen Vater. Er starrte in den Fernseher, ohne eigentlich zu registrieren, was momentan im Kasten lief. Die bewegten Bilder liefen und irgendwer erzählte wieder einmal irgendetwas über irgendwen.

Robert schluckte. Diese Frage war alles andere, als leicht zu beantworten, und er wollte mit offenen Karten spielen.

»Was passiert ist, ist passiert. So simpel das auch klingen mag, Ricco, aber finde dich jetzt mit der Tatsache ab. Nur der liebe Gott weiß, ob Samuel jemals wieder aufwachen wird«, antwortete sein Vater und wollte seinem Sohn wieder durch das Haar fahren, als dieser seine Hand schnaubend von sich stieß.

»Weißt du, was es heißt, seinen einzigen und besten Freund auf dem Gewissen zu haben? Und hör endlich auf damit, in meinem Haar herumzuwühlen! Ich habe ihm und mir das Leben versaut. Für immer!

Und du sagst mir, ich soll mich damit abfinden?!«, schrie Ricco seinen Vater an.

Robert konnte unter den Tränen Riccos den verzweifelten Blick erkennen.

»Ich wollte dir lediglich sagen, dass du an der Situation jetzt nichts mehr ändern kannst.«

»SPAR DIR DEINE WORTE!«, brüllte Ricco und machte sich auf den Weg in sein Zimmer. Ein Rollstuhlaufzug brachte den Jungen nach oben und er musste wieder einmal die Erfahrung machen, dass er auf Hilfe angewiesen war. Er konnte sich nicht allein ausziehen.

Mandy half, ohne auch nur ein Wort zu sagen, und eine halbe Stunde später lag der Junge in seinem Bett.

»Muss ihn sehen. Sam braucht meine Hilfe. Ich muss zu Samuel.« Er konnte seine Gedanken nicht abschalten. Er wollte wissen, wie Sam aussah, was er in seinem Gesicht lesen konnte, auch ohne mit ihm zu sprechen.

In dieser Nacht im Randbezirk von New Jersey lag ein Junge in seinem Bett und weinte hemmungslos in sein Kopfkissen. Draußen pulsierte das Leben wie eh und je, doch der Türsteher des Lebens ließ ihn nicht hinein. Das jedenfalls dachte er sich, wie ein Partygast, den keiner haben wollte.

»Sorry, Ricco, wir sind heute echt mehr als voll, komm doch Morgen wieder, wenn du wieder gehen kannst, ja?«

Und auch diese Nacht sollte Ricco von dem Unfall träumen. Von der Verfolgungsjagd, den Polizeisirenen und der blechernen Megafonstimme, die ihm befahl, aufzugeben.

Er nahm sich aus dem Nachttisch sein digitales Bilderalbum und suchte nach einem Foto. Draußen prasselte der Regen gegen die Fensterscheibe und der Wind brachte das Haus zum Knarzen. Er hatte es gefunden: Das Bild zeigt ihn und Sam auf dem Bolzplatz. Ricco hatte Sam huckepack genommen und die beiden schnitten Grimassen in die Kamera. Damals war die Welt noch in Ordnung und er konnte noch laufen. Doch nun spürte Ricco nur noch seinen Oberkörper. Ab seinem Bauchnabel abwärts fühlte er nichts mehr. Keinen Schmerz, keine Kälte, kein Kribbeln. Und wieder begann der Junge zu weinen.

Der Regen lief nicht nur an Riccos Fenster hinab. Auch an jenem Fenster des Zimmers im St. Vincent-Hospital, in dem Samuel Stromer lag. Die medizinischen Geräte surrten und pumpten in regelmäßigen Abständen und taten, was sie tun mussten. Das Piepen, das seinen Herzschlag vertonte, vermeldete unermüdlich die Funktionalität des jungen Herzens.

Sam lag auf dem Bett. Sein langes Haar hatte Pamela liebevoll zu einem Zopf zusammengebunden.

Der Regen klatschte durch die kräftige Unterstützung des Windes hart gegen die Fensterscheiben.

Morgen sollte Samuel wieder Besuch von seinen Eltern bekommen. Stundenlang würden die beiden an seinem Krankenbett sitzen, ihm von den Ereignissen des Vortages berichten, ihm die Hand halten, ihn liebevoll streicheln und ab und an seinen Namen sagen. In der Hoffnung, eine kleine Reaktion zu erkennen. Ein Zucken, ein Wimpernschlag, ein kleiner Strohhalm, an dem sie sich festhalten konnten.

Es war schon öfter vorgekommen, dass Samuels Körper eine Reaktion gezeigt hatte. Ein kleiner Finger, der sich bewegte, die Unterlippe, die zuckte. Jedes Mal schlugen Mike und Pamela Alarm und ließen den diensthabenden Arzt sofort auf das Zimmer kommen. Nach ein paar Routineuntersuchungen und Reaktionstests kam dann doch die niederschmetternde Diagnose:

»Tut mir leid, das sind lediglich Muskelzuckungen des Körpers, hervorgerufen durch die Bewusstseinsstörung des komatösen Zustandes. Letztendlich eine mechanische Reaktion.« Nicht mehr und nicht weniger.

Diese Achterbahn des Hoffens und der harten Realität machte den beiden sehr zu schaffen und dennoch wussten sie, dass ihr Sohn eines Tages aufwachen würde. Alles würde wieder beim Alten sein und nach ein paar Monaten der Rehabilitation würden sie nach Hause fahren und das Leben wäre wieder so, wie es immer gewesen war.

Doch es schien, als würde dieser eine Tag nicht kommen wollen. Anfangs fuhren die Stromers regelrecht euphorisch in das Krankenhaus, weil sie tief im Inneren hofften, dass heute DER Tag war. Doch je mehr Tage und Wochen ins Land zogen, je mehr nüchterne Gespräche mit Ärzten und Schwestern geführt und Formulare für die Krankenkasse ausgefüllt wurden, umso mehr wich die Euphorie und wurde ersetzt durch dumpfes Funktionieren und die Angst, ihren Sohn für immer verloren zu haben. Die Sonne war aus ihrem Leben verschwunden und zum Vorschein kam die fiese Fratze des Schicksals.

Der allmorgendliche Berufsverkehr führte mal wieder dazu, dass sich die Nachrichten im Radio mit Staumeldungen nur so überschlugen. Ein schwerer Verkehrsunfall auf der Southstreet war für viele New Yorker Auslöser der endlosen Odyssee zum Arbeitsplatz.

»Wo warst du? Hast du verschlafen?«, fauchte ihr Chef, der natürlich keine Ahnung hatte, weshalb die Hälfte seiner Belegschaft an diesem Montag zu spät kam.

»Stau, Stau und noch mal Stau«, zischte die graziöse Schönheit knapp und machte sich auf den Weg zu ihrem Schreibtisch.

Die Wahlen standen wieder an und somit wartete auch ein Berg von unerledigter Korrespondenz. Zu dieser Zeit lechzten die politischen Gruppierungen nur so nach Meinungsäußerungen und Wählerfang. Was öffentliche Veranstaltungen im Rahmen einer politischen Kundgebung anging, fiel in das Aufgabengebiet der hübschen Joanna Kraft. Die Mutter von drei Kindern und Ehefrau eines Unteroffiziers liebte ihren Job über alles. Sicherlich versuchten sämtliche Politiker und solche, die sich für Politiker hielten, die Frau mit Komplimenten und haufenweise Pralinen und Blumen zu betören. Doch dafür war Joanna zu sehr Profi, wenn auch sie die eine oder andere Praline genoss. Ihr machte es Spaß, abwägen zu müssen, und mit sämtlichen Behörden und Gesetzesträgern wegen so einer Veranstaltung zu debattieren. Es war nicht unbedingt einfach, Haushalt, Kinder, Mann und einen derart stressigen Job unter einen Hut zu bekommen, doch Joanna war das, was man ein Allroundtalent nannte.

»Harper hat mich gerade angerufen. Er möchte wissen, ob die Republikaner am 6. Juli eine Genehmigung für die Kundgebung bekommen«, fragte ihr Chef Hudston.

»Ja. Habe gerade das Fax bekommen. Das geht in Ordnung. Erledigst du das, oder?«

»Mach ich schon, Joanna. Ich will doch nicht, dass du mir hier irgendwann umkippst«, sagte er und begann übertrieben zu grinsen.

Joanna knüllte ein Papier zusammen und warf es nach ihrem Boss.

»Vielen Dank, mächtiger Pascha! Ich bin dankbar, Ihre Luft atmen zu dürfen!«, rief sie ihm grinsend nach und traf Hudston direkt auf seine Glatze.

Lachend gingen sie wieder an ihre Arbeit. Schließlich warteten 160 politische Vereinigungen auf eine Antwort, die natürlich alle, wenn möglich heute noch eine Mitteilung haben wollten.

Joanna ging zu ihrem Postkasten und nahm den Berg an Briefen mit zu ihrem Schreibtisch. Die schriftliche Korrespondenz erledigte sie immer in der Früh, während sie sich nachmittags damit beschäftigte, sämtlichen Stellen hinterherzutelefonieren.

Mrs. Joanna Kraft – persönlich – stand in großen Lettern auf dem Umschlag. Der Brief, der weder Absender noch eine komplette Empfängeradresse enthielt, machte sie ein wenig stutzig.

»Wahrscheinlich unten abgegeben«, murmelte sie und öffnete das Kuvert. Zum Vorschein kam ein rotes Papier, auf dem mit schwarzen Buchstaben stand:

Sehr geehrte Mrs. Kraft,

Sie sitzen an einer sehr verantwortungsvollen Position. Sie entscheiden, welche Parteien und Vereinigungen ihre Meinung zum Volk tragen dürfen und welche nicht. Ich unterstelle Ihnen nicht, dass Sie Ihre Aufgabe nicht ernstnehmen, das machen Sie zweifelsohne. Aber von der hohen Kunst der Politik haben Sie keine Ahnung. Sie halten sich lieber an Paragrafen und Gesetze und urteilen mithilfe jenes Buches, das unsere Präsidenten und Urväter einst formten. Und selbst das Gesetzbuch legen Sie falsch aus.

Sie haben die Möglichkeit bekommen, bei der Grundsteinlegung für ein neues Amerika mitzuwirken, und haben Ihre Chance nicht genutzt. Diese einmalige Weichenstellung hätte Sie ehren müssen.

Ihre Inkompetenz, Ihre Ignoranz und letztendlich Ihr Unwissen haben Ihr Schicksal besiegelt.

Wissen Sie, liebe Mrs. Kraft, sein eigenes Leben wegzuwerfen, ist die eine Sache. Aber die Verantwortung für ehrliche, reine Amerikaner und deren Zukunft zu tragen, ist eine andere.

Fatal genug, dass Sie unser Land nicht auf den richtigen Weg bringen wollen. Ihre Entscheidung trägt nun auch dazu bei, dass drei kleine Kinder ohne Ihre Mutter und Unteroffizier James Kraft ohne seine Frau weiter durchs Leben gehen müssen.

Generell sollte man doch versuchen, den Blick für das große Ganze zu wahren.

Es gibt Fehler, die man verzeihen kann, und solche, die unverzeihlich sind.

Uns wird nichts und niemand stoppen. Auch keine Joanna Kraft, die in irgendeinem Zimmer irgendeines Gebäudes ihren »Genehmigt-Stempel« auf tote, nichtssagende Buchstaben drückt.

Was mich zum Grund meines Briefes zurückführt, liebe Mrs. Kraft:

Ich wünsche Ihnen einen schnellen Tod.

»Hudston!«, rief Joanna und konnte nicht fassen, was sie da eben gelesen hatte. Nochmals überflog sie hastig die Seiten. Es war offensichtlich ein Drohbrief. Das Prozedere, das auf eine Drohung folgte, war klar geregelt. Zuallererst musste sie ihren Vorgesetzten informieren, der die Polizei in Kenntnis setzte und den Evakuierungsplan mit dem Sicherheitspersonal der Behörde umgehend durchführte.

»Hudston! Kommen Sie, ich habe hier einen Code 19! Beeil…« Weiter kam sie nicht mehr. Ein komplexer Mechanismus, der an der Innenseite des Umschlags befestigt worden war, löste die verheerende Kettenreaktion aus. Als Joanna Kraft den Brief geöffnet hatte, begann der Timer in der Größe einer Knopfzelle und flach wie das Papier selbst gegen Null zu laufen. Es blieb Zeit, um den Brief in Ruhe zu lesen. Nicht genug Zeit, um sich in Sicherheit zu bringen. Der Sender gab einen Impuls an den separaten Umschlag, der sich inmitten des Stapels befand, weiter. Die Briefbombe tat, was sie tun musste.

Der ohrenbetäubende Knall war zwei Stockwerke weiter zu hören und die Druckwelle der Explosion ließ sämtliche Fenster des zweiten Stockes zerbersten.

Joanna Kraft hatte keine Chance. Der Sprengstoff tötete sie in Sekundenschnelle und verteilte ihren Körper über drei Schreibtische. Wäre Hudston ihrer Aufforderung ein wenig schneller nachgekommen, so hätte man zwei Tote beklagen müssen.

»Oh mein Gott.«, stammelte Hudston. Er sah nach unten und blickte auf den Schuh von Joanna samt ihres Fußes. Sein Körper entschloss sich dazu, das Frühstück freizugeben.

Der Brief, den Joanna gelesen hatte, verbrannte bei der Explosion. Die Polizei sowie das FBI konnten lediglich Sprengstoffrückstände als Beweisspuren sichern.

Drei Minuten nach der Explosion klingelte das Telefon in der Metzgerei, in der Tom Midler seinen Lebensunterhalt verdiente.

»Is' für dich, Tom!«, schrie der beleibte Metzger und legte den Hörer neben den Apparat.

»Ja, Midler.«

»Joanna Kraft ist tot.« KLICK

Tom legte wie paralysiert den Hörer wieder auf die Gabel, ging in aller Seelenruhe auf die Toilette und übergab sich.

Erst jetzt wurde ihm bewusst, dass er verantwortlich war, dass ein Menschenleben zu Ende gegangen war. Eine Frau war gestorben, weil sie ihm im Weg zu sein schien. Tom saß auf dem geschlossenen Toilettendeckel und starrte die beschmierte Innenwand der Kabine an. Immer wieder kreisten seine Gedanken um Danny. Immer wieder sah er die dunkle Luxuslimousine und musste an den Brief denken, den er in den Händen gehalten hatte.

Tom erinnerte sich an seine Kindheit. Er entsann sich an einen Tag, an dem er mit seinem Vater beim Angeln gewesen war. Nur er und sein Dad. Den ganzen Tag hatten die beiden auf dem Boot verbracht und sich gegenseitig Witze erzählt und gelacht. Diese

Stunden waren mitunter die schönsten Erinnerungen, die Tom geblieben waren, doch sie waren vorbei. Zerstört durch den Staat und seinen sinnlosen Krieg, in den sie seinen Vater geschickt hatten. Die Schublade in seinem Kopf hatte noch sehr viel Platz für schöne Erinnerungen mit seinem Dad gehabt, doch leider wurde sie nie gefüllt, sondern gewaltsam verschlossen.

Tom begann zu lächeln und schlug mit der Faust gegen die Toilettentür.

»Ich werdet sehen. Ihr werdet schon noch sehen, wozu ein Tom Midler fähig ist«, flüsterte er leise zu sich und nahm sein Taschenmesser heraus. Er krempelte seinen Ärmel nach oben und blickte auf seine nackte Haut. Überall waren Schnitte, die er sich regelmäßig ritzte. Für Tom war das besser als Sex. Er schnitt ein Stück seiner Haut auf. Das Messer drang nicht zu tief in sein Fleisch und ein leises, eigenartiges Kichern huschte ihm über die Lippen. Das Blut quoll hervor und Tom betrachtete seine Wunde mit einem Mal kritisch und zog seine Augenbrauen zusammen. Als hätte sich sein Verstand zurückgemeldet, nahm er schnell die Toilettenrolle und wischte sich das Blut vom Arm.

»Alles klar, Tom?«, fragte der mollige Metzgermeister und sah seinen Kollegen an.

»Alles klar. Alles bestens.« »Irgendwas Schlimmes?«

»Hm, irgendwie geht dich das gar nichts an, oder?«, entgegnete ihm Tom kühl.

»Ist schon gut. War ja nur eine Frage«, entschuldigte sich der Mann und distanzierte sich kopfschüttelnd.

Tom sah dem Mann nach und streichelte langsam seinen Arm.

»Ihr werdet schon sehen. Amerika wird mich lieben«, flüsterte er, nickte mit dem Kopf und ging wieder an die Arbeit.

Er zerlegte das Schwein, so wie er es immer machte. Erst trennte er den Kopf ab, um sich anschließend um den Rumpf des toten Tieres zu kümmern. Wieder blickte er auf seinen Arm.

Für eine Sekunde kam ihm die Idee, seinen Cut tiefer zu schneiden und die lange gerade Wunde zu einem säuberlichen Hakenkreuz zu erweitern. Ein Mahnmal, das ihn immer daran erinnern sollte, wessen nicht ganz ausgereifte Ideologie er zur Perfektion bringen wollte. Er legte das Beil zur Seite und machte sich auf den Weg zur Toilette. Die Kabine schloss sich und Tom verriegelte sie bedächtig von innen. Schließlich war dies ein denkwürdiger Augenblick, der Moment, in dem er auch optisch und für jeden sichtbar seine Gesinnung kundtun würde.

Tom hielt inne.

»Der Präsident der Vereinigten Staaten von Amerika mit einem Hakenkreuz auf dem Arm?«, flüsterte er und betrachtete die noch blutende Wunde. Tom seufzte. Nachdem er seinen Arm mit frischem Toilettenpapier verbunden hatte, begab er sich wieder in die Metzgerei.

Nein, es war keine gute Idee. Schließlich würde die Welt, würden die Politiker anderer Nationen den Braten riechen und er könnte seinen Plan in die Tonne treten. So war es nicht geplant und so durfte es nicht kommen.

Enttäuscht und dennoch stolz, sich noch einmal besonnen zu haben, nahm Tom sein Beil und begann das Schwein fein säuberlich zu zerlegen.

»Alles muss nach Plan laufen«, murmelte er und hackte dem Schwein den Fuß ab.

Die nächsten Tage und Wochen suchten das FBI und die New Yorker Polizei nach Tatverdächtigen und Spuren. Allerdings vergebens. Es gab keinerlei Anzeichen, keinen Augenzeugen, nicht einmal den Hauch einer Spur. Der Mord war von Danny und seiner Organisation geschickt durchgeführt worden und sämtliche wirklich brauchbare Spuren waren im zweiten Stock des Gebäudes verbrannt.

Nach ein paar Tagen konnte man nichts mehr in den Schlagzeilen finden. Der Pressesprecher der Polizei gab bekannt, dass es sich bei dem Anschlag um eine geistig verwirrte Person gehandelt habe, die bereits festgenommen wurde. Eine Vorgehensweise, die die Öffentlichkeit beruhigte, sei es aus ermitt-lungstaktischen Gründen oder einfach um dem einen oder anderen Kandidaten während seines Wahl-kampfes einen Gefallen zu tun. Als Tom in den Nach-richten davon erfuhr, war es ein zusätzlicher Beweis für das verlogene System, das es zu ändern galt.

»Geistig verwirrte Person? Geistig verwirrte Me-dien, würde ich sagen«, zischte Tom, zerknüllte die Zeitung und warf sie gekonnt von der Couch in den Mülleimer.

Seine Wohnung war verdunkelt und er beschloss, ein bisschen Luft in sein stickiges Apartment zu las-sen. Er öffnete das Fenster und blickte hinab auf die Straße. Dort kauerte wieder der Obdachlose und bet-telte um ein paar Dollar.

»Arbeite mal was, anstatt den ganzen Tag nur her-umzusitzen und den Menschen das Geld aus der Ta-sche zu ziehen, du Penner!«, schrie er hinunter und betrachtete den Mann, der um die siebzig sein musste. Der Obdachlose starrte nach oben und sah Tom traurig an.

»Faules Pack!«, fauchte Tom genervt von dem Zei-tungsartikel und dem Obdachlosen, schloss sein Fenster und beschloss, dass es doch besser wäre, seine Wohnung wieder zu verdunkeln, zumindest solange, bis er endlich am Zuge war, Amerika von all dem Unheil zu befreien.

Ricco nahm wieder am Schulunterricht teil und wurde, wie es zu erwarten war, von seinen Freunden und Klassenkameraden liebevoll empfangen. Der Junge lernte, mit seiner Behinderung umzugehen, und begann langsam, das Leben zu akzeptieren. Seine Mitschüler schlossen ihn in fast alle Aktivitäten mit ein, sodass Ricco ab und zu vergaß, ein Handicap zu haben.

»Wie geht's eigentlich Sam?«, fragte Lydia, während sie Ricco in der Mittagspause über den Schulhof schob.

»Ich weiß es nicht. Letzte Woche habe ich ihn besucht, aber sein Zustand ist nach wie vor unverändert«, antwortete er.

Lydia und Ricco verbrachten seit dem Unfall öfter Zeit zusammen und es war offensichtlich, dass sie mehr als nur freundschaftliche Gefühle für Ricco empfand.

»Du hast dich seit dem Unfall sehr verändert.« »Inwiefern?«

Lydia stoppte den Rollstuhl, schob die Bremsen nach vorn und positionierte sich direkt vor ihm.

»Du bist menschlicher geworden. Versteh mich bitte nicht falsch, Ricco, aber vor deinem Unfall warst du ein gut aussehendes, dein schwarzes Haar zurückgelendes, hämisch lächelndes, arrogantes Arschloch«, sagte Lydia trocken und musste über ihre eigenen Worte lachen.

»Und jetzt?«, fragte er keck und grinste.

»Na ja. Jetzt bist du ein gut aussehender Spinner mit Feingefühl den ich sehr lieb gewonnen habe.«

Mit diesem Eingeständnis hatte Ricco in seinen kühnsten Träumen nicht gerechnet.

Lydia Maslowski gehörte zu den glücklichen Mädchen, die auf der Highschool sehr begehrt waren. Ihr langes braunes Haar und ihre Topfigur waren ausschlaggebend für die unzähligen Komplimente und eine Heerschar von heranwachsenden Verehrern, die sie in ihrer Schulzeit begleiteten. Seit der Rückkehr von Ricco hatten die beiden begonnen, einen Kontakt der ganz besonderen Art zu pflegen.

»Ich … ich mag dich auch sehr … äh …«, stotterte Ricco herum und löste seine Bremsen wieder. Er drehte sich um und fuhr langsam in die entgegengesetzte Richtung.

»Hab ich was Falsches gesagt?«, fragte Lydia. Sie packte wieder den Griff des Rollstuhls und schob den Jungen ein wenig.

»Nein, nein, es ist nur … Ich muss ständig an Sam denken. Und dass ich an allem schuld bin. Wenn er tot wäre, so schlimm es klingt, so hätte ich wenigstens Gewissheit, was mit ihm ist. Aber so …«

»Mach dir keine Vorwürfe. Du hast schließlich auch deinen Preis dafür bezahlt und der war wirklich hoch genug.«

Die Wochen und Monate gingen ins Land und Ricco kam in die nächste Jahrgangsstufe. Auch bei den Stromers hatte sich der Alltag stabilisiert. Die Hilflosigkeit und das Wissen, die Situation aus eigener Kraft nicht ändern zu können, beeinflussten die Denkweise der Stromers. Sie begannen, das Beste aus den guten Momenten, die das Leben für sie bereithielt, zu machen, und wurden dankbar für jeden kleinen Lichtblick. Pamela ertappte sich immer öfters dabei, über einen Witz in ihrer Lieblingscomedysendung zu lachen, und auch Mikes Ambitionen, endlich den Speicher des Hauses zu renovieren, kamen langsam zurück.

Mandy Feller befand sich in Therapie und machte die ersten Fortschritte. Sie trank nicht mehr und bekam Antidepressiva. Robert stand seiner Frau bei, so gut er nur konnte. Doch der Hauptgrund, weshalb Mandy die Kraft hatte, sich einer Therapie zu unterziehen, war doch einzig und allein die Tatsache, ihren Sohn Ricco wieder lachen zu sehen. Der Lebenswille war in den jungen Mann zurückgekehrt und somit auch in seine Mutter.

Die Familien schienen, jeweils auf ihre eigene Art und Weise, eine Stabilität aufzubauen, die es ihnen ermöglichte, wieder ein halbwegs normales Leben zu führen.

Alle zwei Wochen trafen sich die Fellers mit den Stromers. Meist sonntags zum Mittagessen. Ricco hatte darauf bestanden, die Treffen bei den Stromers abzuhalten. So hatte Ricco das Gefühl, seinem besten Freund nahe zu sein.

Die Treppen des Hauses ließen nicht zu, dass Ricco in Samuels Zimmer fahren konnte. Er bat ab und an seinen Vater darum, ihn hinaufzutragen und aufs Bett seines Freundes zu setzen. Oftmals saß er dort bis zu einer Stunde, starrte auf die Aerosmith-Poster und erinnerte sich daran, wie viel Zeit sie doch zusammen verbracht hatten.

Die beiden Paare unterhielten sich nicht selten bis zum späten Nachmittag, während Ricco in Samuels Zimmer saß. Allein mit seinen Erinnerungen, dem Schmerz und doch dem Gefühl, in jenen Momenten seinem Freund ganz nahe zu sein.

Dieser Sommer sollte in die meteorologische Geschichte eingehen. Je heißer die Tage waren, desto öfter kam es zu Sommergewittern, die teilweise schlagartig auftraten. Auch an diesem Tag verschwand das Hochdruckgebiet und aus dem lauen Wetter des ursprünglich windigen Abends mutierte ein Sommergewitter der Superlative. Die Natur schlug ihre Kapriolen und so traf die Sturmfront New Jersey mit voller Wucht. Etliche Unterführungen und Tunnel hatte das Unwetter unter Wasser gesetzt. Die Küstenwache New Jerseys vermeldete die höchste Sturmwarnung. Es machte den Anschein, als würden dieser Regen und das Peitschen des Windes niemals vorbeigehen wollen.

Im St. Vincent-Hospital arbeiteten die Ärzte und das Krankenhauspersonal auf Hochtouren. Immer wieder kamen Rettungswagen mit neuen Patienten, die bei dem fürchterlich tobenden Sturm verletzt worden waren. Pfleger und Schwestern arbeiteten an diesem Abend im Akkord und versuchten zu selektieren, welche der Patienten akute Notfälle waren und welche man gegebenenfalls auf andere Krankenhäuser verteilen oder zurück in den Warteraum schicken konnte.

Niemand ahnte, was sich zur gleichen Zeit im Zimmer 307 abspielte. Samuels Augen zuckten. Langsam bewegte er kaum sichtbar seinen linken Zeigefinger. Seine Lider hoben sich und mit glasigen Augen betrachtete er seine Umwelt. Er war nach über zwei Monaten aus dem Koma erwacht. Er versuchte seinen Kopf zu heben und musste schmerzhaft erfahren, dass er kaum in der Lage war, irgendeinen Körperteil zu bewegen bis auf seine Augen. Er sah sich um und verstand, dass er sich in einem Krankenhaus befand. So schnell er konnte, versuchte er mit seinem noch getrübten Verstand und glasigen Blick die Umgebung abzuscannen.

»Hallo, Sam! Ich bin's, dein Opa«, sagte eine Stimme und im nächsten Moment ertönte das Geräusch eines landenden Flugzeugs. Er schloss die Augen. Flugzeuge, seinen Opa, die Klänge von Aerosmith – ja, sogar seine Klassenlehrerin hörte Sam, als würde sie neben ihm stehen. Der Junge bekam Panik. Er versuchte sein Bett abzutasten, um irgendeinen Knopf zu finden. Doch seine Hände taten nicht, was sein Verstand wollte. Er vernahm den Regen und wusste, dass dieses Geräusch real war. Langsam, aber sicher schärften sich wieder seine Sinne.

Er versuchte zu schreien, um auf sich aufmerksam zu machen. Doch mehr als ein leises Krächzen wollte seine Kehle nicht verlassen. Samuel sah neben sich auf dem Bett ein Tablett liegen. Mit aller Kraft, die er sammeln konnte, bewegte er seine Hand und schubste es vom Bett. Zwei Gläser zerbrachen in tausend Teile und das Blech knallte mit einem Geräusch, das in den Ohren wehtat, auf den Boden. Es war wahrscheinlich ein Wink des Schicksals, dass genau zu diesem Zeitpunkt eine Schwester an Zimmer 307 vorbeilief.

Sie blieb stehen und öffnete die Tür, um nach dem Komapatienten zu sehen.

Sam bemerkte das Licht des Krankenhausflures im Augenwinkel. Er atmete tief ein und versuchte zu schreien, so laut er nur konnte.

»Fff...« Mehr verließ seine Lippen nicht ... Doch es langte.

»Hast du was gesagt, Sam?«, fragte die Schwester zögerlich.

Sie näherte sich dem Krankenbett und sah in die offenen Augen des Jungen. Plötzlich bewegte Sam die Pupillen langsam von links nach rechts. Die Schwester öffnete ungläubig den Mund und lief aus dem Zimmer. Samuel konnte nicht mehr und wurde bewusstlos.

»Reaktion! Reaktion! Zimmer 307! Komapatient zeigt Reaktion!«, schrie die Schwester aus voller Kehle. Sie drehte sich um ihre eigene Achse, rannte ins Zimmer von Samuel zurück und drückte den Notfallknopf, der sich unterhalb des Bettes befand.

»Was ist los? Warum um alles in der Welt schreien Sie so herum?« Der Arzt sah die Krankenschwester entgeistert an.

»Er hat reagiert. Zimmer 307«, keuchte die Schwester.

»Zimmer 307? Samuel Stromer?«

»Er reagiert.«

»Schnell, rufen Sie Dr. Croler und Prof. Dr. Jung an, beeilen Sie sich«, sagte der Arzt und rannte zur Stationsschwester des Stockwerks.

»Da haben wir ja das kleine Mistding«, murmelte Dr. Croler hinter seinem Mundschutz und brachte den Blinddarm mit einer Zange ans Tageslicht. »Und was für ein Prachtkerl.« Er begutachtete das blutige, kleine Ding wie einen riesigen Karpfen, den der Hobbyangler schon oft aus dem nahegelegenen Greenwood Lake gefischt hatte.

»Dr. Croler, Sie werden dringend in Zimmer 307 erwartet«, sagte der Anästhesist, der den Funkspruch auf seinem Gerät mitgehört hatte.

»Zimmer 307? Das ist der junge Stromer, glaube ich. Harry, schmeiß den kleinen Kerl mal weg und näh das hier bitte wieder zu.« Dr. Croler übergab seinem Assistenzarzt die Zange mit dem Blinddarm und verließ den OP-Saal.

Er drückte den Aufzugknopf. Der Fahrstuhl öffnete sich und Prof. Dr. Jung blickte in die Augen seines Kollegen.

»Na, das nenn ich mal Timing«, lachte Jung.

»Unfassbar, dass der junge Kerl wirklich aufgewacht ist. Bei den zuletzt gemessenen Hirnströmen habe ich ehrlich gesagt schon ein flaues Gefühl in der Magengegend bekommen.«

Dr. Croler nickte bestätigend und betrachtete die rote Anzeige im Aufzug.

Samuel kam von der Schule und ging seinen gewohnten Weg nach Hause. Ricco war nicht bei ihm, was untypisch war.

»Was geht hier vor?«, flüsterte Samuel zu sich, als er bemerkte, wie leicht sich sein Rucksack anfühlte. Er öffnete die Tasche und sah hinein. Anstelle der Schulbücher und der Federmappe lag ein zerbrochenes Blinklicht im Inneren.

»Oh mein Gott. Ich träume wieder«, bemerkte er und drehte sich um. Er wollte nicht wieder in dieses Haus. Und schon gar nicht zu dieser schrecklichen alten Frau. Er lief zurück zur Kreuzung und wieder begegnete er weder Mensch noch Tier. Der Himmel war strahlend blau und kein Wind schien das schöne Wetter trüben zu wollen. Er blickte nach oben und die Erkenntnis, keinen Vogel zu sehen, bestätigte seine These, wieder in seiner Gedankenwelt gefangen zu sein. Er kam an der Kreuzung an und wollte sich auf den Weg zurück zur Schule machen, als er voller Entsetzen feststellen musste, dass jede Abzweigung in die Medlesterstreet führte. Langsam drehte sich Sam um die eigene Achse und betrachtete die Abzweigungen der Kreuzung. Jedes Schild führte ihn in die Straße, in der sein Elternhaus stand. Viermal sah er den gleichen Baum, viermal erkannte er die ihm so vertrauten Gebäude.

»Oh nein«, stammelte Sam. Er begab sich in eine der Straßen und begann zu laufen. Immer weiter und schneller rannte der Junge, bis er am Ende der Medlesterstreet angekommen war. Er spürte sein Herz in der Brust klopfen und sah keuchend auf das Schild der nächsten Kreuzung.

Er befand sich wieder an der gleichen Stelle, an der er wenige Augenblicke zuvor seinen Sprint gestartet hatte.

»Das gibt es nicht. Ich träume. Das ist nur ein schlechter Traum«, redete er sich ein und begann wieder zu laufen. Das Prozedere wiederholte sich: Sam rannte bis zum Ende der Medlesterstreet, um letztendlich wieder an jener Kreuzung schnaufend stehenzubleiben. Er gab auf. Er setzte sich auf den Boden und begann zu weinen. Es gab kein Entrinnen aus dem Labyrinth. Sam warf schreiend den Rucksack von sich und ging langsamen Schrittes zurück. Er akzeptierte sein Schicksal und machte sich auf den Weg zur Hausnummer acht.

Nach wenigen Momenten hatte er sein Ziel erreicht. Er stand vor dem Haus seiner Eltern und betrachtete es akribisch. Irgendetwas stimmte nicht. Und obwohl Sam nicht sagen konnte, was es war, so schrie sein Instinkt ihm zu, dass etwas nicht war, wie es sein sollte. Sein Blick verharrte auf der Verandatür.

»Das Schild. Es ist weg«, flüsterte er und sah sich die Eingangstür genauer an. Seine Eltern hatten vor

Jahren ein Schild mit »Herzlich willkommen« an die Tür genagelt. Ein prunkvolles Schild, dessen Schrift wunderschöne blühende Tulpen umrahmten. Stattdessen befand sich ein schlichter Spiegel an der Außenseite der Tür. Mit einem dünnen schwarzen Stift hatte jemand geschrieben: Nichts ist, wie es scheint.

»Nichts ist, wie es scheint?«, wiederholte Sam und betrachtete sein Gesicht im Spiegel. Er atmete tief durch und öffnete die Eingangstür.

»Hallo?«

Sam bekam keine Antwort. Er machte sich auf den Weg ins Wohnzimmer und befürchtete das Schlimmste, als er die Tür öffnete. Doch niemand war zu sehen. Weder seine Eltern noch die mysteriöse hässliche Frau begegneten ihm. Allerdings hörte er eine männliche Stimme und stellte schnell fest, dass diese aus dem Fernseher kam. Er ging hinüber und wollte gerade den Apparat abschalten, als ihn die Worte des Nachrichtensprechers davon abhielten.

»… wurde gerade bekannt gegeben, dass die Regierung Russlands nicht gewillt ist, auf die Forderungen der USA einzugehen. Auch die Europäische Union sowie Japan baten die amerikanische Regierung, mit diesen so wortwörtlich ›aggressiven Provokationen und Säbelrasseln‹ aufzuhören und wieder an den Verhandlungstisch zurückzukehren. Laut einer aktuellen Umfrage innerhalb des amerikanischen Volkes sagten über 70 Prozent der Befragten, dass die angespannte politische Situation auf den amtierenden Präsidenten der Vereinigten Staaten zurückzuführen sei. Auch im Süden der USA gab es erneut zahlreiche Demonstrationen, bei denen, so die Polizei, fünfhundertachtzig Personen ums Leben kamen. In San Francisco wurden trotz der landesweit verhängten Ausgangssperre etliche Straßenkrawalle durch das Militär zerschlagen. Die Straßenkämpfe im Westen der Vereinigten Staaten forderten seit Ausbruch des Widerstandes zweitausend

Menschenleben. Das Weiße Haus verkündete bei einer Sondersitzung mit dem Senat heute, dass man sich durch die Provokationen durch Russland und

Japan nicht einschüchtern lassen werde und weiterhin am eingeschlagenen Kurs festhalte. Sollte die Europäische Union die Sanktionen weiter verschärfen, denke man, so der Sprecher des Weißen Hauses, über einen atomaren Präventivschlag nach.«

Sam schaltete den Fernseher ab.

»Atomarer Präventivschlag«, murmelte er. Er blickte auf das matte Display des Gerätes und sah den roten Standby-Knopf auf der rechten unteren Seite. Nochmals schaltete er den Fernseher mit zitternden Händen an. Die Bilder, die Samuel sah, waren aus New York. Inmitten des Time Squares fuhren zwei Panzer und etliche Armeefahrzeuge, die von Fußsoldaten begleitet wurden. Auf dem ansonsten so pulsierenden Platz brannten zwei Taxis.

Er schaltete den Fernseher hastig wieder ab und übergab sich.

»Hallo, kleiner Sam.« Die Stimme war wieder da.

Sam wischte sich den Mund ab und traute sich nicht, den Kopf zu heben und sich umzudrehen.

»So trifft man sich wieder«, säuselte die weibliche Stimme.

Er drehte sich um und erblickte wieder die alte Frau. Sie trug wie bei ihrem letzten Treffen das verdreckte gelbe Kleid mit den großen roten Punkten. Diesmal war ihr langes weißes Haar zu einem Dutt hochgesteckt und sie trug eine Brille in einer sehr schmalen Fassung. Sie saß wieder in dem alten Sessel seines Vaters und strickte.

Sam dachte fest daran, dass er sich in einem Traum befand. Er atmete tief ein, schloss die Augen und öffnete sie beim Ausatmen wieder. Die Frau saß, wo sie eine Sekunde zuvor gesessen hatte.

»Ich träume und Sie sind nicht echt. So einfach ist das«, stellte er mit entschlossener Stimme fest und bemerkte, wie seine Angst langsam, aber sicher verschwand und sein Puls sich beruhigte.

Die alte Frau ließ die Stricknadeln sinken und sah Sam fest in die Augen. Ein leichtes Lächeln huschte über ihr Gesicht, doch im nächsten Moment verhärteten sich ihre Züge.

»Was ist Traum und was Realität?«, fragte sie den Jungen.

»Das ist ein Traum. Hier gibt es Dinge, die es nicht geben kann. Genauso wie Sie. Sie sind auch nicht real!«, entgegnete Sam.

»Ich bin nicht real? Interessant. Mit wem unterhältst du dich dann? Oder bist du auch nicht real?«, fragte die alte Frau und hob kurz ihren Blick.

»Natürlich bin ich real.«

Die Frau legte ihr Strickzeug beiseite und stand auf. Sam erkannte, wie groß sie war. Langsam und mit vorsichtigen Schritten näherte sie sich dem Jungen.

»Um dieses Thema ein für alle Mal zu klären, kleiner Sam. Ja, du träumst. Aber ich existiere genauso wie du. Auch wenn du denkst, dass so etwas nicht möglich sei, akzeptiere es und frage nicht mehr nach. Der Grund unserer Zusammenkunft ist wichtiger als all deine Fragen, die noch früh genug beantwortet werden«, sagte sie liebevoll und setzte sich wieder in den Sessel.

»Wo sind meine Eltern?« Sam konnte mit der Fragerei nicht aufhören.

Die Wahrnehmung dieses Traumes war so intensiv, lebendig und zugleich surreal, dass es Sam erstaunte. Er hatte ein Ich-Bewusstsein inmitten eines Traumes. Er konnte nachdenken, bevor er etwas sagte – wie in der realen Welt.

»Deine Eltern können nicht hier sein, kleiner Sam.« Sie streckte dem Jungen die Hand entgegen.

Er zögerte.

»Nun nimm meine Hand. Sie beißt nicht und ich übrigens auch nicht«, sprach die alte Frau.

Er ergriff ihre Hand und rechnete mit dem Schlimmsten. Doch nichts geschah. Sie begann zu lächeln und führte den Jungen hinaus auf die Veranda. Sie standen vor dem Garten der Stromers und blickten auf die Straße.

»Was machen wir hier?«

»Kannst du dich noch an unser erstes Treffen erinnern, kleiner Sam?«, fragte sie und blickte die Medlesterstreet hinunter.

»Ja«, entgegnete er knapp und sah zu ihr auf.

»Ich hatte dich um etwas gebeten und du hast mir meinen Wunsch nicht erfüllt. Warum nicht?«, fragte sie.

»Was denn für einen Gefallen?«

Die alte Frau begann zu lauschen und hielt die Hand vor ihr Ohr.

»Kannst du es hören?«, fragte sie und kniff die faltigen Augen zusammen. »Was hören?«

»Streng dich an, kleiner Sam. Kannst du es hören?«

Er sah die Frau erstaunt an. Dann bemerkte er, wie sich der wolkenlose Himmel lila verfärbte.

»Hör genau hin«, sprach die Greisin.

»Versprechen sollte man immer halten, kleiner Sam.«

Sam drehte seinen Kopf wieder zu ihr. »Was habe ich denn versprochen? Ich kann mich nicht erinnern, irgendetwas versprochen zu haben. Wie heißen Sie eigentlich?«, fragte er.

»Versprochen ist versprochen und wird auch nie gebrochen«, erwiderte die alte Frau und hob mahnend den Zeigefinger.

»Wie ist Ihr Name?«, wiederholte Sam seine Frage.

»Kannst du es hören? Da … ganz deutlich. Streng dich an, kleiner Sam.« Wieder legte sie die Hand an ihr Ohr und kniff die Augen zu.

»Ich kann gar ni…« Samuel unterbrach seinen Satz. Er vernahm das Motorengeräusch eines Autos. Wie von Geisterhand gesteuert näherte sich ein alter blauer Ford. Der Wagen hielt direkt vor ihnen. Sam näherte sich dem Fahrzeug und musste feststellen, dass hinter dem Lenkrad niemand saß.

»Ich verstehe nicht.«

»Sieh dir den Wagen ganz genau an«, sagte sie und ging zurück zum Haus.

»Wenn du fündig wirst, erwarte ich dich in deinem Zuhause, kleiner Sam.«

Plötzlich sah der Junge, was die Frau ohne Namen gemeint hatte, und ihm fiel ein, woher er diesen Wagen kannte.

Tim Caray – 19. Februar 1972 bis 14. Mai 2008 Verstorben an den Folgen eines Verkehrsunfalles.

Sam las den Text auf der Motorhaube, drehte sich um und rannte zurück ins Haus.

»Der Mann in dem Wagen und die Schrift auf der Motorhaube ...«, keuchte Sam wieder im Wohnzimmer seiner Eltern.

»Ich hatte dich gebeten, es zu überprüfen. Ich hatte dich gebeten, deine Vernunft beiseitezuschieben und einfach nur nachzusehen, ob es stimmt ... Du hast es nicht getan. Warum hast du es nicht getan? Warum hast du es nicht getan?« Die Frau saß wieder im Sessel blickte ihm anklagend entgegen.

»Ich hatte es vergessen. Weshalb ist das so wichtig?«, verteidigte sich Sam.

Die alte Frau stand auf und streichelte ihm sanft über die Wange. »Ich werde dich jetzt alleine lassen, kleiner Sam. Wir werden uns schon bald wiedersehen.«

Just in diesem Moment nahm Sam wieder die Stimme des Nachrichtensprechers aus dem Fernseher wahr. Er drehte sich um und blickte in das eingeschaltete Gerät.

»Haben Sie den Fernseher einge…« Er drehte sich zu der alten Frau um und blickte in das leere Zimmer. Sie war weg.

»… ließ das Weiße Haus verlauten, dass wichtige Stützpunkte in Deutschland schwer getroffen sind. Berlin sowie München, so der Sprecher des Weißen Hauses, seien nahezu vollkommen zerstört. Weitere Ziele wurden an der Westküste Italiens sowie in Griechenland getroffen. Der atomare Angriff Japans wurde erfolgreich mit einer Abwehrrakete vom Flugzeugträger ›USS Charleston‹ über dem Südpazifik eliminiert. Russland kündigte an, chemische und auch biologische Waffen gegen die so wortwörtlich ›Kriegstreiber der Vereinigten Staaten einzusetzen, sollte dieses Blutvergießen nicht bald enden.‹ Es dürften, so der russische Sprecher, nicht noch mehr Menschen sterben und Orte auf lange Zeit unbewohnbar gemacht werden.

Im Weißen Haus hingegen bereite man sich auf die Endlösung gegen die Aggressoren vor. Berichten zufolge wurden alle atomaren Marschflugkörper in Position gebracht. Flint betonte, dass Berichten zufolge Nordkorea von der Atombombe getroffen worden sei.«

Sam schüttelte den Kopf. Wie gebannt starrte er auf den Fernseher und obwohl sich der Junge relativ gut in der amerikanischen Politik auskannte, so sagte ihm der Name Flint gar nichts. Er blickte auf die obere rechte Seite des Bildschirms, um das Datum erkennen zu können, und öffnete ungläubig den Mund. Auf dem Monitor stand in kleiner Schrift das Datum: 10.02.25.

»Was heißt 25? Das … Nein, das kann nicht sein.« Sam schüttelte langsam den Kopf und hielt sich eine Hand vor den Mund. Er hatte soeben die Nachrichten vom 10. Februar des Jahres 2025 gesehen.

»Das ist Blödsinn! Es ist nur ein dummer Traum!«, schrie er und drehte sich um. Er griff die Vase, die er eh nie hatte leiden können, vom Wohnzimmertisch und warf sie gegen den Fernseher. »DAS IST NICHT REAL«, schrie er aus voller Kehle.

Plötzlich wurde es dunkel. Samuel Stromer hatte seine Traumwelt verlassen und drehte sich in seinem Krankenbett zur Seite. Sein Hemd klebte an ihm und die Schweißperlen bahnten sich ihren Weg durch sein nasses langes Haar hinunter auf seine Stirn.

Tom saß an diesem Samstagnachmittag in seinem komplett verdunkelten Wohnzimmer. Er wartete auf Ricky und Willy und somit auf die gesamte Belegschaft seiner umstrittenen Bewegung. Tom sah sich alte Alben aus längst vergangenen Tagen an. Fotos aus seiner Kindheit. Er schmunzelte und schlug die Seite um. Er konnte sich noch gut daran erinnern, wie er sein erstes Baumhaus baute. Damals war er vielleicht zehn Jahre alt. An diesem Bild hingen Erinnerungen an Sonne, Limonade und Sorglosigkeit.

»Kann ich dir helfen?«, schrie Martin Midler zu seinem Sohn und hielt sich schützend die Hand vor sein Gesicht, um etwas gegen die Sonne sehen zu können.

»Es geht schon, Dad!«, antwortete Tom und nagelte gerade das letzte Brett seines ersten eigenen Baumhauses fest.

Bis auf ein paar tragende Bretterkonstruktionen, mit denen sein Vater ihm half, hatte Tom sein Versteck ganz allein erschaffen. Nahezu fanatisch arbeitete der Junge in jeder freien Minute an seinem Baumhaus.

»Jetzt, Dad!«, plärrte er hinunter und ließ eine einfache Strickleiter hinab. Martin grinste und machte sich auf den Weg nach oben.

»Das ist toll, Tommy! Wirklich super!«, lobte ihn sein Vater und strich ihm durchs Haar.

Der Junge strahlte wie ein Honigkuchenpferd und freute sich über sein gelungenes Meisterwerk. Diesen Tag vergaß Tom Midler nie. Die Sonne schien, die Vögel sangen, sein Vater war mächtig stolz auf ihn. Die beiden saßen noch viele Stunden oben auf dem Baumhaus und redeten über Gott und die Welt.

Einen Satz allerdings hatte sich der mittlerweile sechsunddreißigjährige Mann bis zum heutigen Tage gemerkt. Sein Vater hatte ihn freundschaftlich an der Schulter gepackt und seinen Sohn ernst angesehen.

»Ach, Tommy, ich weiß nicht viel und habe vielleicht auch nicht besonders viel erreicht, aber eins habe ich in all den Jahren gelernt«, begann er und sah aus dem kleinen schiefen Fenster des Baumhauses.

»Was denn, Dad?«, fragte Tommy und blickte seinen Vater ehrfürchtig an.

»Deine Mum und ich haben gute und schlechte Zeiten erlebt. Wir hatten eine Zeit lang wirklich viel Geld und dann wiederum eine Weile nichts mehr. Aber eine Sache hat uns immer zusammengehalten und gab uns die Kraft, weiterzumachen: die Liebe. Ich weiß, du bist noch nicht in dem Alter, daher kann ich nicht erwarten, dass du meine Worte verstehst. Aber glaube mir, die Liebe ist das, was dich am Leben hält, deine Seele ernährt und dir inneren Frieden gibt«, hatte er gesagt.

Zu dieser Zeit verstand Tom die Worte seines Vaters nicht. Er hatte sie sich zwar eingeprägt, Wort für Wort. Erst in dem Moment, als die schreckliche Nachricht von der US Army gekommen war, begriff Tom, was er damit eigentlich gemeint hatte. Der trockene und fast schon zynische Brief der Regierung war ihm wie das lächelnde Gesicht seines Vaters im Baumhaus in Erinnerung geblieben. An jenem Tag war Tom von der Schule gekommen, als seine Mutter ihm mit geröteten Augen die Tür öffnete. Sie drückte ihm wortlos den Brief in die Hand und verschwand schluchzend im Schlafzimmer. Dieser Tag war der Anfang vom Ende.

Tom sah seiner Mutter nach, blickte auf den Umschlag der US Army und holte das Papier zitternd heraus; sein Magen begann zu rebellieren.

US ARMY Central Office 33/654 Sehr geehrte Mrs. Midler, wir müssen Ihnen heute zu unserem Bedauern mitteilen, dass Ihr Mann, Martin Midler, im Gefecht für unser Vaterland verstorben ist. Im Namen der US Army möchten wir Ihnen unser tiefstes Mitleid aussprechen. Der Leichnam Ihres Mannes wird in den nächsten zwei Wochen in die Vereinigten Staaten von Amerika überführt.

Für weitere Fragen oder Hilfe wenden Sie sich bitte an die Telefonnummer in der Kopfzeile des Anschreibens.

Ein Kondolenzschreiben des zuständigen Leutnants sowie des Präsidenten der Vereinigten Staaten wird Ihnen in den nächsten Tagen zugestellt.

Diese Zeilen und eine eingescannte Unterschrift waren alles, was die Regierung zu seinem Tod zu sagen hatte. Ein paar Tage vergingen und die angekündigten Textbausteine mit eingesetzten Namen und kopierter schwarzer Unterschrift folgten. Der Schriftverkehr mit der Witwenkasse erwies sich für seine Mutter als bürokratische Odyssee. Das System und sein Bürokratismus ließen keinen Platz für Gefühle.

Zwei Monate später standen die Soldaten mit schwarzen Armbinden vor der Tür seiner Mutter und baten darum, über die Geschehnisse mit ihr sprechen zu dürfen. Tom hatte das Bild seiner Mutter noch vor Augen, als sie alles Greifbare nach den zwei Staatsbediensteten warf und sie weinend als Mörder beschimpfte.

Das Letzte, was sein Vater ihm gegeben hatte, bevor er in den Krieg zog, war ein Bild von ihm und seinem Dad im Baumhaus.

»Wenn ich wiederkomme, dann machen wir da oben eine Party, hörst du?«, hatte Martin zu ihm gesagt und dabei lachend das Haar seines Sohnes zerzaust.

Ein halbes Jahr danach kletterte Tom mit einer Axt in sein Baumhaus und zerlegte es fein säuberlich. Vier Stunden brauchte er, bis er vor den Trümmern seines ganzen Stolzes stand, nahm ein Feuerzeug heraus und verbrannte den Holzhaufen auf einem nahegelegenen Acker. Während sich die lodernden Flammen in der Iris des jungen Tom Midlers widerspiegelten, entstand der Hass in seinem Herzen wie ein wuchernder Tumor.

Cindy Midler nahm sich ein Jahr später das Leben, indem sie sich vor die einfahrende U-Bahn warf. Als wären diese tragischen Schicksalsschläge für ein Kind nicht schon schlimm genug gewesen, musste er als einziger Sohn seine Mutter in der Leichenhalle der Stadt identifizieren.

Das Leben verlief ab diesem Augenblick sehr einsam für Tom. Sein Onkel nahm sich seiner an. Jeglicher Kontakt zu Freunden und Bekannten brach ab.

Sieben Tage nach seinem einundzwanzigsten Geburtstag lernte er das erste Mal ein Mädchen näher kennen. Die beiden trafen sich in der Stadtbibliothek.

»Hi!«, sagte Tom schüchtern, nachdem er all seinen Mut zusammengenommen hatte, um dieses eine große Wort zu verkünden, und schaute auf den Boden.

»Auch hi!«, antwortete Samantha Crow und grinste ihn schelmisch an.

Sie hatte kurzes schwarz getöntes Haar und trug eine Tätowierung auf der rechten Schulter. Es zeigte einen Drachen, der gerade im Begriff war, aus einem flammenden Herz zu springen.

»Bist, äh ... bist du öfters hier?«, stammelte Tom und bereute zugleich diese unglaublich sinnfreie Anmache. Für einen Rückzieher war es nun allerdings schon zu spät, die Worte hatten seinen Mund bereits verlassen.

»Na ja, wie oft man halt in so einer Bibliothek ist. Und du? Übernachtest du hier öfters? Ich finde, lediglich das Frühstücksbuffet lässt sehr zu wünschen übrig«, plapperte Samantha los.

Es dauerte einen kleinen Augenblick, bis der Witz Toms Gehirn erreicht hatte. Die beiden lachten kurz laut los und schnell trat peinliche Ruhe ein.

»Ich, äh nun ...Wie...«, stotterte Tom herum und brachte es nicht fertig, in diese schönen blauen Augen zu sehen. Sein Herz begann zu rasen und er musste sich eingestehen, dass er nicht mehr in der Lage war, einen klaren Gedanken zu fassen. Dieses Wesen hatte ihn verzaubert, ihn in seinen Bann gezogen mit seiner wunderbaren Art und Weise.

»Was möchtest du mir sagen?«, fragte sie leicht amüsiert, ohne sich über den jungen Mann lustig machen zu wollen.

»Kaffee trinken? Also, Kaffee trinken.«, murmelte der junge Tom zu sich und blickte auf seine Schuhe.

»Du möchtest mich also fragen, ob ich nicht Lust hätte, mit dir Kaffee trinken zu gehen?«, wiederholte sie und sprach jedes Wort langsam und deutlich aus.

Tom nickte und wischte sich den Schweiß von seinen Händen.

»Ich möchte, du Schussel!«, sagte sie liebevoll und kniff ihm leicht in die Wange.

Gegen 15:00 Uhr trafen sich die beiden wieder und Samantha ergriff sofort die Initiative und begann zu reden. Ohne dass Tom es wahrnahm, bewegten sie sich langsam auf das nicht allzu weit entfernte Café zu. Dank ihrer Führung verlor Tom immer mehr und mehr seine Angst.

»So. Und jetzt zu dir! Was machst du so?«, fragte Samantha und grinste ihre Begleitung an. Ihre Art und ihr Lachen waren so erfrischend und herzlich, dass Tom nur auf die Lippen von Samantha starrte und lächelte.

»Hallo?«, fragte sie irritiert und zog die Augenbrauen nach oben. Doch es war zwecklos. Tom hatte sich in ihren Augen verloren.

»Erde an Tom, Erde an Tom«, näselte Samantha kichernd.

Samantha und Tom trafen sich öfter und kamen sich mit der Zeit immer näher. Für Tom waren dieser Zustand und die damit verbundenen Gefühle sehr fremd, aber es fühlte sich verdammt gut an. Es dauerte nicht lange, bis sie sich dazu entschlossen, zusammenzuziehen. Tom hatte seine kleine Wohnung aufgegeben und Samantha zog aus ihrem Elternhaus aus, um mit der Liebe ihres Lebens ein neues Kapitel aufzuschlagen. Die beiden mieteten eine schicke Wohnung in einem Außenbezirk von New Jersey an. Das Leben, so schien es, meinte es endlich gut mit Thomas Midler. Samantha Crow arbeitete in einem Chemielabor und Tom suchte sich im Herzen New Jerseys eine Metzgerei, die nicht schlecht zahlte. Das Paar verdiente gutes Geld, sodass sich manche kleine Wünsche durchaus realisieren ließen. Bis zu diesem Freitag schien das Leben einfach nur wunderbar zu sein und die Psyche des angeschlagenen Tom Midler heilte langsam.

Samantha hatte an einem Freitag ein überaus wichtiges Meeting mit ihrem Vorgesetzten, in dem es unter anderem auch um die Beförderung der jungen Frau ging. Mr. Willsen sollte bald in den Ruhestand gehen und es galt, die Position des Teamleiters neu zu besetzen. Sie verabredeten sich nach der Arbeit in einem Restaurant, um in einer entspannten Atmosphäre, bei einem guten Essen und einem Glas Wein das wichtige Gespräch führen zu können.

Freitag war normalerweise immer der Tag, an dem Tom und Samantha ihren Großputz und die Einkäufe erledigten. Schließlich hatten sie freitags einen kürzeren Arbeitstag und wollten diese Zeit nutzen, um das Wochenende in vollen Zügen zu genießen.

Tom saß an diesem Freitag gegen 14:30 Uhr auf der Couch und wartete auf seine Freundin. Samantha hatte ihm vom Essen nach der Arbeit erzählt und dennoch begann sein Kopfkino mit ihm durchzugehen.

»Wo bleibt sie denn?«, fauchte er und blickte zornig auf seine Uhr. Sie hatte regulär vor zwei Stunden Feierabend gehabt und war immer noch nicht da. Grund genug für den eifersüchtigen Tom, sich seiner kranken Gedankenwelt vollends hinzugeben. Er schaltete den Fernseher ab und ging zur Haustür. »Verdammt!«, schrie er und schlug mit seiner geballten Faust gegen die Haustür. Mit rotem Kopf und schnaubend vor Wut betrachtete er seine Hand.

Wie ein wildes Tier begann der Mann auf und ab zu gehen und sich vorzustellen, was oder mit wem Samantha es gerade trieb. Er war schließlich nur ein kleines Helferlein in einer schäbigen Metzgerei. Was konnte er seiner Freundin schon bieten?

»Willsen. Wie sieht Arschloch Willsen überhaupt aus? Warum hat sie mir nie erzählt, wie der Typ aussieht?«, schrie Tom die Haustür an.

»Schlampe. DU, DÄMLICHE SCHLAMPE!«, brüllte er und beschloss, in die Küche zu gehen, um sich Kaffee zu kochen. Doch so weit kam es nicht. Er warf die Kaffeemaschine von der Arbeitsplatte, die Glaskanne zerbarst in tausend Splitter. Sein Herz begann zu rasen und er konnte den Puls in seinem Hals spüren. Tom Midler vergaß sich. Er schlug die Vitrine ein und warf ein Bücherregal um. Samantha hatte Tom vor einer Woche ein großes Aquarium geschenkt, dass er sich schon lange gewünscht hatte. Midler ging in sein Arbeitszimmer und holte seinen Baseballschläger heraus. Der letzte Funke seines Verstandes hatte sich verabschiedet.

»Willsen, hoffentlich fickt er gut. DEIN WILL-SEN«, brüllte er wie von Sinnen.

Wie ein Raubtier ging er mit dem Baseballschläger in der Hand auf und ab. Immer wieder schwenkte er den Schläger und wischte sich den Speichel aus dem Mundwinkel.

»Ach, Schatz, es ist doch nur zu unserem Besten. Schließlich werde ich befördert, da kann ich mich doch auch von Edward Willsen mal so richtig rannehmen lassen. Findest du nicht, Tom?«, hörte er Samantha in seinem Kopf lachen.

»Ich mach euch fertig. Ich werde euch allen zeigen, was es heißt, einen Tom Midler zu verarschen«, zischte er, sah sich seinen Schläger an und ging langsamen Schrittes auf das Aquarium zu. Gerade wollte er darauf einschlagen, als er innehielt und zu grinsen begann. So einfach wollte er es Samantha nicht machen. Sein Plan wurde von Minute zu Minute perfider. Seine Freundin vögelte sich durch halb New Jersey. Wie sollte er da noch Ruhe bewahren?

Er ging langsam in die Küche und suchte in sämtlichen Schubladen und Schränken. Tom legte den Gegenstand, nachdem er gefunden hatte, wonach er suchte, im Wohnzimmer ab und machte sich auf den Weg ins Schlafzimmer.

»Aber es ist doch für uns, Schatz. Ich liebe dich doch so sehr, Schatz. Ich bin Tom Midler, du dummes Stück. Und wer bist du? Ein Nichts, selbst eine Amöbe hat mehr Daseinsberechtigung als du, Schatz.« Tom schnitt wirre Fratzen, während er seinen Monolog hielt und den großen Koffer unterhalb des Bettes herauszerrte. Er schloss mit seiner Beziehung ab, während ihm die Tränen über die Wange liefen.

»Auf eine dumme geldgeile Hure bist du hereingefallen, Thomas, gut gemacht.« Er presste seine Lippen so stark aneinander, dass sie aussahen wie ein blutleerer Strich. Er stopfte sein Hab und Gut lieblos in den Koffer und griff zum Handy.

»Ja, richtig, ein Taxi. Das ist doch die Taxizentrale, oder?«, keifte er ins Telefon.

»Fantastisch. Danke«, sagte er mit überzogener Freundlichkeit und warf sein Handy auf das Sideboard.

Tom blieben noch fünfzehn Minuten Zeit, bis das Taxi eintreffen sollte.

Wie so vieles in seinem Leben hatte er auch dieses Zeitfenster minutiös geplant. Er blickte auf die Uhr. »Vierzehn Minuten. Dann bereiten wir mal das Abschiedsgeschenk für die Schlampe vor.« Tom ging wieder zurück ins Schlafzimmer und stellte sich auf das Bett. Er packte sein bestes Stück aus und urinierte Bettlaken und Kissen voll.

Er stieg herunter und machte sich auf den Weg ins Badezimmer. Er öffnete den Toilettendeckel, räumte sämtliche Parfüms, Make-up-Utensilien und Proben heraus und warf sie ins Klo. Anschließend rollte er das komplette Toilettenpapier ab und stopfte es oben drauf. Die Spülung tat, was sie tun sollte, und das Wasser lief über. Tom wartete geduldig, bis sich der Kasten wieder komplett gefüllt hatte, während er immer wieder einen Blick auf seine Uhr warf. Nach dem vierten Spülvorgang stand das kleine Badezimmer halbwegs unter Wasser. Tom entdeckte einen Lippenstift, den er übersehen hatte, öffnete ihn und schrieb etwas auf den Badezimmerspiegel.

Er sah sich in der Wohnung um. Sein harmonisches Leben, der Weg in die Normalität lag zerstört vor ihm. Er rieb sich die Augen, atmete durch und zog sich seine Jacke an. Tom kehrte in ihr gemeinsames Wohnzimmer zurück, holte den Gegenstand, den er vorhin in der Küche gesucht hatte, und steckte den Stecker des Wassersieders in die Dose. Er öffnete die Klappe des Aquariums und warf den Sieder hinein.

»Du nimmst mir, was ich liebe, ich nehme dir, was du liebst, Samantha«, flüsterte er martialisch und verließ die Wohnung.

Es war gegen 16:30 Uhr, als Samantha zurückkehrte und in ihrer Hand ein kleines Geschenk hielt. Das Gespräch war gut verlaufen. Zwei knifflige Fragen hatte Willsen während ihres Treffens auf Lager gehabt, doch die smarte dunkelhaarige Frau meisterte sie mit Bravour, sodass ihr Chef in die Beförderung einwilligte. Durch die damit einhergehende Gehaltserhöhung bekam Samantha knapp 500 Dollar mehr im Monat.

Der Schlüssel rastete im Türschloss ein und Samantha betrat die Wohnung.

»Hallo, mein Schatz. Es hat geklappt! Ich bin beför…« Sie stockte. Schon im Flur bot sich der jungen Frau ein Bild der Verwüstung. Der Spiegel war zersplittert und ihre wunderschöne Palme lag umgekippt und zerfetzt im Eingangsbereich der Wohnung.

»Nein.«, stammelte sie und dachte an einen Einbruch, doch schnell begriff sie, dass Tom selbst diese

Zerstörung angerichtet hatte. Sie ließ ihren Mantel fallen und hielt sich vor Entsetzen die Hand vor den Mund.

»Tom?«, rief sie leise und vernahm plötzlich ein leises Blubbern, das aus dem Wohnzimmer kam. Sie öffnete die Tür und erstarrte bei dem grausamen Anblick. Das Wasser im Aquarium brodelte und ihre geliebten Fische schwammen leblos auf der Seite. Das Horrorszenario war perfekt und Samantha kämpfte dagegen an, nicht hysterisch zu werden.

»Nein, bitte.«

Der Irrsinn schien nicht enden zu wollen. Die Balkontür war zersplittert, der Kühlschrank ausgesteckt und das Bett mit einem Messer aufgeritzt worden. Es stank widerlich im Schlafzimmer. Sie öffnete die Badezimmertür und bemerkte, dass sie im Wasser stand. Fassungslos betrachtete sie das Chaos.

Samantha wollte ihr Gesicht waschen, um wieder einen klaren Gedanken fassen zu können, als sie die roten Buchstaben auf dem Badezimmerspiegel entdeckte.

Ich bin wie ein Bumerang.

Samantha hatte nicht die leiseste Ahnung, was damit gemeint war. Sie stand minutenlang regungslos vor dem Spiegel, betrachtete sich und die Buchstaben im Wechsel. Ihre Welt brach zusammen. Das einst so liebende Paar hatte nie gestritten. Es war fast unmöglich, nicht einer Meinung zu sein, und einmal hatte sie Tom offenbart, dass sie in ihrem ganzen Leben noch nie so eine harmonische und glückliche Beziehung geführt hatte.

»Ich bin wie ein Bumerang«, wiederholte sie immer wieder. Nach knapp einer Stunde rief sie die Polizei.

Zu jener Zeit wusste Samantha Crow noch nicht, mit wem sie sich eingelassen hatte. Jahre später dankte sie dem lieben Gott dafür, dass diese Beziehung ein so schnelles Ende fand. Einen Tag nach der schrecklichen Trennung fand sie einen Umschlag und den Hausschlüssel im Briefkasten. Es waren die letzten Worte, die Tom an seine Sam richtete.

Liebe Samantha,

hoffentlich hat Dir mein Abschiedsgeschenk gefallen. Ich habe mir wirklich viel Mühe gegeben, während Du dich amüsiert hast. Es ist nicht schade darum, dass unsere Beziehung so endet. Frauen wie dich wünsche ich meinem schlimmsten Feind nicht. Das einzige Dramatische an unserer gescheiterten Beziehung ist die Tatsache, dass Du den letzten Funken Liebe aus meiner Seele gerissen hast.

Den Hass auf die Menschen und das System, welchen ich mein Leben lang empfunden hatte, räumte ich beiseite und versuchte mit aller Kraft, Platz für Liebe und Hoffnung in meinem Herzen zu lassen.

Ich gratuliere Dir, Du hast meine Hoffnung im Keim erstickt, für die ich so stark gekämpft habe.

Abgesehen davon, dass Du mit Willsen gefickt hast, während ich zu Hause auf Dich gewartet habe – Du hast meine Gefühle und meine Ehre mit Füßen getreten. So absurd es auch klingen mag, ich danke dir dafür.

Ich danke dir dafür, dass ich schnell erkennen durfte, dass eine Schlampe wie Du sowie das generelle Beziehungsdrama an sich, was es letztendlich immer ist, nicht meine Bestimmung sind. Du wirst Deinen Weg gehen und einen neuen Mann finden und hoffentlich geblendet vom Kapitalismus lange und glücklich dahin vegetieren. Meinen Namen allerdings wirst Du nie vergessen, ob Du es willst oder nicht. Und nein, Schätzchen, ich drohe Dir nicht, das ist unter meinem Niveau. Vielmehr werde ich dafür sorgen, dass Du für immer daran erinnert werden sollst, welch einzigartiges Glück Du für ein paar Dollar und einen Fick weggeworfen hast.

Mein Name ist: Tom Midler.

Samantha las diesen Brief an die zwanzig Mal und je öfter sie die verstörenden Zeilen ihres Ex-Freundes las, umso mehr verwunderte es sie, dass sie bis zum letzten Tag nicht wirklich wusste, mit wem sie es zu tun hatte. Einem verkappten jungen Mann, der mit seinen Gefühlen nicht umgehen konnte, unter Wahnvorstellungen litt und anscheinend fernab jeglicher Realität lebte.

Ihre Enttäuschung und Trauer schlugen nach einiger Zeit in Wut und Hass um und letztendlich in Mitleid. Nach zwei Monaten verband sie mit dem Namen Tom Midler nur einen Fehltritt, der daraus bestand, mit einem Psychopathen zusammen gewesen zu sein.

Drei Monate später lernte Samantha Mark, einen netten Bänker aus Brooklyn, kennen. Eines Abends lagen die beiden auf der Couch, als Mark sie nach ihrem letzten Freund fragte. Samantha erzählte ihm von der Beziehung sowie von dem inszenierten Showdown. Sichtlich geschockt blickte Mark seine Freundin an.

»Ist nicht so wichtig, Darling. Tom war ein unkontrollierter Psycho. Ich kann nur froh sein, dass er nicht mehr Schaden anrichten konnte.«

Das Telefon klingelte und Tom wurde aus seinen Erinnerungen gerissen. Er stand auf und nahm ab. »Ja?«

»Hallo. Was machen Ihre Pläne? Geht es voran?« Danny Klein war am Apparat und kümmerte sich nahezu rührend um seinen neuen Kunden.

Tom hatte Danny vor zwei Tagen sämtliche Unterlagen und Pläne für zukünftige Aktionen der UBFA gegeben. Die Ziele, die sie verfolgten, und natürlich auch die damit verbundenen Hindernisse und Herausforderungen. Danny hatte ihm mitgeteilt, dass seine Organisation die Verträge ausarbeiten werde, in denen unter anderem aufgeführt werden solle, welche Pflichten und Rechte, insbesondere Mitbestimmungsklauseln, die Vertragspartner hatten.

»Ich treffe mich gleich mit meinen Kollegen, um zu beratschlagen, welchen Schritt wir als nächsten tun wollen. Ich denke auf jeden Fall, dass wir bis heute Abend …« Weiter kam Tom nicht, da ihn die Türglocke unterbrach.

»Kleinen Moment, bitte.« Tom legte den Hörer rasch beiseite und eilte zur Wohnungstür. Er öffnete, ohne nachzusehen, wer geklingelt hatte, und hastete wieder zum Telefon.

»Hallo?«, keuchte er völlig außer Atem in den Hörer, während Ricky und Willy seine Wohnung betraten.

»In Ordnung. Ja. Wiederhören.« Er legte auf und zog die Augenbrauen nach oben.

»Was ist denn?«, fragte Ricky und sah Tom verwundert an.

»Das war Danny. Er möchte bis heute Abend ein Programm haben, in dem wir ihm vorstellen, welche Ziele wir uns für die nächsten zwei Monate gesetzt haben. Dannys Organisation arbeitet momentan mit einer im arabischen Raum operierenden Werbeagentur zusammen, die ein Konzept aufstellt, welches uns die Arbeit in der Öffentlichkeit erleichtern soll«, erzählte Tom und setzte sich wieder auf die Couch.

»Oh Mann, das wird alles ganz schön professionell aufgezogen, nicht wahr?«, stellte Willy fest und holte sich ein Bier aus Toms Kühlschrank.

Tom ging zum Wohnzimmerschrank und kramte in den Unterlagen, bis eine braune Mappe zum Vorschein kam. Er setzte sich wieder hin und begann darin zu suchen.

»Ah, da ist es. Das habe ich gestern ausgearbeitet. Es ist ein Konzept, das uns mit der Hilfe von Danny an die Spitze bringen soll.« Tom gab das Blatt mit den tabellarischen Stichpunkten weiter. Es dauerte einen kleinen Moment, bis Willy und Ricky es gelesen hatten. Dann trat eine seltsame Ruhe ein. Die beiden Freunde sahen sich ernst an und blickten anschließend zu Tom.

»Was haltet ihr davon?«, fragte der Anführer der UBFA und nahm das Blatt wieder an sich.

»Nun, etwas utopisch, findest du nicht?«, sagte Willy zögernd und merkte, wie sich in Windeseile kleine Schweißtröpfchen auf seiner Stirn bildeten.

Diesen Moment der Anspannung sollte Willy nie wieder vergessen. Tom Midler sah seinen langjährigen Freund lange an. Mit regungsloser Miene fixierte er seinen Partner und es schien, als blickte er mit seinen blauen, fanatischen Augen direkt in dessen Kopf.

»Er durchleuchtet mich. Er sieht in mich. OH GOTT.« Willys Gedanken überschlugen sich und Panik kam in ihm auf.

Tom stand langsam auf und ging in den kleinen Flur seiner Wohnung. Er kramte in einem Schrank und kam nach zwei Minuten wieder zurück. In seiner Hand hielt er eine Pistole der russischen Marke Makarow mit Schalldämpfer.

Ricky und Willy waren starr vor Angst und trauten sich nicht, auch nur eine einzige Bewegung zu machen. In letzter Zeit schien Tom immer unberechenbarer und diese Veränderung erreichte anscheinend hier und jetzt den absoluten Höhepunkt des Wahnsinns. Der Mann lud den Munitionsschaft in aller Seelenruhe mit zwei Kugeln. Er steckte den Schaft wieder in die Waffe und setzte sich auf die Couch.

Tom richtete die Makarow auf den Kopf von Willy und lächelte ihn freundlich an.

»Weißt du, was passiert, wenn ich jetzt abdrücke?«, fragte er wie beiläufig, als würde er die Uhrzeit wissen wollen. Seine Stimme klang so emotionslos, dass Willy das Gefühl hatte, sein kurzes Leben würde in der nächsten Sekunde enden.

»Tom … Ich … Es tut mir leid.«, stammelte er.

»Noch mal: Weißt du, was passiert, wenn ich jetzt den Abzug drücke, mein Freund?«

»Ich wollte dich nicht belei…« Willy war nicht mehr in der Lage, einen Satz zusammenhängend zu artikulieren.

Tom stand auf, drückte Willy den Lauf des Schalldämpfers fest gegen die Stirn und blickte ihm ernst in die Augen.

»Ich frage dich ein allerletztes Mal. Weißt du, was passiert, wenn ich den Abzug drücke?«

»Ich werde sterben?«, fragte Willy hysterisch in einer unnatürlich hohen Tonlage.

»Richtig, Willy. Wenn ich jetzt abdrücke, bist du nicht nur tot, sondern dann verteilt sich dein komplettes Gehirn an meiner schönen Wand«, stellte Tom nüchtern fest. »Die Problematik an der Sache ist, dass ich a) nicht das Geld ausgeben möchte, die Wand von deinem Blut und deinen Gehirnfetzen reinigen zu müssen, abgesehen davon müsste ich wahrscheinlich ein paar Tage in ein Hotel ziehen, weil der Gestank wirklich widerlich wäre«, überlegte Tom laut, ohne seinen Freund auch nur eine Sekunde aus den Augen zu lassen. »Und b) müsste Ricky deinen Eltern beibringen, dass du tot wärst, was sicherlich auch nicht gerade schön wäre, schließlich sind sie ehrliche Amerikaner, die ihr Leben lang für unser Land gearbeitet haben, richtig?«

»Richtig, Tom. Richtig«, antwortete Willy blitz-schnell.

»Na ja, und c) wärst du tot, was bedauernswert wäre. Nicht nur für mich, ich glaube auch für dich, oder möchtest du sterben?«

»Nein, das möchte ich nicht. Ich will nicht sterben.«

»Hm.« Es schien, als würde Tom über das Gesagte ernsthaft nachdenken.

Es folgte ein unendlicher Augenblick angespann-ter Ruhe. Willy blickte in Toms Gesicht und dieser vertiefte sich mit vorgehaltener Waffe wieder in sein Konzept, das auf dem Schreibtisch lag. Er las das Blatt sorgfältig und langsam durch, legte es wieder weg und widmete sich erneut seinem Opfer.

»So, und was machen wir jetzt, Willy?«, fragte er.

Ricky beobachtete die ganze Situation und ver-hielt sich ruhig. Ihm war klar, wann er seinen Mund aufzumachen hatte und wann nicht.

»Ich will nicht sterben, Tom«, jammerte Willy ängstlich und wischte sich den Schweiß von der Stirn.

»Also, ich mache dir jetzt einen Vorschlag, in Ord-nung?«, fragte Tom und wartete auf Willys Reaktion.

Der allerdings erstarrte wieder vor Angst wie ein ängstliches Kaninchen im Angesicht der Autoschein-werfer.

»Ich habe dich etwas gefragt!«, brüllte Tom laut und kreiste mit der Mündung der Waffe vor Willys Gesicht umher.

»Ja, ja, ja, ja.«, begann Willy und nickte hektisch mit dem Kopf.

Wäre die Situation nicht bitterernst gewesen, so hätte Ricky laut losgeprustet und den beiden gesagt, dass sie die Szene besser darstellten als in Tarantinos Pulp Fiction.

»Hey, Willy, wie sieht Marcellus Wallace eigentlich aus?«, dachte sich Ricky und musste sein Grinsen unterdrücken. Schnell verwarf er den Gedanken und befand sich wieder in der Gegenwart.

»Oh mein Gott, was bist du doch für ein armer Tropf«, murmelte Tom leise zu sich und begann seinen Kopf mitleidig zu schütteln.

»Pass auf und hör mir gut zu, Willy. Ich sage es dir ein einziges Mal. Solltest du nochmals meine Kompetenz infrage stellen, blase ich dir die zwei Synapsen, die du noch hast, aus deinem Schädel heraus, hast du verstanden?«

Willy nickte heftig mit dem Kopf.

»Wenn du noch ein einziges Mal, nur ein klitzekleines Mal, meine Vorschläge kritisierst, mein Freund, wirst du die Untergrundbewegung Freies Amerika verlassen, aber auf meine Art und Weise. Verstanden?« Tom presste seinen Zeigefinger gegen den Abzug und Willy konnte beobachten, dass nicht mehr viel fehlte und er würde diese Welt für immer verlassen.

»In Ordnung, Tom. Es tut mir leid, ich werde mich anstrengen, nicht mehr so einen Blödsinn von mir zu lassen. Entschuldigung«, stammelte er.

Tom sah Willy an. Sehr lange und sehr intensiv. Glücklicherweise machte Willy nicht den Fehler, seinen Blick abzuwenden – das wäre sein Todesurteil gewesen. Er hielt dem durchdringenden Blick stand und wartete auf ein Ende dieses Albtraums.

»Fein«, sprach Tom knapp und ließ die Waffe sinken. Er sicherte die Pistole, schraubte den Schalldämpfer ab und nahm die Patronen heraus. Anschließend brachte er die Makarow zurück in den Flurschrank und setzte sich wieder zu den beiden ins Wohnzimmer.

Als wäre nie etwas geschehen, kam Tom Midler wieder zum Geschäft.

»Also. Ihr habt mein Konzept durchgelesen. Wie ist eure Meinung?«

Ricky stand auf und positionierte sich in der Mitte des Wohnzimmers, als würde er eine Laudatio halten wollen. Langsam ging er auf und ab und kratzte sich währenddessen am Kopf.

»Du willst, wenn ich das richtig interpretiere, Präsident der Vereinigten Staaten werden«, stellte Ricky fest, ohne mit seinem Rundgang durch das Wohnzimmer aufzuhören.

»Yep«, antwortete Tom und sah Ricky belustigt an.

»Mit einer Partei, die weder eine Zulassung als Vereinigung besitzt, geschweige denn eine Wählerschaft, die uns unterstützen kann«, hakte Ricky nach, ohne Tom auch nur eines Blicks zu würdigen.

»Richtig. Glaubst du etwa, es ist nicht machbar?« In Toms Mimik spiegelte sich eine leichte Entnervtheit wider. Erst schaltete sein Freund Willy seine Synapse nicht an und nun spielte Ricky den analysierenden Sherlock Holmes.

»Weißt du nur ansatzweise, wie viel Arbeit das bedeutet? Hast du auch nur eine Vorstellung davon, wie lange es braucht, eine Partei erstens zu gründen und zweitens zu etablieren? Geschweige denn, was für ein langer und steiniger Weg es ist, so weit zu kommen, dass man tatsächlich als Präsidentschaftskandidat wahrgenommen wird? Und jetzt kommt's Tom: Wie man auch noch Stimmen dafür bekommt?«

»Ricky, du solltest …«, begann Tom, wurde aber abrupt wieder von Ricky unterbrochen.

»Wenn du mir jetzt auch eine Knarre an den Kopf halten willst, nur zu! Freunde sind dazu da, auch Kritik zu äußern!«, schrie Ricky los.

»Ich hatte nicht vor, die Waffe noch mal zu holen, Rickylein.« Belustigt und vollkommen ruhig betrachtete Tom die One-Man-Show.

»Ja, du kannst Präsident werden, Tom. Aber nicht mit einer Idee, die nicht einmal eine Genehmigung irgendeiner Behörde dieses Landes hat. Ich frage dich jetzt: Wie soll das funktionieren? Hast du darüber einmal nachgedacht?« Ricky beendete seinen Spaziergang durch das kleine Wohnzimmer und ließ sich genervt in den Sessel fallen. Tom stand auf und ging zu Ricky hinüber. Er nahm ihn freundschaftlich in den Arm, schüttelte ihn ein wenig und grinste ihn schelmisch an.

»Weißt du, es ist bewiesen, dass eine Hummel aufgrund ihres Gewichts gar nicht fliegen dürfte. Es ist einfach nicht möglich. Wusstest du das?«

Ricky sah seinen Freund an und schüttelte den Kopf. »Weißt du, warum sie es trotzdem tut?«

»Nein.«

»Weil sie von Wissenschaft nichts versteht und es ihr egal ist, ob sie laut der physikalischen Gesetze fliegen darf oder nicht. Ich will dir damit sagen, wenn man sich an die von Menschen gezogenen Grenzen nicht hält, weißt du, was man dann kann?«

Wieder schüttelte Ricky den Kopf.

»Alles, mein Freund.«

Tom zog einen kleinen Zettel aus seiner Hosentasche und hielt ihn Ricky direkt vor die Nase.

»Eine Telefonnummer! Gratuliere. Und?«

»Falsch, Ricky. Das ist das Ticket zu Macht«, antwortete Tom ernst.

Ricky blickte fragend zu Willy, beschloss aber, sich jeglichen weiteren Kommentar zu verkneifen.

Es machte nicht im Geringsten den Anschein, als würde Tom auch nur eine Sekunde einen Zweifel an seinem perfiden Plan haben. Ricky beäugte seinen Freund kritisch und nahm das Gespräch wieder auf, obwohl sein Instinkt ihm befahl, zu laufen. Weit weg und sehr schnell.

»Wer genau ist dein Geschäftspartner? Und was genau macht er?« Ricky wollte sich zunächst ein Bild des neuen Kontakts machen, bevor er entschied, hier weiterzumachen oder auszusteigen.

»Diese Organisation, Ricky, ist die mächtigste und einflussreichste Firma, die es im Mittleren Osten gibt. Sie wird unter anderem von den Vereinigten Staaten mit dem Black Budget unterstützt.«

»Black Budget? Was soll das sein?« Willy hatte seine Stimme wiedergefunden.

»Das Black Budget ist ein Budgettopf der USA, der jährlich über fünfzehn Milliarden Dollar beinhaltet. Natürlich gibt es weder ein Black Budget noch eine Area 51 oder gar diese Telefonnummer, die ich euch gezeigt habe«, fuhr Tom fort.

»So unglaublich das auch klingen mag, aber es muss ein Geschenk des Himmels gewesen sein, diese Menschen und deren Organisation kennengelernt zu haben«, erläuterte er und blickte auf die Telefonnummer.

»Definiere doch bitte mal, was du mit einflussreich meinst.« Willy wurde neugierig.

»Danny arbeitet für die Globale Befreiungsarmee, kurz GBA die nicht nur mit ihren Mitgliedern alle regierenden Ämtern weltweit infiltriert hat, sondern verfügt neben den knapp fünf Millionen Mitgliedern, welche die Firma finanziell unterstützen, auch über – nennen wir es einmal – freundlich gesinnte Kontakte innerhalb des amerikanischen Militärs, des Europäischen Parlaments in Brüssel, des House of Commons in London sowie bei den Republikanern der USA.«

»Republikanern?« Rickys Erstaunen war unübersehbar.

»Im Vergleich zur regierenden und Einfluss nehmenden Bevölkerung, die sich momentan auf circa zwei Millionen Menschen weltweit beläuft, liegt der Anteil derer, die für die GBA arbeiten, bei circa 950.000 Personen aus Politik, Militär, Industrie sowie aus Schauspielern und Musikern. Grenzen wir von dieser Zahl mal alle Mitglieder, die nur finanziell unterstützen, aus, sprich Industrielle, Prominente und so weiter, bleibt knapp eine halbe Millionen Mitglieder in wichtigen Positionen übrig.« Tom ging in die Küche und holte sich eine Kleinigkeit zum Essen.

Er ließ seine Freunde allein, um ihnen Zeit zu geben, über seine Worte nachzudenken.

»Das ist Wahnsinn«, flüsterte Willy zu sich und hatte seine Augen weit geöffnet.

»Wenn das stimmt, ist die UBFA auf einem Kurs, den nichts und niemand aufhalten kann«, stellte Ricky nachdenklich fest.

»Damit hast du recht, Ricky«, sagte Tom und kam aus der Küche zurück.

»Danny hat mir zugesichert, dass, wenn unser Konzept wie wir an die politische Spitze gelangen wollen, in deren Führungsstab als einwandfrei und plausibel anerkannt wird, ein Erfolg so sicher ist wie das Amen in der Kirche. Danny steht auf unserer Seite, sonst hätten sie uns kaum geholfen. Um allerdings weitere Aktivitäten zu verfolgen, muss geprüft werden, inwiefern sich deren Ziele mit unseren decken.«

Ricky und Willy sahen ihn lange an, schweigend und nachdenklich. Er setzte sich wieder auf die Couch und sah auf sein Konzept, das bis zum jetzigen Zeitpunkt nicht wirklich besprochen worden war.

»Das ist unsere Chance. Das wird richtig, richtig groß. Oh Mann«, stellte Ricky fest und lächelte.

»Ja. Und ich habe noch eine gute Nachricht für euch.« Tom erwiderte das Lächeln, kramte zwei Umschläge aus seiner Aktentasche, die neben ihm lag. Er gab seinen Partnern die Umschläge.

»Das ist ein Arbeitsvertrag«, murmelte Willy beim Lesen.

»Kommen wir endlich zum Geschäft. Morgen werdet ihr eure Arbeitsverhältnisse fristlos beenden. Sollte euch mit rechtlichen Schritten gedroht werden, übergebt mir bitte sämtliche Unterlagen, damit ich sie Danny weiterleiten kann. Die Organisation besitzt alleine in New York neun Anwaltskanzleien, die für sie arbeiten. Ihr seid ab morgen Angestellte der Lightning inc., natürlich eine Briefkastenfirma. Ihr bezieht ab sofort euer Gehalt von mir. Die Firma möchte natürlich, dass wir uns voll und ganz unserer neuen Aufgabe widmen können.«

Ricky und Willy sahen sich verdutzt an und starrten im Wechsel auf den Arbeitsvertrag und dann wieder zu Tom.

»Also, ab morgen werden wir uns täglich treffen. Wir werden uns einen Wochenplan erarbeiten. Wir haben keine Zeit dafür, irgendeiner Arbeit oder sonstigem Schnickschnack nachzugehen.«

»Schnickschnack?« Ricky wiederholte fragend die letzten Worte.

»Ricky, wer soll dieses Land retten? Wir oder die restlichen Millionen Amerikaner in diesem Land?«

»Wir!«, stellte der Mann fest und begann zu verarbeiten, wie professionell doch plötzlich alles geworden war. Aus einer fixen Idee und gelegentlichen

Treffen waren schlagartig ein Konzept und eine Lebensaufgabe entstanden.

All das hatten die beiden nur einem einzigen Mann zu verdanken: Tom Midler. Wie schnell sich das Blatt doch gewendet hatte. Ohne diesen mysteriösen Danny, den die beiden bis heute nicht kennengelernt hatten, und der geheimnisvollen »Firma« wäre das alles wahrscheinlich für immer ein Traum geblieben. Und obwohl noch nicht viel erreicht war und die UBFA im Wesentlichen nur aus drei Personen bestand, so wussten doch alle drei, dass sich in naher Zukunft viel ändern sollte. Sie hatten plötzlich einen »großen Bruder«, der sie beobachtete, ihnen half und ihnen sagte, wie man mit dem Spielzeug namens Macht umzugehen hatte.

Ein neues Kapitel wurde aufgeschlagen und die Freunde einigten sich darauf, ihr Schicksal in die Hände der GBA zu legen. Tom wiederholte eindringlich und mehrmals, dass natürlich der Arbeitsvertrag zwischen ihnen und der Lightning inc. kündbar, der Vertrag zwischen ihnen und Danny Klein allerdings nicht auflösbar sei. Es war ein Vertrag, der bis zum Ende ihrer Tage gelten sollte. Doch würden sich die Dinge so entwickeln, wie Tom es akribisch geplant hatte, so könnten die restlichen Tage auf diesem Planeten für die UBFA der Himmel auf Erden werden.

Ricky und Willy überlegten nicht lange. Die Euphorie und der Größenwahn waren auf die beiden Freunde übergesprungen und sie unterzeichneten den Arbeitsvertrag, während Tom nicht aufhörte, ihnen von der großen neuen Weltordnung zu erzählen.

Der Parasit in Toms Gehirn hatte letztendlich in den Köpfen von Ricky und Willy zwei neue Wirte gefunden.

»Wir werden folgende Punkte nach und nach realisieren. Bis morgen Mittag gibt mir Danny Bescheid, ob die Pläne in Ordnung sind, doch davon gehe ich aus. Für die Organisation ist Amerika ein starker Handelspartner und einer der wichtigsten Weichensteller der Weltpolitik. Allerdings ist es auch eine Tatsache, dass sich aus der aktuellen Regierung nur wenige Mitglieder der amtierenden republikanischen Führungsriege und Diplomaten bereit erklärt hatten, mit der Organisation zusammenarbeiten zu wollen. Eine Tatsache, die die Firma nicht akzeptieren kann, da es ihre Ziele behindert und den Prozess unnötig in die Länge zieht. Deswegen brauchen sie Leute an der Macht dieser gigantischen Wirtschaftsmaschinerie, die auf ihrer Seite stehen und der Organisation keine Steine in den Weg legen. So befremdend ihr Endziel auch klingen mag, so ist es die globale Führung welche sie anstreben.

In Ländern wie dem Irak oder dem Iran ist diese Organisation geächtet und findet nur sehr wenig Zuspruch. Weltweit gesehen allerdings wächst die Zahl derer, die diese Ideologie befürworten und tatkräftig unterstützen wollen. Wir haben die Ehre – nein, wir sind dazu auserwählt worden – Amerikas Stellvertreter für die Firma zu werden und die UBFA mit unserer Ideologie an die Macht zu bringen. Fernab von jeder Religion ist der Sinn des Ganzen, eine Weltherrschaft mit einem einzigen Führer und dessen Stellvertretern in aller Herren Länder zu errichten. Damit wären die Zeiten des Krieges, der Konflikte und des Rassenhasses ein für alle Mal vorbei. Völker mit dem Glauben an den Weltfrieden und der Unterwerfung und Hingebung zur GBA.«

Tom verlas den Text, den Danny ihm mitgegeben hatte, und legte den Zettel anschließend weg. Er griff zu seinem Konzept und begann weiter zu lesen.

»Das erste Ziel, das wir haben, ist, unsere Bewegung zu einer Partei zu machen. Nur so können wir es schaffen, in Amerika an die Macht zu kommen und von all den Mechanismen einer Partei zu profitieren. Die zuständigen Behörden werden in den nächsten Tagen informiert, sodass wir tatsächlich Mitte nächster Woche unseren Antrag auf Gründung einer Partei stellen können, der auch angenommen wird.«

»Darf ich kurz unterbrechen?«, fragte Willy vorsichtig und dachte an die Makarow, die nicht vor allzu langer Zeit ihr Zuhause auf seiner Stirn gefunden hatte.

»Ja«, antwortete Tom knapp und sah von seinem Blatt auf.

»Du sagtest, der Antrag werde angenommen. Wieso bist du dir da so sicher?«

»Mitglieder der GBA befinden sich auch in dem jetzigen Erlassungskomitee für neue Parteien und den Rest erledigen Bestechungsgelder, der übliche Weg. Das hat mir Danny so gesagt. Ist deine Frage beantwortet?«

»Ja, Tom.«

»Fein. Parallel zu unserem Antrag starten die Werbekampagnen für die UBFA, die ab nächster Woche nur noch FA heißen wird. Als Partei können wir logischerweise keine Untergrundbewegung mehr sein. In Österreich und Italien werden bereits Plakate und Flugblätter gedruckt, auf denen Freies Amerika steht. Der Plan sieht vor, dass Mitte bis Ende August die ersten Aktionen starten, um das amerikanische Politsystem ein bisschen – nun sagen wir einmal – außer Kontrolle zu bringen und ein kleines Beben zu erzeugen.«

»Wie soll das aussehen?«, warf Ricky ein und war von Toms Worten fasziniert.

Tom hielt inne. Er sah auf das Blatt und machte unwillkürlich den Eindruck, als würden ihm die nächsten Worte schwerfallen.

»Wir, also die GBA wird ein paar Skandale anzetteln, in die nicht nur Politiker der momentan regierenden Partei, sondern auch andere Politiker strategisch wichtiger Parteien verwickelt sind. Damit möchte die Organisation erreichen, dass ein Teil der amerikanischen Bevölkerung den Glauben an die Politiker verliert und eine Destabilisierung in den

Grundfesten erzeugt wird. Das wäre unsere Chance, um uns bei den nächsten Wahlen zu etablieren.« Tom legte den Zettel neben sich und markierte eine Stelle auf dem Blatt.

»Was ist mit dem Rest?« Willy war neugierig und hatte Blut geleckt, ein Stückchen vom großen Kuchen abzubekommen.

»Der Rest ist jetzt noch nicht so wichtig. Ich darf und will euch noch nicht alles sagen. Die Informationen, die ich habe, stehen sowieso nicht alle auf diesem Zettel.«

»Dann kannst du uns ja den kompletten Plan trotzdem erzählen. Sind wir jetzt Freunde oder nicht?«, drängelte Ricky.

»Wir sind Freunde, das stimmt. Doch die weitere Vorgehensweise und die Informationen sind noch geheim. Sie sind von großer nationaler und internationaler Bedeutung. Ich darf euch nicht einweihen. Geht jetzt nach Hause, wir sehen uns morgen um zehn Uhr vormittags wieder in meiner Wohnung. Für heute haben wir genug besprochen.« Und mit diesen Worten schickte der selbst ernannte Chef der neuen Partei FA seine beiden Freunde weg.

Nach zehn Minuten war er wieder allein in seiner abgedunkelten Wohnung und setze sich wieder auf seine Couch. Er nahm das Blatt zu sich und legte es bedächtig auf den kleinen Wohnzimmertisch. Tom kramte in seiner Hosentasche herum, bis er letztendlich ein fein säuberlich zusammengefaltetes zweites

Papier hervorzog. Er öffnete es und legte das Schriftstück daneben. Es gab eine schriftliche Fortsetzung der in Stichpunkten festgehaltenen Agenda. Tom las es Zeile für Zeile durch. Sein Mund bewegte sich lautlos zu den geschriebenen Buchstaben und seine Mimik wurde ernst und konzentriert. Immer wieder sprangen seine Pupillen zu Punkt zwei und fünf der zweiten Seite. Tom nahm seinen Zeigefinger und unterstrich so seine gerade gelesenen Worte erneut. Sein Finger begann zu zittern. Er rieb sich die Augen und musste feststellen, dass sich Schweiß auf seinem Gesicht gebildet hatte.

»Das ist der Plan. Das muss so sein«, flüsterte er, um sich zu beruhigen, was allerdings gänzlich fehlschlug.

»Es gehört zum großen Ganzen, der Plan ist wich…« Weiter kam Tom nicht.

Er sprang auf, sprintete in sein Badezimmer und öffnete in letzter Sekunde den Toilettendeckel, bevor sich sein Mageninhalt in der Kloschüssel verteilte.

Eine halbe Stunde später setzte sich Tom weiß wie die Wand wieder auf seine Couch und versuchte sich zu sammeln. Ohne auf das zweite Papier zu sehen, drehte er es um und schlief wenige Minuten später erschöpft ein.

»Und wann, denken Sie, ist er wieder ansprechbar?« Pamela dachte wieder an eine Zigarette. Sie hatte bis vor einer Woche nicht geraucht, jedoch brauchte sie etwas, um die Nerven zu beruhigen.

Walter Möbius atmete tief durch. Er kramte in seinen Akten und zog schließlich ein Blatt hervor. Seine Augen jagten über die Zeilen.

»Ah, da haben wir es ja. Nun gut, wir beginnen in den nächsten Tagen mit neuen Untersuchungen, um zu sehen, inwiefern Psyche und Motorik durch den komatösen Zustand Ihres Sohnes gelitten haben. Momentan kann ich Ihnen leider noch keine Diagnose stellen, doch ich finde, wir sollten dem lieben Gott danken, dass Ihr Sohn wieder unter uns weilt. Der Rest wird sich ergeben und kann nur noch besser werden«, antwortete Dr. Möbius.

Es folgte ein kurzer Moment der Ruhe, bis Mike Stromer das Wort ergriff.

»Sie haben recht, Doc. Trotzdem wäre ich Ihnen dankbar, wenn Sie uns sofort informieren, falls neue Ergebnisse vorliegen.«

»Aber natürlich«, versicherte Möbius.

Der Arzt brachte die Stromers zur Ausgangstür des Krankenhauses. Sie hatten sich bereits verabschiedet, als Pamela sich noch mal zu ihm umdrehte.

»Meinen Sie, also, ist es möglich ... falls ... Nun, ich möchte wirklich nicht aufdringlich sein, aber ...«, stotterte sie herum und sah den Doktor mit großen Augen an.

»Was möchtest du denn, Schatz?«, fragte Mike und zog die Augenbrauen nach oben.

»Ich möchte meinen Sohn einmal sehen. Nur kurz«, sagte sie und Professor Möbius dachte einen kurzen Augenblick darüber nach.

»Normalerweise ist der Besuch im Schockraum untersagt, da sich die Patienten erst einmal akklimatisieren müssen«, antwortete der Arzt und nickte kurz mit dem Kopf.

»Ich denke aber, für einen kurzen Moment können wir das machen.«

Die drei betraten wieder die Klinik und näherten sich dem Schockraum, in dem Samuel Stromer rund um die Uhr überwacht wurde.

»Laut dem letzten Stand schläft er noch«, murmelte Möbius und sah durch die dicke Glasscheibe. Er winkte einen Arzt zu sich und sprach ein paar leise Worte.

»Er ist wach«, sagte er und sah Pamela lächelnd an.

Pamela klopfte leise gegen die Scheibe, doch Sam reagierte nicht. Er lag mit geschlossenen Augen in seinem Bett und machte den Eindruck, seelenruhig zu schlafen.

»Reagiere doch bitte, irgendein Zeichen, mein Schatz.«, flüsterte sie flehend und bemerkte nicht, wie sich eine kleine Träne aus ihrem Auge löste.

Geschlagene zehn Minuten standen Pamela, Mike und der Professor vor der Glasscheibe, als sich die Eltern entschlossen, wieder zu gehen. Die Frau hatte sich umgedreht und wollte gerade die Intensivstation verlassen, als Mike plötzlich rief: »Sieh nur!«

Pamela drehte sich um und sah, dass Sam den Kopf leicht Langsamin Richtung Glasscheibe drehte und seinen linken Arm ein paar Millimeter hoch hielt. Seine Finger formten das Victoryzeichen, er versuchte zu grinsen, was allerdings nur im Ansatz funktionierte, und das war wohl das schönste Geschenk, das Sam seinen Eltern machen konnte.

Pamela begann hemmungslos zu weinen und auch Mike liefen die Tränen hinab. Sie hatten sich schon in ihr Schicksal ergeben. Immer wieder hatten sie die Hoffnung beiseitegeschoben, ihren Sohn wieder lächeln zu sehen. Ein Traum ging in Erfüllung und die beiden empfanden diesen Moment wie eine zweite Geburt ihres Sohnes.

»Er wird es schaffen. Er schafft es.«, schluchzte Pamela und presste ihre Hand gegen das Glas.

Sam hatte seinen Arm wieder sinken lassen und war weggedöst.

Leider war der Patient zu schwach und zu angeschlagen, als dass er irgendeinem Menschen mitteilen konnte, dass er nicht schlafen wollte. Seit seinem Erwachen aus dem Koma suchten die seltsamen Träume den Jungen immer und immer wieder heim. Niemand konnte ihm helfen, da er noch nicht in der Lage war, sich zu verständigen. Doch Sam wusste nur allzu gut, was geschah, wenn die Lampen in seinem Zimmer kein Licht mehr spendeten und die Nachtruhe im Krankenhaus einkehrte.

Samuel Stromer würde wieder ins Land der Träume entweichen. In jenen Zustand, in dem kein Hilfeschrei eine Nachtschwester oder einen Arzt erreichen würde. Der luzide Traum würde wieder wie ein dunkler Schleier über ihn fallen, aus dem es kein Entrinnen gab.

Der Abend kam und langsam kehrte wieder Ruhe ein. Die lauten Geräusche, die den Trubel auf dem Flur des Krankenhauses dominierten, verstummten. Vereinzelt konnte Sam Stimmen hören, Sirenen von ankommenden Rettungswagen und Anweisungen der Ärzte vernehmen. Die Nachtschicht hatte begonnen und die Schwester kam und löschte das Licht. Samuel konnte seine Augen nur mit Mühe offenhalten und versuchte, der Nachtschwester verzweifelt ein

Zeichen zu geben, um das Licht diese Nacht anzulassen. Doch vergebens. Sein Körper war noch zu geschwächt, als dass er tatsächlich darauf hätte aufmerksam machen können.

»So, jetzt ruh dich erst mal ein bisschen aus, Samuel. Das Schlimmste hast du überstanden, jetzt geht es wieder bergauf mit dir«, verabschiedete sich die Krankenschwester, löschte das Licht und schloss die Tür.

»Nicht …«, flüsterte Sam. Die Müdigkeit machte ihn träge und er versuchte mit aller Kraft dagegen anzukämpfen. Er durfte nicht einschlafen. Vielleicht konnte er morgen wieder sprechen? Wenn er die Nacht wachbleiben würde, könnte er am nächsten Tag den Ärzten erzählen, was geschah, wenn er seine Augen schloss.

Gegen 21:30 Uhr verlor Sam den Kampf gegen die Müdigkeit.

Er befand sich wieder in seiner Heimatstadt New Jersey. Und wie zuvor stand der Junge in der Medlesterstreet. Er setzte sich auf den Boden und nahm seinen Rucksack ab.

»Na, was haben wir diesmal für ein Ersatzteil dabei?«, fragte er sich verbittert.

Er öffnete die Tasche und eine DVD kam zum Vorschein. Ansonsten befand sich ein kleiner Umschlag darin. Er riss ihn auf und hielt einen kleinen Zettel in den Händen, auf dem stand: Nur wer die Gefahr erkennt, kann handeln.

Sam saß inmitten der Kreuzung und starrte nachdenklich auf das Papier. Und obwohl nur dieser eine Satz darauf stand, wurde er das Gefühl nicht los, dass etwas grundlegend falsch war. Immer wieder blickte er auf die Buchstaben und versuchte herauszufinden, was es war.

Er packte den Zettel und die DVD wieder in seine Tasche und machte sich auf den Weg zur Nummer acht. Gedankenverloren blickte Samuel auf den Boden und ging langsam die Straße entlang. Es hatte keinen Sinn, sich zu wehren. Er sang leise ein Lied von Kiss: »Nowhere to ruuun, nowhere to hiiide«. Mental stellte sich Sam auf die Begegnung mit der alten, schrecklich aussehenden Frau ein und ergab sich seinem Schicksal.

Er blickte wieder auf die Eingangstür und sah den einfachen Spiegel. Ein Detail hatte sich verändert. Der Spruch, der sich oberhalb des Spiegels befand. Träumst Du?

Nur diese zwei simplen Worte standen auf dem Spiegel und Sam betrachtete sein Spiegelbild einen Moment lang. Zu realistisch schien sein Zustand.

»Wieso kann ich denken? Wieso habe ich ein Bewusstsein, wenn ich doch träume?«, fragte sich Sam und bemerkte, dass auch die Atmosphäre, in der er sich befand, sich verändert hatte. Es gab kein Echo, keinen Nachhall und auch keinerlei Gerüche. Er realisierte, dass absolut nichts war, wie es schien. Er hob einen kleinen Stein auf, der sich auf der Veranda befand, drehte sich zur Straße und erblickte das Verkehrsschild.

»Na, dann wollen wir doch mal«, murmelte er, schloss ein Auge, zielte und warf den Stein mit voller Wucht gegen das Blechschild.

Sam weitete seine Augen und konnte nicht glauben, was er gerade gesehen hatte. Das Blechschild hatte den Stein einfach verschluckt.

»Wow, na dann, friss mal meine DVD.«

Sam warf die Disc gegen das Schild, doch einen Zentimeter, bevor sie auf das Vorfahrt-gewähren-Schild einschlagen sollte, verharrte sie in der Luft, und das Schild verwandelte sich in ein rot leuchtendes Stoppschild. Die Scheibe – wie von Geisterhand gestoppt – fiel zu Boden. Sam hob sie auf und blickte ungläubig auf das Verkehrszeichen.

»Vorfahrt gewähren? Gerade stand hier Stopp?« Sam empfand keinen Spaß mehr dabei, Dinge in seiner Traumwelt zu testen. Samuel packte die DVD wieder in den Rucksack und machte sich auf den Weg zu seinem Elternhaus.

Er nahm den Türknauf in die Hand, atmete tief durch. Eigentlich war es vielmehr ein Seufzen. Er drehte den Knopf um und das Klicken des Türschlosses verriet ihm, dass auch diesmal die Haustür nicht abgesperrt war und er erwartet wurde.

Das Ticken der Uhr brach die Ruhe. Er ging in die Küche und öffnete den Kühlschrank.

»Ich benehme mich so, als wäre alles ganz normal«, murmelte er zu sich.

»Hallo«, begrüßte er die Frau und blickte ihr fest in die Augen. Langsam gewöhnte er sich an ihren Anblick.

»Sam?«

»Ja?«

»Setz dich bitte.« Die Frau deutete auf die Couch und sah den Jungen traurig an.

Sam folgte ihrer Bitte. Das Unbehagen, das er anfangs gefühlt hatte, als er der seltsamen Frau entgegentrat, war weg. Die Frau setzte sich ihm gegenüber und blickte in Gedanken versunken aus dem Fenster. Eine Träne lief ihr die Wange hinab und sie wischte sie hastig weg.

»Wer sind Sie?«, fragte Sam. Es war die Frage, die auch schon bei ihrem letzten Treffen unbeantwortet geblieben war.

»Mein Name spielt keine Rolle, kleiner Sam. Ich bin jemand, der dich liebt und dafür Sorge tragen möchte, dass du die richtigen Entscheidungen triffst. Vergleichbar mit einem Schutzengel, wenn du so möchtest.«, antwortete sie leise und blickte auf ihre verschmutzten Hände.

»Ein schmutziger Engel in einem hässlichen Kleid mit roten Punkten und blauen Turnschuhen?«, dachte Sam und musste sich auf die Zunge beißen, um nicht laut loszuwiehern. Er hatte das Gefühl, langsam durchzudrehen.

»Für mein Aussehen kann ich nichts. Beurteile ein Buch nie nach dem Cover, kleiner Sam«, antwortete sie auf einen Gedanken, der nie laut ausgesprochen wurde.

Sam stockte der Atem. Er öffnete den Mund, ohne eigentlich zu wissen, was er gerade sagen wollte.

»Nicht so wichtig, kleiner Sam. Die Zeit ist begrenzt und ich möchte mit dir über etwas wesentlich Wichtigeres sprechen als über mein Aussehen«, stellte sie fest und stand auf. Sie ging zu dem Fernseher hinüber und schaltete ihn ein. Sam wusste, was sie von ihm wollte. Er zog die DVD aus seinem Rucksack und gab sie ihr.

»Ich sehe, wir verstehen uns.« Sie zwinkerte ihn freundschaftlich an, doch in ihren Augen erkannte Sam einen unermesslichen Schmerz.

Sie schob die Disc in den DVD-Player und schaltete ihn ein.

»Wenn du mich suchst, ich bin in der Küche.« Sie entfernte sich rasch aus dem Wohnzimmer.

»Was soll das?« Sam sah ihr nach, doch im nächsten Moment begann der Film.

Sam sah Bilder, die er schon einmal gesehen hatte, vor langer, langer Zeit. Das Gerät zeigte den Atompilz von Hiroshima. Sam sah in den Fernseher und bemerkte, wie sich in Windeseile die Poren auf seiner Haut zusammenzogen und eine Gänsehaut entstand.

Die Szene verschwand und im nächsten Moment sah er Adolf Hitler bei einer seiner Brandreden an das deutsche Volk.

»… werden wir es nicht zulassen. Denn denken Sie nicht, dass Sie eine Krankheit bekämpfen können, ohne nicht den Erreger zu töten, ohne den Bazillus zu vernichten, und denken Sie nicht, dass Sie die Rassentuberkulose bekämpfen können, ohne dafür zu sorgen, dass das Volk frei wird von dem Erreger der Rassentuberkulose.«

Auch diese Szenerie erlosch und die Disc stoppte. Der Player gab die DVD frei und Sam starrte auf den Bildschirm des Fernsehers. Wieder waren die Nachrichten zu sehen und er erinnerte sich an seinen letzten Besuch.

»Nein. Das will ich nicht sehen.«, zischte er widerwillig und wollte den Apparat ausschalten, doch dafür war es zu spät. Die ersten Bilder hatten seine Pupillen erreicht und er verharrte in seiner Bewegung.

Die Kamera zeigte eine Luftaufnahme von Paris. Deutlich erkannte Sam zerstörte Häuser und brennende Fahrzeuge. Eine Mutter beugte sich über ihr totes Kind und er konnte erkennen, dass dem leblosen Körper ein Arm fehlte. Ihm wurde schlecht. Wieder bewegte sich das elektronische Auge weiter und Sam sah, wie Soldaten hektisch umherliefen. Im Hintergrund ertönten Sirenen. Die Szene änderte sich und er sah acht Personen an einer Mauer.

»... werden wir laut dem Kriegsgericht das Urteil zur Säuberung des Landes hiermit vollziehen«, schrie ein Soldat martialisch.

Samuel blickte in die Gesichter der Männer und Frauen, teilweise waren ihre Blicke überzogen von nackter Angst, teilweise kämpferisch, ihrem Schicksal entgegenzutreten. Eine Salve nicht enden wollender Schüsse beendete das Leben der acht Menschen.

Die Kamera schwenkte zum nächsten Schauplatz. Er erkannte den Eiffelturm. Das Bild wurde näher herangezoomt und Sam erkannte Menschen, die an den unteren Streben der Konstruktion aufgehängt worden waren. Frauen, Männer, Kinder. In der unteren Mitte war ein großes Plakat angebracht, auf dem stand: »Neues Zuhause für Bastarde und Krüppel«.

»NEIN«, brüllte Sam und versuchte den Fernseher auszuschalten, doch der Knopf war verschwunden. Sein Herz raste und er konnte seinen heißen Atem in der Kehle spüren.

Sam wollte den Stecker hinter dem Fernsehapparat ziehen, doch dort befand sich kein Stromkabel mehr, nicht einmal die Steckdose konnte der Junge sehen. Der Teenager bekam mit einem Mal eine Panikattacke. Die Bilder aus Paris hatten Angst und Panik in ihm ausgelöst. Zu realistisch wirkte die Szenerie und zu echt fühlte sich die Situation an. Der heiße Atem tat Sam in der Kehle weh. Er verließ das Wohnzimmer und stürmte in die Küche.

»Warum?«, schrie er die namenlose Frau an.

Die Greisin blickte aus dem Fenster der Küche, drehte sich zu Sam um und sah ihm tief in die Augen. »Was meinst du, kleiner Sam?«

»Nennen Sie mich nicht immer kleiner Sam! Warum muss ich mir das ansehen?! Was soll das alles?! Weshalb quälen Sie mich in meinen Träumen?!«, schrie Samuel hysterisch los.

Die alte Frau sah den Jungen gelassen an und musterte ihn.

»WAS IST?!«, brüllte Sam. Er konnte diesen Blick, diese Gelassenheit der Frau und das hässliche, dreckige Kleid nicht mehr ertragen.

»Weißt du wirklich immer noch nicht, warum du hier bist? Hast du einen Moment darüber nachgedacht, welchen Sinn das alles haben könnte?«

»Nein, verdammt. Ich weiß es nicht. Das Einzige, das ich weiß, ist, dass Sie mich mit grausamen Bildern und Ihrer Anwesenheit Nacht für Nacht quälen!

Was habe ich Ihnen denn getan?!«, schrie er verzweifelt. Sam war fertig mit den Nerven und versuchte sich zu beruhigen. Er setzte sich auf einen Küchenstuhl. Er blickte aus dem Fenster und bemerkte, dass sich die Blätter an den Bäumen in verschiedenste Richtungen bewegten, als würde der Wind von allen Seiten gleichzeitig blasen.

»Denk nach, Sam. Versuche die kleinen Mosaikteile zusammenzufügen. Nur so kommst du auf die Lösung.«

»Warum sagen Sie es mir nicht einfach? Dann können wir mit diesem ach so tollen Rätsel aufhören«, antwortete Sam bissig und sah die Frau verächtlich an.

»Weil ich es nicht kann«, antwortete sie knapp und begann zu weinen. Es war kein aufgesetztes Weinen. Diese Tränen kamen vom Herzen und Sam verstand, dass die alte Frau anscheinend genauso gefangen war in der Situation wie er.

»Was muss ich tun, damit das hier endlich aufhört?«

Die Frau stand auf und blickte wieder aus dem Fenster. Es vergingen bestimmt mehrere Minuten und Sam wartete ab, was passieren würde. Schließlich drehte sie sich um und setzte sich.

»Benutze endlich deinen Verstand. Schlussfolgere aus deinen Erlebnissen hier und du wirst die Lösung erkennen.«

»Und wenn nicht?«

»Wenn nicht?«, wiederholte die Namenlose und ihre Augen weiteten sich. Sam spürte, dass sie Angst hatte.

»Das ist nicht dein letzter Besuch bei mir, kleiner Sam. Du wirst mich wieder besuchen und die Zeichen werden deutlicher. Unsere Zeit ist begrenzt. Meine Zeit. Deine Zeit. Ich kann dich beruhigen, Samuel Stromer. Diese Träume werden enden. Solltest du den tieferen Sinn nicht erkennen, solltest du keine Träume mehr haben, dann gnade uns der allmächtige Gott.«

Sie näherte sich ihm. Sam hätte ihren Atem auf den Lippen spüren müssen, doch das tat er nicht.

»Du wurdest auserwählt, es ist deine Bestimmung, dein Lebensinhalt, kleiner Sam.«

Ihre Stimme erklang plötzlich wie ein Chor, untermalt von Hunderten ihrer Stimmen.

»Ich …«

»Geh, Sam«, sagte sie.

Er sah, wie der alten Dame Blut aus einem Auge und dem Ohr lief. Ihr verschmutztes gelbes Kleid hatte Einschusslöcher und mit einem Mal roch es nach Schwarzpulver. Er bemerkte, dass es draußen Asche regnete und die kräftigen grünen Blätter waren bedeckt von dem hässlichen Grau. Er rannte aus der Küche, durch das Wohnzimmer und hinaus auf die Veranda. Der feine Ascheregen flatterte langsam zu Boden und überdeckte die Einfahrt zum Haus.

»Was passiert hier?«

Von Weitem hörte er Sirenen. Er zählte die Töne und hoffte auf einen Feueralarm.

»Das ist zu lange. Dreimal kurz, dreimal lang … Das ist zweimal lang.« Sam versuchte in seiner Panik den Ton zuordnen.

»Zweimal lang ist Katastrophenalarm«, bestätigte er, als just in diesem Moment Kampfjets über seinen Kopf hinwegdonnerten. Er zuckte zusammen und wollte wieder ins Haus, als er bemerkte, dass der Türknauf fehlte. Die Fenster waren mit Brettern verschlossen und es schien, als gäbe es keinen Weg hinein. Es sah aus, als wäre es seit Jahren unbewohnt und glich einer verwahrlosten Ruine, die nach und nach vermoderte. Er starrte wieder auf den Spiegel und las den Schriftzug: Wir ernten, was wir säen.

Sam riss die Augen weit auf. Er blickte sich um und befand sich in seinem Krankenbett. Der Schweiß tropfte ihm in die Augen und sein langes Haar klebte im Gesicht. Er versuchte sich zur Seite zu drehen. Es war dunkel, er blickte auf die Uhr: halb drei.

Seine Nacht war vorbei und unendliche Stunden vergingen, bis sich die Strahlen der Sonne den Weg zum Fenster des Zimmers gebahnt hatten.

»Du bist ja schon wach, Samuel«, sagte die Nachtschwester freudig erstaunt, als sie um 7:00 Uhr den
Lichtschalter drückte und sein Zimmer erhellte.

Die Natur ließ die Menschheit spüren, dass der Sommer nun endgültig angekommen war. Die Gemüter, die tagtäglich dem hektischen Treiben der Stadt folgten, trugen nun diese leider sonst so unübliche Freundlichkeit in den Gesichtern. Die Menschen in New Jersey wurden gelassener.

Mike hatte den Job als Piloten vorläufig an den Nagel gehängt und sich zum Ziel gesetzt, seine Zeit mit seinem Jungen zu verbringen. Glücklicherweise hatte er einen humanen Arbeitgeber, der seinen Arbeitsvertrag lediglich aussetzte, anstatt ihn aufzuheben, so blieb die Option einer Wiederkehr für Mike bestehen. Die Belegschaft sowie die Führungsebene der Fluggesellschaft zeigten große Anteilnahme für den vom Schicksal gebeutelten Vater und beide Parteien einigten sich auf eine zweimonatige Arbeitspause. Mikes Ersparnisse genügten, um diese Zeit ohne Probleme zu überstehen, und so konzentrierte sich der fürsorgliche Vater ganz und gar auf seinen Sohn. Sämtliche Spezialisten, Kliniken und Arztpraxen hatte Mike Stromer aufgesucht, um Informationen über Heilungsmethoden in Erfahrung bringen zu können. Zwischenzeitlich befand Sam sich auf dem Weg der Besserung, doch richtig ansprechbar war er bis zum 13. August nicht gewesen.

An jenem Donnerstag machten sich Pamela und Mike wieder einmal auf den Weg in das St. Vincent-Hospital. Wie so oft stand ein Gespräch mit Prof. Dr. Möbius auf der Tagesordnung, in der der aktuelle

Zustand und die daraus resultierenden Behandlungsmethoden besprochen wurden.

Die Hinfahrt war an diesem Tag anders als sonst. Weder Pam noch Mike sprach ein Wort und eine bedrückende Stille machte sich breit, obwohl sie Grund zur Freude hatten: Samuel hatte den komatösen Zustand verlassen und befand sich in einem Status der langsamen Regeneration. Die beiden stiegen aus und gingen wie so oft die lange Treppe hinauf zu jenem Schild, auf dem in schwarzer Schrift stand: St. Vincent-Hospital.

»Er wird uns wieder das Gleiche erzählen«, sprach Pam plötzlich und verharrte in der Bewegung.

»Wie meinst du das?«, fragte Mike verwundert und blickte seiner Frau in die Augen.

»Er sagt uns immer das Gleiche. Er verpackt es zwar in neue Sätze, aber letztendlich sagt er uns immer wieder, dass es nichts Neues gibt, die Chancen aber irgendwann ... blablabla. Mike, wir machen uns nur selbst etwas vor.«

Pamela hatte glasige Augen und blickte zu ihrem Mann, der sie um einen Kopf überragte.

»Was möchtest du hören? Sollen wir Sam aufgeben? Ist es das, was du hören willst? Er wird nie wieder gesund und den Rest seines Lebens wortlos aus einem Krankenbett zum Fenster starren?«

»Nein, ich… ich weiß auch nicht.« Pamela zündete sich zitternd eine Zigarette an und starrte in den wolkenlosen Himmel.

Mike griff nach der Zigarette und warf sie auf den Boden. Sanft fasste er seine Frau am Arm und zog sie zu sich.

»Hör auf damit. Selbstmitleid hilft weder uns noch Sam. Wir werden jetzt nicht aufgeben.«

Pam nickte. Die beiden umarmten sich kurz und betraten die Klinik.

»Ich habe Sie schon erwartet«, begrüßte Professor Möbius die beiden und kam freudestrahlend auf sie zu.

»Was ist passiert?«, fragte Pamela hastig, während sie die Hand des Professors schüttelte.

»Kommen Sie, kommen Sie einfach mit.« Sie folgten dem Chefarzt zum Fahrstuhl.

»Ist etwas passiert, Doc?«, fragte Mike stutzig und musterte den Arzt.

»Sehen Sie einfach selbst«, antwortete dieser knapp.

Er führte die beiden zu der Glasscheibe. Was sie dort nun sahen, übertraf ihre größten Erwartungen.

Samuels Augen waren geöffnet und um ihn herum standen etliche Ärzte. Sie diskutierten miteinander und blickten abwechselnd auf den jungen Patienten.

Zuerst dachte Pamela, dass es sich um eine Routineuntersuchung handelte, als sie plötzlich erkannte, dass ihr Sohn langsam die Lippen bewegte.

»Sam!«, schrie die Mutter und schlug mit den Handflächen gegen das Glas.

»Er spricht …«, flüsterte Mike und sah den Arzt mit tränengefüllten Augen an.

»Wie geht es ihm?« Auch Pamela rang mit den Emotionen.

»Die Nachtschwester hat heute Morgen nach ihm gesehen und als sie das Licht anmachte, hat er sie leise begrüßt. Die gute Madlene ist fast in Ohnmacht gefallen, da so eine rasche Genesung eigentlich unmöglich ist. Aber was ist schon unmöglich?«, plapperte Professor Doktor Möbius sichtlich erfreut über die Fortschritte seines Patienten.

»Lassen Sie mich bitte zu ihm! Wir müssen zu ihm.«

»Beruhigen Sie sich doch, Mrs. Stromer«, lachte der Arzt.

»Normalerweise brauchen Komapatienten Ruhe. Aufregung sollte vermieden werden, bis sich der Gesundheitszustand stabilisiert hat.«

»Hätte, sollte, könnte, wollte«, rief Pamela euphorisch.

»Um Gottes Willen, Mrs. Stromer.«

»Bitte.« Auch Mike wünschte sich nun nichts sehnlicher, als endlich mit seinem Sohn zu sprechen.

»Meine Güte, scheiß drauf. Gehen wir«, antwortete Möbius knapp.

Pamela und Mike konnten nicht glauben, dass der sonst so eloquente Professor in die Fäkalsprache abgerutscht war.

Die weißgraue Tür öffnete sich und Pamela hatte das Gefühl, als würde sie den Raum in Zeitlupe betreten. Vor der Mutter lag ihr einziger Sohn. Sie blickte auf das Krankenbett hinunter und Tränen liefen über ihr Gesicht.

»Kannst du mich hören?«, flüsterte sie und berührte vorsichtig Samuels Hand. Sam sah seiner Mutter in die Augen und nickte langsam.

»Kannst du sprechen?«

Sam öffnete den Mund, schloss ihn aber im nächsten Augenblick wieder. Er schüttelte leicht den Kopf und befeuchtete seine Lippen. Wieder öffnete er den Mund und mit heiserer Stimme sagte er schließlich: »Ja, Mum.«

Es waren nur zwei simple Worte und trotzdem erinnerten sie Pamela sofort an einen Moment längst vergangener Tage. An den Augenblick, in dem Sam die ersten Worte gesagt hatte.

»Ich liebe dich, Sam, oh mein Gott.«, sagte sie leise und wischte sich Freudentränen aus den Augen.

»Holt mich raus hier«, flüsterte Sam.

»Ja. Bald bist du wieder zu Hause«, antwortete Pamela und strich ihrem Jungen durchs Haar.

»Die alte Frau. Sie sagt, ich muss nach Hause kommen.« Sams Augen weiteten sich bei diesem Satz und Pamela sah ihren Sohn irritiert an.

»Welche Frau meinst du?«, fragte sie.

»Die große Frau mit den blauen Turnschuhen und dem hässlichen gelben Kleid.«

Die Anstrengung, die er für seine Worte aufbrachte, war deutlich zu hören und wieder befeuchtete er seine Lippen.

Pamela stand vor ihm und wirkte wie paralysiert. Ihre Gedanken versuchten das Gesagte zu sortieren, abzugleichen und zu dechiffrieren, doch sie konnte den wirren Satz von Samuel in keiner Weise deuten.

»Gehen Sie bitte wieder. Er ist noch sehr angeschlagen. Bitte, verabschieden Sie sich«, bat die zuständige Schwester.

Pamela küsste ihren Sohn auf die Stirn und verließ das Zimmer. Samuel hatte zwischenzeitlich die Augen geschlossen und war wieder eingeschlafen.

Mike wartete vor dem Zimmer, da er seinen Sohn nicht überbelasten wollte.

»Wie geht es ihm?«

»Gehen wir«, entgegnete sie knapp, ohne ihren Mann anzusehen.

»Was ist denn? Hat er was gesagt? Hat er Schmerzen?« Mike bombardierte seine Frau mit Fragen, doch Pamela antwortete nicht.

»PAM?« Mike packte sie an der Hand. Auch seine Nerven lagen blank und das Verhalten seiner Frau beunruhigte ihn.

»Es geht ihm gut. Mach dir keine Sorgen«, murmelte sie, ohne ihn anzusehen. Pamela starrte ins Nichts und Mike beschloss, sie außerhalb des Krankenhauses zur Rede zu stellen.

Mike stoppte auf dem Parkplatz und musterte seine Frau besorgt.

»Was zum Teufel ist los mit dir?«

Pamela drehte sich zu ihrem Mann um und sah ihn an. Vielmehr sah sie durch ihn hindurch. Mike packte Pamela sanft an der Schulter und küsste sie zärtlich auf den Mund.

»Schatz, was ist los? Was ist da drinnen passiert? Der Arzt sagte doch, dass Samuel wieder auf die Beine kommt. Er ist ansprechbar. Hörst du? Das ist doch wundervoll!« Mike versuchte, seiner Frau irgendeine Silbe zu entlocken, aber Pam blickte verloren auf die Straße.

»Langsam habe ich wirklich genug von deiner negativen Denkweise. Erst glaubst du, Sam würde nie wieder reden, jetzt tut er es und du bist immer noch nicht zufrieden. Ich versteh dich einfach nicht. Was erwartest du denn bitte? Soll er morgen Flickflack springend aus dem Krankenhaus hüpfen und schreien: ›War nur ein Schnupfen?‹ Pamela, unser Sohn ist schwer krank, es dauert nun einmal seine Zeit, bis …«

»Lass uns fahren.« Pamela unterbrach Mike, drehte sich um und schlurfte zum Wagen.

»Verdammt noch mal! Ich rede mit dir!«, brüllte er, doch Pamela reagierte nicht. Sie stand vor der Beifahrertür und wartete geduldig, bis Mike die Tür entriegelte.

Auf der Heimfahrt wechselten die beiden kein Wort miteinander. An der Ecke Borrothstreet drehte sich Pamela zu ihrem Mann.

»Halt den Wagen an.«

Er tat, was sie sagte, und der Wagen kam am Straßenrand zum Stehen. Mike sah, dass Pamelas Augen glasig waren, und er bekam es mit der Angst zu tun. Vielleicht hatte die Krankenschwester eine Hiobsbotschaft überbracht, von der er noch nichts wusste.

»Sagt dir der Name Heather Milkner etwas?«, fragte sie ihn.

»Ja. Warum?«, antwortete Mike.

Die Situation war angespannt. Mike zog den Zündschlüssel aus dem Schloss, stieg aus und ging ein paar Schritte zu dem nahegelegenen Park. Er betrachtete die Bäume und versuchte in Ruhe seine Gedanken zu sortieren. Was hatte die Milkner mit seinem Sohn zu tun? Er verstand die Welt nicht mehr. Die Beifahrertür öffnete sich und auch Pamela verließ den Wagen. Sie umarmte ihren Mann und die beiden genossen für einen kurzen Augenblick die Ruhe.

»Er hat von ihr gesprochen«, murmelte Pamela schließlich, ohne den Blick von den zwitschernden Vögeln zu wenden.

»Von Heather Milkner?«

»Ja. Sam sagte, dass er aus dem Krankenhaus raus müsse, er hat von einer alten Frau mit blauen Turnschuhen und einem hässlichen gelben Kleid gesprochen«, erzählte sie und sah Mike an.

»Er halluziniert. Womöglich eine Nebenwirkung der Medikamente, die er bekommt. Wir müssen mit den Ärzten reden, damit …« Weiter kam Mike nicht, da Pamela ihn grob an den Schultern zu sich zog.

»Du weißt genauso gut wie ich, dass Samuel diese Frau nie in seinem Leben zu Gesicht bekommen hat. Was versuchst du mir hier einzureden?!«, fauchte sie.

»Wer sagt denn, dass er von Heather Milkner spricht? Es gibt wahrscheinlich tausende alte Frauen, die etwas seltsam sind, vielleicht hat er auf seinem Heimweg einmal eine Frau gesehen, die Heather ähnlich sah.«

»Zufällig mit blauen Turnschuhen und einem hässlichen gelben Kleid?«, sagte Pam so laut, dass vorbeigehende Spaziergänger ihren Blick zu den beiden wendeten.

»Ich ... ich weiß nicht. Lass uns nach Hause fahren. Wahrscheinlich liegen unsere Nerven blank und wir brauchen ein wenig Ruhe.«

»Ja, genau, wir fahren nach Hause und tun so, als wäre nichts gewesen. Das ist genau der Michael Stromer, den ich kenne. Wir machen die Augen und Ohren zu. Es wird schon irgendwie wieder werden, richtig? Alles klar, gehen wir.« Pam drehte sich um, stieg in den Wagen und schlug die Autotür hinter sich zu.

Mike saß im Arbeitszimmer und kaute nachdenklich auf seinem Bleistift herum. Immer wieder dachte er darüber nach, was Pamela ihm erzählte hatte, und versuchte verkrampft eine plausible Erklärung zu finden. Doch die Worte seiner Frau verstörten ihn zunehmend. Immer wieder ging er in dem Zimmer auf und ab, starrte gedankenverloren die Bilder an den Wänden an und griff letztendlich zum Telefonhörer. Hastig kramte er in seinem Notizbuch, bis er schließlich die Nummer fand, nach der er gesucht hatte.

»Hallo, Mrs. Prokter, hier spricht Michael Stromer. Ich brauche dringend einen Termin bei Ihnen.«

»Stromer. Mr. Stromer, ich hatte Ihnen das Haus in der, ah ... Na, wie war doch gleich die ... Medlesterstreet, nicht wahr?«, entgegnete ihm die freudige Stimme.

»Genau. Medlesterstreet.«

»Stimmt etwas mit der Immobilie nicht?«, zwitscherte die Verkäuferin übertrieben ins Telefon.

»Mit dem Haus ist alles in Or…«

»Geht es um die Fußbodenheizung im ersten Stock? Ich hatte Ihnen ja damals gesagt, dass, wenn Probleme auftreten sollten …«

»Nein, die Heizung ist toll, alles gut.«

»Nun spannen Sie mich doch nicht so auf die Folter, Mr. Stromer. Prokter & Partner sind dafür bekannt, dass die Kundenzufriedenheit auch nach Vertragsabschluss immer an oberster Stelle steht. Wir haben letztes Jahr dafür auch den Award für die beste …«

»Mrs. Prokter?«

»Ja?«

»Ich brauche einen Termin bei Ihnen. Ich weiß, dass Sie viel unterwegs sind – das ist mir durchaus bewusst – und glauben Sie mir, ich würde Sie nicht anrufen, wenn es nicht wirklich dringend wäre«, sagte Mike ruhig.

Kurzzeitig war es still am anderen Ende der Leitung und er konnte hören, wie die Immobilienmaklerin blätterte.

»Gut. Passt es Ihnen am Mittwoch in zwei Wochen, so gegen 14:30 Uhr?«

Immer noch sang Mrs. Prokter mehr ins Telefon, als dass sie sprach, was Michael zunehmend auf den Geist ging.

»Nein, da passt es mir nicht. Es muss morgen sein. Es ist sehr, sehr wichtig, hören Sie?«

Wieder Stille.

»Morgen habe ich leider keine Zeit, Mr. Stromer, wir können nächsten Freitag vielleicht ...«

»Hören Sie, Mrs. Prokter. Ich flehe Sie an, ich brauche nicht lange, nur ein paar Minuten, es ist sehr dringend. Bitte.«

»Meine Güte, was ist denn passiert, Mr. Stromer?«

»Bitte.«

Wieder begann das Blättern. Mike spielte mit dem Gedanken, sich in seinen Wagen zu setzen und sofort zu der Immobilienfirma zu fahren.

»Dadada, gucken wir mal. Hmhmhm, hier, ich könnte Sie morgen kurz um 10:00 Uhr reinschieben, wenn Sie ...«

»Danke, ich werde da sein.«

Der nächste Morgen kam und Mike gaukelte seiner Frau vor, dass er sich noch kurz wegen seiner beruflichen Auszeit mit der Personalerin am Flughafen treffen müsste. Mike log nicht gern, vielmehr verabscheute er es. Doch in Anbetracht der gestrigen Gegebenheiten konnte und musste er diese Notlüge mit sich vereinbaren. Nach einer halbstündigen Autofahrt erreichte er das Gebäude. Immer noch befanden sich an dem Haus dieselben grauen Schlieren, die der Verkehr im Laufe der Zeit hinterlassen hatte.

»Prokter & Partner Immobiliengesellschaft« stand in einer abgenutzten und kaum noch leserlichen Schrift auf dem Metallplättchen. Mike atmete tief durch und drückte den Knopf.

»Schön, Sie wiederzusehen, Mr. Stromer. Sie sehen genauso blendend aus wie vor…Ah… Das ist ja schon eine halbe Ewigkeit her«, trällerte ihm die Frau mit kurzem brünettem Haar entgegen.

Aber auch Mrs. Prokter hatte sich kaum verändert.

»Schönen guten Tag, Mrs. Prokter, nervig wie eh und je. Kann es sein, dass Sie immer noch das gleiche Kostüm tragen? Ich hoffe, Sie haben es zwischenzeitlich mal ausgezogen und reinigen lassen? Das riecht hier aber auch streng irgendwie«, dachte sich Mike und hätte um ein Haar begonnen laut loszulachen, konnte sich aber im letzten Moment noch beherrschen. Seine Nerven lagen blank.

»Hallo, Mrs. Prokter. Vielen Dank für Ihre Zeit«, begrüßte er die Frau und streckte ihr die Hand entgegen. Selbst die Art des Händedrucks hatte sich in all denen Jahren nicht verändert und Mike konnte sich schlagartig daran erinnern, wie er die verschwitzte Hand der Maklerin schon einmal umschlossen hatte.

»Kommen Sie in mein Büro«, sagte Mrs. Prokter und ging voraus. »Was kann ich für Sie tun?«, fragte sie und setzte sich in ihren Ledersessel.

»Sie haben uns damals das Haus verkauft.«, begann Mike und wurde prompt unterbrochen.

»Ja, ja, ja. Ich habe mir die Akten gestern Abend noch herausgesucht.«

»Äh, ja. Erinnern Sie sich noch daran, als wir das erste Mal in diesem Haus waren?« Es erschien ihm wie eine völlig absurde Frage, wenn man bedachte, dass dies schon Jahre zurücklag.

»Na ja, sehr vage, aber ich erinnere mich. Eine Christine Prokter, vergisst nie etwas. Haha!« Mrs. Prokter gestikulierte wild mit den Händen und lachte.

»Warum ich Sie heute aufgesucht habe, hat einen etwas, nun eigenartigen Hintergrund. Mich interessiert eigentlich, was aus der Vormieterin geworden ist.«

Nun war es raus.

»Vormieterin?«, fragte Mrs. Prokter mit hochgezogenen Augenbrauen und vermittelte Mike unwillkürlich das Gefühl, nicht mehr ganz bei Sinnen zu sein.

»Ja, ich habe letzte Woche mit meiner Frau in einem Album geblättert und irgendwie sind wir auf das Haus und die Vormieterin, Heather Milkner, zu sprechen gekommen.«

»Heather Milkner. Ja, jetzt erinnere ich mich. War das nicht diese eigenwillige Person, die so fürchterlich gerochen hat?«, fragte Mrs. Prokter.

»Richtig.«

»Warten Sie einen kleinen Augenblick.« Sie stand auf und ging zu einem der Sideboards. Sie kam mit einem Ordner in der Hand zurück und blätterte darin herum.

»Oh ja. Jetzt weiß ich es wieder. Ich hatte auch ihr nach dem Auszug aus dem Haus eine Wohnung vermittelt. Ihr Mann war damals an Krebs gestorben und deswegen musste sie aus dem Haus ausziehen. Die Kosten, wissen Sie? Die ältere Dame zog mitten nach New Jersey. Jetzt fällt es mir wieder ein, als ich ihr diese schlichten Einzimmerwohnungen gezeigt habe. Sie müssen sich vorstellen, dass das Bad in diesen Ob...« Mrs. Prokter war in ihrem Element und redete wie eine aufgezogene Puppe.

»Entschuldigen Sie.«, unterbrach Mike sie bittend.

»Ja, verzeihen Sie, Mr. Stromer, ich bin wohl etwas vom Thema abgekommen. Soweit ich weiß, hat sich Mrs. Milkner vor knapp fünf Jahren das Leben genommen.«

»Sie hat sich umgebracht?«

»Wissen Sie, Mr. ... äh ... Stromer, ich habe ja im Laufe der Jahre schon vieles gesehen und gehört. Man lernt ja nie aus, wissen Sie? Ich habe auch einen sehr guten Draht zum Eigentümer dieses Objektes und er hat mir erzählt, dass Mrs. Milkner sich mit einer Gabel beide Augen ausgestochen hätte, bevor sie den Abflussreiniger austrank. Ein schrecklicher Tod.«

»Sie hat was getan?« Mike wurde schlecht.

»Man kann doch auch einen bequemeren oder schnelleren Tod wählen. Ich persönlich...Also, nicht, dass ich es vorhätte ... würde ja dann doch ...«

»Sie hat sich die Augen ausgestochen und Abflussreiniger getrunken?« Er wiederholte noch mal seine Frage und hatte das Gefühl, sich sofort übergeben zu müssen.

»Aber wie heißt es so schön? Jeder ist seines Glückes Schmied. Abgesehen davon erzählte mir der Vermieter, dass er sie nie in einem anderen Kleid gesehen hätte, als in diesem grünen, nein gelb war es. Oder doch grün? Ich glaube, es war ein gelbes Kleid!«

»SIE IST TOT?«, unterbrach Mike laut den unendlichen Redefluss von Mrs. Prokter.

»Ja, tot.«

Mike rieb sich die Handflächen an seiner Jeans trocken. Er hatte Schwierigkeiten, sein Frühstück nicht über den Schreibtisch und letztendlich auch über Mrs. Prokter zu verteilen. Er versuchte sich wieder zu sammeln und bereute, den Termin mit der Immobilientante überhaupt wahrgenommen zu haben. Und nun erzählte ihm diese quasselnde Maklerin, dass Heather Milkner beschlossen hatte, sich auf grausame Art und Weise das Leben zu nehmen. Die Vorstellung ging ihm nicht mehr aus dem Kopf.

»Soweit ich mich erinnern kann, wurde die alte Dame erst zwei Wochen nach ihrem Suizid in der Wohnung aufgefunden. Der Gestank muss wirklich widerlich gewesen sein, wenn man bedenkt …«

»GUT. Es ist gut, Mrs. Prokter«, stoppte Mike die detaillierte Ausführung. Er hatte genug gehört.

Mrs. Prokter schloss ihren Mund und sah Michael verwundert an. »Sie hatten mich doch gefragt, Mr. Stromer.«

»Wovon hat Mrs. Milkner eigentlich gelebt? Bekam sie eine Rente? Arbeitete sie noch?«, fragte Mike.

»Ich hatte einmal ein etwas längeres Gespräch mit ihr. Schließlich müssen wir uns als Immobilienmakler ja auch absichern, dass monatlich Geld kommt, nicht wahr? Damals – das weiß ich noch ganz genau – hatte sie auf die Frage nach ihrem Verdienst mit schallendem Gelächter geantwortet. Sie sagte, sie würde sich darum kümmern und ich müsste mir keine Sorgen machen. Na ja, in diesem Fall wusste ich ja, dass der Verkauf des Hauses die alte Dame etwas absicherte. Trotzdem war das eine Unverschämtheit, sage ich Ihnen, Mr. Stromer, eine Unverschämtheit, nicht wahr?« Sie kramte wieder in dem Ordner.

Zum Vorschein kam schließlich die Kopie eines Bankauszuges. Mrs. Prokter ignorierte in diesem Fall den Datenschutz. Schließlich handelte es sich um eine verstorbene alte Frau.

Milkner, Heather Clara

Kto.Nr. 2566511-222-1 Montgomery Bank- N*J* 7785-aa-w-22-3880.000,00

»Achthundertachtzigtausend Dollar?«, flüsterte Mike und traute seinen Augen nicht. Doch da stand es. Schwarz auf weiß.

»Sie hat mir niemals gesagt, woher sie so viel Geld hatte. Dass diese Summe nicht nur vom Verkauf des Hauses stammen konnte, muss ich jetzt wohl nicht erwähnen, nicht wahr? Muss ich doch nicht, oder?«

Nach ein paar verabschiedenden Worten entfernte sich Mike wieder. Er hatte Mrs. Prokter für alle Informationen freundlich gedankt und ihr versichert, bei der nächsten Immobilie wieder auf sie zurückzukommen.

»Wo warst du?« Pam sah ihren Mann vorwurfsvoll an.

»Ich war bei, also …«

»Erzähl mir keinen Blödsinn, Michael! Ich habe beim Flughafen angerufen!«, schrie sie und stellte sich vor ihn.

»Lass es mich erklären, Darling.«

»Wie heißt sie?« In Pamelas Augen sammelten sich Tränen.

»Wie bitte?«

»Wie heißt die Schlampe? Suchst du jetzt eine Zuflucht aus unserem beschissenen Leben?«

Pamela hatte keinen Zweifel daran, dass ihr Mann langsam, aber sicher den weichen Absprung in ein neues, sorgenfreies Leben vorbereitete. Mike musste grinsen. Die Vorstellung, mit der unendlich quasselnden Mrs. Prokter durchzubrennen, löste ein lustiges Kopfkino in ihm aus.

»Sie heißt Prokter. Mrs. Christine Prokter, sie ist unheimlich nervig, hört sich gerne selbst reden und handelt mit Immobilien in New Jersey. Na, erinnerst du dich an sie?«

»Mrs. Prokter?«

»Außerdem hat sie mir gerade einiges über Heather Milkner erzählt. Hätte ich dir gesagt, wohin ich gehe, hättest du versucht, mich daran zu hindern.« Mike setzte sich auf die Couch und sah seine Frau belustigt an.

»Oh, Mike. Es tut mir so leid. Ich weiß auch nicht, was in mich gefahren ist. Ich glaube, ich drehe langsam durch.« Pamela schämte sich für ihre Anschuldigung und fasste die Hand ihres Mannes.

»Langsam? Nein, du spinnst schon, seitdem ich dich kenne«, antwortete Mike sachlich.

»Wie bitte?«

»Na ja, mit deiner Paranoia kann ich schon leben, aber dass du neuerdings schlafwandelst und im Wohnzimmer unsere Pflanzen ansabberst. Ich weiß nicht. Vielleicht sollte ich mir das mit der Maklerin doch noch einmal überlegen.«

»Ich tue was im Schlaf?« Pamela riss die Augen weit auf.

»Ach, nein, sorry, ich hab dich mit Christine Prokter verwechselt. Sie macht das immer im Schlaf«, antwortete Michael trocken und musterte gelangweilt seine Fingernägel.

Es dauerte einen Augenblick, bis beide sich lachend umarmten.

Nachdem er ihr alles erzählt hatte, nahm Pam ihre heiße Tasse Tee und trank langsam und bedächtig, während sie über Mikes Erzählung nachdachte.

»Unglaublich«, stellte sie fest.

»Wir haben doch nie in Samuels Gegenwart von dieser Verrückten erzählt, oder?« Sie versuchte sich daran zu erinnern, ob irgendwann, irgendwie Heather Milkner zur Sprache gekommen war.

»Nein, ich kann mich an kein Gespräch erinnern«, antwortete Mike und blickte aus dem Fenster. Draußen schien die Sonne und Kinder spielten auf der Medlesterstreet. Diese Ruhe und Harmonie legten sich auch auf die Stromers. Es schien, als würden die Ereignisse der letzten Tage die zwei daran erinnern, dass sie ein Paar waren. Sie liebten sich nach wie vor, auch wenn das Schicksal ihres Sohnes die Liebe zueinander in den Hintergrund gerückt hatte. Die Sorgen um Samuel und all die Missverständnisse zwischen den beiden waren nun nicht mehr wichtig. Sie spürten, wie sehr sie sich brauchten und liebten. Sam lebte und nur das zählte. Egal, von welchen seltsamen alten Frauen er träumte, es würde sich alles wieder regeln. Ganz sicher.

Pamela griff ihrem Mann ins Haar und hatte diesen Blick, den er schon seit langer, langer Zeit nicht mehr gesehen hatte.

»Nimm mich.«, hauchte sie ihm zärtlich ins Ohr.

An diesem Abend liebten sich Pamela und Mike so innig, wie sie es schon seit Jahren nicht mehr getan hatten. Seit Samuels Unfall diente das Schlafzimmer lediglich als Raum für schlaflose Nächte, schlechte Träume und endlose Diskussion. In dieser jedoch Nacht hatten Pamela und Mike dreimal Sex. Erschöpft und glücklich lagen sie sich gegen halb drei Uhr nachts in den Armen.

Mike streichelte Pams Haar und sah ihr tief in die Augen. »Lass uns wieder anfangen zu leben, Schatz.«

Lydia schob den Rollstuhl langsam vor sich her und betrachtete die Natur. Für Ricco schien es, als hätte er den einzig wahren Engel auf Erden gefunden. Oft dachte er sich, dass er für Lydia sein Leben geben würde. Ab und an hatte er ihr gesagt, wie viel sie ihm bedeute, doch bis auf ein verlegenes Lächeln hatte er nichts zurückbekommen. Es war okay. Lydia war sehr schüchtern und dennoch wusste er, dass auch sie viel für ihn empfand.

Eines Tages würde er sie fragen, ob sie ihn heiraten wolle, und tief in seinem Herzen hoffte er, dass auch sie nichts sehnlicher wollte, als zusammen alt zu werden.

»Hast du es dir gut überlegt?«, fragte Lydia und strich sich ihr langes Haar aus dem Gesicht.

Ricco starrte nach vorn und betrachtete die Bäume, die sich schon langsam mit bunten Blättern schmückten.

»Ja, ich muss ihn einfach sehen. Es ist viel Zeit vergangen. Zu viel Zeit. Dass mir meine Eltern von seinen Fortschritten berichten, ist lieb gemeint, aber er ist mein bester Freund und ich will ihn endlich sehen. Ich muss ihm in die Augen schauen und mich entschuldigen – für alles.«

Ricco rang seit seinem Erwachen mit Schuldgefühlen und malte sich immer und immer wieder aus, wie ihr erstes Treffen nach dem fürchterlichen Unfall aussehen würde. Er konnte nicht mehr warten und wollte endlich Gewissheit. Er hatte den Preis für seine Dummheit bezahlt und würde bis an sein Lebensende an die fatale Fahrt erinnert werden. Aber das Schicksal Samuels kannte er bis dato nur aus Erzählungen seiner Eltern oder Pamela und Mike.

Aus dem ehemals sporadischen Verhältnis ihrer Eltern war seit dem Unfall eine intensive Freundschaft geworden. Jedes Mal, wenn Mike und Pamela zu Besuch waren, erzählten sie Ricco das Neueste von seinem Freund. Doch es genügte nicht mehr. Er wollte seinen besten Freund sehen. Ihm in die Augen blicken, ihn um Verzeihung bitten. Diese Last schien unerträglich zu werden. Es wurde Zeit, Verantwortung zu übernehmen. Es wurde Zeit, sich der Realität zu stellen.

»Und was ist, wenn er dich nicht sehen möchte?«
Lydia brachte den Rollstuhl zum Stehen und setzte
sich neben Ricco auf eine Parkbank.

»Das wird nicht passieren. Uns verbindet ein un-
zertrennliches Band. Lydia, wir sind wie Brüder,
glaube mir. Ich muss mich entschuldigen und ich
muss sehen, wie es ihm geht. Ich halte das einfach
nicht mehr aus«, antwortete Ricco. Er kämpfte mit
seinen Worten und schluckte.

»Ich komme mit und unterstütze dich.«

»Nein.«

»Warum nicht?« Lydia verstand Riccos Reaktion
nicht. Schließlich trafen sie sich seit zwei Wochen fast
jeden Tag. Sie erzählten sich alles und teilten ihre
Freizeit, soweit es ging, miteinander.

»Das ist etwas zwischen Sam und mir. Versteh
mich nicht falsch und ich will dich weiß Gott nicht
ausgrenzen, das weißt du auch. Aber diesen Weg will
und muss ich alleine gehen, Lydia.« Ricco sah sie an
und nahm ihre Hand.

Lydia hatte Verständnis, auch wenn sie ihre neugewonnene Liebe nur ungern mit dieser Konfrontation allein ließ.

»Ich liebe dich, du Sturkopf«, flüsterte sie leise. Es
waren die Worte, die auch Ricco bis zum heutigen
Tage eher umschrieben hatte, als sie tatsächlich aus-
zusprechen.

»Ich liebe dich auch«, antwortete er sichtlich ge-
rührt und eine Träne kullerte sein Gesicht hinunter.
Ricco wäre vor Freude am liebsten in die Luft gesprungen, doch dafür waren die beiden zur falschen
Zeit ein Paar geworden.

Lydia umarmte Ricco und küsste ihn auf den
Mund. In dem Jungen schien ein riesiges Feuerwerk
zu explodieren. Sein Herz raste.

»Wenn Sam wieder draußen ist, musst du ihn unbedingt näher kennenlernen und vielleicht findet er
auch bald eine Freundin und wir könnten dann zu
viert mal ins Kino gehen, oder …«, sprudelte es plötzlich aus Ricco heraus und Lydia begann zu lachen.

Sie zerzauste sein Haar und stoppte seinen Rede-
drang mit einem weiteren Kuss.

»Jetzt redet erst mal miteinander und kommt wieder ins Reine, den Rest wird die Zeit schon zeigen, du
Spinner«, lachte sie und strich ihm über die Wange.

In jener Nacht zum 20. September toste ein gigantischer Sturm über New York. Der Wind peitschte über die Straßen und der anfänglich zögerliche Nieselregen verwandelte sich in einen fast schon schmerzhaften Hagel. Tom Midler stand wieder an der Stelle, an der er Danny Klein zu ersten Mal getroffen hatte. Zwischen dem letzten und dem heutigen Treffen hatte sich nicht viel ergeben, außer der Aufgabe, Ricky und Willy einzuweihen. Langsam, aber sicher wurde allen dreien das Ausmaß ihrer Unternehmung und der tatsächlichen Macht ihres neugewonnenen Freundes Danny Klein bewusst.

Je mehr Zeit verging, umso mehr genoss Tom den starken Bruder, den er an seiner Seite hatte. Er wurde zunehmend aggressiver und verbannte das Wort ›Kompromiss‹ aus seinem Vokabular. Schließlich hatte er die Firma an seiner Seite, es gab keinen Grund, sich dem System, einer Instanz oder gar einer einzelnen Person zu beugen.

Tom betrachtete sein neues Tattoo, das seit einer Woche auf seiner Schulter prangte. Unterhalb einer geballten Faust las er folgenden Spruch: »Lieber stehend sterben, als kniend leben«. Zufrieden strich er über sein Mal und knöpfte das Hemd zu. Die ausgefahrene Markise des Cafés gab ihm Schutz vor dem immer stärker werdenden Sturm. Tom zog den Kragen seiner neuen Jacke nach oben und wartete geduldig.

Endlich sah er die Luxuslimousine. Doch wie in der ersten Nacht schrie ein Teil seines Verstandes wieder laut in seinem Gehirn: »Lauf, Tom! Lauf weit, lauf schnell, so schnell du kannst. Verlasse das Land, fang neu an, irgendwo. Irgendwie.« Doch wie auch in der ersten Nacht unterdrückte er das ungute Gefühl und schaltete seinen Verstand ab. Er musste funktionieren.

Die getönte Scheibe fuhr nach unten und brachte Dannys Gesicht zum Vorschein. Er rauchte eine Havanna und sah Tom mit kaltem Blick in die Augen.

»Hallo, Tom. Wie geht's?«

»Gut, danke. Und Ihnen, Danny?«

»Ich lebe, ich atme.« Eine seltsame Antwort. »Steigen Sie ein. Ich habe gute Neuigkeiten für Sie.«

Er öffnete die Tür und ließ Tom hinein, der mittlerweile aussah wie ein begossener Pudel.

»Sie haben den Antrag wie besprochen genehmigt«, verkündete Danny knapp, starrte aus dem Fenster und beobachtete das stürmische Wetter.

»Das heißt…Wir…Soll das heißen…wir…«, stotterte Tom und hätte vor Glück am liebsten geschrien und Danny geküsst.

»Offiziell heißt die Partei nun wie vereinbart FA, Freies Amerika.« Danny drehte sich zu Tom und grinste ihn an.

»Wow, ich weiß nicht, was ich sagen soll.«

»Der nächste Punkt ist, dass wir heute aus Italien das Marketingmaterial bekommen haben. Sprich Poster, Flugblätter, Aufkleber, Magazine – mit der Kampagne wird der eigentliche Sinn der Partei dargestellt.«

»Der eigentliche Sinn?« Tom verstand diesen Satz nicht, schließlich hatte er den eigentlichen Sinn seiner Partei eindeutig formuliert.

Danny drehte seinen Kopf und sah ihn prüfend an. Er nahm die Zigarre aus dem Mund und legte sie in den Aschenbecher.

»Ich verstehe, Danny, der eigentliche Sinn.«, stammelte Tom schnell.

»Richtig, mein Freund. Morgen wird der Abgeordnete Fisher vor seinem Haus erschossen. Um 8:45 Uhr. Das Bekennerschreiben einer radikalen Zelle, die mit der Opposition sympathisiert, wird an dem Tatort gefunden werden. Extreme Anhänger der regierenden Partei werden unseren politischen Gegenspieler in ein schlechtes Licht rücken. Was allerdings die FA angeht, so werden Sie am 14. Oktober eine Kundgebung in Seattle abhalten. Die Vorbereitungen für die Rede laufen bereits auf Hochtouren.

Wir bauen sehr auf Sie. Die FA ist die Speerspitze unseres Plans.«

Tom fühlte sich mit einem Mal sehr elend. Alles begann sich vor seinen Augen zu drehen und für einen Moment hatte er das Gefühl, ohnmächtig zu werden. Die Geister, die er gerufen hatte, wurde er nun nicht mehr los und sie übernahmen sein Leben.

»Wie viele Menschen werden dort erwartet? Wie wird die Rede aussehen? Ich meine, welche Agenda wird die FA veröffentlichen? Ich könnte Ihnen hierzu meine Punkte zukommen lassen. Ich habe zu Hause alles in einem Ordner.«

»Wir rechnen mit ungefähr dreihundert Menschen. Die Promotion ist sehr groß und die Gelder für jegliche Art der Unterstützung wurden bereits überwiesen. Das Konto ist sauber.«

»Welches Konto?«

»Ihnen ist doch bewusst, dass die FA jetzt eine eingetragene politische Organisation ist? Wir haben alles im Griff. Fragen Sie nie wieder so sinnlose Fragen, mein kleiner Freund, sonst werde ich wirklich sauer«, antwortete Danny in einem leisen, ruhigen Ton.

Tom kam sich vor wie der größte Idiot auf Erden. Woher sollte er das wissen?

Danny schien ihn nicht in alle Aktionen einzuweihen und Tom realisierte, dass er im Endeffekt nichts anderes war als eine Marionette für die politischen Machenschaften der GBA.

»Entschuldigen Sie, Danny.«

»Kein ›Entschuldigen Sie, Danny‹ mehr. Kein ›Ach, jetzt habe ich es verstanden‹. Hören Sie mir gut zu, Midler: Ich sage es Ihnen ein letztes Mal: Ich habe weder die Zeit noch die Geduld, Sie aus Ihrem Traumland zu holen. Wir haben einen Vertrag. Werden Sie erwachsen und begreifen Sie endlich, dass Sie bereits mitten drin sind. Denken Sie gefälligst nach, bevor Sie den Mund aufmachen und vor allen Dingen – schalten Sie endlich Ihren Verstand ein! Wir haben Sie als unser stärkstes Pferd für die USA ausgewählt, weil wir davon überzeugt sind, dass Sie charismatisch exakt das verkörpern, was wir benötigen. Ihre politische Gesinnung deckt sich partiell mit unserer. Ich würde ungern zu meinem Chef gehen und ihm sagen, dass ich Ihre bescheuerten Fragen nicht mehr ertragen habe und Ihr Hirn jetzt auf dem Rücksitz meines Wagens verteilt ist.«

Tom schluckte und blickte den Mann entsetzt an.

Danny lachte, klopfte ihm freundschaftlich auf die Schulter.

»Nichts für ungut. Jetzt haben wir das geklärt und die Sache ist vom Tisch.«

Der Wecker läutete und Tom schoss nach oben. Er hatte schlecht geschlafen. Immer und immer wieder hatte sich der frisch gebackene Parteichef von einer Seite zur anderen gedreht. Die Worte aus Danny Kleins Mund wollten ihm nicht aus dem Kopf gehen. Er sah auf die Uhr und stellte fest, dass es bereits

Viertel nach sieben war. Träge betrat er sein Bad und wusch sich. Die Zeit schien stillzustehen und Tom konnte den Gedanken schwer ertragen, dass in weniger als einer Stunde ein Mann sterben sollte, der ihm nichts getan hatte. Doch das war der Preis des Erfolges, den Midler für die FA zu zahlen hatte. In seinem Kopf spielte sich ein Kampf zwischen Gewissen und Machtgier ab. Immer wieder versuchte der sechsunddreißigjährige Mann abzuwägen und die Zweifel zu unterdrücken. Schließlich war es doch für ein sauberes Amerika, für sein Vaterland, das auf seine Rettung wartete.

Tom setzte sich auf seine Couch, rieb sich die Augen und schaltete den Fernseher ein. Er wartete darauf, dass es gleich im Newsticker stehen würde, doch nichts geschah. Wieder blickte er auf die Uhr und musste unwillkürlich an Silvester denken: 4, 3, 2, 1 … Fisher ist tot! Prosit Neujahr!

»Das ist ein Albtraum … Wahrscheinlich passiert gar nichts …«, murmelte er und starrte angespannt in den Fernseher. Plötzlich klingelte das Telefon. Tom zuckte zusammen.

»Ja?«, fragte er hastig.

»Hallo. Es ist vollbracht. Wir sehen uns in einer Woche wieder. Ich bin für ein paar Meetings außer Lande. Ich melde mich.«

»Hallo?«

Tom ließ den Hörer sinken und merkte, wie sein Körper rebellierte. Er zitterte wie Espenlaub und hatte ernsthafte Schwierigkeiten, das Telefon wieder in die Ladestation zu stecken. Er drehte seinen Kopf schnell zum Bildschirm, ergriff die Fernbedienung und machte den Ton lauter.

»... soeben vermeldet wurde, ist der Abgeordnete Fisher vor wenigen Minuten vor seinem Haus einem Attentat zum Opfer gefallen. Fisher verließ gerade das Haus, als laut Augenzeugen zwei maskierte Männer mit Schusswaffen den Politiker hingerichtet haben. Der sechsundvierzigjährige Mann hinterlässt drei Kinder und eine Ehefrau. Wir berichten wieder, sobald die Pressekonferenz des Police Departments beginnt.«

Tom ließ sich wie ein nasser Sack auf die Couch fallen.

»... hinterlässt drei Kinder und eine Ehefrau ... hingerichtet ... drei Kinder... ist tot ... Ehefrau ... Schusswaffen ... ermordet ... ist tot ...«

Tom hielt sich die Ohren zu und schloss die Augen. Die Worte der Sprecherin hatten sich in seinen Kopf gebrannt.

»... ermordet ... hingerichtet ... drei Kinder ... ist tot ...«

»Nein!«, schrie Tom und warf die Fernbedienung gegen den Fernseher. Erst jetzt begriff er, welche Ausmaße alles angenommen hatte.

Er befand sich in einem Schnellzug mit einem One-Way-Ticket in der Hand. Es gab kein Zurück mehr.

Apathisch schlurfte Tom in die Küche und öffnete den Kühlschrank. Hinter dem Bier befand sich eine angebrochene Flasche Wodka. Er nahm sie und setzte sich wieder auf die Couch.

Seine Augen waren leer und glasig, er fühlte einen Schmerz, als würde der letzte Funken Menschlichkeit in seinem tiefsten Inneren verkümmern.

Eine Transformation hatte begonnen und Tom lächelte, während ihm Tränen die Wange hinabliefen.

Er dachte über das amerikanische Volk nach. Über die vielen Arbeitslosen, die Parasiten, die Einwanderer, Vergewaltiger, die Behinderten, an alle, die sein wunderbares Vaterland verseuchten und die Zukunft der Kinder gefährdeten. Er schaltete seine Stereoanlage an und die Stimme Adolf Hitlers ertönte. Tom schloss seine Kopfhörer an und drehte den Lautstärkeregler auf.

Dieser 21. September war der Tag, an dem nicht nur der Abgeordnete Fisher starb, sondern auch der frühere Tom Midler.

Tom hatte die Gardinen wie so oft zugezogen. Aus seinem Schrank zog er eine Uniform des Dritten Reiches, die er einmal auf dem Flohmarkt für teures Geld gekauft hatte. Tief unter all den anderen Kleidungsstücken hatte er die Uniform fein säuberlich verstaut. Er zog sie an, frisierte sich und sprach vor dem Spiegel die Rede des Führers mit. Die Gestik und Mimik Hitlers beherrschte Tom im Schlaf.

Die Menge tobte während der Aufzeichnung und Hitlers Worte waren für Momente kaum noch zu verstehen, die Heil-Hitler-Rufe der Massen übertönten ihn. Das war eine seiner Lieblingsstellen. Ein Monument der Zeitepoche.

Tom bemerkte, dass er immer erregter wurde. Er zog hastig Uniform und Unterhose aus, setzte den Kopfhörer wieder auf und begann zu onanieren.

Abgeschottet von der restlichen Welt, hinter den blickdichten Vorhängen seines kleinen New Yorker Apartments lebte sich Tom Midler in seiner kleinen, kranken Welt aus und vergaß all seine Probleme.

Kapitel 3 - Metamorphose

Der Sommer hatte sich verabschiedet und in New Jersey machten die bunt gefärbten Blätter der Bäume auf den Herbst aufmerksam. Die Natur zeigte ihre vielfältige Farbenpracht und die Menschen der Stadt stellten sich langsam auf die Winterzeit ein.

Robert Feller steuerte an diesem 1. Oktober seinen blauen Jeep mit gemischten Gefühlen. Fast schon täglich hatte Ricco ihn darum gebeten, ihn endlich zu Sam zu fahren.

»Du bist dir ganz sicher, Sohnemann?«, fragte Robert und sah zu seiner Frau hinüber, die gedankenverloren an einer Zigarette zog und abwesend aus dem Fenster starrte.

»Ja, Dad.«

»Du weißt, dass dich niemand dazu zwingt, in das Krankenha…«

»Ich weiß es, Dad. Du hast es mir ja oft genug gesagt«, unterbrach Ricco seinen Vater mit leicht genervtem Unterton. Trotz der Umstände freute er sich auf das Wiedersehen mit seinem besten Freund. Robert schob seinen Sohn in die Empfangshalle des St. Vincent-Hospitals und verabschiedete sich.

»Du weißt, wo du uns findest, mein Sohn. Halt die Ohren steif«, sagte Robert mit belegter Stimme.

»Kein Problem, Dad. Danke.«

Ricco fuhr auf den Fahrstuhl zu. Robert drückte den Knopf, trat zurück und lächelte seinen Sohn an. Die Tür schloss sich. Immer wieder erschienen Ricco die Bilder der Verfolgungsjagd vor seinem geistigen Auge. Je mehr Zeit verging, desto klarer wurden jene grauenhaften Bilder in seinem Kopf. In den letzten Nächten war Ricco oftmals schweißgebadet aufgewacht und letztendlich von seinem eigenen Geschrei geweckt worden. Er sah sich selbst hinter dem Steuer des BMW, während die Heerschar von Blaulichtern im Innenspiegel blitzten. Und immer wieder hörte Ricco die Stimme seines besten Freundes.

»Gib auf, Ricco. Hör auf mit dem Blödsinn! Ricco … brems! Ricco … RICCO … RICCO!«

Eine Glocke erklang und der Fahrstuhl kam zum Stillstand. Die Tür öffnete sich und vor ihm stand Professor Doktor Möbius.

»Du musst Ricco Feller sein, stimmt's?«, fragte der Mann und musterte Ricco.

»Volltreffer. Haben Sie das an den Reifen meines Rollstuhls erkannt? Und Sie müssen Doc Möbius sein, stimmt's?« Ricco sah auf das Schild am Kittel des Mannes.

»Doc Möbius … Ah, natürlich, das bin ich. Komm mit«, sagte der etwas irritierte Professor und setzte sich in Bewegung.

»Können Sie bitte ein wenig langsamer gehen, meine Turbotaste ist momentan leider defekt. Danke!«, rief Ricco dem schon etwas entfernten Arzt zu, der mit hochrotem Kopf stehenblieb und wartete.

»Soll ich dich schieben?«

»Nein, danke. Nur nicht rennen.« Ricco grinste den Professor schelmisch an, der sein Lächeln erwiderte.

»Deinem Freund geht es schon viel besser. Ich habe von dem schlimmen Unfall gehört, es tut mir sehr leid, was dir passiert ist«, plapperte der Arzt los, um das peinliche Thema zu wechseln und direkt in den nächsten Fettnapf zu treten.

»Es muss Ihnen nicht leidtun. Ich bin schließlich selber schuld. Das ist schon okay. Nur meinen besten Freund mit in diese Dummheit gezogen zu haben. Das ist nicht okay.«

»Ja, nun… also wie gesagt, es geht ihm schon viel besser und…«

»Hat er nach mir gefragt?«

»Wie bitte?«

Ricco blieb stehen und blickte den Arzt an.

»Was verstehen Sie an meiner Frage nicht?«, zischte Ricco, der auf die höflichen Ausflüchte des Mediziners weder eingehen wollte noch den Nerv hatte, sie zu ignorieren. Auch Möbius stoppte und sah den Jungen perplex an.

»Nein. Also nicht dass ich wüsste. Ist das schlimm für dich?«

»Es ist gar nichts. Weder schön noch schlimm. Es war einfach nur eine Frage. Verstehen Sie?« Es war wohl offensichtlich, wer in diesem kleinen verbalen Intermezzo die Hosen anhatte.

Wortlos drehte sich der Professor um und ging langsam den Flur entlang. Zwei Minuten später kam er vor einer Tür zum Stehen.

»Soll ich mit hineinkommen?«

»Nein, danke, das bekomme ich schon auf die Reihe«, antwortete Ricco und starrte die Tür an.

»Gut, gut, gut«, erwiderte der Professor und rieb sich seine Hände an dem Arztkittel trocken.

»Sind Sie nervös?«, fragte Ricco und machte sich langsam Sorgen um seine Begleitung.

»Ich? Nein, ich mache mir nur Sorgen um dich. Ist doch ein großer Schritt für dich.«

»Schritt. Der war gut«, scherzte der Junge.

»Schaffst du das, Ricco?«

»Ja, Sir«, antwortete er und senkte den Blick auf den Boden. Die Zeit des Scherzens endete hier und jetzt vor der Krankentür von Samuel.

»Du findest mich ein Zimmer weiter. Sollte irgendetwas passieren, drück einfach den Knopf am Bett.«

»Verstanden.«

»Viel Glück, Ricco, wird schon alles schiefgehen.«

»Danke, Sir.«

Professor Möbius öffnete die Tür zu Samuel Stromers Zimmer und verschwand wieder.

Das Licht war an und Riccos Augen blieben am Fenster des Raumes haften. Weiter traute er sich nicht zu blicken und dennoch spürte er, dass Samuel wach und anwesend war. Ricco schloss seine Augen und zählte langsam von zehn herunter. Diesen Trick hatte ihm seine Mum früher beigebracht. Sie hatte immer gesagt: »Wenn dir etwas über den Kopf wächst, schließ deine Augen und zähl von zehn langsam herunter. Wenn du deine Augen dann wieder öffnest, sieht die Welt ganz anders aus.«

Geklappt hatte das bisher immer, bis zum besagten 1. Oktober im St. Vincent- Hospital.

Die Luft stand in Samuels Krankenzimmer. Der fade Geruch, diese Krankenhausluft, machte sich in Riccos Nase breit. Am liebsten hätte er sich umgedreht und das Weite gesucht, doch dafür war es zu spät. Die Sehnsucht, seinem Freund in die Augen zu sehen und mit ihm zu sprechen, überwog und ließ ihn den sterilen Geruch in der Nase vergessen. Ricco sah nach rechts und erblickte seinen Freund. Samuel lag im Bett und starrte an die weiß gestrichene Decke des Zimmers.

»Hallo, Sam«, flüsterte Ricco mit belegter Stimme. Er erwartete nicht wirklich eine Antwort, da er wusste, dass Samuels Gesundheitszustand immer noch schwankte. Umso mehr erschrak er über die prompte Antwort seines Freundes.

»Hi, Ricco. Wie geht's dir?« Sams Stimme klang sehr heiser und mitgenommen.

»Es geht. Ich lebe«, antwortete er leise und näherte sich dem Bett.

Sam bewegte seinen Kopf langsam nach rechts und sah in die Augen seines Freundes.

Vor diesem Moment hatte Ricco sich die ganze Zeit gefürchtet: Sam in die Augen zu sehen. Seine Mum hatte ihm immer erzählt: »Die Augen sind das Fenster zur Seele eines jeden Menschen.« Und nun versuchte Ricco in exakt diese Fenster hineinzusehen. Doch er sah nur Leere. Sams Augen waren ohne Emotionen, hoffnungslos und glasig.

»Er steht unter Medikamenten«, dachte er sich und versuchte ein Lächeln aufzusetzen.

»Ich, ich habe Angst, Sam«, stotterte er und bevor er begriff, dass sein Mund schneller war als sein Gehirn, hatten die Worte bereits seine Lippen verlassen. Sam lächelte müde und streckte seinem Freund die Hand entgegen. Eine Nadel, die zum Infusionsbeutel führte und in Sams Vene steckte, hinderte ihn nicht daran, Ricco den Arm entgegenzustrecken. Die

Hände der Freunde berührten sich und Ricco bemerkte, wie sich eine Freudenträne aus seinem Auge löste.

»Verzeihst du mir?«, fragte er schluckend und wischte sich die Träne aus dem Auge.

Sam nickte.

»Im Gegenteil. Ich muss dir sogar danken.« Er lächelte seinen Freund an und drückte seine Hand, so fest er nur konnte.

»Danken? Wieso? Weshalb dankst du mir?«

»Das kannst du nicht verstehen, Ricco. Ich aber auch nicht so ganz. Ist auch nicht so schlimm. Kannst du mir einen Gefallen tun?«, fragte Sam und langsam gewöhnte sich seine Stimme wieder an das Sprechen. Die anfängliche Heiserkeit verflüchtigte sich.

Ricco nickte heftig mit dem Kopf.

»Alles, Sam. Was du willst. Ich stehe in deiner Schuld.«

»Danke.«

Ricco Feller hatte das Gefühl, seinem Freund nicht folgen zu können. Doch schnell schob er dieses wirre Gespräch auf die Tabletten, die Sam zu sich nahm.

»Und was?«

»Das werde ich dir schon sagen, wenn es so weit ist«, versprach Sam leise und drehte seinen Kopf weg von ihm.

»Wann kommst du hier raus, Sam?«

»Die Ärzte meinen, dass es noch ein wenig dauern kann. Das Koma hat viele Funktionen in meinem Körper lahmgelegt und Dr. Möbius meinte, dass ich erst daran arbeiten müsse, meinen Körper an Bewegungen zu gewöhnen und die Muskeln etwas aufzubauen.«

»Ich bin sehr froh, dass du mir verziehen hast.« Ricco drückte wieder die Hand von Sam.

»Und ich bin sehr froh, dass ich auf dich zählen kann«, antwortete dieser leise und schloss die Augen.

Das Gespräch hatte ihn geschwächt und Sam hatte nur noch das Bedürfnis, den Mund zu halten und zu schlafen. Eine knappe Viertelstunde saß Ricco am Krankenbett seines Freundes und beobachtete ihn. Der achtzehnjährige Mann im Rollstuhl fühlte sich nun zwar besser und dennoch hatte er ein ungutes Gefühl in der Magengegend. Irgendetwas stimmte an dieser Begegnung nicht. Irgendetwas stimmte mit Samuel nicht. Er konnte es drehen und wenden, wie er wollte, Ricco kam zu der Erkenntnis, dass nicht das Koma oder die Medikamente seinen Freund verändert hatten.

Es war die Mimik in dem Gesicht. Sie hatte sich verändert. Sie war fremdartig und wollte nicht ganz zu Sams Gesicht passen. Und welchen Gefallen meinte er?

Der Junge im Rollstuhl gab auf und entschloss sich, Samuel wieder in Ruhe zu lassen. Unten angekommen stürmte sein Vater zu ihm und beugte sich zu seinem Sohn hinunter.

»Wie war es, Großer? Erzähl schon.«

»Ganz okay, Dad. Es war okay.«

Ricco drehte seinen Rollstuhl Richtung Tür und beendete somit das Gespräch.

An diesem Abend wollte Ricco Lydia nicht mehr sehen. Er saß auf dem Bett und hörte die neueste CD seiner Lieblingsband Aerosmith, die ihm sein Vater heute geschenkt hatte. Das Album war wirklich gut, doch es interessierte ihn nicht wirklich. Er griff nach der Fernbedienung und schaltete die Stereoanlage ab. Von Weitem hörte er die Sirenen eines Polizeiwagens, was ihn an die Verfolgungsjagd erinnerte. Sam hatte ihm gesagt, dass er froh wäre, auf ihn zählen zu können. Er konnte nach wie vor den Zusammenhang nicht verstehen. Samuel hatte kein Wort über den Unfall verloren. Nicht ein Kommentar über Riccos Querschnittslähmung oder über die Tatsache, dass er weiterhin im Krankenhaus bleiben müsse. Als wären all diese Gegebenheiten für Sam vollkommen irrelevant. Im Nachhinein hatte Ricco das Gefühl, dass Sam die Realität beiseiteschob.

Das Telefon klingelte und Ricco nahm ab.

»Ja?«

»Hallo. Ich wollte dich nicht stören. Ich wollte nur wissen, wie du dich fühlst?«

Die liebliche Stimme von Lydia Maslowski war wie Balsam für seine Seele. Sie war ein Engel in menschlicher Gestalt, sie war sein Engel. Davon war Ricco felsenfest überzeugt.

»Alles klar. Ich denke nur über den Besuch nach. Das passt alles irgendwie nicht zusammen«, antwortete Ricco nachdenklich und rieb sich am Kinn.

»Sam steht wahrscheinlich unter starken Beruhigungsmitteln. Du darfst das alles nicht überbewerten. Womöglich hat er gar nicht richtig realisiert, dass du bei ihm warst, und hat schon wieder vergessen, was ihr geredet habt.« Lydias Stimme klang fürsorglich und Ricco war in diesem Moment sehr froh, dass er sie hatte.

»Nein. Versteh mich nicht falsch, Lydia, aber ich kenne Sam schon etliche Jahre, und ich werde das Gefühl nicht los, dass er heute so klar im Kopf war wie eh und je. Genau das macht die Sache ja so absurd.«

Nachdenkliches Schweigen machte sich breit und Ricco konnte den Atem seiner Freundin durch das Telefon hören.

»Schalte deinen Kopf für heute ab, mein Schatz. So kommst du nicht weiter und machst dich nur unnötig verrückt.«

»Wahrscheinlich hast du recht«, bestätigte er und wusste zugleich, dass ein Abschalten seiner Gedanken nicht infrage kam.

»Was habt ihr vereinbart?«

»Was meinst du damit?«

»Sam wird doch gesagt haben, wann ihr euch wiedersehen werdet, oder dich zumindest gefragt haben, wann du wiederkommst. Oder etwa nicht?«

Darüber hatte Ricco noch gar nicht nachgedacht. Und wieder tat sich ein kleines Mosaikstückchen auf, welches in das Gesamtbild einfach nicht passen wollte.

»Wir haben vereinbart, dass wir telefonieren.« Das erste Mal seit dem Bestehen dieser Beziehung hatte Ricco Feller gelogen. Ohne ersichtlichen Grund oder eine plausible Erklärung konnte und wollte er Lydia nicht sagen, was wirklich geschehen war.

»Na, siehst du. Wenigstens habt ihr schon mal ausgemacht, wieder zu telefonieren. Das ist doch schon ein Schritt in die richtige Richtung. Gib ihm Zeit.«

»Ja. Wahrscheinlich hast du recht.«

»Schlaf schön, mein Schatz.«

»Gute Nacht.«

Das Gespräch war beendet, doch für Ricco war das der Beginn einer langen Nacht voller Gedanken und Fragezeichen. Lydia hatte ihn, ohne es zu wissen, auf einen neuen Hinweis gebracht. Sam hatte gesagt, dass er Ricco mitteilen würde, wann er ihn brauchte. Doch weder er noch Sam hatte ein Wort über ein weiteres Wiedersehen verloren. Was Ricco Feller anging, so hatte er es im Zuge seiner Aufregung schlicht und ergreifend vergessen. Doch sein Gefühl sagte ihm, dass das bei Sam anders gewesen war. Sein Freund hatte zu keinem Augenblick der Begegnung den Eindruck gemacht, als sei er überrascht gewesen, Ricco wiederzusehen. In Samuels Augen war keine Freude, kein Argwohn, keine Emotion gewesen. Vielmehr – und das fiel Ricco erst in seinem Bett ein – hatte er hochgradige Konzentration gesehen. Das war es, was Samuel ausstrahlte.

Es sollte Stunden dauern, bis Ricco Schlaf fand. Immer und immer wieder kamen die Bilder des Tages auf und immer wieder sah er das Gesicht seines Freundes. Lächelnd, ohne wirklich Freude zu empfinden. Etwas war in seinem besten Freund vorgegangen und Ricco konnte nicht glauben, dass es in irgendeiner Art und Weise mit den Folgen des Unfalls oder der Medikamente zu tun haben könnte, dazu kannte er Samuel Stromer zu lange und zu gut.

Auch diese Nacht ging vorüber, doch der nächste Tag sollte Ricco die Ernüchterung bringen, die er befürchtet hatte. Lydia hatte wie jeden Morgen vor der großen Eingangstür der Schule auf ihn gewartet.

Doch heute erschien Ricco nicht und das Mädchen machte sich ernsthafte Sorgen um seinen Freund. Üblicherweise riefen entweder Ricco oder seine Eltern bei den Maslowskis an und gaben Bescheid, dass Lydia nicht warten müsse. Doch heute schien alles anders. Kein Anruf, keine SMS. Erst nach der dritten Unterrichtsstunde fasste sich Lydia ein Herz und befragte den Mathematiklehrer Mr. Token nach dem Verbleib von Ricco.

»Hat sich krankgemeldet«, hatte der glatzköpfige Mann argwöhnisch zu ihr gesagt und sich wieder dem Lehrplan zugewandt.

Ricco hatte seine Eltern den ganzen Morgen genervt, angefleht, regelrecht angebettelt, ihn heute nochmals in das St. Vincent-Hospital zu fahren. Er konnte die Ungereimtheiten und die Ungewissheit nicht weiter ertragen und versprach seinen Eltern hoch und heilig, dass so etwas nie wieder vorkommen würde. Nach einer knappen halben Stunde des Jammerns hatten Robert und Mandy schließlich nachgegeben und gegen halb neun kam der Jeep der Fellers vor dem Krankenhaus zum Stehen.

»Aber bitte nur kurz. Er hat sehr schlecht geschlafen und die halbe Nacht geschrien«, ermahnte Prof. Doktor Möbius den Jungen und öffnete wie am Tag zuvor die Tür zum Krankenzimmer.

Ricco näherte sich dem Krankenbett und sah, dass Sam die Augen geschlossen hatte. Allerdings schlief er nicht, sondern begrüßte Ricco mit leiser Stimme.

»Hallo, Ricco. Heute keine Schule?«

»Nein, Sam. Ich musste dich noch einmal sehen … wegen gestern«, antwortete Ricco knapp und war erleichtert, dass Sam die Augen nicht öffnete. Er konnte gut auf den fremdartigen Blick im Gesicht seines Freundes verzichten.

»Was war gestern?«, fragte Sam und lächelte.

»Ich war gestern hier«, sagte Ricco und war leicht irritiert.

»Ich weiß. Aber was ist der Grund deines Besuches?«

»Du warst so, so…«

»Anders?«

»Richtig. Ich weiß nicht, was du denkst.« Der Junge tat sich schwer, sein Gefühl zu vermitteln. Sam öffnete die Augen und sah mit klarem Blick in die Augen seines Freundes.

»Er sieht durch mich hindurch. Sieht meine Seele. Weiß, was ich denke. Hör auf. HÖR AUF!«, schoss es Ricco durch den Kopf und er bekam es mit der Angst zu tun.

»Das kann ich dir leider nicht sagen, noch nicht. Ich finde noch heraus. Ach, egal«, antwortete Sam und versuchte wieder sein kaltes Lächeln aufzusetzen.

»Was kannst du mir nicht sagen? Ich verstehe nicht.«

»Was passiert ist. Zwischen uns ist alles in Ordnung, Ricco. Mach dir keine Sorgen. Geh jetzt wieder.«

Ricco blickte ihn an und verstand die Welt nicht mehr. Das war nicht Samuel Stromer, das war nicht sein Freund. Er drehte seinen Rollstuhl um und fuhr vor bis zur Tür.

»Ricco?«

Der Junge stoppte und drehte seinen Rollstuhl herum.

»Ja?«

»Weißt du noch, was du mir gestern versprochen hast?«

»Du meinst den Gefallen?«

»Genau.«

»Natürlich weiß ich …«

»Vergiss es nicht. Es ist sehr wichtig, glaube ich.«

Ricco dachte über die Worte seines Freundes nach und nickte langsam.

»Ich vergesse es nicht.«

Ricco verließ seinen Freund und musste sich eingestehen, dass er verwirrter war als vorher. Er schloss die Tür hinter sich und verharrte für einen Augenblick. Am liebsten wäre er zurück in Sams Zimmer gefahren und hätte ihn zur Rede gestellt, Scherze gemacht und die beiden Freunde hätten endlich wieder gelacht. Alles wäre wieder wie früher. Doch diese bleierne Schwere zwischen Sam und ihm schien nicht das Ergebnis des Unfalls zu sein.

Zu Hause angekommen legte sich der Junge schlafen. Er hatte Kopfschmerzen und wollte einfach mal an nichts denken. Seit der Begegnung mit Sam war dies nur noch möglich, wenn er schlief. Die Gedanken um seinen Freund kontrollierten sein Leben.

»Wir kommen ein paar Minuten später, Tom.«

»Warum?«

»Wir stehen in einem gottverdammten Stau. Hier geht gar nichts mehr«, plapperte Ricky hektisch. Seit der Zusammenarbeit mit der GBA hatte Danny die Parteimitglieder der FA mit Handys ausgestattet.

»Beeilt euch.« Tom hatte aufgelegt und fuhr fort, seine Dokumente, die wild zerstreut im Wohnzimmer lagen, zu sortieren.

Der Countdown für die erste große Rede der Partei Freies Amerika hatte begonnen und es sollte nur noch drei Tage dauern, bis Tom mit seinen Gefolgsleuten auf einer großen Bühne stand. Er würde eine professionell ausgearbeitete Rede verlesen und den Zuschauern den Eindruck vermitteln, dass die FA wesentlich größer war, als es in der Realität der Fall war. Das Ergebnis einer professionellen Marketingmaschinerie, um den perfiden Plan der GBA voranzutreiben und die FA auf die politische Bühne zu heben. Der Posteingang des frisch gebackenen Parteioberhauptes meldete permanent ankommende Mails über neue Termine und mehr Informationen zu seiner Rede.

Die Türglocke gab in hektischen Intervallen die Ankunft seiner Mitstreiter bekannt.

»Da seid ihr ja. «, murmelte Tom nervös und ließ die beiden an der geöffneten Tür stehen. Er drehte sich um und eilte ins Wohnzimmer zurück.

»Oh Mann, was ist denn hier los?«, staunte Willy und sah sich um.

»Falls du es vergessen hast, mein Freund: Morgen fliegen wir nach Seattle, um ein bisschen Promotion zu machen«, fauchte der Parteivorsitzende bissig.

»Sie werden uns lieben, Tom«, antwortete Ricky grinsend und starrte aus dem verschmutzten Fenster.

»Das hoffe ich stark, sonst haben wir ein Problem.«

»Warum sollten sie nicht? Die Rede und die Werbekampagne hat die GBA doch fest in der Hand. Meinst du nicht, dass so eine Firma weiß, was sie tut?«

Damit hatte Ricky natürlich recht. Eine Organisation mit knapp fünf Millionen Mitgliedern weltweit sollte wissen, wie sie etwas anzupacken hatte. Toms Handy läutete und die drei Freunde standen wie versteinert da und starrten auf das Smartphone auf dem Tisch.

»Lass mich durch, Mann!«, giftete Tom, schob Willy grob beiseite und nahm ab.

»Ja?«

»Hallo, Tom. Na? Stress?«, fragte die Stimme belustigt und Tom musste nicht allzu lange überlegen, wer am anderen Ende der Leitung war.

»Ein wenig. Ich bereite mich gerade auf Seattle vor. Hoffentlich klappt's.«

»Tom, darf ich Sie etwas fragen?«, fragte Danny Klein in einem einfühlsamen Tonfall.

»Natürlich.«

»Haben Sie schon einmal eine Rede des Präsidenten der Vereinigten Staaten von Amerika gehört, die NICHT gesessen hat?«

Tom dachte über die Frage nach und schüttelte langsam den Kopf.

»Nein.«

»Sehen Sie. Also, warum sollte diese Rede nicht auch sitzen?«

»Sie, Sie meinen das …«

»Ich meine gar nichts. Vertrauen Sie mir.« Etwas Bedrohliches schwang in der Stimme mit und Tom bekam eine Gänsehaut.

»Ihr Flieger geht morgen um halb zehn. Am Flughafen in Seattle erwartet Sie ein Chauffeur, der Sie in Ihr Hotel bringt. Wir sehen uns gegen 14:00 Uhr in Ihrem Hotelzimmer. Sorgen Sie dafür, dass Ricky und Willy auch anwesend sind. Guten Flug.«

Das Gespräch war beendet und Tom betrachtete sein Handy, bevor er auflegte.

Tom Midler war zu einer Marionette geworden, die zu funktionieren hatte. Er begriff seine Rolle in diesem Spiel. Sein Job war es, zur rechten Zeit zu lächeln und mit der Hand zu winken und letztendlich die vorgefertigten Reden einwandfrei und glaubwürdig vorzutragen. Doch die wirklichen Macher des Ganzen lauerten im Hintergrund und beobachteten jeden einzelnen Handgriff und jede auch noch so kleine Mimik des Mannes aus New York, der Amerika retten wollte.

Auf seltsame Weise gefiel Tom dieser Zustand und er hatte sich selbst dabei ertappt, seine Rhetorik und Mimik zu verfeinern, um Dannys Ansprüchen gerecht zu werden. Die Ausdrucksweise seines großen Vorbilds abzulegen und als Tom Midler eine eigene charismatische Art an den Tag zu legen, bereitete ihm keine Probleme. Es schien so, als hätte der angehende Politiker ein Talent dafür, sich wie ein Chamäleon den momentanen Umständen anzupassen. Der Flieger landete planmäßig am Flughafen Tacoma in Seattle. Wie von Danny angekündigt, wartete ein schweigsamer Chauffeur, der die drei Ankömmlinge argwöhnisch musterte. Tom hatte sich keinerlei Gedanken über das Hotel, in dem die drei Genossen verweilen sollten, gemacht. Als die Limousine schlussendlich vor dem Hilton in Seattle stoppte, traute er seinen Augen nicht.

»Wow ... das ist ja Wahnsinn«, staunte Willy nicht schlecht und sah wie ein kleiner Junge aus, der das erste Mal in seinem Leben einen Spielwarenladen betrat.

»Allerdings«, bestätigte Ricky und sah zu Tom herüber. Dieser schien weniger beeindruckt als seine Freunde. Langsam näherte er sich der Rezeption.

»Es ist uns eine Ehre, Sie in unserem Hotel begrüßen zu dürfen, Mr. Midler«, begrüßte ihn die adrette junge Dame.

»Woher wissen Sie, wer ich bin?«

»Überall in der Stadt sieht man doch Ihr Gesicht auf den Plakaten.« Die Schönheit grinste von einem Ohr zum anderen.

»Mein Gesicht«, wiederholte Tom und versuchte so cool wie möglich zu wirken.

»Natürlich. Hier sind Ihre Schlüssel, Mr. Midler. Darf ich Sie noch etwas fragen?« Die junge Rezeptionistin blickte ihr Gegenüber hoffnungsvoll an.

»Ja, natürlich.«

»Würden Sie mir ein Autogramm geben?«

»Ich bin im falschen Film. Alles ein Traum. Nicht wahr.« Tom wusste nicht, was er denken sollte, und versuchte einen seriösen Eindruck zu machen.

»Ja.«

»Hier, bitte.« Die Frau überreichte Tom eine Autogrammkarte, auf der ihm sein eigenes Gesicht entgegenblickte. Er wusste nicht, ob er lachen oder weinen sollte. Er konnte nicht glauben, was er da sah. Eine wildfremde Frau in einer wildfremden Stadt übergab ihm ein Foto, auf dem er sich selbst wiederfand. In kleinen schwarzen Lettern stand unter dem Bild:

Tom Midler – FA. Für ein besseres Amerika.

»Woher haben Sie dieses Bild?« Tom bereute die Frage im gleichen Atemzug, in dem er sie ausgesprochen hatte. Die Sache schien ihm über den Kopf zu wachsen.

»Haha! Sie sind ja ein richtiger Scherzbold, Mr. Midler! Solche Politiker braucht Amerika und nicht immer diese humorlosen Anzugträger ohne Puls.« Als hatte er den größten Witz des Jahrzehnts gerissen, lachte die Frau los und schob das Bild noch etwas näher zu ihm.

Tom begriff, dass er auf dem besten Wege war, sich vor dem Personal des Hilton lächerlich zu machen. Er rettete die Situation, indem er in das Lachen der Frau einstimmte.

»Na ja, Politik ist trocken genug, da sollte doch immer mal Zeit für ein Späßchen sein«, sagte er lachend und unterschrieb die Karte.

Im Aufzug schwieg Tom und starrte gebannt auf die Anzeige des Fahrstuhls. Nichts wünschte er sich mehr als einen Rückzugsort, um sich kurz sammeln zu können. Als er seine Suite betrat, fand er einen Brief sowie eine Flasche feinsten Chardonnay vor. Er öffnete den Umschlag, auf dem sich das Logo des Hilton befand, und nahm die Karte heraus.

Sehr geehrter Mr. Midler,

im Namen des Hilton-Hotels Seattle möchte ich Sie herzlich willkommen heißen.

Wir freuen uns und fühlen uns geehrt, Sie heute als Gast begrüßen zu dürfen.

Um auf Ihre persönlichen Wünsche rasch eingehen zu können, bitten wir Sie, auf Ihrem Telefon die Durchwahl 13 zu wählen, um Ihren persönlichen Concierge zu sprechen.

Wir wünschen Ihnen einen angenehmen Aufenthalt im Hilton Seattle. Mit freundlichen Grüßen,

Dr. Jonathan Grimbolt Director Hilton

»Director Grimbolt. Aha, ich bin müde.«

Tom ließ die Karte fallen, drehte sich um und ging in das Schlafzimmer der Suite. Er war zu geschlaucht von den Ereignissen des Tages, um sich mit Details des Zimmers aufhalten zu können. Er zog seine Schuhe aus, fiel auf das Bett und schlief ein.

Ein dumpfes und hektisches Hämmern an der Tür riss Tom aus den erholsamen Träumen. Schlaftrunken torkelte er zur Tür. Willy und Ricky standen erwartungsvoll vor der Tür und grinsten über beide Ohren.

»Ist er schon da?«, fragte Ricky neugierig und spähte in das Innere des Hotelzimmers.

»Wer? Nein, nein«, stammelte Tom müde und winkte die beiden herein.

»Mach mich kurz frisch.«, murmelte er genervt und verschwand im Badezimmer.

Die zwei machten es sich auf der Couch bequem und sahen sich in Toms Zimmer um. Plötzlich läutete das Telefon und ließ sie zusammenzucken. Die beiden starrten im Wechsel hilflos auf das Telefon und dann wieder einander an, um schließlich synchron mit den Schultern zu zucken.

»Telefon!«, schrie Willy, doch Tom hörte es nicht.

»Scheiß drauf.« Ricky ergriff den Hörer und atmete tief durch.

»Hallo?«

»Guten Tag, Mr. Midler. Ich habe hier einen Gast für Sie. Sein Name ist Danny, Sie wüssten Bescheid«, sprach die freundliche weibliche Stimme am anderen Ende der Leitung.

»Schicken Sie ihn rauf. Das geht in Ordnung«, antwortete Ricky selbstsicher und positionierte sich breitbeinig mit dem Hörer in der Hand im Zimmer.

Willy hatte ernsthafte Probleme, sich vor lauter Lachen nicht zu bepinkeln, und versuchte sein Wiehern zu unterdrücken, so gut es nur ging.

»Das hat's jetzt gebracht, oder? Leben am Limit. Junge, Junge, du bist hart«, prustete Willy los, als Ricky aufgelegt hatte.

»Was?« Ricky starrte seinen Freund verwirrt an.

»Na ja, deine breitbeinige John-Wayne-Position hat ihr am Telefon bestimmt imponiert, du Held.« Und wieder endete sein Satz in einem herzlichen Lachanfall.

»Leck mich. Ich sag Tom Bescheid.«

Doch dazu kam Ricky nicht mehr. Es klopfte an der Tür und die lockere Atmosphäre verflog genauso schnell, wie sie gekommen war. Ratlos starrten die beiden auf die Tür.

»Macht schon mal auf. Ich komme gleich!«, rief Tom aus dem Badezimmer.

Ricky öffnete die Tür und der Anblick von Danny Klein ließ ihn erstarren. Nicht vor Angst, vielmehr war es die Aura, die Persönlichkeit, die Ricky sprachlos dastehen ließ, ohne Danny die Hand entgegenzustrecken.

Gekleidet in einem langen schwarzen Ledermantel und Cowboystiefeln stand Danny vor Ricky.

»Darf ich eintreten oder unterhalten wir uns auf dem Gang?«, fragte Danny Klein höflich.

»Nein, nein, doch, doch«, stotterte Ricky und war erstaunt über seine unkontrollierten Worte und die hohe Stimmlage.

»Guten Tag. Mein Name ist Willy…«

»Hallo, Willy. Wo ist Tom?«, unterbrach Danny den Mann und ignorierte die ihm entgegengestreckte Hand.

»Er ist im Badezimmer. Kommt aber gleich, Sir«, plapperte Ricky entschuldigend und bemerkte, wie sich seine Stimme eine Oktave weiter oben ansiedelte.

»Haben Sie beide irgendetwas geraucht?« Danny sah sich die Männer belustigt an und schüttelte den Kopf.

»Nein, Sir«, beteuerte Willy und grinste freundlich.

»Oh mein Gott. Setzen Sie sich am besten dahin und machen Sie ein nettes Gesicht, okay?« Danny wandte sich ab. Willy wischte sich die feuchten Handinnenflächen an der Jeans ab und bemühte sich, so normal wie möglich zu wirken. Willy und Ricky hatten vor dem Mann in dem Ledermantel eine unermessliche Ehrfurcht, als stünde Gott persönlich vor ihnen.

Danny setzte sich in den Sessel und musterte die beiden, ohne mit der Wimper zu zucken.

»Okay, Sir.« Rickys Stimme war nicht nur eine Oktave auf der Leiter hochgerutscht, sie war auch kaum mehr hörbar.

»Hallo, Tom. Das hier sind also Willy und Ricky?« Mit diesen Worten begrüßte Danny seinen Geschäftspartner und sah dabei die zwei Männer auf der Couch belustigt an.

»Natürlich sind Sie das. Oder wie meinen Sie das jetzt?«

»Sie sollten Ihren Gefolgsleuten mehr Selbstbewusstsein eintrichtern, das wirkt echt scheiße, mein Freund«, antwortete Danny. Er öffnete seinen Aktenkoffer und ordnete sorgfältig einige Papiere.

Tom setzte sich neben Willy und Ricky auf die Couch. Die drei erinnerten in ihrer Haltung an Schüler vor der Zeugnisvergabe.

»Da ist es.« Danny legte ein Schriftstück auf den Tisch und begutachtete es akribisch.

»Das hier ist sehr wichtig. Ich möchte nur im Vorfeld abklären, dass kein Fehler akzeptiert wird. Die GBA hat sehr viel Zeit und vor allen Dingen Geld in die Hand genommen und in Sie investiert. Nach meinem neuesten Wissensstand haben Sie bereits erste Sympathisanten im Volk gefunden. Dieses Projekt trägt erste Früchte und bevor ich zum eigentlichen Kern komme, möchte ich nochmals betonen, dass ich von Ihnen absolutes Engagement erwarte. Ich denke, wir verstehen uns?«

Tom, Willy und Ricky nickten synchron.

»Fein. Wir haben Abgeordnete des Weißen Hauses für unser Projekt gewinnen können. In einem Jahr sind die Präsidentschaftswahlen und ich möchte Sie, Tom, als Präsidenten der Vereinigten Staaten dort sehen.«

»Das ist unmöglich«, unterbrach Tom und schüttelte den Kopf.

Danny sah ihm in die Augen und legte sein Blatt langsam auf den Tisch.

»Weshalb?«, fragte er gelangweilt.

»Der Weg von einer Kandidatur bis hin zum Präsidenten ist wesentlich komplizierter und langwieriger als …«

»Warten Sie«, unterbrach ihn Danny.

»Möchten Sie meinen Job machen? Wenn Sie das Gefühl haben, dass Sie das besser hinkriegen als ich, sagen Sie es einfach.«

»Nein, ich wollte nur sagen, dass der reguläre Weg anders verläuft und laut Gesetz nicht umgangen werden kann, wie zum Beispiel …«

»… ein Doktortitel?«, unterbrach Danny ihn erneut. Wieder hielt Tom inne und dachte über die Worte von Danny nach.

»Glauben Sie allen Ernstes, dass alle Wahlen, alle Ernennungen in der Politik strikt nach Vorschrift und vorgegebener Laufzeit erfolgen, mein Freund? Sind Sie wirklich so naiv?«

»Nein, natürlich nicht. Aber Präsident zu werden ist nicht vergleichbar mit der Ernennung eines Bürgermeisters in einem Vorort von Texas«, konterte Tom und bereute gleichzeitig, sich auf eine Konfrontation mit Danny eingelassen zu haben. Doch vielleicht zeigte es, dass Tom Midler keine Angst vor ihm hatte. Zumindest nicht so viel Angst wie bei ihrem ersten Treffen.

»Tom, ich werde das Gefühl nicht los, dass Sie immer noch nicht ganz verstanden haben, welchen Geschäftspartner Sie an Ihrer Seite haben. Sicherlich ist das kein Pappenstiel, jemanden zum Präsidenten der Vereinigten Staaten zu machen. Doch glauben Sie mir, Manipulation ist alles. Wir haben Sie und Ihre Vergangenheit sehr genau studiert, wir wissen sogar, was Ihre sexuellen Neigungen sind, welche Gerichte Sie in den letzten zwei Jahren gegessen haben und dass Sie ungerne staubsaugen. Also denken Sie nicht, dass wir eine kleine Gruppe von Verrückten sind, die gerade mal eben Amerika auf den Kopf stellen wollen. Ich bin diese Erklärungen langsam leid.«

Tom blickte auf seine Füße. Er schämte sich für seine Zweifel.

»Das ist kein Spiel«, schrie Danny plötzlich und sprang auf. Er ging zum Fenster des Zimmers und sah eine Weile hinaus. Schließlich zündete er sich eine Zigarre an und drehte sich wieder um.

»Können Sie sich eigentlich nur im Entferntesten vorstellen, wie viele Menschen und wie viel Geld hinter dieser Sache stecken?« Danny hatte glücklicherweise wieder seine normale Tonlage angenommen und betrachtete Tom genau.

»Nein. Weiß ich nicht.«

»Zurück zum Geschäft.« Danny setzte sich auf den Sessel und nahm einen Zettel zur Hand.

»Es tut mir leid, Danny«, sagte Tom leise.

»Kein Problem. Sie wollen die Säuberung Amerikas und wir wollen den nächsten Schritt für unser globales Ziel erreichen. Ein einfacher Deal.«

»Verstanden, Danny. Wie sieht das Ziel der Organisation denn aus und welche Rolle spiele ich in Ihrem Plan?«

Danny sog an seiner Zigarre und sah wieder aus dem Fenster.

»Ihr Plan ist es, Präsident der USA zu werden, und unser Plan ist es, Sie dazu zu machen. Sie werden zukünftig wichtige Entscheidungen für uns treffen, die globale Veränderungen mit sich bringen. Sie sollten sich jetzt schon im Klaren darüber sein, dass unsere Zusammenarbeit auch nach Ihrer Wahl zum Präsidenten der Vereinigten Staaten nicht enden wird.

Im Gegenteil, wenn Sie Ihre Ziele erreichen, werden Sie in der Bringschuld stehen. Unser Teil des Deals ist somit erfüllt und dann wären wir an der Reihe, unsere Wünsche zu äußern. Mit Ihrer Macht und Ihren Befugnissen werden Sie die Dinge so lenken können, wie wir uns das vorstellen. Relativ einfach, oder?«

»Ja. Eine Hand wäscht die andere«, antwortete Tom. Dannys Worte machten für ihn durchaus Sinn.

»Unser Traum ist in greifbare Nähe gerückt. Seit Jahrzehnten arbeitet die Organisation daran, die Weltwirtschaft zu kontrollieren. Schritt für Schritt haben wir Weiche für Weiche gestellt und die Mosaikstückchen ergeben langsam, aber sicher ein Bild, auch wenn dies noch niemand richtig wahrnimmt. Und das ist auch gut so. Exportverbote, Krisenherde und wirtschaftsstarke sowie -schwache Länder auf allen Kontinenten sind nicht zufällig entstanden. Wir wollen die Kriege und die wirtschaftlichen Differenzen der einzelnen Länder aus dem Weg schaffen. Die Säuberung der Ungläubigen sowie die Unterbindung gleichgeschlechtlicher Liebe und mutwilliger Arbeitslosigkeit decken sich mit unseren globalen Zielen. Aus diesem Grund sind wir damals zu dem Entschluss gekommen, die FA in unser Projekt aufzunehmen«, fuhr Danny fort.

»Welche Länder sind der GBA schon untergeordnet?«, fragte Willy und erntete einen strafenden Blick von Tom.

»Etliche, Willy«, antwortete Danny.

»Weshalb hat dann die Organisation also global gesehen, so wenige Mitglieder?«, hakte Tom nach.

»Fakt ist, dass die tatsächliche Anzahl der Mitglieder bei fünf Millionen weltweit liegt. Ich spreche lediglich von dem Kern der GBA, der sich momentan auf circa 450.000 Mitglieder belaufen sollte.«

»Dann sind wir jetzt auch Teil dieses Kerns, richtig?« Ricky gefiel der Gedanke, dem Zentrum einer global operierenden GBA anzugehören.

»Nein. Sie sind lediglich ein ausführendes Instrument, das seinen Zweck erfüllen soll. Dass dieser Zweck sich mit Ihren Wünschen im Groben deckt, ist doch sehr positiv, oder? Außerdem genießen Sie und Ihre Familien unseren Schutz, der mit Sicherheit irgendwann sehr, sehr wichtig sein wird.«

Tom sah zu Ricky und bekam es mit der Angst zu tun. Danny beobachtete die Reaktion der drei Männer und begann zu lachen.

»Hier geht es weder um Schutzgeld noch um irgendwelche Erpressungen. Das ist Kinderkram. Doch wenn das Ziel der GBA erreicht ist, wird jeder, der sich diesem Fakt in den Weg stellt, eliminiert.«

Ein Moment der Ruhe kehrte ein und die drei dachten über die Worte von Danny Klein nach. Schließlich öffnete Ricky den Mund und stellte jene Frage, die Tom und Willy auch schon in ihren Köpfen hatten.

»Was passiert denn, wenn sich ein ganzes Land dagegenstellt?«

»Damit rechnen wir nicht. Solange es Menschen gibt, ist alles auf dieser Welt käuflich. Sollte der Fall aber trotzdem eintreten, so wird uns keine andere Möglichkeit bleiben, als diesem Land den Krieg auf wirtschaftlicher und militärischer Ebene zu erklären.«

Danny stand auf, schloss seinen Aktenkoffer und übergab Tom das Blatt Papier.

»Hier stehen alle wichtigen Termine, die Sie innerhalb der nächsten drei Monate haben. Sämtliche Hotels, Flüge und Treffen mit Politikern sind bereits gebucht. Sie sollten sich ein Postfach anmieten, da Sie innerhalb der nächsten Tage etwas mehr Post bekommen werden. Die Agenda schicke ich Ihnen per Mail zu.«

Tom nahm das Blatt. Den Terminen zufolge sollte er bis Ende des Jahres in ganz Amerika unterwegs sein.

»Noch irgendwas unklar?« Danny knöpfte seinen Mantel zu.

»Alles klar. Wann sehen wir uns wieder?«, fragte Tom und las währenddessen die Fülle an Informationen auf dem Papier.

»Ich rufe Sie an. Herzlich willkommen in Seattle und viel Erfolg!« Danny verabschiedete sich und verließ das Hotelzimmer.

Ricky stand auf und sah aus dem Fenster. Er hatte verstanden, dass er seine Zukunft nicht mehr in der eigenen Hand hatte. Die GBA kontrollierte nicht nur das berufliche Leben der drei, sondern auch ihr privates Dasein.

»Wir sind verkauft, stimmt's?« Rickys Stimme klang traurig und ängstlich zugleich.

»Nein. Wir leben unseren Traum«, antwortete Tom, während er immer noch auf den Zettel blickte und das Leuchten in seinen Augen stärker wurde. Jetzt sollte ihn die Welt kennenlernen.

Tom Midler wusste, dass seine Zeit gekommen war und niemand mehr über ihn oder seine Ansichten lachen würde. »Präsident der Vereinigten Staaten von Amerika …«, murmelte er und begann zu grinsen.

Er fasste sich an seinen Unterarm. Erst gestern hatte er sich frisch geritzt und genoss es, den Schorf zu erfühlen.

»Wenn wir versagen, sind wir tot«, nuschelte Willy und rieb sich die Augen.

»Versagen ist keine Option. War es nie, wird es nie sein. Und jetzt freut euch einmal über die Ehre, die uns zuteil wird. Wir werden die Weichen für das große Ganze stellen und uns zudem noch unseren Traum erfüllen. Wir wurden auserwählt, anders kann man dieses Schicksal nicht bezeichnen.«

Tom ertappte sich dabei, wie er fast schon monoton und ohne nachzudenken, die Motivationsrede an seine beiden Kumpane richtete. Es schien zu funktionieren. Langsam mutierte Tom Midler zu dem, was Danny aus ihm machen wollte: eine Marionette der GBA.

Wieder einmal gab die Schulglocke den lang ersehnten Ton von sich. Das gedämpfte Geschrei, das man aus den Schulklassen hören konnte, gab das Zeichen für den freien Nachmittag. Lydia schob Ricco aus dem Klassenzimmer heraus und das Pärchen machte sich auf den Weg zum nahegelegenen Park im Westen der Stadt. In letzter Zeit gingen die beiden dort oft spazieren, um über alles nachzudenken und sich den tagtäglichen Schulfrust von der Seele zu reden. Die versteckte und halb zugewachsene Parkbank war ihre kleine Oase, die sie jedes Mal aufs Neue aufsuchten. Lydia Maslowski setzte sich und richtete ihr Kleid. Ricco schmunzelte und sah gekünstelt in die Luft.

»Was denn?«, fragte die braunhaarige Schönheit keck und verdrehte die Augen.

»Ach, nichts, du bist sehr hübsch, Schatz«, stellte er schließlich fest und streichelte ihr Haar.

»Dankeschön. Du auch, mein kleiner Sturkopf.«
Lydia begann Ricco unter den Achseln zu kitzeln.
Nachdem die beiden ausgiebig herumgealbert hatten, kehrte Ruhe ein und mit ihr das leidige Thema.

»Bist du mit deinen Gedanken weitergekommen?«, fragte sie schließlich und machte ein besorgtes Gesicht.

»Nein, nicht wirklich. Ich halte es eigentlich für keine gute Idee, Sam noch einmal zu besuchen. Schließlich hat er auch keinen Ton davon gesagt, dass wir uns wiedersehen sollen«, entgegnete Ricco und betrachtete den wolkenlosen Himmel.

»Aber es quält dich so sehr.«

»Es hilft nichts. Er hat mich um einen Gefallen gebeten und ich habe ihm versprochen, da zu sein, wenn er mich braucht.«

Diese Tatsache wollte Lydia so nicht hinnehmen. Ricco unglücklich zu sehen, brach ihr das Herz.

»Dann werde ich ihn besuchen«, sagte sie schließlich entschlossen und stand auf. Sie löste die Bremsen der Reifen. Langsam setzten sie sich wieder in Bewegung.

Ricco dachte über Lydias Worte nach. Weder er noch Sam brauchte eine Mittelsfrau, um die Konversation weiterzuführen.

»Was meinst du damit?«, fragte er schließlich und bremste den Rollstuhl ab.

»Das, was ich gesagt habe. Ich werde zu Samuel ins Krankenhaus fahren und mit ihm reden. Er soll nicht so ein Geheimnis um was auch immer machen. Trotz seines Komas und der Tatsache, dass du daran schuld bist. Das gibt ihm noch lange nicht das Recht, dich so auf die Folter zu spannen oder in Rätseln zu sprechen.«

»Misch dich bitte nicht ein, mein Schatz.«

»Das hat nichts mit Einmischen zu tun. Du bist unglücklich, weil er dich mit seltsamen Sätzen im Dunkeln lässt. Worauf ich hinaus will, ist, dass so ein Verhalten schlicht und ergreifend nicht fair ist.«

So forsch hatte Ricco seine Freundin noch nie erlebt. Doch sie war es schließlich, die seine Launen und Sorgen ertragen musste, und es war mehr als verständlich, dass sie nicht zusehen wollte, wie Ricco unter dieser unausgesprochenen Sache litt.

»Nicht, dass er wütend wird, ich habe ihm schon genug angetan«, sinnierte Ricco laut.

Lydia kam hinter dem Rollstuhl hervorgeschossen und positionierte sich direkt vor seiner Nase.

»Ich glaube, ich spinne. Ricco Feller, der Junge, der sein Leben lang im Rollstuhl sitzen wird, macht sich Sorgen um seinen besten Freund, der lediglich im Krankenhaus liegt und in ein paar Monaten wieder quietschfidel durchs Leben läuft. Und das nur, weil Sam momentan wirres Zeug vor sich hin brabbelt.«

Ihre bissigen Worte waren wie Schläge in Riccos Gesicht.

»Das hast ja recht. Aber er ist mein bester Freund.«

»Fühlt er genauso?«, unterbrach sie ihn.

»Wie meinst du das?«

»Bist du auch für ihn der beste Freund? Hast du dir darüber schon einmal Gedanken gemacht?«

»Ja. Das bin ich!«, giftete Ricco und auch er wurde gereizt. Lydia stellte die Freundschaft zwischen ihm und Sam infrage.

»Warum sagt er dir dann nicht, worum es eigentlich geht?«

»Er wird seine Gründe haben, Lydia.«

Für einen kurzen Moment sahen sich die beiden an. Sie wussten, dass sie aneinander vorbeiredeten.

»Du leidest sehr darunter, nicht wahr?«, fragte sie schließlich und Ricco nickte langsam.

»Versprichst du mir, dich nicht einzumischen?« »Ja, mein süßer Sturkopf, das verspreche ich dir.«

Die Entscheidung war für Lydia gefallen. Sie konnte und wollte sich dieses Trauerspiel nicht länger mit ansehen. Sie beließ es dabei und beschloss, Ricco zum ersten Mal nicht die Wahrheit zu sagen. Lydia brauchte für den morgigen Nachmittag nur noch eine plausible Ausrede.

Der nächste Tag kam und Lydia tat es in der Seele weh, den Mann, den sie heiraten wollte, zu belügen. Sie hatte noch nie Verständnis dafür gehabt, wenn jemand log. Doch leider sah Lydia keinen anderen Weg, als ihren Freund mit einer Notlüge abzuwimmeln.

»Und wohin fahrt ihr?«, hatte Ricco gefragt.

»Zu meiner Tante. Sie hat wohl einiges mit uns zu besprechen und es scheint sehr wichtig zu sein. Es geht wohl auch um das Testament, dass sie aufsetzen will.«

Ricco hatte es geschluckt. Sicherlich würde das noch ein Nachspiel haben, doch das verdrängte Lydia für den Moment. Es war nicht wichtig, ob Ricco sauer wegen des Besuchs bei Sam oder gekränkt wegen der Lüge sein würde…jedenfalls momentan nicht. Das Einzige, was zählte, war die Tatsache, dass es ihrem Freund nicht gut ging, und dass sie diesen Zustand so schnell wie möglich ändern wollte. Für den Nachmittag hatte sie freie Bahn. Sie verabschiedete sich und versprach ihm, anzurufen, wenn sie wieder zurück wäre. Mit einem schlechten Gewissen und dem Drang, Ricco die Wahrheit zu sagen, drehte sie sich um und ging.

»Hallo, Sam«, begrüßte sie ihn und lächelte.

Sam spürte, dass ihr Lächeln von Herzen kam.

In den letzten Wochen waren Klassenkameraden und Bekannte gekommen, die ihm nur einen Pflichtbesuch abstatteten. Umso mehr freute es ihn, eine Besucherin zu empfangen, die aus ehrlichem Interesse kam.

»Hallo, Lydia. Freut mich, dich zu sehen.«

»Ich bin aus einem bestimmten Grund da, Sam«, legte sie ohne Umschweife los und setzte sich. Lydia musterte Sam und ihr Lächeln verschwand.

»Aus welchem?«

»Wie geht es dir überhaupt? Wir machen uns alle ziemliche Sorgen um dich.«

»Erspare uns den Smalltalk. Warum bist du hier?« Plötzlich kippte Sams Stimmung. Nicht etwa, weil Lydia aus einem bestimmten Grund bei ihm war, sondern weil er sich getäuscht hatte.

»Es gibt keinen Grund, unhöflich zu werden, Samuel. Ich habe dich lediglich gefragt, wie es dir geht.«

»Ich lebe. Was willst du hier?«

Lydia sah Sam in die Augen und verstand seine Reaktion nicht. Sie hatte den Jungen anders kennengelernt. Als sympathischen, lustigen Schulfreund. Doch die Person, der sie nun in die Augen blickte, war nicht der Sam, der mit ihr in einem Klassenraum gesessen hatte. Der ernste Blick und der forsche Tonfall des Jungen machten sie nachdenklich.

»Ich bin mit deinem besten Freund zusammen, Sam.«

»Mit Ricco? Und deswegen besuchst du mich?« Sam setzte sich ein wenig auf und musterte Lydia.

»Nein. Ricco hat sehr an dem Unfall und der Tatsache, dass du im Krankenhaus liegst, zu knabbern. Er macht sich Vorwürfe und schläft durchgehend schlecht.«

Sam dachte einen kurzen Augenblick über die Worte nach und lächelte.

»Warum grinst du? Findest du es so witzig, dass dein bester Freund beinahe wahnsinnig wird vor Schuldgefühlen?«, keifte Lydia.

»Ricco ist mein bester Freund und ich habe ihm gesagt, dass die Sache vergessen ist. Ich weiß nicht, wo das Problem liegt. Sein Leben hat sich doch gravierend verändert und nicht meines, oder?«, antwortete der Junge kühl.

Lydia traute seinem Blick nicht. Der Junge verbarg etwas vor ihr.

»Was ist mit dir seit dem Koma passiert, Sam?«

»Worauf willst du hinaus?«

Lydia stand auf, stellte sich an das Bettende und verschränkte die Arme.

»Ich habe wirklich nicht den Nerv für irgendwelche Spielchen, Samuel. Deine Situation tut mir sehr leid, aber vielmehr tut mir mein Freund leid. Vielleicht ist das auch ein Jungen-Konversations-Ding, aber versuche bitte, erwachsen mit mir zu sprechen.«

Samuel schüttelte langsam den Kopf.

Lydia setzte sich wieder. Sie versuchte den Jungen mit ihren Blicken zu brechen, doch es gelang ihr nicht. Sam hielt den Augen stand und verzog nicht einen Muskel seines Gesichts. Wie versteinert sah er Lydia an.

»Du hast dich sehr verändert. Bist ziemlich verschlossen geworden und ...«

Doch Sam unterbrach sie. »Du kennst mich nicht. Wie kannst du über ein Buch urteilen, dessen Cover du nur gesehen hast?«

»Um welchen Gefallen geht es?«, fragte sie.

»Jetzt haben wir also den wahren Grund deines Besuches. Du kannst Ricco ausrichten, dass ich es ihm mitteilen werde, sobald es dafür an der Zeit ist.«

»Ricco weiß nichts von meinem Besuch. Glaube es oder nicht, aber er ist vollkommen ahnungslos. Das ist die Wahrheit«, antwortete das Mädchen, stand auf und blickte aus dem Fenster.

. Die Minuten verstrichen. Sam knetete mit seiner linken Hand etwas schmerzverzerrt die rechte und war in Gedanken vertieft.

»SAM! Herrgott, das ist kein Spiel! Dein Freund leidet darunter!«, schrie Lydia Maslowski mit einem Mal, sodass Samuel vor Schreck zusammenzuckte.

»Du hast keine Ahnung, Lydia. Ich bin mir durchaus darüber im Klaren, dass das alles andere ist als ein Spiel. Hier steckt viel mehr dahinter, als du es dir ansatzweise vorstellen kannst.« Die Tonlage von Sam hatte sich verändert, die Situation hatte sich verändert. Jeglicher ironische Unterton war aus seiner Stimme verschwunden.

»Wenn es so wichtig ist, Sam, warum klärst du deinen besten Freund nicht auf? Warum lässt du ihn im Dunkeln? Warum hilfst du ihm nicht?« Die Hilflosigkeit stand der jungen Frau ins Gesicht geschrieben und Sam bemerkte, wie ihre Augen glasig wurden.

»Weil ich es nicht kann, nicht weiß und momentan selber aus einem Bauchgefühl agiere. Lassen wir das. Sag Ricco bitte, dass er sich keinerlei Sorgen machen muss. Sag ihm, ich brauche meinen besten Freund mehr als alles andere in meinem Leben.«

Lydia verstand gar nichts mehr und rieb sich das Gesicht.

»Kannst du es nicht wenigstens versuchen?«, flehte sie und fühlte, wie das Eis zwischen ihnen zerbrach.

»Es geht leider nicht. Es ist ein Gefühl, dass ich ihn brauchen werde, ich kann es dir nicht erklären. Bitte denke nicht, dass ich nicht mehr Herr meiner Sinne bin, aber ich kann es einfach nicht.« Und mit diesen Worten war das Gespräch beendet.

Es musste gegen 16:30 Uhr gewesen sein, als Sam an jenem 13. Oktober todmüde in seinem Bett lag. Im St. Vincent-Hospital herrschte eine seltsame Ruhe. Die Notaufnahme war leer und auch die Schwestern und Pfleger hatten auf den Stationen weniger zu tun als sonst. Es schien, als hätte ganz New Jersey beschlossen, die St. Vincent Klinik an jenem Tag zu meiden, um den Schlaf von Samuel nicht zu stören.

Es dauerte nicht allzu lange, bis Sam sich wieder in der Tiefschlafphase befand. Sein linkes Auge zuckte, als wolle es aufschlagen und sich umsehen.

Er ging langsam die Medlesterstreet entlang und sah sich um. Er hatte seinen Rucksack nicht auf, was ihn irritierte. Er blickte in den Himmel und stellte fest, dass es schon gegen Abend sein musste. Das dunkle Rot unterstrich das Firmament und es war merklich kälter als bei seinen Besuchen zuvor in dieser eigenartigen Welt. Sam wollte auf die Uhr sehen, doch auch sie befand sich nicht an der gewohnten Stelle. Seine Kette sowie seinen Ring trug er ebenfalls nicht bei sich. Der Junge blieb stehen und drehte sich um die eigene Achse.

»Was zur Hölle ist jetzt schon wieder?«, fragte er sich und sein Misstrauen wuchs von Sekunde zu Sekunde an.

Er träumte und wie immer war sich Sam dessen bewusst und dennoch stimmte etwas nicht. Er vernahm einen leisen Pfeifton. Kein Auto, kein Vogel und kein Mensch waren zu hören oder zu sehen. Sam setzte sich in Bewegung und ging die altbekannte Straße entlang. Er blickte zu den umstehenden Häusern und mit einem Mal blieb sein Herz stehen. Er schnappte nach Luft.

»Oh, nein, bitte nicht...«, stammelte er und sah zu den gegenüberliegenden Häusern. Aber auch dort erkannte er das Gleiche: Jedes Haus sah aus wie das seiner Eltern und jedes trug die gleiche blaue Nummer am Briefkasten. Nummer acht.

»Okay. Wir spielen wieder? Dann spielen wir«, ermutige er sich und öffnete eine Gartentür zu seiner Rechten. Er öffnete die Haustür und trat ein.

»Ich bin wieder hier, Mum«, trällerte er ironisch und wartete auf eine Resonanz.

Nichts geschah. Der zuvor so leise Pfeifton wurde lauter und Sam stellte fest, dass das Geräusch in den Ohren zunehmend unangenehmer wurde. Er betrat die Küche und sah, dass die Kaffeemaschine angeschaltet war. Es roch nach frisch geröstetem Bohnenkaffee und zwei Scheiben Toast lagen einsam auf einem Teller.

»Frühstück? Jetzt?«, sagte er ungläubig zu sich und sah auf die Küchenuhr.

19:45 Uhr.

»Was soll das?«, fragte er.

Eine Zeitung lag auf dem Küchentisch und es machte nicht den Eindruck, als hätte sie schon irgendjemand angefasst. Sam setzte sich auf den Stuhl und las die Schlagzeile.

450.000 Tote bei Blitzangriff der Alliierten ** Präsident Midler gibt Freigabe für nuklearen Gegenschlag **

»Wer ist Midler?« Sam verstand kein Wort.

»Was ist das für eine Scheiße hier?«, fluchte er laut und verließ die Küche.

Sam beschlich das seltsame Gefühl, die Welt stünde vor ihrem Ende. Wieder vernahm er den unangenehmen Pfeifton. Aus dem Wohnzimmer hörte er plötzlich leise Stimmen. Sam erstarrte vor Angst. Dem Jungen fielen wieder jene Bilder ein, die er in seinen vorherigen Träumen gesehen hatte. Bilder von Toten, von Ruinen und von Gewalt. Sein Geist schrie und wehrte sich, den Raum zu betreten, doch sein Körper gehorchte ihm nicht. Sam setzte sich in Bewegung und betrat das Wohnzimmer seiner Eltern. Sein Pulsschlag erhöhte sich und er fühlte das Pochen im Hals, seine Handinnenflächen wurden feucht.

»... teilte der Außenminister in den Nachmittagsstunden mit. Präsident Midler ließ bei einer Sondersitzung im Weißen Haus verlautbaren, dass die militärischen Provokationen auf San Francisco und Boston nicht mehr geduldet werden könnten. Die Schlichtungsgespräche mit Steven Maklow wurden abgebrochen und Präsident Midler kündigte einen Gegenschlag an, der, so wortwörtlich: ›die nicht endenden Provokationen gegen die amerikanische Ordnung und gegen das System ein für alle Mal verstummen lässt.‹ Es sei das Ergebnis, das sich die Regierungen dieser Welt selbst zuzuschreiben hätten.«

Sam schluckte. Er blickte zwar nicht auf den Fernseher, doch die Worte des Nachrichtensprechers genügten ihm. Ihm wurde schlecht.

»Hallo, Sam«, sprach die altbekannte Stimme hinter ihm und der Junge erschrak wie jedes Mal.

»Was geht hier vor? Was geschieht hier? Ich habe doch nichts getan. Warum muss ich all das mit ansehen? In welcher Zeit, in welcher Welt bin ich?« Die Fragen prasselten nur so auf die alte Frau ein und er redete in einer unglaublichen Geschwindigkeit.

»Beruhige dich. Komm mit, Sam«, flüsterte Heather Milkner und verließ das Wohnzimmer.

Die beiden gingen die Stufen hinauf und blieben vor der Schlafzimmertür der Stromers stehen.

Heather drehte sich um und blickte Sam lange in die Augen.

»Du weißt, wer ich bin«, stellte sie fest und Sam widersprach ihr nicht.

Obwohl er die Vorgeschichte der Frau nicht kannte, fühlte er sich in ihrer Nähe geborgen. Heather kam ihm vertraut vor. Die vielen Träume, die regelmäßigen Begegnungen und die Hilflosigkeit ließen langsam ein gewisses Maß an Vertrautheit zu.

»Ich habe das Gefühl, als würde ich Sie schon seit Jahren kennen. Ich weiß nicht, woher sie kommen und weshalb sie da sind, aber ich … ich kenne Sie, ja«, antwortete Sam und senkte seinen Blick.

»Ich habe zu meinen Lebzeiten viel Spott und Hohn über mich ergehen lassen müssen. Ich habe mich stets bemüht, den Menschen freundlich und zuvorkommend entgegenzutreten. Doch mein Aussehen und meine Denkweise passten nicht in das Bild der Menschen. Sie akzeptierten mich nicht … und irgendwann konnte ich dem nicht mehr standhalten. Aber das ist eine andere Geschichte, Sam.«

»Warum bin ich hier?«

»Du weißt es.«

»Nein.«

»Oh doch, Sam, du weißt es. Du fühlst es.«

Er dachte nach, versuchte sich an Kleinigkeiten zu erinnern, die ihm halfen, dass Puzzle zusammenzusetzen, doch er konnte dieses gigantische Mosaik einfach nicht zusammenfügen.

»Ich weiß es nicht«, beteuerte er schließlich hartnäckig.

»Du bist nicht in der Gegenwart. Hier oben in der ersten Etage deines Zuhauses bist du noch ein Stück weiter in der Zeit als unten im Wohnzimmer, so absurd dir das auch erscheinen mag. Aber Logik spielt, wie du sicher weißt, in Träumen keine Rolle. Öffne deinen Geist. Ich kann dir nicht sagen, was der eigentliche Grund deines Besuches hier ist, Sam. Du wurdest auserwählt, du musst es selbst herausfinden. Denk an die Zeit, kleiner Sam, sie rinnt uns erbarmungslos durch die Hände«, antwortete Heather.

»Wenn ich die Schlafzimmertür deiner Eltern öffne, Sam, musst du mir etwas versprechen, in Ordnung?«

Sam hatte Angst und wollte nichts sehnlicher, als aufzuwachen.

»Egal, was du jetzt sehen wirst, bitte bleib ruhig und denke immer daran, diese Zeit ist noch nicht gekommen.«

»Hören Sie auf damit. Hören Sie einfach auf damit. Ich kann das alles nicht mehr ertragen. Bitte.«

»Ich bin nicht der Auslöser deiner Träume, Sam. Ich bin lediglich diejenige, die versucht, eine Weiche zu stellen.«

Sam hörte ein leises Stöhnen hinter der Tür. »Was war das?«

»Erkenne den Sinn deiner Besuche und verstehe, was man dir mitteilen will. Ich habe so gehofft, dass du es vorher begreifst, doch jetzt bleibt mir leider keine andere Wahl, als die Ereignisse weiterlaufen zu lassen …«

»Ah.« Wieder ertönte ein Stöhnen aus dem Raum. Sam wollte die Tür öffnen, doch sie war verschlossen.

»Was ist da los?! Ich will da rein!«, brüllte er hysterisch und hämmerte gegen die Tür.

Heather blickte Sam traurig an und berührte seine Schulter.

»Machen Sie diese verdammte Tür auf!«

Plötzlich öffnete sich die Tür und Sam stürzte in das Schlafzimmer seiner Eltern. Pamela kniete über Mike. Sie weinte und ihr Schluchzen brach Sam das Herz. Er konnte erkennen, dass seine Mutter verletzt war und sich an die Rippen fasste.

»Bitte, lass mich nicht alleine. Bitte.«, wimmerte sie.

Sam stand mitten im Raum und traute seinen Augen nicht.

»Was ist passiert, Mum?!«, schrie er und bemerkte schlagartig, dass er keinen Schritt auf seine Mutter zugehen konnte. Seine Beine waren wie einzementiert. Abwechselnd blickte er verstört auf seine Beine und wieder zu seiner Mutter. Er stand keine zwei Meter von seinen Eltern entfernt und dennoch kam er nicht weiter voran.

»MUM!«

»Bitte verlass mich nicht.«, wiederholte Pamela immer wieder.

»Mum! Was ist passiert?«, brüllte er so laut er konnte, doch seine Mutter reagierte nicht.

»Sie kann dich nicht hören, Sam. Du befindest dich in der Zukunft und bist lediglich Zeuge eines Ereignisses, das erst eintreten wird, wenn alles weiterhin seinen Weg geht«, sagte Heather hinter ihm.

»NEIN!«, schrie Pamela und stand auf. Erst jetzt sah Sam seinen Vater. Michael Stromer lag blutüberströmt auf dem Boden. Es waren sieben Schüsse, die seinen Vater durchbohrt hatten. Mike Stromer war tot. Das Schluchzen seiner Mutter war so hemmungslos und herzzerbrechend, dass Sam anfing zu weinen.

Plötzlich ertönte ein Alarm. Ein Ton, den der Junge noch nie zuvor gehört hatte.

»Wir müssen gehen, Sam«, sagte Heather hinter ihm.

Blitzschnell drehte er sich um und blickte der alten Frau zornig in die Augen.

»Was?«, fauchte er ungläubig. Sein Vater war eben vor seinen Augen gestorben und seine Mutter stand schwer verletzt am Fenster und weinte.

»Ich... ich soll jetzt gehen?«, fragte er und setzte sich den Finger auf die Brust.

»Nein, du musst jetzt gehen, Sam. Hörst du nicht die Sirenen?«

»Na und? Verdammt noch mal! MEIN DAD IST TOT.«

»Du träumst, Sam. Schon vergessen? Es ist an der Zeit, diesen Raum zu verlassen.«

»Vergessen Sie es. Ich bleibe.«

»Zwing mich nicht, Samuel Stromer«, erwiderte Heather und Sam hörte die Stimme der alten Dame mehrfach, tausendfach in seinen Ohren.

»Mein Vater ist tot. Er ist gestorben«, stammelte er und konnte seinen Gefühlen nicht mehr standhalten. Sam ging auf die Knie und weinte sich den Schmerz von der Seele, während er auf den leblosen Körper seines Vaters blickte.

»Sam, wir haben keine Zeit zu diskutieren. Entweder du folgst meinem Rat oder...«

»Oder was?! Wollen Sie mich umbringen? Bitte schön! NUR ZU!«, kreischte Sam hysterisch und begann am ganzen Körper zu zittern.

Der Himmel verdunkelte sich schlagartig und ein greller Blitz blendete Sams Augen. Mit einem Mal war es sehr ruhig. Sam rieb sich die Augen und versuchte, sich neu zu orientieren. Der Blitz hatte ihn so stark geblendet, dass seine Augen nur sehr langsam die Konturen erkannten, die ihn umgaben. Er befand sich wieder vor der geschlossenen Schlafzimmertür. Neben ihm stand Heather und starrte ihn ausdruckslos an.

»Was ... was ...«, stotterte er und versuchte seine Sinne zu schärfen.

Er berührte den Türgriff und ließ mit einem Schrei von ihm ab.

»Das glüht ja!«, stellte er mit schmerzverzerrtem Gesicht fest und rieb sich seine Hand. Heather sah ihn mit traurigen Augen an.

»Hitze, mein kleiner Freund, ist eine logische Schlussfolgerung dessen.«

»Dessen? Wessen? Wovon? Was ist mit meinen Eltern?«

»Deine Eltern sind jetzt am Leben. Hinter dieser Tür allerdings nicht mehr. Dein Vater starb durch die Kugeln eines Soldaten und deine Mutter ist nach einer grausamen Odysee auch gegangen.«

»Soldaten? Ich will da hinein.«

»Wie gesagt, Sam, die Hitze lässt es nicht zu.«

»Was ist hinter dieser verdammten Tür?!«, schrie Sam verzweifelt und schüttelte die alte Frau an den Schultern. Heather Milkner blieb ruhig und sah Samuel sanftmütig an.

»Möchtest du das wirklich wissen?«

»Ja«, zischte Sam mit zusammengebissenen Zähnen.

»Am 24. Juni 2025 wird eine atomar bestückte Rakete gegen 14:45 Uhr in New Jersey einschlagen. Der Alarm, den du gehört hast, war der Luftalarm, allerdings wird das Luftabwehrsystem der US-Regierung versagen. Es ist das Ergebnis eines Hackerangriffs auf das Pentagon. Dies wird die Folge der amerikanischen Provokation auf Russland und China sein. Annähernd vier Millionen Menschen werden sterben … darunter auch Pamela Stromer. Die Bevölkerung wird keinerlei Chance haben. Es gibt keine Möglichkeit der Evakuierung und infolge eines kompletten Blackouts der Rechensysteme des Militärs auch keinen Plan B. Es liegt bei dir, Samuel Stromer…nur bei dir.«

Erst jetzt realisierte Sam, was er schon instinktiv geahnt hatte. Die Zeitung, der Nachrichtensprecher und seine Träume. Alles ergab plötzlich einen Sinn. Samuel spürte, wie eine unfassbare Last immer schwerer und schwerer auf seinen Schultern lastete. Er konnte die alte Wanduhr seiner Urgroßmutter im Flur ticken hören. Immer wieder bewegte sich das alte goldene und leicht angerostete Pendel nach links und wieder nach rechts. Immer und immer wieder.

Heather setzte sich im Schneidersitz auf den Boden und betrachtete ihn. Sie kratzte sich ein wenig Dreck von den blauen Turnschuhen und ließ dem Jungen diesen Moment. Auch sie spürte, dass in Samuels Gehirn schlagartig alles einen Sinn ergab.

»Was denkst du?«, fragte sie leise.

»Ich weiß nicht. Ich weiß es einfach nicht«, antwortete Sam leise, ohne seinen Blick von der alten Uhr zu nehmen.

»Es ist nicht einfach, Sam. Aber du musst entscheiden.«

»Warum?«, fragte er und drehte sich zu Heather Milkner.

»Was meinst du damit?«

»Warum ich? Was habe ich getan, dass ich über so etwas entscheiden muss? Warum kann ich nicht wie jeder andere Junge auch einfach nur vor mich hinleben?«

Sams Augen blickten fragend und traurig in die von Heather. Zu gern hätte sie ihm geantwortet. Doch das war unmöglich.

»Es war schon immer ein Traum der Menschheit, die Zukunft zu sehen, sie zu bereisen und vor allen Dingen sie zu verändern. Die Relativitätstheorie Einsteins ließ die Menschen hoffen. Doch glaube mir,

Samuel, sie werden es niemals schaffen. Der Zerstörungsdrang wird sie schneller übermannen als ihre wachsende Intelligenz. Sieh es als eine Herausforderung und ein Geschenk Gottes.«

»Warum ich?«, wiederholte Sam seinen Satz monoton und wollte sich mit diesen Worten nicht zufriedengeben.

Heather stand auf und ging wortlos die Stufen hinab. Sam folgte ihr. Unten angekommen setzten sich die beiden an den Küchentisch und sahen einander tief in die Augen. Heather Milkner wusste, weshalb Sam hier war. Der Pfeifton war nicht mehr zu hören und der Himmel hatte sich düster verfärbt. Es war kein normales Abendrot, das der Himmel der Erde bot. Die tiefschwarzen Wolken zogen sich ungewöhnlich schnell zusammen.

»Bitte sagen Sie mir, was das alles zu bedeuten hat. Ich kann nicht mehr. Ich werde verrückt.« Sam vergrub sein Gesicht in den Händen.

»Nein, Sam. Du wirst keineswegs verrückt«, antwortete sie und erhob sich.

»Soll ich dir etwas zeigen?«

»Hab ich eine Wahl?«

»Komm mit.«

Draußen stürmte und regnete es. Heather und Sam standen unter dem Vordach der Veranda und betrachteten das Wetter.

»Was ist das?«, fragte er, als er erkannte, dass der Regen in einer dunklen Farbe auf die Erde fiel.

»Das ist Blut, Sam.« »Es regnet Blut?«

Der Anblick war befremdlich. Rote dickflüssige Tropfen prasselten auf die Medlesterstreet und verfärbten den Boden. Der sonst so erfrischende Regengeruch wurde durch den widerlichen Gestank des Blutes ersetzt.

»Das ist das Blut all der Menschen, die in den Kriegen der Menschheit umgekommen sind«, sprach die alte Frau. Sam hatte genug gesehen und wollte zurück ins Haus, doch der Türknauf ließ sich nicht mehr drehen. Er wandte sich wieder zu Heather, ersparte sich aber die Frage.

Immer mehr und mehr Blut prasselte sturzbachartig auf die Medlesterstreet hinab. Die Straße füllte sich mit der dicken, nach Eisen riechenden Flüssigkeit.

»Ich muss mich übergeben, das stinkt ekelhaft«, würgte der Junge und hielt sich die Nase zu.

»Das ist das Ergebnis von Gier, Korruption und Egoismus«, sagte die alte Frau, während Blutspritzer ihr gelbes Kleid verfärbten.

»Ihr Kleid ist voller Blut«, bemerkte er, ohne die Finger von der Nase zu nehmen.

»Es liegt an dir, Sam. Mach mein Kleid wieder gelb, Sam. Es liegt an dir, Sam«, wiederholte sie und betrachtete mit ausdrucksloser Miene das prasselnde Blut.

»Ich kann …«

»Mach mein Kleid wieder gelb, kleiner Sam. Mach die Bäume wieder grün, Sam. Mach, dass die Vögel wieder singen, Sam. Schenk den Kindern dieser Welt ihr Lachen zurück, Sam. Gib…«

»Ich habe verstanden. Ich habe Sie schon verstanden, aber …« Sam bekam stechende Kopfschmerzen.

»Mach Mütter und Väter hoffnungsvoll für die Zukunft, Sam. Mach, dass Katzen Mäuse jagen, Sam. Mach, dass die Menschen …«

»Aufhören, bitte. Hören Sie auf.«

»Mach, dass die Menschheit eine Chance bekommt, Sam. Mach, dass junge Generationen lernen können, Sam. Mach…«

»Aufhören. Bitte. AUFHÖREN!«

»Mach, dass Sam weiß, dass es an ihm liegt. Mach, dass Sam weiß, dass es an ihm liegt…Mach…«

»AAAHHH!«

Sam saß senkrecht in seinem Bett und starrte in die erschrockenen Augen der hübschen Krankenschwester.

»Schmerzen?«, stotterte sie verunsichert.

»Nein, alles klar. Alles gut, alles gut.«, stöhnte Sam und ließ sich wieder nach hinten fallen.

»Wenn irgendetwas ist, ich bin…«

»Alles klar. Danke.«

Die Tür des Krankenzimmers schloss sich und wieder war Sam allein. Mit sich und seiner schönen neuen Welt.

Die Skandale und Gerüchte brodelten in der amerikanischen Politik. Jeden Tag verkündeten die einschlägigen Blätter neue Nachrichten, Enthüllungen und Skandale jener Männer und Frauen, die das Volk regieren wollten. Selbst angesehene Sender und renommierte Zeitungen nahmen kein Blatt vor den Mund, wenn es um Geldwäscherei, Sexskandale und Waffenhandel ging. Tom saß in seinem Wohnzimmer und studierte die neuesten Akten, die Danny ihm überlassen hatte. Nach seiner ausgedehnten PR-Tour stapelten sich die Anfragen und Briefe.

Die Partei Freies Amerika wuchs schneller als geplant. Aufgrund des unerwarteten Wachstums hatte Danny Tom den nächsten Schritt des Planes erklärt.

Die GBA hatte sich im Westen New Yorks ein Bürogebäude angemietet, um ein seriöses Auftreten der FA zu gewährleisten. Sämtliche Zuschüsse, Mieten und Nebenkosten wurden – wie sollte es auch anders sein? – durch die nationalen und internationalen Verbindungen gewaschen. Es gab keinerlei Indizien dafür, dass die FA auch nur das Geringste zu verbergen hatte. Nach außen hin machte es den Anschein, als wäre diese kleine, stetig wachsende Partei eine ehrliche und saubere Vereinigung.

Am 11. November bezogen Tom und seine beiden Gesinnungsgenossen die neuen Räumlichkeiten der FA.

»Das muss es sein«, murmelte Midler und brachte den Wagen zum Stehen. Sie standen vor einem der wohl modernsten Neubauten New Yorks.

»Wow, das ist ja der Wahnsinn.« Ricky starrte mit weit geöffneten Augen das verspiegelte Gebäude an.

»Und in welchem Stockwerk sind wir?«, fragte Willy und legte den Kopf in den Nacken.

»Das werden wir gleich sehen«, antwortete Tom. Das Haus hatte zehn Stockwerke und glänzte nur so vor Sauberkeit. Tom las die Namensschilder, die an der Sprechanlage befestigt waren.

»Ah, da ist es.«, stellte er fest, als er plötzlich durch den Schrei Rickys unterbrochen wurde.

»Is' ja irre!«, schrie er und stand auf dem Grünstreifen, der das Haus umgab.

Ein Schild war auf dem Rasen befestigt worden und jetzt sah auch Tom, weshalb Ricky so aus dem Häuschen war.

Für ein besseres Amerika

FA Partei Freies Amerika

In großen goldenen Lettern prangte der Name seiner Partei und er spürte, wie sich blitzschnell eine Gänsehaut auf seinem Arm bildete.

Momente später standen die drei im Aufzug und warteten, dass dieser im fünften Stock des teuren Gebäudes zum Stillstand kam. Tom kramte die Schlüssel aus der Jackentasche und schloss die Tür auf. Der Geruch von neuen Möbeln und frisch ausgelegtem Teppich stieg ihm in die Nase. Im Vorzimmer hingen abstrakte und dennoch sehr geschmackvolle Gemälde an der Wand. Ein Plätschern machte Tom neugierig. Er betrat den Empfangsraum, nicht sonderlich groß, aber dennoch sehr stilvoll und teuer eingerichtet. Inmitten des Zimmers befand sich ein Brunnen, aus dem Wasser an einem korallenähnlichen Stein hinunterlief. Von hier aus teilte sich das Büro in fünf Zimmer. An jeder Tür hing ein kleines silbernes Schild.

»Ricky! Das muss dein Büro sein. Hier steht: Ricky Solbert – Head of Finance & Marketing.« Tom machte sich auf den Weg zur nächsten Tür und las auch hier laut vor.

»Hier steht: William Oberter – Administration.«

An der letzten Tür allerdings konnten Willy und Ricky nichts mehr von Tom hören. Er stand vor dem kleinen silbernen Schild und betrachtete es ungläubig:

Thomas Midler – Parteivorsitz.

Er öffnete die Tür und erschrak.

»Hallo, Tom«, begrüßte ihn Danny. Er saß in dem Ledersessel und rauchte wie so oft eine Zigarre.

»Hallo, Danny. Das ist ja eine Überraschung.«

»Na, wie gefällt Ihnen Ihr neues Zuhause?«

»Es ist unbeschreiblich.«, antwortete Tom und blickte Danny verwundert an.

»Wieso neues Zuhause?«, fragte er schließlich.

»Weil Sie hier zukünftig öfters sein werden als in Ihrem Apartment, mein Freund.«

Tom erblickte links ein in der Wand eingelassenes und schön beleuchtetes Aquarium und stellte sich insgeheim die Frage, wie viel dieser Spaß wohl gekostet haben mochte. Doch schnell verdrängte er den Gedanken und hielt es für gesünder, keine unnötigen und dummen Fragen mehr zu stellen.

»Setzen Sie sich doch. Gewöhnen Sie sich schon mal an das Gefühl, die Fäden in der Hand zu halten«, sagte Danny und stand auf. Tom setzte sich in den Sessel. Er roch das frische Leder und blickte auf die Marmorplatte seines Schreibtisches.

»Sie sind der Boss, Danny, nicht ich.«

»Das ist so nicht ganz richtig. Ich habe es Ihnen schon einmal erklärt, Tom. Für die Führung der Partei sind Sie zuständig, nicht ich. Mein Job ist es lediglich, Ihnen auf die Beine zu helfen und vielleicht Ihre Gedanken ein bisschen in die richtige Richtung zu lenken. Wenn Sie Ihren Job gut machen und uns nicht enttäuschen, werde ich mich aus Ihren Geschäften heraushalten. Meine Vorgesetzten vertrauen mir, so wie ich Ihnen vertraue. Die Maschinerie läuft einwandfrei, solange jeder seinen Teil für das große Ganze beiträgt. Wie in jedem anderen Geschäft auch, logisch, oder?«

Tom dachte nach und fragte: »Was passiert, wenn ein Zahnrad klemmt? Dann läuft das ganze Getriebe nicht mehr und alles ist in Gefahr.«

Kaum hatte die letzte Silbe seinen Mund verlassen, bereute er auch schon, dass er diese kindliche Frage gestellt hatte. Er arbeitete hart daran, keine dummen Fragen mehr zu stellen, doch ab und an agierte sein Mund immer noch schneller als sein Verstand. Er wusste nur allzu gut, was nun passieren würde. Danny Klein schlenderte bedächtig durch den Raum, als würde er über diese Frage ernsthaft nachdenken. Er blickte aus dem Fenster und Tom sah, dass sein Lächeln verschwunden war.

»Lassen Sie es mich so ausdrücken. Sollte ein Zahnrad nicht funktionieren, wird es ausgewechselt. Diesen Fall hatten wir schon einmal in der Vergangenheit. Damals war das, na ja Getriebe noch nicht so groß und dennoch kam es zu Störungen. Wir haben diesen Fehler korrigiert und gelernt, zukünftig solche Vorkommnisse effektiver zu beseitigen.«

»Und wie?«

Danny drehte seinen Kopf langsam in Toms Richtung und sah ihn eisern an. Sein Mund verzog sich zu einem falschen Grinsen, während seine Augen ausdruckslos blieben.

»Es ist schon eine Weile her. Damals hatten wir noch eine andere Führungsriege und das Gesamtkonzept war noch nicht ausgereift. Der damalige Mitarbeiter stellte sich einige Zeit nach seiner Ernennung quer und kritisierte uns. Wir hatten seinerzeit keine andere Option, als ihn während einer Autofahrt in einem Cabrio zu erschießen.«

»Sie haben damals John …«

»Ich sage nur, dass wir das Problem damals gelöst haben, und wie jedes andere Unternehmen auch haben wir aus Fehlern gelernt, um effizienter agieren zu können. Das ist alles, was ich sage, Tom.«

Tom verstand, was passieren würde, wenn er nicht richtig funktionierte. Er durfte sich keine Fehler, keine Querschläge und keine Eigeninitiative leisten.

»Jetzt öffnen Sie mal die erste Schublade.« Tom gehorchte.

»In dieser Mappe befinden sich sämtliche Aufgaben bis Mitte Dezember. Sie sollten sich daran halten, diese bis zu dem Datum zu erledigen. Wir haben keine Zeit zu verschwenden. Die FA ist momentan im Aufwind und die Gunst der Stunde werden wir nutzen.«

»Wer arbeitet das hier eigentlich immer aus?«

»Sie sind wie immer sehr wissbegierig.«, murmelte Danny und betrachtete Tom kritisch.

»Es tut mir leid. Ich muss daran arbeiten, nicht so viel zu hinterfragen. Ich weiß, das hatten Sie mir schon einmal ans Herz gel…«

»Können Sie sich eigentlich vorstellen, wie viel Wissen und politische Erfahrung es benötigt, so eine Agenda auszuarbeiten?«

»Nein.«

Danny verlor langsam, aber sicher die Contenance aufgrund der niemals endenden Fragen von Tom Midler.

»Denken Sie, Ihre Fragerei macht irgendwas besser? Denken Sie, Sie würden hier stehen, wo Sie stehen, wenn Sie uns nicht hätten?

»Nein, Danny, ich …«

»Ihr Part ist es, zu nicken, wenn man es Ihnen sagt, und zu reden, wenn man es Ihnen sagt.«

»Ja, ja. Ich wollte ja nur…«

Danny stand blitzschnell neben ihm und drückte mit der rechten Hand Toms Gurgel zu.

»Wenn Sie nicht aufhören, dumme Fragen zu stellen, wenn Sie querschießen oder ein Problem mit Ihrer Aufgabe haben, dann sagen Sie es. Ich habe Sie mehrmals gebeten, mit der bescheuerten Fragerei aufzuhören. Aber Sie tun es einfach nicht. Sie können einfach nicht damit aufhören.«

»Ich krieg keine Luft, Danny.« Tom schnappte nach Luft und seine Augen quollen hervor.

Danny seufzte gelangweilt.

»Das ist meine letzte Warnung an Sie. Noch eine dumme Frage und Sie sind Geschichte, verstanden?«

»Alles klar, Danny«, krächzte Tom und kämpfte gegen die drohende Bewusstlosigkeit an.

Danny ließ wieder von ihm ab.

»Manche brauchen eben ein wenig länger. Und ich bin davon überzeugt, dass Sie lernfähig sind. Damit ist das Thema endgültig vom Tisch.«

»Hey, Tom, mein Büro ist echt …« Ricky stockte der Atem und er blieb wie angewurzelt in der Tür stehen. Das Bild, das sich ihm bot, sagte mehr als tausend Worte. Tom saß in dem luxuriösen Sessel und starrte voller Angst in das grinsende Gesicht von Danny.

»Stör ich?«, stotterte er schnell und machte sich gerade wieder daran, das Zimmer zu verlassen, als die herrische Stimme Dannys erklang.

»Nein, nein. Bleiben Sie da.«

Wieder drehte sich der nun verstörte Ricky um.

»Sie können gleich bei Ihrem Boss bleiben. Ich wollte lediglich Hallo sagen und viel Glück wünschen. Ich melde mich.« Danny verschwand und was blieb, waren der Zigarrengeruch, Schluckbeschwerden bei Tom und große Verwirrung bei Ricky.

»Hattet ihr Streit?«

Tom stand auf, lief wie ein Berserker um seinen Schreibtisch herum und knallte Ricky mit der flachen Hand auf die Wange.

»Misch dich nicht in meine Angelegenheiten!«, brüllte er. Ricky stand da und hielt sich die rote, pulsierende Wange.

»Es tut mir leid, okay?«, murmelte Tom und fuhr sich mit den Händen durch das blonde Haar.

»Ist schon gut, Tom.« Und mit diesen Worten verließ Ricky das Büro.

Er schloss die Tür und Tom Midler war wieder allein. Mit sich und seinen Problemen.

»Ich drehe durch. Ich halte das nicht mehr aus.« Er hielt sich den Mund zu, doch seine Gedanken verstummten einfach nicht.

Er wollte Amerika reinigen, die nötige Säuberung vollziehen und sein Volk befreien. An dieser Tatsache hatte sich nichts geändert, doch die Umstände waren es, die seine Nerven blank legten. Er musste sich damit abfinden, dass er einen Vorgesetzten hatte. Einer Organisation, der alle Fäden in der Hand hielt und bestimmte, was als Nächstes zu tun war. Doch der

Gedanke an die Arbeitslosen, die Migranten, gleichgeschlechtliche Liebe und sonstigen Probleme, die er doch so abgrundtief hasste, ließ den kranken Tom Midler weitermachen. Er gab ihm neue Kraft, seinen Weg zu gehen, um das Ziel zu erreichen, von dem er solange geträumt hatte.

»Ricky, Willy! Kommt in mein Büro!«, schrie er in einem strengen Ton und rieb sich die Augen, um die Spuren von Danny zu verwischen. Keine zwei Minuten später standen die beiden zum Rapport in seinem Büro.

»In den Unterlagen von Danny steht, dass wir nächste Woche ein Team von zwanzig Personen bekommen, das uns bei administrativen Arbeiten unterstützt.«

»Wer sind die Leute?«, fragte Willy und bemerkte, wie eigenartig still sich Ricky verhielt.

»Das weiß ich nicht. Studierte Politologen, die unsere Arbeit professioneller machen, als wir es je könnten. Wir drei werden zu Marionetten. Damit müssen wir uns abfinden. Unsere Ideologie lebt, doch solange wir nicht da sind, wo Danny uns haben will, haben wir keine Entscheidungsfreiheit«, erklärte Tom und sah immer wieder in die Unterlagen.

»Marionetten.«, murmelte Ricky und betrachtete den Parteivorsitzenden zynisch.

Tom stand auf und sah Ricky sehr ernst an.

»Wenn dir etwas nicht passt, mein Freund, wende dich bitte an Danny. Ich kann gerne einen Termin für dich ausmachen. Möchtest du das?«

»Nein, Tom.« Ricky reagierte bissig und wendete seinen Blick ab.

»Gut. Wir haben nächste Woche Termine beim Bauamt sowie bei etlichen sozialen Einrichtungen. Unsere Öffentlichkeitsarbeit wird wie jeher von Profis geleitet, mit dem einzigen Unterschied, dass Teile dieses Teams ab sofort zu unserer Partei gehören werden.«

»Aber in Seattle...«, begann Willy und wurde just von Tom unterbrochen.

»In Seattle haben wir ein Blatt vorgetragen, das dieses Team ausgearbeitet hat. Wir haben eine Laudatio auf uns selbst gehalten, eine Predigt – mehr war es nicht. Wenn wir allerdings zukünftig mit Fragen konfrontiert werden, sieht das alles etwas anders aus, oder?«

Willy und Ricky nickten zustimmend und Tom setzte sich.

»Es ist das eine, eine perfekt ausgearbeitete Rede runterzubrabbeln, aber etwas anderes, auf politische Fragen richtig zu antworten und den Anhängern das Gefühl zu vermitteln, es hier mit einer Partei zu tun zu haben, die nicht nur professionell wirkt, sondern es auch ist. Wir werden es uns, und ich insbesondere, ab dem heutigen Tage sparen, Danny weitere dumme

Fragen zu stellen. Ich werde einfach mein dummes Maul halten und ihr solltet euch auch zweimal überlegen, welche Fragen ihr mir stellt, beziehungsweise, euch selbst einmal fragen, welche Antworten ich wohl für euch hätte und welche nicht.«

Die Tage verstrichen und Tom musste eine völlig neue Erfahrung machen. Schlagartig waren es nicht nur Ricky und Willy, die ihm unterstellt waren, sondern ein Spezialistenteam von zwanzig Personen, die aus aller Welt eingeflogen worden waren. Politologen, die auf verschiedensten Ebenen gearbeitet hatten und in ihrer beruflichen Laufbahn Machthaber aus aller Herren Länder unterstützt hatten. Obwohl er keinerlei disziplinarische Befugnis hatte, ließ sein neues Team Tom spüren, dass er es war, der eines Tages dieses Land regieren würde. Daran gab es keinen Zweifel. Und Danny hatte mit seiner Prophezeiung recht gehabt. Tom war mehr in seinem Büro als in seinem kleinen Apartment. Teilweise arbeitete er bis in die frühen Morgenstunden und legte sich anschließend auf die Couch des Besprechungsraumes und schlief ein paar Stunden, um anschließend wieder aufzustehen und seiner Arbeit, seinem Traum nachzugehen. Tom hatte keinerlei Übersicht und Kontrolle mehr über die Geister, die er einst gerufen hatte. Unentwegt wurden Termine vereinbart, E-Mails beantwortet, Unterschriften gefordert und Fotos für die Marketingabteilung geschossen. Er schämte sich nicht mehr dafür, die Personen aus seinem Team, deren Namen er immer noch nicht kannte, ab und an zu fragen, was er da unterschreiben sollte, da er vieles von dem, was auf den Papieren stand, nicht wirklich verstand. Seine geduldigen Mitarbeiter nahmen sich die Zeit und erklärten Tom so gut es ging, worum es in den jeweiligen Verträgen und Dokumenten ging.

»Mr. Midler, Sie haben morgen um 15:00 Uhr einen Termin mit Mr. Walker vom Police Department. Stanley und Singer werden mitkommen«, sagte die farbige Frau zu ihm und Tom nickte.

Er fragte nicht, was er da sollte, schließlich hatte er Stanley und Singer an seiner Seite. Wie immer war irgendwer an seiner Seite, der darauf aufpasste, dass er nichts Falsches sagte oder tat. Im Endeffekt war es ihm auch egal. Die FA wuchs schnell und Tom verlor die Übersicht, aber niemals sein Ziel. Die Treffen liefen immer nach demselben Schema ab. Sie kamen in irgendein Büro, irgendwelche Hände wurden geschüttelt, irgendein Gesicht lächelte ein anderes an und man freute sich wahnsinnig über die Zusammenkunft. Es wurden oberflächliche Witze gerissen, bei denen höflich gelacht wurde, Dinner gegeben, bei denen das Essen mal wieder vorzüglich und einzigartig war, und letztendlich verabschiedete man sich und bedankte sich für einen wunderschönen und so wertvollen Besuch, dessen Früchte man schon bald ernten könne.

Tom Midler wurde dieser Welt zeitweise müde und schaltete oft genug bei den Meetings und Dinners ab, da er das Geschwätz, das nur auf einem Konstrukt von Lügen beruhte, nicht mehr ertrug. Vielleicht musste er aber auch nur in diese Welt hineinwachsen und lernen. Die Wochen und Monate verstrichen und ein Termin jagte den nächsten. Immer und immer wieder wurden Tom Midler und seinen Gefolgsleuten neue Mappen, neue Agendas, neue Termine und neue Probleme vorgelegt, die es zu bewältigen und abzuarbeiten galt. Doch der Glaube an die Sache, der Wunsch, die Fehler seines Vorbildes zu vermeiden, aus ihnen gelernt zu haben, und sein Volk zu befreien, ließen Tom Midler weitermachen … weiter und weiter.

»Du machst wirklich gute Fortschritte, Samuel«, sagte Professor Möbius zufrieden und sah sich noch mal den Bericht an.

Konzentriert ging der Arzt von der linken in die rechte Ecke des Krankenzimmers und nickte vor sich hin, ohne seine Augen von der Diagnose zu wenden. Sam überlegte, ob er sich von einer Schwester Popcorn bringen lassen sollte und betrachtete die One-Man-Show von Dr. Möbius belustigt und wartete darauf, dass der Doc endlich etwas von sich ließ, mit dem er etwas anfangen konnte.

»Wenn du so weitermachst, kannst du vielleicht schon Mitte Januar das Krankenhaus verlassen. Dein Körper regeneriert sich erstaunlich gut und ich hatte eigentlich daran gedacht, nächste Woche das Muskeltraining zu erhöhen.«

Er machte eine Pause und wartete darauf, dass Samuel sich dazu äußerte, doch dieser sagte nichts.

»Wie dem auch sei, nächsten Montag werden wir beginnen, in der Rehabilitationsstation deine Muskeln etwas mehr zu strapazieren«, beendete er seine Ausführungen und verließ das Zimmer.

Sam saß in seinem Bett und dachte darüber nach. Eigentlich hatte er noch keinen Gedanken daran verloren, wann er wieder nach Hause zurückkehren könne. Nicht dass er das Krankenhaus lieben gelernt hatte, doch seine Träume beschäftigten ihn so sehr, dass sein Kopf voller kleiner Puzzleteile war.

Es gab kein anderes Thema mehr für ihn. Nichts, das wichtiger sein konnte als diese Frau, die Medlesterstreet Nummer acht und ein Mann namens Tom Midler, der in naher Zukunft den dritten Weltkrieg auslösen sollte. Zwar besuchten Pamela und Mike ihren Sohn sehr oft, doch er traute sich nicht, von den Träumen zu erzählen. Er konnte eins und eins zusammenzählen und schlussfolgern, was dann passieren würde. Seine Mum würde verständnisvoll lächeln und bei jedem Wort zustimmend nicken. Sein Dad würde ihn einfach nur ausdruckslos ansehen und ihn reden lassen. Sie würden sich nichts anmerken lassen, doch ehe sich Samuel versah, säße auch schon ein netter Nervenarzt neben ihm, der über rote Elefanten plaudern wollte. Darauf konnte er getrost verzichten. Schließlich wusste Sam die Wahrheit und hatte weiteren Ärger wirklich nicht nötig.

Es waren ein paar Tage vergangen und weder Ricco noch Lydia hatte sich bei ihm gemeldet. Sam wusste, dass die Zeit langsam knapp wurde, und er sah auf seine Uhr.

»12. November 2008. 15:05 Uhr«, murmelte er traurig. Die Zeit, so empfand es Sam, verging zu schnell und wieder erinnerte er sich an den Traum in der Medlesterstreet Nummer acht. Jener Traum, der bisher der schlimmste gewesen war. Noch bildlich sah er das Blut, das wie Regen auf die Erde prasselte. Und auch an die Worte der alten Frau erinnerte er sich.

»Das ist das Blut all der Menschen, die in den Kriegen der Menschheit umgekommen sind«, hatte sie gesagt und obwohl es nur ein Traum war, wusste Sam, dass es die Wahrheit war.

Gegen 17:00 Uhr kamen Pam und Mike vorbei und brachten Sam eine Tafel seiner Lieblingsschokolade und ein neues Buch zum Lesen. Vor dem Unfall hatte er freiwillig kein Buch angerührt, doch nun halfen ihm die Buchstaben, seine Sorgen für ein paar Stunden zu vergessen.

»Wir haben mit Professor Möbius gesprochen… Freust du dich?«, fragte seine Mum und grinste wie ein Honigkuchenpferd.

»Ja«, antwortete Sam, setzte ein künstliches Lächeln auf und hoffte, dass es so authentisch wie möglich wirkte.

»Wenn du zurückkommst, wirst du staunen. Ich habe dir ein paar Überraschungen in dein Zimmer gestellt, die du dir immer so gewünscht hast. Hohoho!«, scherzte sein Dad und imitierte den Weihnachtsmann so gut er nur konnte.

Sam lachte für einen Moment.

Nach eineinhalb Stunden verließen die beiden die Klinik und wieder einmal war Sam froh darüber, dass niemand etwas von seinem Kummer bemerkt hatte. Es war jedes Mal aufs Neue eine Meisterleistung für den Jungen, seine Probleme zu verstecken.

Die Frage war nur, wie lange er es noch durchhalten würde.

Gegen 21:00 Uhr löschte er das Licht. Sam atmete tief durch, sah sich noch einmal im dunklen Zimmer um und schloss schließlich die Augen. Er hatte sich vorbereitet. Obwohl er nicht wusste, ob er in dieser Nacht träumen würde, hatte er eine Vorahnung. Ein Gefühl, das ihm sagte, dass dies noch nicht alles gewesen sei. Die unbekannte Frau war immer noch präsent, er fühlte sie. Das leise Ticken seiner Uhr war zu hören und draußen fuhr wieder einmal ein Notarztwagen mit Sirenen vor. Für jedes einzelne Geräusch war Sam dankbar. Es bewahrte ihn vor dem Feind, dem Schlaf. Ein Hund bellte und ein Lkw fuhr vorbei. Wie die letzten Male auch versuchte Sam sich auf jedes einzelne Geräusch zu konzentrieren. Doch, wie die Nächte zuvor, verließ ihn nach einiger Zeit seine Wachsamkeit. Samuel Stromer verließ die Realität und tauchte ein ins Land der Träume. Er fand sich in der Medlesterstreet wieder. Wie konnte es auch anders sein?

»Welcome back, du Scheißalbtraum«, murmelte er und sah sich um.

Verwundert erkannte er, dass er direkt vor der Hausnummer acht stand. Das war bisher noch nie der Fall gewesen, ihm war zu keiner Zeit ein kleiner Fußmarsch nach Hause erspart geblieben.

»Einen wunderschönen guten Tag, der Auserkorene ist wieder da«, rief er in den Hausflur und wartete auf eine Antwort.

»Komm hierher«, sagte die bekannte Stimme und Sam folgte ihr. Im Wohnzimmer saß Heather auf der Couch und las eine Zeitung.

»Hallo, Sam. Hast du nachgedacht?«, begrüßte sie ihn und sah ihn friedfertig an.

»Ja, das habe ich. Was muss ich tun?«, sagte er. Dabei log er nicht einmal. Sam hatte tatsächlich darüber nachgedacht. Es gab keinen anderen Weg, als dieses unendliche Rätsel und die Odyssee zu beenden.

»Hier.« Sie gab ihm die Zeitung und Sam blickte auf die Schlagzeile. Jugendlicher (19) ermordet politische Hoffnung Amerikas.

Der jugendliche Ricco F. aus New Jersey hat am vergangenen Montag bei einer politischen Kundgebung den Vorsitzenden der Partei Freies Amerika aus nächster Nähe erschossen. Laut Polizeiberichten war der siebenunddreißigjährige Tom Midler auf der Stelle tot. Bis Redaktionsschluss äußerte sich der Neunzehnjährige, so die Polizei von New Jersey, nicht zu seiner Tat. Das Motiv ist derzeit unbekannt. Mehr dazu auf Seite 7.

»Das ist nicht wahr«, murmelte Sam und suchte auf der Zeitung verzweifelt das Datum.

»Du wirst es nicht finden«, antwortete Heather, obwohl Sam kein Wort dazu gesagt hatte. »Das ist eine Option der Zukunft, Sam. Dass dein Vater erschossen wird, ist eine andere. Es gibt viele Optionen, sein Leben zu gestalten. Sollte diese Zeitung erscheinen, werden all die Bilder, die Schreie und der Krieg, den du gesehen hast, ein Teil deiner Erinnerung bleiben und nie ein Teil der Zukunft werden. Sollte allerdings die Zeitung ein Teil deiner Träume bleiben, so hast du bereits gesehen, welche Schlagzeilen die Blätter dieser Welt schmücken werden«, beendete Heather ihren Satz und lehnte sich zurück.

»Ricco soll diesen Mann, den ich gar nicht kenne, töten?«, fragte er und schüttelte langsam den Kopf.

»Erinnerst du dich an den Gefallen, um den du deinen besten Freund gebeten hattest?«, fragte sie und sah Sam ernst an.

»Natürlich! Aber es handelte sich um einen Gefallen, nicht um einen Mordauftrag!«, brüllte Sam und starrte die alte Frau zornig an.

»Nenn es, wie du willst. Du weißt, dass dies die Antwort auf deine Frage ist.«

»Mord ist Gewalt! Widerspricht das nicht dem Bluttraum, den Kriegen? Allem, was Sie mir bisher gezeigt haben? Es gibt sicher einen anderen Weg!«

»Das ist richtig. Sagt dir das Großvaterparadoxon etwas?« Sam schüttelte den Kopf.

»Das Großvaterparadoxon behandelt die Frage, was passiert, wenn ein Zeitreisender seinen eigenen Großvater töten würde. Was meinst du?«

Sam dachte eine Sekunde darüber nach und kam schnell zu einer Antwort. »Man würde seine eigene Existenz verhindern, richtig?«

»Exakt. Da wir hier kein Großvaterparadoxon haben, aber eine ähnliche Situation, würde das bedeuten, dass du das Sterben von Millionen Menschen und die atomaren Verseuchungen ganzer Landstriche verhindern würdest.«

Sam öffnete seine Augen und starrten wie so oft in die der fürsorglichen Krankenschwester.

»Hast du wieder schlecht geträumt?«, fragte sie vorsichtig und wischte ihm den Schweiß von der Stirn. Sam hörte das Ticken der Uhr und die Sirenen eines Rettungswagens.

»Ja. Es geht schon.«

Der Gesichtsausdruck der alten Frau war dieses Mal anders gewesen, auch wenn er nicht wirklich einordnen konnte, was genau sich verändert hatte. Es war unmöglich, er konnte seinen besten Freund nicht zu einem Mord anstiften, nur weil eine alte Lady es ihm empfahl. Doch insgeheim wusste Sam, dass es nicht nur ein Traum gewesen war, sondern eine Vision. So sehr sich Samuel auch das Hirn zermarterte und um eine Alternative rang, es schien keine zu geben.

»Ich kann nicht, Mord kann nicht die Lösung sein.« Sein Gehirn arbeitete auf Hochtouren und seine Gedanken suchten einen Ausweg aus der Misere. Sam ließ sich wieder erschöpft in sein Bett fallen und starrte den Rest der Nacht gedankenverloren an die Decke seines Krankenzimmers. Was war, wenn dieser Tom Midler ein Schuhverkäufer mit zwei kleinen Töchtern, einer Ehefrau und einem kleinen Hund war? Was wäre, wenn er den Tod eines normalen, glücklichen Menschen befehlen würde, nur weil er auf eine durchgeknallte Lady hörte, die ihm in einem dreckigen Kleid Nacht für Nacht einen Streich spielte? Vielleicht hatte er einen Gehirntumor? Vielleicht hatte sein Gehirn während des Komas nicht genügend Sauerstoff bekommen?

Vielleicht war all das, was sie ihm sagte, nichts anderes als die Wahrheit?

Sam musste an ein Lied der Gruppe Kiss denken und den Videoclip, der in einem gruseligen Jahrmarkt gedreht worden war. Leise sang er die Zeilen vor sich her und dachte weiter angestrengt nach: »Welcome to the psyyycho ciiircuuuus. I'v been waiting here to be yoooour guuuiiide … So cooome … Reveal the secrets that you keep in insiiiide … No one leaves until the night is dooone, the amplifiers starts to hum, the carnival has just beguuuun…«

Auch dieser unendlich lange Schultag war vergangen und Ricco genoss den Anblick der langsam winterlich werdenden Bäume. Lydia schob ihren Freund durch den Wald. Aber an diesem Dienstag schien alles ein wenig anders. Schon seit der ersten Stunde, in der sie einen Test geschrieben hatten, hielt sich Ricco bedeckt. Er war außerordentlich schweigsam und hatte den Kontakt zu seinen Schulkameraden gemieden. Selbst in den Pausen gab er Lydia nicht preis, was ihm auf dem Herzen lag. Etwas, das Lydia Maslowski nur sehr schwer akzeptieren konnte. Die beiden waren schon ein gutes Stück in den Wald vorgedrungen, als Lydia ihr Schweigen brach und den Rollstuhl zum Stehen brachte.

»Was ist los?«, fragte sie und wollte die Hand ihres Freundes berühren, als Ricco seine Hand zurückzog.

Lydia sah ihm in die Augen. Ricco hatte auf Zuneigung noch nie so abweisend reagiert, was ihr Sorgen bereitete.

»Liebst du mich noch?«, fragte sie ängstlich.

»Natürlich«, antwortete Ricco knapp, ohne ihr in die Augen zu sehen. »Ach, wirklich? Warum darf ich dich nicht anfassen?«

Ricco wusste, was nun folgen würde. Dazu kannte er Lydia zu gut. Ein Kreuzverhör der Extraklasse würde nun auf ihn hereinprasseln, wenn er nicht einlenken würde. Reumütig streckte er seine Hand aus.

»So nicht, Ricco Feller. Du denkst, damit hat es sich? Wofür bin ich denn da, wenn du mir nicht einmal erzählen willst, was dich belastet?«, fragte sie und ließ seine ausgestreckte Hand links liegen.

Er atmete tief durch. Irgendwo hatte Lydia recht, doch Ricco wollte ihr nichts erzählen.

»Es ist nichts Wichtiges…«, begann er.

»Und das Unwichtige?«

Es war exakt so, wie er es prophezeit hatte. Die Zeit der unendlich vielen Fragen war gekommen und sie würden solange auf ihn einprasseln, bis er dem nicht mehr standhalten konnte. Was diese Aufdringlichkeit seiner Freundin anging, so verspürte Ricco eine starke Hilflosigkeit, die ihn wütend machte. Lydia spielte hier in einer anderen Liga als er.

»Was willst du von mir?«, zischte er leise.

Lydia verzog ungläubig das Gesicht und zeigte sprachlos mit dem Finger auf ihre Brust.

»Hör mal, du sagst den ganzen Tag kaum etwas. Weder zu mir noch zu den anderen. Selbst Mr. Newton ist aufgefallen, dass mit dir etwas nicht stimmt, und jetzt fragst du mich, was ich von dir will? Ich fasse es nicht.« Lydia setzte sich auf die nahegelegene Parkbank und beobachtete ihn kritisch.

»Verdammt, verdammt.« Ricco zog einen Brief aus der Jackentasche.

»Was ist das?«

Lydia erhob sich und ging auf ihn zu.

»Den habe ich mit der Post bekommen«, sagte er.

Lydia sah, dass kein Absender vermerkt worden war. Hastig zog sie den Brief aus dem weißen Umschlag und las.

Hallo Ricco,

ich hoffe, Du kannst Dich noch an mich erinnern (Ich bin der Junge, der immer stärker war als Du ... Lach ...)? Das letzte Mal, als wir uns gesehen haben, sprach ich von einem Gefallen, den Du mir noch schuldig bist. Erinnerst Du dich? Die Zeit ist gekommen, den Gefallen einzulösen. Die Dinge sind geschehen, wie sie wohl geschehen sollten, und nein, ich bin nicht sauer auf Dich. Was passiert ist, ist nun einmal passiert, und Dich hat es weiß Gott schlimmer erwischt als mich. Möbius meinte, dass ich vielleicht schon zum Frühjahr aus der Klinik entlassen werde. Aber das ist jetzt nicht so wichtig.

Du bist mein bester Freund, Ricco, und ich hoffe, dass ich wie damals immer auf Dich zählen kann. Seit ich denken kann, bist Du ein Teil meines Lebens, und wir haben eine Menge Scheiß, aber auch tolle Zeiten zusammen verlebt.

Du bist meine einzige Hoffnung und tief in meinem Herzen weiß ich, dass Du mich nicht hängen lässt.

Wir werden auch diese Zeit meistern, so wie wir alles in unserem Leben zusammen irgendwie hinbekommen habe. Das weiß ich.

Ich warte auf Dich, mein Freund.

Samuel

»Von Sam.« Mehr brachte Lydia nicht über die Lippen. Der Brief klang so hilflos und flehend. Nochmals las sie ihn durch und konnte nicht fassen, dass es tatsächlich Samuel gewesen war, der diese Worte auf Papier gebracht hatte. Schließlich faltete sie ihn langsam zusammen und gab ihn Ricco zurück.

»Das ist es, nicht wahr?«, fragte sie leise und hob mit ihrem Zeigefinger das Kinn ihres Freundes an.

Langsam nickte Ricco, als würde er sich dafür schämen, doch auch er dechiffrierte diese Sätze seines Freundes als einen verzweifelten Hilferuf.

»Wann fährst du zu ihm?«, fragte sie und lächelte.

»Morgen. Mein Dad bringt mich gegen vier hin.«

»Du hast Angst.«

»Ja.«

»Wovor?«

Ricco dachte über die Frage seiner Freundin nach. Doch eine plausible Antwort konnte er Lydia nicht geben. Er hatte keine Ahnung, wovor.

»Vielleicht ist es die Ungewissheit«, antwortete er schließlich und senkte wieder den Blick.

»Soll ich mitkommen?«, fragte sie leise und hoffte insgeheim auf ein Ja. Doch sie ahnte, dass Ricco das niemals zulassen würde.

»Nein. Vielen Dank für dein Angebot, Lydia, aber das ist eine Sache zwischen mir und Sam. Er hat recht, mich hat es wesentlich schlimmer erwischt als ihn, und dennoch bin ich schuld daran, dass er im Krankenhaus liegt. Ich bin ihm etwas schuldig und ich habe ihm den Gefallen versprochen.«

Lydia ging ein paar Meter und betrachtete die Bäume, die langsam ihre Farbenpracht von sich warfen, um sich auf den Schnee und die Kälte vorzubereiten. Schließlich drehte sie sich wieder um und nickte.

»Du hast recht.«

Das Thema war für diesen Tag beendet und die beiden drehten ihre gewohnte Runde. Ricco konnte es schwer in Worte fassen und dennoch stand ab diesem Zeitpunkt etwas zwischen ihnen. Der Brief von Sam erschuf eine unsichtbare Mauer zwischen ihm und Lydia, die nur Ricco einstürzen lassen konnte, wenn er wollte. Doch genau das wollte er nicht. Dieser Schutzwall war wichtig. Für ihn und seinen besten Freund.

Ricco und Lydia hatten sich für den Abend mit Betty und Michael verabredet. Sie wollten ins Kino und anschließend etwas Essen. Doch gegen 18:00 Uhr rief Ricco bei Lydia an und sagte ab.

»Mach dir einen schönen Abend, mein Schatz. Und bitte sorge dich nicht um mich. Ich möchte mich nur etwas ausruhen … Hat mich doch alles ziemlich mitgenommen«, entschuldigte Ricco sich.

Lydia ging ohne ihn aus und er saß auf seinem Bett und starrte ein Bild auf seinem Handy an, das er vor zwei Jahren geschossen hatte.

Es zeigte die beiden Freunde in Jogginghosen vor einem Basketballkorb. Ricco grinste frech in die Kamera, während Sam versuchte, seinem Freund den Ball an den Kopf zu werfen. Er konnte sich noch ganz genau an diesen Abend erinnern. Es musste Juni oder Juli gewesen sein und die beiden hatten den ganzen Samstag Basketball gespielt. Immer wieder hatten sie sich erbarmungslose Duelle geliefert. Anschließend hatten sie bei den Fellers gegessen und waren danach ins Kino gegangen. Gott, waren diese Zeiten schön gewesen.

Ricco betrachtete das Bild sehr lang. Immer wieder schweifte sein Blick hinunter zu seinen Beinen und es kam ihm vor, als wäre er das letzte Mal vor tausend

Jahren gelaufen. Er konnte sich nicht mehr daran erinnern, wie es sich anfühlte, zu stehen. Tränen stiegen in seine Augen und er legte das Handy beiseite. Er löschte das Licht. Obwohl die Sonne den Himmel noch erleuchtete, wollte er sich schlafen legen, um seinem Freund ausgeruht und entspannt entgegenzutreten. Sam hatte recht. Die beiden waren immer füreinander da gewesen. Die Vergangenheit passierte in Ricco Fellers Kopf Revue. All die Witze, Streitigkeiten, die Minuten, Stunden, Tage und Jahre, die die beiden miteinander verlebt hatten, schienen im Schnelldurchlauf an seinem inneren Auge vorbeizuziehen. Schon als kleine Kinder hatten sie sich bei Streichen gegenseitig in Schutz genommen. Es war eine echte Freundschaft, die keine Grenzen kannte. Sie waren Brüder.

Der nächste Morgen kam schnell und Ricco hatte ernsthafte Schwierigkeiten, dem Unterricht zu folgen. Immer wieder schweiften seine Gedanken ab und landeten bei dem Brief. Ricco sah auf die Uhr und bemerkte, dass die Zeit erstaunlicherweise sehr schnell verging. Normalerweise zog sich ein Unterrichtstag hin wie ein halbes Leben. Doch heute arbeitete die Zeit gegen ihn. Das erste Mal wünschte er sich nichts sehnlicher als einen unendlichen Unterrichtstag. Sie hätten Tests, Referate und Extemporale fordern können – alles wäre ihm lieber gewesen als dieses Geräusch, das in wenigen Sekunden ertönen sollte. Die Schulglocke schrillte und freudiges Geschrei war aus den Klassenzimmern zu hören.

»Alles klar, Ricco?«, fragte die weibliche Stimme hinter ihm und riss ihn in die Gegenwart.

»Ja … alles bestens, Lydia. Mach dir keine Sorgen.« An diese Worte konnte er sich noch ganz genau erinnern, als er sich plötzlich im Jeep seines Vaters wiederfand.

Die Zeit verging rasend schnell und bevor Ricco sich versah, war er schon auf dem Weg ins Krankenhaus.

»Was hat dir Sam denn geschrieben?«, fragte Robert, während er sich einen Kaugummi in den Mund schob.

»Nichts Aufregendes. Er kommt bald raus und möchte sich nur über den neuesten Stand der Dinge informieren … Ein bisschen quatschen, nichts Besonderes«, plapperte Ricco desinteressiert vor sich hin und starrte aus dem Fenster des Wagens.

»Was für einen Stand der Dinge denn?«, bohrte Robert Feller nach.

»Na ja…wer mit wem geht. Ob ich wüsste, wann Aerosmith wieder auf Tour kommt, wer wahrscheinlich durchfällt…«

»Im November?«

»Wie?«

»Wer soll denn im November durchfallen? Das Schuljahr hat doch gerade erst begonnen?«, hakte Robert nach und zog die Augenbrauen kritisch zusammen.

»Mein Gott, Dad. Du kennst die Gerüchteküche der Highschool nicht. Da fällt man schon durch, bevor man den ersten Test geschrieben hat.«

»Ach was?« Robert konzentrierte sich wieder auf die Straße. Nach wenigen Minuten hielt der grüne Jeep vor dem St. Vincent-Hospital an. Robert stieg aus und klappte den Rollstuhl auf. Dieses Prozedere dauerte immer eine kleine Ewigkeit.

»Du rufst mich an, wenn ihr fertig seid?«, fragte er abschließend.

»Klar, Dad.« Ricco versuchte, ein halbwegs überzeugendes Lächeln aufzusetzen.

»Alles klar, Cowboy. Wir sehen uns.« Robert stieg wieder in den Jeep und brauste davon.

Ricco saß in der Eingangshalle des Krankenhauses und spürte, wie sein Herzschlag schneller wurde.

»Hallo, junger Mann, wo möchten Sie hin?«, fragte eine Schwester und beugte sich über Ricco.

»Gott, ist die angemalt«, dachte sich Ricco und betrachtete voller Ehrfurcht das eigenartige Kunstwerk in dem Gesicht.

»Ich hoffe, die Lampen in ihrem Bad gehen bald wieder.«

»Nun? Wohin wollen wir denn?«, fragte sie erneut.

»Ich möchte zu Samuel Stromer. Ich heiße Ricco Feller. Er erwartet mich«, antwortete er und beschloss, die freundliche Frau im Unklaren über ihre Kosmetika zu lassen.

»Kleinen Moment. Ich bringe dich hoch.«
»Danke.«

Um 16:14 Uhr befand Ricco sich vor dem Krankenzimmer. Er hatte die Schwester weggeschickt, um sich zu sammeln, bevor er die Tür öffnete.

Er blickte nach oben zu dem Knauf und wusste, dass ein simples Drehen die Tür und somit das Geheimnis von Sam ein für alle Mal öffnen würde.

»Bleib cool. Es ist nichts passiert. Sam freut sich, dich zu sehen, und du freust dich auch. Bleib cool.«, beruhigte er sich leise. Doch Ricco beschlich ein seltsames Gefühl, das ihm immer wieder befahl: »Lauf. Geh weg von diesem Ort. Tu es nicht. Lauf!« Er öffnete die Tür.

Die Vorhänge des Zimmers waren zugezogen und nur ein sanfter Schimmer der untergehenden Nachmittagssonne erhellte den Raum. Ricco schloss die Tür und bewegte sich auf das Bett zu. Er wusste nicht, ob Sam schlief, aber sicherheitshalber vermied er jedes laute Geräusch. Der Rollstuhl kam zum Stillstand. Ricco befand sich nun keinen halben Meter von Sams Bett entfernt.

»Hey, Sam«, flüsterte Ricco.

»Hallo, Ricco. Schön, dass du gekommen bist«, begrüßte Sam seinen Gast, ohne die Augen aufzuschlagen.

»Du bist wach? Warum hast du deine Augen geschlossen?«, fragte Ricco verunsichert.

»Wohl eine neue Angewohnheit von mir. Ich sehe in meiner Fantasie mehr, als wenn ich die Augen aufmache. Wie geht es dir?«

»Es geht schon. Ich habe deinen Brief erhalten und …«

»… und jetzt möchtest du wissen, um welchen Gefallen es sich handelt«, beendete Sam den Satz und nickte. Nun öffnete er seine Augen und blickte direkt in die seines Freundes. Der ernste Blick ließ Ricco das Blut in den Adern gefrieren. Diesen Gesichtsausdruck hatte er vorher noch nicht gesehen. Die schelmische Art, die lachenden Augen waren verschwunden und zum Vorschein kam ein ernster und nachdenklicher Samuel Stromer.

»Du hast dich verändert, Sam.«

»Alle Menschen verändern sich mit der Zeit. Die einen schneller und die anderen langsamer. Was soll's? Du brauchst keine Angst haben, Ricco. Ich bin immer noch Sam.« Er lächelte, doch Ricco erkannte, dass ihm der freundliche Gesichtsausdruck schwerfiel.

»Worum geht es?« Ricco wollte endlich wissen, um was es sich handelte.

»Ich habe seit dem Unfall viel erfahren. Dinge, die ich noch nie jemanden erzählt habe und das aus gutem Grund. Ich werde sie dir anvertrauen und du musst mir versprechen, es niemandem zu erzählen.«

Ricco schluckte. Sein Mund war trocken.

»In Ordnung.«

»Wie lange kannst du hierbleiben?«

»Ich glaube, die Besuchszeiten sind von 15:00 Uhr bis …«

»Nein. Ich meine, wie viel Zeit hast du mitgebracht?«

»So viel du möchtest. Aber die Krankenschwester wird mich wahrscheinlich…«

»Kümmere dich nicht darum«, unterbrach ihn Sam. Er setzte sich noch ein Stück weiter auf und rieb sich die Augen.

»Schlaf ist ein Zustand, den ich gelernt habe zu hassen. Klingt irre, oder?«

»Ehrlich gesagt, ziemlich, Sam.« Ricco war zunehmend verunsichert.

Sam lachte kurz auf und sah sein Gegenüber für einen Augenblick belustigt an.

»Das glaube ich dir. Wahrscheinlich hältst du mich für total durchgeknallt, aber lass mich in Ruhe erzählen und bilde dir dann deine Meinung, in Ordnung?«

»Ja, klar. Leg los.«

»Während andere Menschen im Schlaf Erholung finden, durchlebe ich jede Nacht den schlimmsten Albtraum meines Lebens. Jede Nacht kommt er zu mir. Anfangs dachte ich, mein Gehirn wäre durch den Unfall beschädigt, doch jetzt weiß ich, dass es anders ist.« Sam machte eine kleine Pause, um einen Schluck zu trinken. »Ich muss dir den Traum nicht im Detail beschreiben. Ich mache es kurz: Ich habe die Fähigkeit, in die Zukunft zu sehen.«

Ricco begann schallend zu lachen. Obwohl er es wirklich nicht böse meinte, lachte er so laut los, dass es ihm sofort peinlich war.

»Es tut mir leid, Sam«, sagte er und versuchte sich zu beruhigen.

»Es tut weh, von seinem besten Freund ausgelacht zu werden.«

»Oh Mann, nimm das doch nicht persönlich.«

»Ich habe in meinen Träumen Dinge gesehen, die geschehen werden, wenn sich nichts ändert. Der Welt steht ein fürchterlicher Krieg bevor, der in naher Zukunft ausbrechen wird, wenn wir nichts dagegen unternehmen.« Sam hatte Ricco unterbrochen und seine Worte einfach ignoriert.

»Du glaubst doch nicht allen Ernstes, dass ich dir diesen Schwachsinn abkaufe? Komm schon, Sam, es ist nicht fair, Spielchen zu spielen. Ich habe mir wirklich den Kopf darüber zerbrochen, was ich für dich tun kann, und die ganze Sache tut mir nach wie vor unendlich leid. Lass uns doch bitte vernünftig miteinander reden und die Sache ein für alle Mal aus der Welt schaffen.« Ricco wurde leicht aggressiv. Er wurde das Gefühl nicht los, dass Sam ihn auf den Arm nahm.

Sam schloss die Augen und schwieg. Er saß senkrecht in seinem Bett und schien sein Gehirn abgeschaltet zu haben. Riccos Argwohn verschwand und er starrte seinen Freund ungläubig an.

»Hallo? Jemand zu Hause?« Doch Sam reagierte nicht.

»Sam? Was zur Hölle machst du da bitte?«

»Nichts«, antwortete er leise, ohne die Augen zu öffnen.

»Wie nichts? Hey das war doch nicht böse gemeint, aber es klingt schon ein wenig unrealistisch.« Ricco versuchte die richtigen Worte zu finden, aber Sam ignorierte ihn.

»Was zum Teufel soll das?«, fragte er ungeduldig.

Sam öffnete wieder die Augen und sah Ricco ernst an.

»Ich habe nur darüber nachgedacht, wie ich es dir beweisen kann«, sagte er schließlich.

»Und?«

Sam drehte sich zu Ricco und nahm seine Hand.

»Ähm …«, stotterte Ricco und sah seinen Freund ungläubig an. Sam ignorierte den unsicheren Blick und drückte seine Hand fest.

»Erinnerst du dich noch, als wir beide zehn waren?«

»Ja. Nein. Was meinst du?«

»Du hattest dir damals in den Kopf gesetzt, eine Zeitmaschine zu bauen. Weißt du noch?«

Ricco blickte aus dem Fenster und lächelte verlegen. Diese Zeiten waren verdammt schön gewesen.

»Damals haben wir uns in deinem Kinderzimmer verbarrikadiert und vier Stühle um uns herum aufgestellt. Anschließend eine Decke darüber geworfen und versucht, mit einem umgebauten Wecker in die Zukunft zu reisen.« Sam sah seinen Freund an.

»Ja. Oh Mann, wir haben doch das Uhrwerk herausgenommen und ein paar Batterien hineingelegt. Wie haben wir die damals eigentlich verkabelt?«, fragte Ricco und schwelgte in Erinnerungen an seine Kindheit.

»Ich weiß es nicht mehr. Alle zwei Minuten sind wir unter der Bettdecke hervorgekrochen und haben auf die Wanduhr gesehen. Solange, bis wir uns eingebildet haben, ein paar Minuten in die Zukunft gereist zu sein.

»Irgendwie war das ziemlich cool. Aber, warum erzählst du mir das?«, fragte Ricco und zog seine Hand weg.

»Damals warst du es, der an etwas geglaubt hat und auf Teufel komm raus versuchte, mich zu überreden. Und weißt du, warum ich damals mitgemacht habe?«

»Nein.«

»Weil ich an dich geglaubt habe. Ich habe deine Worte zu keinem Zeitpunkt angezweifelt. Warum auch? Schon als Kind habe ich immer an dich geglaubt«, erzählte Sam und lehnte sich wieder zurück.

Ricco versuchte zu verstehen, was Sam ihm damit sagen wollte.

»Okay. Angenommen ich würde dir die Geschichte mit dem Zeitreisedings in deinen Träumen abkaufen. Was würde dann passieren?«, fragte Ricco und zog seine Augenbrauen nach oben.

»So funktioniert das alles nicht.« Sam schüttelte leicht seinen Kopf.

»Was funktioniert wie nicht?«

»Wie soll ich dich um etwas wirklich Schwerwiegendes bitten, wenn du nicht einmal ansatzweise meinen Worten glaubst?«

»Ich kann dir nicht folgen, Sam.« Ricco sah ihn verstört an und verstand weniger als zuvor.

»Beweise es ihm. Wie? Du musst es beweisen.« Sams Gedanken kreisten in seinem Kopf. Ohne einen Beweis würde die ganze Sache nicht voranschreiten und er entschloss sich, das Thema zu vertagen.

»Wir lassen das für heute gut sein, in Ordnung?«

»Wie meinst du das?«

»Vergiss es, Ricco. Ich muss nachdenken. Sei bitte nicht böse, aber wir verschieben es einfach. Vielleicht war mein Ansatz einfach nicht genügend durchdacht«, sagte Sam schließlich und drehte sich auf den Rücken.

»Wie du möchtest, Sam. Ganz wie du willst. Ich bin dir noch was schuldig. Wenn es dir besser geht, dann sag mir einfach Bescheid und wir starten einen neuen Versuch. Ich lache dich dann auch nicht mehr aus, das wollte ich nicht. Ich wollte…«

»Schon gut, Ricco. Alles cool. Ich denke, ich habe das Thema falsch angefangen. Das wirkt jetzt vielleicht ein bisschen abgedreht auf dich. Sorry. Ich sammel mich einfach noch einmal und wir fangen dann das Ganze noch mal von vorne an. Ist das okay für dich?«

»Ja, klar, was immer du willst. Alles in Ordnung.«

Und mit diesen Worten trennten sich die beiden Freunde für den heutigen Tag.

Die nächsten Tage verliefen sehr eigenartig. Samuels Eltern besuchten ihn, wann es nur ging. Doch in der letzten Zeit distanzierte er sich immer mehr und mehr von seiner Umwelt. Zu sehr quälten den Jungen das Wissen um die Zukunft und die Macht, sie zu verändern. Fast jede Nacht kämpfte sich Sam durch seine Träume.

Obwohl weder Heather noch die Medlesterstreet vorkam, so waren diese Träume das Schlimmste, was Samuel Stromer jemals im Schlaf erlebt hatte. Er schwamm durch Blut und sah Menschen, die vor seinen Augen auf bestialische Weise ums Leben kamen. Das Schlimmste allerdings waren nicht die Bilder und die Schreie, sondern die Tatsache, dass er in seinen Träumen nicht handeln konnte. Es war der 24. November des Jahres 2008, als Sam in einem Traum zu einer Mutter lief, die ihre tote Tochter in den Armen hielt. Der Frau näherte sich ein Soldat, doch Sam kam nicht von der Stelle, um sie zu warnen. Er schrie und gab sich alle Mühe, die ahnungslose Mutter zu erreichen, doch es funktionierte einfach nicht. Was dann folgte, war jene Szene, die sich in Kriegsgebieten oft abspielt. Grausam und barbarisch.

In dieser Nacht wachte Sam schreiend auf. Eine Krankenschwester war bereits zur Stelle und kühlte

seine Stirn mit einem kalten Lappen. Daraus schluss-
folgerte er, dass seine Schreie bis in den Flur des
Krankenhauses gedrungen waren. Die Folge seiner
regelmäßig wiederkehrenden Albträume waren
Schlaftabletten und eine Reihe von Untersuchungen.
Sams Leben schien außer Kontrolle zu geraten und
Nacht für Nacht wurde er in einen Strudel von Visi-
onen gesogen, denen er nicht entfliehen konnte.

Professor Doktor Möbius diagnostizierte mit seiner Armada von Spezialisten eine manische Depres-
sion, die auf den langen Krankenhausaufenthalt und
die Abgeschiedenheit zurückzuführen war.

Das Resultat war, dass Samuel Stromer vollgepumpt mit Medikamenten in die Nacht geschickt
wurde. Seinen nächtlichen Kampf, nicht einzuschlafen, um wenigstens ein paar Stunden zu gewinnen,
hatte er verloren. Die Tabletten und Tropfen knock-
ten den Jungen regelrecht aus und verlängerten seine
Nächte.

Kapitel 4 – Freies Amerika

Am Abend des 6.Dezember 2008, wehrte sich Sam vehement dagegen, die Tabletten zu nehmen, dass die Schwester ihm versicherte, die Pillen zu erlassen. Hätte Samuel nur eine Sekunde darüber nachgedacht, wäre er wahrscheinlich selbst darauf gekommen, dass nur mit Gegenwehr sich sicher keine Krankenschwester mit Medikamenten wegscheuchen ließ. Doch die Erkenntnis kam nach dem letzten Bissen seines Abendessens, als er den Bruchteil einer der gelben Tabletten auf dem Tellerboden fand. Sam hatte mit dem Essen ein Ticket in das grauenhafte Land der Träume eingelöst.

»Wir begrüßen Sie heute auf unserem Flug in die Hölle. Wie Sie sicher mitbekommen haben, wurde das Gepäck bereits verstaut und das Boarding beendet. Unsere Flugzeit beträgt heute zehn Stunden. Wir warten nur noch auf die Freigabe des Towers, rollen dann direkt aufs Startfeld und begeben uns auf den Weg in Ihre persönliche Hölle. Ich wünsche Ihnen einen unangenehmen Aufenthalt an Bord. Schnallen Sie sich an und ergeben Sie sich einfach Ihrem verdammten Schicksal!«

Er stand auf der vertrauten Straße, die ihn schon so oft in seinen Träumen heimgesucht hatte. Diesmal war alles anders. Samuel beschlich das Gefühl, dass etwas nicht stimmte.

»Oh nein«, flüsterte er und ging näher an ein Haus heran. Jetzt sah er, was er schon geahnt hatte. An der Fassade befanden sich Einschusslöcher und in Sams Nase machte sich ein verbrannter Geruch breit. Schnell drehte er sich um und lief auf die andere Straßenseite. Doch er stoppte und sah schon von Weitem, was dort geschehen war. Es war das Haus der Smiths. Das Dach war weg und der erste Stock brannte lichterloh. Nun begriff Sam, dass er sich in der Zeit des Krieges befand. Eine Rakete musste eingeschlagen sein und während er noch darüber nachdachte, ertönten die Sirenen. Diesen Ton kannte Sam von den regelmäßigen Übungen, die einmal im Monat durchgeführt wurden. Es war die Warnung für den Katastrophenalarm. Er rannte, was seine Beine hergaben. Schließlich erreichte er das Haus mit der Nummer acht. Sam sprang über die Gartentür und rannte so schnell er konnte zur Veranda.

Er drehte den Knauf, doch nichts geschah. Die Tür war verschlossen. Vergeblich suchte er in seiner Jackentasche den Hausschlüssel.

»Aufmachen! VERDAMMT!« Mit einem brachialen Tritt gegen die Tür ließ Sam seine Verzweiflung heraus. Ein leises Geräusch kam aus dem Inneren und kurz darauf öffnete sich die Tür. Die alte Frau stand vor ihm und sah Sam regungslos an.

»Komm rein«, sagte sie leise. »Was ist da draußen los?«

»Es ist Krieg, Samuel. Die Dinge schreiten voran, wusstest du das nicht?«, erzählte sie wie beiläufig.

»Nein, das wusste ich nicht! Was ist passiert?! Warum jetzt schon?! In welcher Zeit befinde ich mich?«

Die Fragen prasselten nur so auf die eigenartige Frau nieder, doch sie drehte sich um und ging langsam ins Wohnzimmer. Sam folgte ihr und wischte sich den Schweiß von der Stirn. Bedächtig setzte sich die alte Frau in den Sessel und begann in Seelenruhe zu stricken.

»Ich glaube das alles nicht. Das gibt's doch nicht.«, stammelte Sam und sah der Frau ungläubig zu.

»Was denn?«, fragte sie, ohne ihren Blick von ihrer Arbeit zu nehmen.

»Da draußen brennen Häuser und der Katastrophenalarm ist gerade losgegangen, falls es Ihnen nicht aufgefallen ist«, fauchte er.

»Doch, doch. Das habe ich alles schon bemerkt. Ich bin nicht blind und auch nicht taub.«

»Was machen Sie da?«

»Ich stricke und warte«, antwortete sie gleichgültig.

»Worauf?« Sam verlor die Geduld und warf einen Teller, der auf der Kommode stand, mit voller Wucht auf den Boden. Seine Nerven lagen blank und er hatte weiß Gott kein Verständnis mehr für diese eigenartige Zeit, in die er wieder einmal katapultiert worden war. Die Greisin unterbrach ihr Stricken und sah den Jungen an.

»Ich warte auf das Ende, das du nicht verhindern willst, Samuel.« Sie blickte ihn traurig an. Es machte den Eindruck, als hätte sie sich ihrem Schicksal ergeben.

»Wie soll ich es denn verhindern? Es geht nicht!«, schrie der Junge.

»Du weißt, wie du es verhindern kannst. Doch du willst es nicht.«

»Doch, verdammt! Er glaubt mir nicht. Kein einziges Wort.«

Die Frau legte ihr Strickzeug beiseite und stand auf. Langsam näherte sie sich dem Jungen. Obwohl er keine Angst mehr vor ihr hatte, wurde ihm mulmig zumute. Ein paar Zentimeter vor seinem Gesicht machte die alte Frau halt und Sam konnte ihren Atem spüren.

»Das ist der Dritte Weltkrieg, Samuel Stromer. In San Francisco ist vor einer halben Stunde eine Atombombe eingeschlagen und du hast die Frechheit, mich zu fragen, was das alles soll? Glaube deine Träume oder lass es bleiben. Ich habe alles versucht, um dich davon zu überzeugen, dass das, was du siehst, kommen wird, wenn du nichts änderst. Es ist keine Zeit mehr. In dem Hier und Heute, in dem du dich befindest, leben weder deine Eltern noch die Eltern deines besten Freundes Ricco Joshua Feller. Ihr seid alle tot – alle bis auf Ricco.«

»Joshua?« Sam kannte keinen Jungen, der Joshua hieß.

»Ja, Riccos zweiter Vorname ist Joshua, doch welche Rolle spielt das jetzt noch?«

Langsam drehte Sam sich um und schritt nachdenklich durch das Wohnzimmer. Er blieb stehen und sah zu der geheimnisvollen Frau mit den blauen Turnschuhen hinüber, die ihm all seine Probleme beschert hatte.

»Welches Jahr haben wir?« Er versuchte sachlich zu denken.

»Was spielt das für eine Rolle, Sam? Du hast sowieso nicht vor, irgendwas zu ändern«, konterte sie leise und setzte sich wieder in den Sessel.

»Ricco lebt.«, murmelte er leise.

Plötzlich wendete Sam sich ab und verließ das Haus. Er sprintete die Straße hinab. Immer wieder hörte er Schüsse und Detonationen. Nach wenigen Augenblicken war er vor dem Haus angekommen, von dem er Ricco damals immer abgeholt hatte. Die Einfahrt sah unverändert aus und es machte den Anschein, als wäre die Medlesterstreet Nummer vier von den Angriffen bislang verschont geblieben.

Sam klingelte, doch niemand öffnete.

»Ricco?!«

Keine Antwort. Er beschloss, nicht länger zu warten, öffnete die Gartentür, ging die Veranda hoch und erkannte, dass die Haustür der Fellers offenstand. Sam trat ein. Ein seltsamer, süßlicher Geruch stieg ihm in die Nase. Der Geruch wurde im Flur des Erdgeschosses immer intensiver, sodass Sam seinen Pulli über die Nase zog.

»Ricco? Ich bin's, Sam!«, schrie er, doch er bekam keinerlei Resonanz. Er öffnete die Tür zur Küche und sein Herz schien für einen Moment auszusetzen.

Mandy Feller lag blutüberströmt am Küchenboden. Ihr Oberkörper war von Schüssen durchlöchert und ein Teil der Gehirnmasse war aus dem Hinterkopf ausgetreten.

»Oh mein Gott, oh mein Gott.« Er beugte sich über den Leichnam und sah, dass ihre Kehle durchgeschnitten war. Sam riss sich den Pulli von der Nase, rannte zur Spüle und übergab sich. Jetzt konnte er den Geruch, der sich im Haus breitgemacht hatte, identifizieren. Es war nichts anderes als Leichengeruch. Der tote Körper von Riccos Mutter musste schon einige Zeit gelegen haben. Kleine Fliegen machten sich an Mandys Einschusswunden zu schaffen.

Er rannte aus der Küche in den ersten Stock, dort befand sich das Zimmer seines Freundes.

»Ricco!«, schrie er verzweifelt und riss die Tür auf. Und tatsächlich: Ricco saß dort in seinem Rollstuhl und blickte aus dem Fenster. Sam sah nur seine Rückseite und ein kalter Schauer durchfuhr den Jungen.

»Ricco?«, fragte er leise und traute sich kaum, dem Jungen im Rollstuhl näherzukommen.

»Ich hatte dich angerufen ... Warum bist du nicht rangegangen? Ich habe dich immer wieder versucht zu erreichen. Angerufen hatte ich, weißt du? Angerufen.«, lachte Ricco leise und seine Stimme klang heiser und sehr geschwächt.

»Du hast was?«

»Angerufen. Sieh mal.«

Sam näherte sich Ricco und folgte seinem Zeigefinger, der in den Himmel gerichtet war. Er sah Kampfjets, die ein paar Kilometer von ihnen entfernt etwas abwarfen.

»Gott. Was ...« Weiter kam Sam nicht, als ein ohrenbetäubender Knall seinen Gedankengang zunichtemachte. Ricco saß regungslos im Rollstuhl. Erst jetzt sahen sich die Freunde in die Augen.

Riccos Gesicht war eingefallen und es machte den Anschein, als wäre der Junge um zwanzig Jahre gealtert. Die dunklen Augenringe und die aufgesprungenen Lippen deuteten darauf hin, dass Ricco schon einige Zeit hier oben verharrte.

»Ich hätte auf dich hören sollen, Sam. Hast du die Nachrichten gehört?«

»Nein.«

»Sie haben gerade gesagt, dass fünfzehn Langstreckenraketen Japan verlassen haben. Die Bodenabwehr ist zum größten Teil außer Gefecht gesetzt worden und sie denken nicht, dass sie alle abfangen können. Alle Marschflugkörper, also auch die aus Indien, haben Kurs auf die USA genommen.« Ricco sprach sehr langsam und monoton.

Sam wusste, dass sein Freund unter Schock stand. Er machte den Eindruck, als hätte Ricco diese Welt verlassen und warte er nur darauf, dass alles endlich enden würde.

»Ricco, deine Mutter. Sie …«

»Ich weiß, Mum liegt tot in der Küche. Die Schreie waren furchtbar und es hat so lange gedauert.« Ricco verzog nicht einen Gesichtsmuskel.

»Woher weißt du das?«

»Die Soldaten haben es mir erzählt und dann gelacht. Dad ist auch tot. Er liegt im Badezimmer. Sie haben ihn ertränkt.«

»Dein Dad ist auch tot ?«

»Das war nicht so schlimm, ich habe hier oben nichts gehört, aber Mums Tod war schlimm. Ich habe versucht dich anzurufen, Sam, weißt du? Sie hat sehr lange geschrien und dann eine Zeit lang gegurgelt oder so etwas. Ich habe es wirklich lange läuten lassen, Sam, weißt du? Aber das Netz bricht immer wieder ab.«

Sam schüttelte langsam den Kopf und konnte einfach nicht glauben, was sein Freund da sagte.

»Ricco«, wiederholte Sam geschockt den Namen seines Freundes und riss die Augen weit auf.

»Was ist denn? Ich hatte dich angerufen, weißt du?«

»Du hast mit den Soldaten gesprochen, die deine Eltern ermordet haben, und bist noch am Leben?« Er war fassungslos.

»Sie meinten, dass ein Krüppel, wie ich es bin, keine Kugel wert wäre. Ich würde dann schon irgendwann verhungern. Und dann sind sie gegangen. Ich habe in meinem Zimmer einen kleinen Kühlschrank, der seit gestern leer ist, ich habe Durst.«, erzählte Ricco und blickte wieder aus dem Fenster.

Und schlagartig begriff Sam die Situation. Er verstand, warum er hier war.

»Darf ich dich etwas fragen?«, sagte Sam schließlich und setzte sich auf das Bett.

»Ja.«

»Wenn du die Zeit zurückdrehen könntest, was hätte ich machen müssen, um dich davon zu überzeugen, dass das, was ich dir damals im Krankenhaus erzählt habe, die Wahrheit war?«

Draußen jaulte wieder der Alarm und Sam konnte weit entfernte Einschläge von Bomben hören. Ricco sah währenddessen aus dem Fenster und dachte über Sams Worte nach.

»Welche Rolle spielt es? Ich habe dir nicht geglaubt.«

»Bitte, Ricco, wenn es keine Rolle mehr spielt, kannst du es mir ja sagen, wir können einander vergeben, bitte.« Er wusste, dass er seinen Freund damit kriegen würde. Vergebung war für Ricco Feller seit dem Unfall wichtiger als alles andere im Leben.

»Ich weiß es nicht … weiß es wirklich nicht …«, antwortete Ricco hilflos und wischte sich eine Träne von der Wange.

»Denk nach, Ricco. Es ist sehr wichtig.«

»Wofür? Es ist zu spät! Was hilft die Erkenntnis jetzt schon noch? Ich habe versucht dich zu erreichen, aber das Handy hat durchgeklingelt, ich habe…« Ricco zuckte mit den Schultern, der Schockzustand war offensichtlich.

»Bitte, Ricco, lass uns einander vergeben und ins Reine kommen, Bruder.«

»Ich weiß es nicht, Sam. Vielleicht wenn du mir Dinge gesagt hättest, die du unmöglich hättest wissen können. Ich war so dumm. Es tut mir so leid, Sam. Ich war so naiv.«

»Und was hätte das sein können, Ricco? Denk nach, bitte. Was hätte dich damals überzeugt?«

Sam wusste, dass die Zeit gegen ihn spielte, die Detonationen kamen immer näher. Das unverwundbare Gefühl in seinen Träumen hatte ihn in dieser Nacht verlassen.

»Ich weiß es nicht, du hast nicht abgehoben, Sam. Hätte ich mich doch nach dem Unfall umgebracht. Hätte ich es doch durchgezogen. Ich konnte mich Lydia nicht mal nackt zeigen, da ich seit dem Unfall keine Hoden mehr habe. Aber was soll's? Eier hatte ich wohl noch nie in meinem Leben. Mein bester Freund im Koma und ich ein Krüppel im Rollstuhl, der nicht mal seine Freundin beschützen konnte. Warum hab ich mich nicht vor die Bahngleise rollen lassen? WARUM NICHT?! Ich habe es wirklich lange klingeln lassen, Sam. Du bist nicht rangegangen! WARUM NICHT?! Kannst du mir ein paar Oreos mit Milch besorgen, Sam?«

»Danke, Ricco«, flüsterte Sam schließlich und stand auf.

»Wofür? Was machst du? Wo gehst du hin? Ich möchte ein Sandwich und ein Glas Wasser, bitte, Sam«, sagte Ricco und drehte seinen Rollstuhl weg vom Fenster.

»Ich gehe wieder. Alles wird gut, Ricco.« Sams Stimme klang ruhig und er lächelte seinen Freund an.

»Du lässt mich hier zurück?! Ist das deine Rache?!«, kreischte Ricco hysterisch und fuchtelte wild mit seinen Armen.

»Ja, Ricco. Ich muss jetzt wieder gehen«, antwortete Sam.

»Entschuldige vielmals, Samuel Stromer. Ich möchte deine Zeit nicht allzu sehr beanspruchen, aber ich sitze im Rollstuhl, habe Hunger und Durst. Abgesehen davon kann ich alleine nicht die Treppen hinunterhüpfen so wie du. Sie haben den Treppenlift zerstört. Würde es dir eventuell etwas ausmachen, mich mitzunehmen, bevor ich hier verrecke?« Riccos Ironie war nicht zu überhören und Sam dachte verkrampft nach, wie er aus der surrealen Szenerie am besten herauskam.

»Du bist nicht wirklich hier, Ricco. Das musst du mir glauben«, sagte er schließlich.

»Nein, natürlich nicht. Meine abgeschlachtete Mutter liegt auch nicht wirklich in der Küche und Dad schläft nur in der Badewanne… Hihihi… Ich bin gefangen in einem Leichenhaus. Du kannst mich nicht zurücklassen! Du musst ans Telefon gehen, wenn es klingelt!« Ricco schrie in einer Tonlage los, die so hoch war, dass es Sam in den Ohren wehtat.

»Ich muss gehen, Ricco.« Sam drehte sich um, blickte auf das Bild, das auf Riccos Nachttisch stand, und ging zur Tür. Er hörte einen dumpfen Schlag und drehte sich blitzschnell um. Ricco Feller hatte sich aus seinem Rollstuhl geworfen und robbte in schneller Geschwindigkeit auf Sam zu.

»So kommst du mir nicht davon, du bist nicht ans Telefon gegangen, du hast nicht abgehoben…Hihihi …RING, RING, RING.« Riccos Blick glich einem Wahnsinnigen und er versuchte, das Bein von Sam zu erwischen.

»Ricco!« Sam rannte zur Tür, doch Ricco bekam das Bein seines Freundes zu fassen und hielt es verkrampft fest.

»Wir werden beide vor die Hunde gehen…Ich und du und Müllers Kuh! Du und ich…ich und du … Ring, Ring, Ring«, gackerte Ricco . Er hatte den Verstand verloren.

»Lass mich los!«

»Nein, nein, nein. Das darf nicht sein! Lass uns ein Sandwich in der Küche machen, bei Mum.«

»Es tut mir leid, mein Freund.« Sam trat mit seinem anderen Fuß nach Riccos Händen. Schreiend ließ Ricco von ihm ab.

Sam verließ das Zimmer, zog den Schlüssel aus dem Schloss und schlug die Tür hinter sich zu. Rasch steckte er den Schlüssel in das Türschloss und sperrte ab.

Noch auf der Treppe konnte Sam die Schreie und das irre Gelächter seines Freundes hören.

Sam rannte, als würde er um sein Leben rennen. Er erreichte wieder die Hausnummer acht und schloss schnell die Tür hinter sich. Mit dem Rücken an die Haustür gelehnt stand Sam schnaufend da und rang nach Luft. Sein Puls verlangsamte sich wieder und er näherte er sich dem Wohnzimmer seiner Eltern und sah, dass die alte Frau nach wie vor in dem Sessel saß und strickte. Sie hob weder ihren Kopf noch ihren Blick. Sam setzte sich neben sie auf die Couch und betrachtete die Frau.

»Falls es interessiert, ich bin wieder da«, sagte er zynisch.

»Ich weiß. Was willst du noch von mir?«, fragte sie desinteressiert.

»Wie bitte?« Sam sah die Frau in dem gelben Kleid verwundert an.

»Ich habe dich, Samuel Stromer, gefragt, weshalb du mich beim Stricken störst«, wiederholte sie langsam und deutlich ihre Worte.

Sam sprang auf und stellte sich provokativ vor die alte Frau.

»Ich glaube es einfach nicht! Was fällt Ihnen eigentlich ein, Sie verrückte alte Kuh?!«, schrie er sie an. Sie reagierte nicht und strickte in Seelenruhe an ihrem Pullover weiter. Wieder ertönten die Sirenen und wieder einmal hörte Sam die Einschläge. Er schnaufte wie ein wildes Tier und die Ignoranz der Frau brachte ihn nur noch mehr in Rage.

»Hören Sie mir eigentlich zu?«, brüllte er und gestikulierte wild mit den Händen.

»Ich rede mit Ihnen!«, schrie er und schlug ihr das Strickzeug aus der Hand. Nun sah die alte Frau den Jungen an. Es war ein zorniger Blick und Sam bereute mit einem Mal, was er gerade eben gesagt und getan hatte.

»Ich…Es tut mir leid, okay?«, stotterte er und ging einen halben Schritt zurück. Doch für Reue war es zu spät. Die Greisin stand unfassbar schnell auf und packte den Jungen am Kragen. Sie drückte ihn an die Wand und hob ihn hoch. Samuel spürte, wie seine Füße den Boden unter sich verloren. Ihre Augen leuchteten rot und er sah, dass Rauch aus ihrer Nase kam, als sie ausatmete, wie ein Stier, der das rote Tuch wittert.

Sie schob den Jungen mit der rechten Hand noch ein paar Zentimeter weiter Richtung Decke und neigte den Kopf langsam nach links und betrachtete die angsterfüllten Augen Samuels.

»Hör zu, Samuel Stromer. Es ist dein Traum, nicht meiner. Ich bin bereits tot. Du willst nicht wahrhaben, was du zwischen Leben und Tod siehst. Ich habe versucht, dich zu überzeugen, dir den richtigen Weg zu weisen, habe alles getan, was nur möglich war. Meine Zeit ist abgelaufen und es liegt nur an dir, Dinge, die du nicht begreifen kannst, zu glauben oder nicht. Verschone mich mit deinem ach so gründlichen Nachdenken. Ist es logisch? Kann es sein? Ich träume doch nur? Wie du möchtest, kleiner Samuel. Die Last auf deinen Schultern wird größer und hat eine Auswirkung, die du dir nicht vorstellen kannst. Wir haben uns nichts mehr zu sagen.« Sie ließ Sam los und er sackte in sich zusammen. Sam weinte, seine Nerven lagen blank und er konnte dieser Odyssee des Wahnsinns nicht mehr standhalten.

»Warum lassen Sie mich nicht einfach in Ruhe?!« Sam schluchzte und wieder ergriff die Frau den Jungen.

»Raus mit dir. Das ist doch sowieso nur ein Traum. Das ist nicht dein Zuhause, das ist nicht deine Zeit«, fauchte sie und schleifte den weinenden Sam vor die Haustür. Sam saß wie ein begossener Pudel am Boden und blickte hinauf zu ihr.

»Glaubst du, die Welt würde immer noch existieren, wenn es solche Menschen mit solchen Träumen nicht gäbe? Bist du so naiv, zu glauben, die Menschheit hätte es nur aufgrund ihrer unermesslichen Intelligenz, des Umgangs mit der Natur und zu guter Letzt des Umgangs mit sich selbst so weit gebracht? Wir sind ja schließlich das Alphatier. Die Spitze der Nahrungskette, nicht wahr?«, fragte sie ihn und schloss die Tür, ohne eine Antwort abzuwarten.

So saß Sam auf der Veranda des Hauses seiner Eltern und weinte, wie er es noch nie in seinem Leben getan hatte.

Die Sirenen erklangen und Sam sah am Himmel fünf Kampfjets auf sich zukommen.

»Nein, bitte, nein.« Er sah, wie die alte Frau ihn aus dem Fenster des Hauses ansah und langsam den Kopf schüttelte. Wieder blickte er zu den Bombern und sah, wie die Sprengkörper direkt über der Medlesterstreet Nummer acht ausgekoppelt wurden.

Die Greisin schüttelte immer noch den Kopf, während sie ihren Zeigefinger auf den Mund hielt.

»Nein! Nein!«

Sam erwachte und was ihm von dem Traum blieb, war sein durchgeschwitztes Nachthemd und ein schmerzhafter Krampf in seiner rechten Hand. Die Sonne hatte den Achtzehnjährigen geweckt. Es war zu warm für einen Dezembertag.

Er setzte sich auf und streckte sich ausgiebig. Anschließend tat er das, was er oft nach solchen Träumen tat. Er zog seine verschwitzte Kleidung aus und legte sich nackt in sein Bett.

»Glaubst du, die Welt würde immer noch existieren, wenn es Menschen mit solchen Träumen nicht gäbe?« Dieser letzte Satz von der alten Frau klang immer noch in seinen Ohren. Je länger er über den Satz nachdachte, umso logischer erschien es ihm. Sam glaubte ihr und hatte entschieden, einen Weg zu finden, um seinen Freund Ricco zu überzeugen – koste es, was es wolle.

Er bat die Schwester um ein Blatt Papier und einen Kugelschreiber. Nach dem Frühstück und der üblichen Routine machte sich Sam daran, Ricco einen

Brief zu schreiben. Er saß geschlagene zwei Stunden in seinem Bett und dachte über die Worte nach.

Hallo Ricco,

ich hoffe, Du bist mir wegen unseres letzten Treffens nicht mehr böse. Ich bat dich zu gehen, um mir die Chance zu geben, mich nochmals zu erklären.

Ich weiß, dass meine Worte das letzte Mal etwas wirr klangen, aber ich weiß auch, dass du mir diese zweite Chance gewährt hast.

Ich habe nachgedacht und bin jetzt so weit, dir all deine Fragen zu beantworten und dir zu sagen, um welchen Gefallen ich dich bitten muss.

Bitte besuche mich noch mal und wir schaffen dieses Thema ein für alle Mal aus der Welt.

Dein Freund Samuel

Am 7. Dezember des Jahres 2008 verließ Samuels Brief das Krankenhaus.

»Das Essen ist fertig!«, rief Mandy laut. Die kulinarischen Genüsse, die sie ihren beiden Männern Tag für Tag auf den Tisch zauberte, waren vorzüglich. Robert schob Ricco in die Küche und sie stürzten sich auf das Gekochte. Doch irgendwie war an diesem Abend etwas anders. Es gab keine besonders spannenden Gesprächsthemen.

Die Familie Feller saß einfach nur am Küchentisch und aß. Normalerweise gab es immer etwas über die alltäglichen Sorgen und Probleme zu reden. Selbst Robert schwieg und das war schon höchst befremdlich. Es verging eigentlich niemals ein Tag, an dem er nicht seine Chefin verfluchte und seine Mitarbeiterin Cindy zur Hölle schicken wollte, doch selbst dieser immer wiederkehrende Monolog blieb an jenem 9. Dezember aus. Der Wetterbericht hatte starke Schneestürme und eisige Kälte prophezeit und es schien, als würde der Winter in seiner vollen Pracht erbarmungslos über New Jersey einbrechen.

»Hast du die Nachrichten gesehen?«, fragte Mandy ihren Mann.

»Ja, nur teilweise. Weshalb?«

»Sie haben berichtet, dass eine neue Grippewelle im Anmarsch ist«, berichtete sie und Ricco sah seine Eltern ungläubig an.

Es war eindeutig, dass sie irgendetwas vor ihm verheimlichten. Der künstliche Smalltalk, den die beiden verkrampft an den Tag legten, klang ziemlich jämmerlich. Lustlos stocherte er in seinem Essen herum und sah gedankenverloren auf den vollen Teller.

»Triffst du dich heute noch mit Lydia?«, fragte sein Vater mit einem übertriebenen Interesse und einer Stimmlage, die Riccos Vermutung unterstrich.

»Was soll das?«, fragte Ricco gelangweilt, ohne seinen Blick vom Teller zu heben.

»Was soll was?«, fragte Robert völlig erstaunt.

»Spiel mir doch nichts vor, Dad. So bescheuert hast du noch nie gefragt, als hör auf, mir etwas vorzuspielen.« Sicherlich war das nicht der angebrachte Ton, um mit seinen Eltern zu reden, und dennoch traf er mit diesen Worten voll ins Schwarze.

»Wie redest du mit?« Robert erhob die Stimme und ließ die Gabel demonstrativ auf den Teller fallen.

»Was habt ihr beide heute eigentlich für ein Problem? Soll ich auf mein Zimmer gehen? Störe ich euch bei was auch immer?« Und nicht nur, dass Ricco sich im Ton vergriffen hatte, mit diesen Worten nahm er seinen Eltern den Wind aus den Segeln. Mandy und Robert sahen sich einen kurzen Augenblick ernst an und blickten anschließend zu ihrem Sohn.

»Nun...du hast Post bekommen, Ricco«, sagte Mandy schließlich und sah beschäftigt auf ihr Stück Braten.

Ricco legte die Gabel langsam ab und sah seine Mutter an. Was war an dieser Tatsache so schlimm? War es die Schule? Eine Diagnose vom Arzt?

»Ja, und?«

»Es…nun, wir haben nur gedacht, also…«. So wortkarg hatte er seine Mum schon lange nicht mehr erlebt.

»Könnt ihr bitte versuchen, mir in einem Satz zu sagen, von wem der Brief ist oder was darin steht? Wird doch wohl möglich sein«, keifte er seine Eltern an.

»Das hast einen Brief von Sam bekommen. Er hat ihn per Einschreiben zu dir schicken lassen«, erlöste Robert seine Frau und lüftete das Geheimnis.

Ricco drehte den Kopf zu seinem Vater und sah ihn ausdruckslos an.

»Ja, und?«

»Wir haben ihn geöffnet.« Mandy sprach leise und senkte ihren Kopf. Sie schämte sich und das bemerkte auch Ricco.

»Und was stand darin?« Normalerweise wäre er ausgerastet. Ricco konnte es nicht abhaben, wenn sich seine Eltern in seine privaten Dinge einmischten, und schon sehr früh, hatte er seiner Mutter verboten, sein Zimmer aufzuräumen. Doch heute war er viel zu sehr daran interessiert, was Sam ihm geschrieben hatte.

»Ich möchte mich dafür entschuldigen, Ricco. Ich war nur...«

»Was stand drin, Mum?«, unterbrach Ricco sie.

»Ich weiß, dass es nicht richtig war, aber wir wollten nur ...«

»Es ist okay, Mum!«

»Ich hole ihn«, sagte Robert, stand auf und verließ die Küche. Es dauerte nicht lange, bis sein Vater mit einem aufgerissenen Umschlag in der Hand wiederkam. Wortlos übergab er seinem Sohn den Brief und Ricco begann zu lesen. Diese Minuten dauerten für Mandy und Robert eine halbe Ewigkeit und sie fixierten Riccos Augen und sahen ungeduldig zu, wie seine Pupillen von links nach rechts wanderten. Er war in der letzten Zeile angelangt und seine Augen wanderten wieder nach oben und er las den Brief erneut.

»Wir machen uns Sorgen, Ricco.« Robert stand hinter seinem Sohn und packte ihn freundschaftlich an der Schulter.

»Weshalb? Nur, weil Sam Probleme hat?«

»Nein. Ich weiß zwar nicht, was ihr ausheckt, aber Sams Worte klingen nicht unbedingt danach, als würdet ihr einen Klingelstreich planen.«

Nun begriff Ricco, worauf seine Eltern aus waren. Sams Brief klang auf gar keinem Fall so, als würde er etwas Spaßiges im Schilde führen.

»Nimmt er Drogen?«, fragte Mandy leise und sah Ricco hilfesuchend an.

»Wie soll er im Krankenhaus Drogen nehmen? Nein, Mum!«

»Macht er irgendwelche kriminellen Sachen vom Krankenhaus aus?«

»Ja, klar. Sam ist der Pate vom St. Vincent-Hospital und koordiniert von seinem Bett aus Morde und Komplotte. Was ist bloß los mit euch? Nein, Mum!«

»Ricco, wir möchten nicht, dass du auf Samuels Brief reagierst. In keinster Weise. Haben wir uns verstanden, Sportsfreund?« Roberts Ton klang sehr streng und dominant.

»… falscher Film … nicht wahr … träume nur …« Zusammenhangslose Gedanken schwirrten in Riccos Kopf umher und plötzlich lachte er los.

»Warum lachst du?«, fragte sein Vater.

»Das ist doch ein schlechter Witz, oder?«, erwiderte Ricco und beugte sich über den Küchentisch.

»Nein, Ricco. Ich meine das so, wie ich es sage«, antwortete Robert leise.

»Ihr könnt mir doch meinen besten Freund nicht verbieten. Wie lange kenne ich Sam schon? Und nur, weil ihr plötzlich abdreht, soll ich meinen besten Freund verlieren? Niemals! Nicht in diesem Leben.«

»Rede nicht so mit deinen Eltern!«, brüllte sein Vater ihn an. Ricco lehnte sich wieder zurück und sah seine Eltern kritisch an.

»Es tut mir leid, okay. Niemand will dir irgendetwas verbieten. Es ist statistisch bewiesen, dass manche Menschen, die aus einem Koma erwachen, nicht mehr die sind, die sie einmal waren. Es treten von Zeit zu Zeit Bewusstseinsstörungen auf…«

»Statistisch? Wow!«, fauchte Ricco leise.

»Er ist so anders geworden seit dem Unfall.«, begann Mandy.

Ricco löste die Bremsen seines Rollstuhles und drehte sich um. Robert stand auf und stellte sich ihm in den Weg.

»Wo möchtest du hin?«

»Lass mich gehen, Dad.«

»Sag mir erst, wohin du möchtest!«

»Nur, weil ich ein verdammter Krüppel bin, hast du nicht das Recht, mit mir zu machen, was du willst!«, schrie Ricco. Es war das erste Mal in seinem Leben, dass er seinen Vater anschrie.

»Es tut mir leid, hörst du? So hatte ich das nicht gemeint.« Robert rief seinem Sohn nach, doch Ricco reagierte nicht. Er setzte sich in den Treppenlift und fuhr hoch in den ersten Stock.

»Er leidet sehr darunter, Robert«, sagte Mandy schließlich und setzte einen Kaffee auf.

Robert hielt sich die Hände vor den Mund und blickte mit leeren Augen in den Raum. Er hatte seinen Sohn verletzt. Sehr sogar. Er realisierte, dass diese Aktion nicht die Wirkung mit sich gebracht hatte, wie er es sich ursprünglich erhoffte.

»Wir sollten es uns vielleicht noch einmal überlegen. Vielleicht fühlt sich der Junge einfach nur einsam im Krankenhaus und …«

»Nein, Mandy. Er schreibt, dass er etwas aus der Welt schaffen möchte und so etwas schreibt man nicht, wenn man einsam ist oder einfach nur reden möchte«, unterbrach Robert seine Frau.

»Vielleicht hat er einfach nur …«

»Mandy! Das Thema hat sich erledigt. Dieser Junge ist in meinen Augen völlig verrückt geworden. Er war sicher mal ein netter Kerl, aber das ist einfach das Resultat des schlimmen Unfalls. Den einen rafft der Alkohol dahin, den anderen ein Unfall. Doch meinen Jungen beschütze ich vor solchen Typen.« Die Worte Roberts waren hart und ungerecht, doch Mandy wollte sich nicht auf eine endlose Diskussion mit ihm Mann einlassen. Es hatte keinen Sinn. Robert verbot seinem volljährigen Sohn eine Freundschaft.

An diesem 9. Dezember sahen Mandy und Robert ihren Sohn nicht mehr. Das allabendliche Ritual vor dem Fernseher, das Zähneputzen und das Umziehen blieben aus. Ricco hatte sich eingesperrt.

»Ich halte das für keine gute Idee, Ricco«, sagte Lydia am anderen Ende Leitung. Seit mehr als zweieinhalb Stunden telefonierte Ricco mit seiner Freundin. Er hatte ihr alles über den Brief und den Streit mit seinen Eltern erzählt. Doch Lydia schien kein großes Verständnis für ihn zu haben und versuchte ihn mit allen Mitteln von seinem Plan abzubringen.

»Er ist mein bester Freund, Lydia. Ich muss zu ihm, egal wie.«

»Und wenn deine Eltern herausbekommen, dass ich dir geholfen habe?« Lydias Stimme klang verunsichert.

»Wie denn? Wenn wir es so machen, wie ich es dir gesagt habe, kann das unmöglich auffliegen.« Für einen Moment herrschte Ruhe in der Leitung und Ricco betete, dass Lydia ihm half.

»Also…also, ich soll deine Eltern morgen nach der Schule anrufen und fragen, ob es ihnen etwas ausmacht, wenn du bei uns isst?«, wiederholte Lydia Riccos Plan.

»Genau.«

»Und wenn sie am Abend doch anrufen, sagen meine Eltern, dass wir noch ins Kino gegangen sind, weil wir sie das glauben lassen.«

»Richtig.« Wieder trat eine Pause ein.

»Nein. Ich kann meine Eltern doch nicht belügen«, schossen plötzlich ihre Worte in sein Ohr.

»Lydia, das ist lediglich eine kleine Schummelei, keine Lüge.«

»Wo ist der Unterschied?«

»Du würdest mir einen sehr, sehr großen Gefallen damit erweisen.«

»In Ordnung, aber nur das eine Mal. Nach der Schule sage ich Mum, dass wir uns noch mit ein paar Freunden treffen und anschließend ins Kino gehen. Ich werde dann deine Eltern anrufen. Bis dann.«

»Gott sei Dank«, flüsterte er und legte sich in sein Bett.

Nach knapp zwanzig Minuten war Ricco immer noch wach und starrte an die Zimmerdecke. Nur das leise Summen seiner Nachtlampe war zu hören. Er drehte sich zu seiner Rechten und zog den Brief aus seiner Rollstuhltasche. Wieder öffnete er das Blatt und las die Zeilen sorgfältig durch. Sams Worte hatten etwas Endgültiges. Ricco ahnte, dass sein morgiger Besuch alles andere als angenehm werden würde.

»Aufstehen, Ricco.« Mandy klopfte leise an die Tür.

Ricco drehte sich und setzte sich schlaftrunken auf. »Alles klar, Mum.«

»Sperr bitte mal auf, Ricco«, sagte sie leise.

Ricco dachte darüber nach und hielt es für besser, nochmals mit seiner Mutter zu reden. Vielleicht konnte er die Notlüge umgehen und seine Eltern zur Vernunft bringen. Es dauerte ungefähr zehn Minuten, bis Mandy hörte, wie Ricco die Türe aufsperrte.

»Danke, Schatz. Wie geht's dir? Möchtest du heute zu Hause bleiben?«, fragte sie freundlich.

»Nein. Alles in Ordnung. Ich habe Schule und genau dahin werde ich jetzt auch gehen.«

»Wegen gestern, dein Dad hat etwas übereifrig reagiert. Du darfst es ihm nicht übel nehmen, aber er macht sich nun einmal Sorgen um dich«, antwortete Mandy und strich ihrem Sohn zärtlich durchs Haar.

»Das heißt?«, fragte Ricco unberührt und sah seine Mutter an.

»Was meinst du damit?«

»Was heißt das? Darf ich Sam weiterhin sehen oder nicht?«

»Er beharrt auf seinem Standpunkt, Schatz. Das soll aber nicht bedeuten, dass du Sam nicht vielleicht in ein paar Wochen wiedersehen kannst, er möchte lediglich ein bisschen Zeit verstreichen lassen und ich bin mir sicher, dass das alles in einem Monat wieder ganz anders aussieht. Kannst du damit leben?«

»Es bleibt mir ja nichts anderes übrig, oder?«, antwortete Ricco.

»Du bist also nicht mehr böse auf Dad?«

»Er hat seinen Standpunkt und ich meinen. Einer muss zurückstecken.«

»Da bin ich ja erleichtert. Frieden?«

»Frieden« Mit diesen Worten war das Thema beendet, für Mandy genauso wie für Ricco. Es blieb ihm nichts anderes übrig, als seinen Plan durchzuführen. Koste es, was es wolle.

Der Schultag verging zäh wie die anderen Tage auch und heute hatte sich Ricco auch noch eine fünf in Mathematik eingehandelt. Doch selbst diese Tatsache ließ den Jungen an diesem Tag kalt. Er dachte immer zu an den Brief seines besten Freundes.

.... Ich habe nachgedacht ... Bitte besuche mich ... besuche mich ... Ich habe nachgedacht ...

Er dachte immer wieder an diese Sätze. Ricco hatte an diesem Tag Probleme, dem Unterricht zu folgen. Samuel musste ein ernsthaftes Problem haben und Ricco schien seine letzte Hoffnung zu sein.

Der Schulgong läutete das Ende des Unterrichts ein und Ricco beeilte sich, das Klassenzimmer so schnell wie möglich zu verlassen. Lydia schob ihn aus dem Schulgebäude hinaus.

»Du bleibst dabei?«, fragte sie verunsichert und hoffte, dass Ricco es sich noch mal anders überlegt hatte.

»Ja, Lydia. Das eine Mal. Bitte«, antwortete er und das Pärchen verließ das Schulgebäude.

Lydia schob ihren Freund vor einen nahegelegenen Parkplatz und Ricco holte sein Handy heraus. Alles verlief wie besprochen und ganz nach Plan. Er tippte eine Nummer und Lydia setzte sich auf eine Bank.

»John's Taxiunternehmen, guten Tag.«

»Guten Tag, mein Name ist Ricco Feller und ich bräuchte schnellstmöglich ein Taxi an der Highschool in der Stremmlerstreet, Ecke Park Avenue.«

»Alles klar. Das Taxi ist unterwegs.«

Das Gespräch war kurz und knapp und nach zehn Minuten war das Taxi da. Lydia half dem Fahrer, Ricco in das Innere des Autos zu schaffen, und circa zwanzig Minuten nach dem Telefonat befand sich Ricco auf dem Weg zum St. Vincent-Hospital. Der Stein war ins Rollen geraten, es gab kein Zurück mehr. Lydia Maslowski machte sich auf den Weg. Sie ging langsam und machte sich Vorwürfe, Ricco bei seinem Unterfangen geholfen zu haben. Sie wusste nicht, ob es richtig oder falsch war, doch eins begriff sie: Es spielte letztendlich keine Rolle mehr. Das Taxi war weg und mit ihm Ricco.

Gegen 14:10 Uhr fuhr Ricco in die Empfangshalles des St. Vincent-Hospitals.

»Hallo. Mein Name ist Ricco Feller, ich möchte gerne zu Samuel Stromer.«

»Kleinen Moment, bitte«, entgegnete ihm die unfreundliche Schwester und nahm den Telefonhörer in die Hand. Nach einer knappen Minute begleitete sie den Jungen in den Aufzug und wenig später befand sich Ricco in dem richtigen Stockwerk. Die Schwester schob Ricco, als dieser plötzlich die Bremse seines Rollstuhls anzog.

»Vielen Dank, aber ich möchte das letzte Stückchen alleine fahren. Ich kenne den Weg.«

»Gut.«, sagte die kurzhaarige Schwester gelangweilt, drehte sich um und stieg wieder in den offenen Fahrstuhl. Die Tür schloss sich und Ricco konnte noch das Geräusch der Stahlseile im Schacht hören. Es war ruhig geworden. Er spürte, wie sich sein Herzschlag beschleunigte. Er blickte nach links und sah eine alte Frau auf einer der Bänke sitzen. Neben dem mobilen Infusionsständer befand sich eine kleine Sauerstoffflasche, deren Schläuche in die Nase der alten Dame mündeten.

Freundlich winkte er ihr zu. Sie freute sich über diese kleine Geste und hob geschwächt die Hand zum Gruß. Ricco sinnierte einen Moment darüber, warum die Menschen verlernt hatten, menschlich zu sein, doch Sams Satz unterbrach seine Gedankenkette.

»Okay, okay.«, sagte er zu sich.

»Showdown.«, flüsterte er, schloss die Augen und klopfte an die Tür.

»Herein«, sagte Sam leise und ruhig.

Ricco wischte sich die schwitzigen Hände an seiner Jeans ab und öffnete langsam die Tür. Sam saß aufrecht im Bett und lächelte ihm entgegen. Sein Zustand hatte eindeutig Fortschritte gemacht. Sams Augen waren klarer als bei seinem letzten Besuch.

Die beiden sahen sich an, ohne ein Wort zu sagen, und es war eine einzigartige, wenn auch angespannte Ruhe, die sich im Krankenzimmer breitmachte.

»Wie geht es deinen Eltern?«, fragte Sam schließlich leise.

»Gut. Immer noch die gleichen Standpauken, wenn etwas nicht so läuft, wie sie es sich vorstellen. Du kennst sie ja…«, antwortete Ricco und spürte, dass es nicht der richtige Zeitpunkt war, um Smalltalk zu halten.

»Ich habe deinen Brief erhalten, Sam«, sagte er.

»Ja. Das sind schon komische Zeiten. Sehr eigenartige Zeiten, nicht wahr?«, sprach Sam leise, ohne den Blick von den Händen zu nehmen.

Ricco nickte zustimmend.

»Ich weiß nicht so recht, wo ich anfangen soll. Wie ich richtig beginnen soll. Verstehst du das?«

»Versuch es einfach.«

Sam setzt sich noch ein Stück weiter auf und rieb sich das Gesicht.

»Ich habe dir das letzte Mal von meinen Träumen erzählt. Sie sind wahr. Seit unserem Unfall kommen sie und ich erfahre immer mehr Dinge, vor denen ich nicht die Augen verschließen kann. Anfangs war ich davon überzeugt, den Verstand zu verlieren. Ich dachte, der Unfall hätte mein Gehirn geschädigt, aber dem ist nicht so. Es sind tatsächlich Visionen, Ricco. Ereignisse, die geschehen werden, wenn ich nichts unternehme. Ich habe Tote, Panzer und Krieg gesehen – dystopische Bilder aus der Zukunft. Dinge, die in der heutigen Zeit unvorstellbar sind. Ich habe viele grauenhafte Dinge gesehen, die ich nicht sehen wollte, Schreie gehört, die ich nicht hören wollte, und ich habe auch dich gesehen. Genau das ist der Grund, weshalb ich dich bat, nochmals zu kommen. Ich habe jetzt den Beweis, der dich überzeugen wird, doch ich bitte dich vom ganzen Herzen, mir so zu glauben, ohne Beweis.«

Ricco musterte Sam, ließ die Worte nochmals Revue passieren.

»Es klingt irrwitzig«, sagte Ricco schließlich und schüttelte langsam den Kopf.

»Wie soll ich dir glauben, Sam? Du erzählst mir, du könntest in die Zukunft sehen. Sei doch mal ehrlich, was würdest du an meiner Stelle denken?«

»Ich würde dir glauben, weil ich dich kenne.«

»Angenommen, ich glaube dir, Sam. Was dann?«, fragte Ricco und zog seine Augenbrauen nach oben.

»Ich würde dich bitten, es zu verhindern und ihn zu töten.«

»Was? Wen soll ich töten?«

»Ich würde dich bitten, etwas sehr Schreckliches zu tun, ich weiß. Aber wenn er nicht gestoppt wird, sind wir verantwortlich für den Tod von Millionen von Menschen. Welche Option würdest du wählen, wenn ich recht hätte? Was wäre, wenn es stimmt, was ich sage? Was dann?«

»Ich soll einen Mord begehen?«

»Ja.«

»Du bist wahnsinnig, Sam. Du bist total verrückt geworden!« Ricco wurde laut. Er löste die Bremsen seines Rollstuhls und drehte in Richtung Tür.

»Soll ich dir beweisen, dass ich deine Gedanken kenne?«, fragte Sam leise und sah seinem Freund nach.

»Vergiss es, Sam. Du solltest mit deinem Arzt reden, ich glaube, du hast ein ernsthaftes Problem mit deiner Psyche.«

»Du hast ein Problem, nicht ich«, antwortete Sam leise und Ricco öffnete die Tür.

Er drehte den Rollstuhl nochmals zu Sam und sah ihn zornig an.

»Ach was? Du bestellst mich hierher, um mich mit irgendeinem wirren Blödsinn zuzutexten, willst mich zu einem Mörder, und dann bin ICH derjenige, der ein Problem hat? ICH?«, brüllte Ricco.

»Ich denke nicht an Selbstmord, Ricco Joshua Feller. Ich wollte mich nicht auf die Gleise fallen lassen.«

Ricco verharrte in der Bewegung. Mit wütenden Augen starrte er seinen Freund an. Dieser Blick sagte Sam, dass er mit seinem Satz ins Schwarze getroffen hatte.

»Ich wollte dir nicht wehtun, Ricco, aber du hast mich dazu gezwungen«, entschuldigte Sam sich und senkte den Blick.

»Wehgetan? Es ist, glaube ich, nicht schwer, auf so einen Gedanken zu kommen, wenn man ein Krüppel ist.«

»Willst du damit sagen, dass ich nur darauf spekuliert habe?«

»Was denn sonst?«, schrie Ricco und näherte sich seinem Freund.

»Ach …und unser oh, so weiser Hellseher denkt, er habe mich jetzt mit so einem Blödsinn davon überzeugt, einen Menschen zu ermorden und mein Leben wegzuwerfen? Du hast sie ja nicht mehr alle, mein Freund!«, fauchte Ricco und blieb direkt neben dem Krankenbett stehen.

Sam sah ihn an und schüttelte den Kopf.

»Du hast mir nie gesagt, dass du mit zweitem Vornamen Joshua heißt. Auch nur eine Vermutung, nehme ich an. Geraten? Richtig?«, konterte Sam knapp.

»Was weiß denn ich? Vielleicht hast du mal meinen Personalausweis gesehen, vielleicht haben es dir meine Eltern mal gesagt. Was für ein Zauber, kaum zu glauben, Samuel!«

»Nein, weder deine Eltern haben es mir gesagt noch habe ich jemals deinen Ausweis gesehen und das weißt du auch genau.«

»Mit dir bin ich fertig, Samuel. Wir waren einmal beste Freunde und die Betonung liegt auf ›waren‹. Ich wünsche dir noch ein schönes Leben.«

Und mit diesen Worten verließ Ricco das Krankenzimmer. Für immer.

Kapitel 5 – Tom Midler

»Ich habe Mohammed Fahru für Sie auf Leitung zwei«, gackerte die blecherne Stimme durch den Lautsprecher.

»Stellen Sie durch.« Er konnte nur noch das leise elektronische Klicken in der Leitung hören, als Mohammed Fahrus Stimme auch schon erklang.

»Mr. Midler?« »Ja.«

»Ich wollte Ihnen nur gratulieren. Ihre Kundgebung in New York war ein Erfolg auf ganzer Linie. Ich habe die Information bekommen, dass die FA allein auf dieser Kundgebung 400 neue Mitglieder für sich gewinnen konnte.«

»Danke, Mr. Fahru. Was gibt es Neues? Wie geht's Danny?«

Mohammed Fahru hatte Tom letzte Woche auf einer Cocktailparty eines angesehenen Politikers kennengelernt. Nach einem kurzen Smalltalk hatte sich schnell herausgestellt, dass er und Tom auf einer Wellenlänge lagen. Danny hatte dieses Treffen arrangiert und konnte zu diesem Zeitpunkt nicht ahnen, dass Tom nur ein Ziel hatte: Danny abzusägen. Die Popularität von Tom und seiner Partei Freies Amerika wuchs stetig und Danny realisierte, dass er allmählich nicht mehr alle Fäden in der Hand hatte. Immer mehr Entscheidungen und Termine wurden ohne seine Zustimmung getroffen.

Tom hatte sich zu einem überaus diplomatisch erscheinenden, rhetorisch versierten und sehr geschickten Politiker entwickelt. Die Tatsache, Dannys Vorgesetzten kennenzulernen, kam ihm mehr als nur gelegen. Mr. Fahru war einer der Köpfe der GBA und die beiden waren sich sofort sympathisch. Am darauffolgenden Mittwoch hatte er seinen neugewonnenen Freund in seine Villa in Österreich eingeladen.

»Schön, dass Sie gekommen sind, Mr. Midler.«

»Es ist mir eine Ehre. Vielen Dank für die Einladung«, erwiderte Tom. Er hatte es vorgezogen, die Einladung ohne Ricky und Willy wahrzunehmen. Nach einer kurzen Führung durch das Anwesen nahmen die beiden im Esszimmer der Villa Platz.

»Wie mir Danny erzählt hat, machen Sie Ihren Job verdammt gut«, sagte der dunkelhäutige Mann mit Akzent.

»Ich lebe nur meinen Traum, das ist alles.«

Und genau dieser Satz war es, der Mohammed Fahru imponierte. Die Religion und Lebenseinstellung von Mr. Fahru und seinem Volk ähnelten Toms Ansicht gewaltig. Die westliche Welt schien in vielerlei Hinsicht die Ernsthaftigkeit an ihren Glauben verloren zu haben. Eine Ansicht, die viele der radikalisierten Gläubigen im Nahen Osten nicht teilten. Umso schöner war es zu sehen, dass es in der westlichen Welt auch Menschen gab, die es richtig verstanden, an die Werte zu glauben, auch wenn sich ihre Gottheiten unterschieden.

»Sie wissen über die GBA Bescheid?«, fragte Mohamed und trank einen Schluck des teuren Rotweines.

»Nicht im Detail.«, antwortete Tom und nahm sein Glas zur Hand.

»Die GBA ist die Globale Befreiungsarmee und verkörpert die Zukunft des 21. Jahrhunderts. Alles läuft nach Plan und das Projekt ist in keiner Form gefährdet. Wir werden in absehbarer Zukunft sämtliche wirtschaftsstarken Länder auf unserer Seite haben ... freiwillig oder mit Gewalt. Wenn das geschehen ist, ist es nur noch eine Frage der Zeit, den globalen Plan realisieren zu können. Eine einheitliche Führung auf diesem Planeten.« Mr. Fahrus Augen leuchteten.

»Eine utopische Vorstellung«, sagte der Parteichef der FA nachdenklich und Mr. Fahru begann lauthals zu lachen, sodass Tom vor Schreck zusammenzuckte.

»Nicht utopisch, mein Freund. Durchaus realistisch. Nehmen wir einmal die Mafia. Was ist sie? Eine Terrororganisation?«

»Ja.«

»Falsch. Die Mafia ist ein Unternehmen, eine Institution, die alle Mittel wahrnimmt, um die Kontrolle zu erlangen. Eine Firma mit Innovation und Geist für das Moderne.«

»Nur, solange ich das Gesetz achte, werde ich niemals in so einer kurzen Zeitspanne an mein Ziel gelangen, Tom. Ich frage mich, wer sich eigentlich das Recht herausnimmt, mich in meinem handeln einzuschränken. Da oben sitzt eine Handvoll verkorkster Politiker, die ein Gesetz nach dem anderen verabschieden. Diese Zeiten sind vorbei.«

»Arbeitet die GBA auch mit der Mafia zusammen?«, fragte Tom.

Mr. Fahru sah seinem Gegenüber tief in die Augen und lächelte. Doch schließlich sagte er: »Wir haben viele Partner, viele Geschäftsleute, mit denen wir einen guten und langjährigen Kontakt pflegen. Eine Hand wäscht die andere.«

Plötzlich war Tom wieder in der Gegenwart und hörte Fahrus Stimme am anderen Ende der Leitung.

»Mr. Midler? Hallo?«

»Oh, Entschuldigung. Wie bitte?«

»Ich sagte, Danny geht es gut. Er ist momentan im Osten Europas unterwegs.«

Tom dachte nochmals an das Treffen und daran, was Fahru gesagt hatte: Er würde Tom gern unter seine persönliche Obhut nehmen, da er in ihm noch eine Menge Potenzial sehe.

Somit wäre Danny nicht mehr der direkte Ansprechpartner von Tom, sondern Mohammed Fahru. Ein Wechsel, den Tom sehr schätzen würde.

»Ich habe etwas arrangiert, Mr. Midler. Etwas, dass Sie sehr freuen wird.«

»Was denn, Mr. Fahru?«

»Ein Treffen mit einem der wichtigsten und mächtigsten Menschen der Welt.«

Toms Herz begann zu rasen, er schaltete die Freisprechanlage aus und griff nach dem Telefonhörer.

»Mit wem?«, fragte er aufgeregt.

»Mit dem Präsidenten der USA. Quasi Ihrem zukünftigen Vorgänger«, lachte Mohammed Fahru selbstsicher in den Hörer.

»Vorgänger.«, flüsterte Tom und stellte sich vor, dem Präsidenten die Hand zu schütteln.

»Wozu soll das gut sein? Er gehört einer anderen Partei an. Er ist nicht für die FA«, fragte er schließlich.

»Mr. Midler, sie müssen von Ihrem Schwarz-Weiß-Denken wegkommen. Sehen Sie ihn nicht als Konkurrent, sondern als Helfer«, sprach Fahru sachlich.

»Wieso ›Helfer‹? Die FA hat sich zu einer stattlichen Partei entwickelt. Die nächsten Wahlen stehen an und die Prognosen sehen sehr gut aus, den Sprung ins Parlament zu schaffen. Der Präsident würde mir mit Sicherheit nicht unter die Arme greifen.«

»Täuschen Sie sich da nicht. Was würde Amerika machen, wenn sein Präsident plötzlich weg wäre? Meinen Sie, das System würde dann aufhören, zu funktionieren?«

Tom bemerkte, wie sich in Windeseile Schweißperlen auf seiner Stirn bildeten. Das alles nahm nun Dimensionen an, die einem Hollywoodfilm glichen.

»Was meinen Sie mit ›weg‹?«

»Das Treffen mit dem Präsidenten soll Ihr Image weiter aufpolieren und Ihre Popularität weiter steigern, denn viel Zeit bleibt nicht mehr bis zu den Wahlen.«

»Weshalb? Ich verstehe nicht …«, stotterte Tom.

»Tom, Sie werden einer der letzten Männer sein, die dem Präsidenten die Hand schütteln«, sagte Fahru eindringlich, doch Tom wollte dem Gedanken nicht glauben, der sich hinter seiner Stirn auftat.

»Ich …«

»Überlegen Sie. Bis Sie mit Ihrer Partei im Parlament sind. Bis Sie zur Präsidentschaftskandidatur aufgestellt werden, vergeht zu viel Zeit. Zeit, die wir effektiver nutzen können, als darauf zu warten, dass uns die nationalen Spielregeln erlauben, unsere Pläne umzusetzen.«

»Er wird … Ich …«

»Wissen Sie noch, was ich Ihnen bei unserem Treffen in Österreich gesagt habe? Ich sagte, dass niemand, absolut niemand weiterkommen wird, wenn er nach den Spielregeln der anderen spielt. Wir beschleunigen den Vorgang nur ein wenig«, beendete Mohammed Fahru seine Ausführung.

»Aber ist es wirklich notwendig, solche radikalen Schritte einzuleiten? Gibt es keinen anderen Weg, die Sache etwas zu beschleunigen? Mit einem Skandal? Einem zweiten Watergate?«

Unwillkürlich machte es den Anschein, als kämpfe Tom Midler um das Leben des Präsidenten, obwohl er doch nichts sehnlicher wollte als dessen Posten. Doch so korrupt und eiskalt konnte und wollte er nicht sein. Der Weg zu der Position, in der er sich befand, war bereits genug mit Menschen gepflastert, die unschuldig gestorben waren oder in Untersuchungshaft saßen.

»Nein. Bei aller Ehre und Respekt vor dem, was Sie leisten, Mr. Midler. Aber diese Entscheidung liegt nicht bei Ihnen. Und meine Ankündigung, dass Sie den Präsidenten treffen, war keine Frage, sondern eine Tatsache.«

Tom lockerte seine Krawatte und öffnete den obersten Knopf seines Hemdes.

»Sie wollen den Präsidenten töten. Das ist gesetzt«, stellte er leise fest und spielte nervös mit seinem Kugelschreiber.

»Wir werden den Präsidenten austauschen«, antwortete Mr. Fahru. »Wann soll das Treffen sattfinden?«

»Wir haben heute Montag. Nächsten Montag, also genau in einer Woche. Am nächsten Freitag werden die Medien viel zu schreiben haben, wenn Sie verstehen, was ich meine.«

»Am Freitag, oh mein Gott.«, murmelte Tom entsetzt und brachte keinen Ton hervor.

»Es ist bereits alles organisiert. Wenn wir im Zeitplan bleiben, müsste Anfang nächsten Jahres die außerordentliche Präsidentschaftswahl einberufen werden. Nach dem Attentat wird man die Schuldigen in der Partei des Präsidenten finden. Das soll heißen, dass die Republikaner alles andere als gut beim amerikanischen Volk sowie in der Weltpresse dastehen werden. Sobald Sie an der Macht sind, Mr. Midler, steht unserem Plan zur Globalisierung nichts mehr im Weg. Es ist dann nur noch eine Frage der Zeit, bis sich die anderen Nationen der neuen Führung Amerikas anschließen werden.«

Tom schaltete wieder die Freisprechanlage ein. Er stand auf und ging zum Fenster. Unten sah er, wie Autos von A nach B fuhren, Menschen hektisch von einem Platz zum nächsten eilten und Vögel in einem nahegelegenen Park auf der Wiese nach Nahrung pickten. Alles schien so friedlich zu sein.

Wieder ertönte die Stimme von Mohammed Fahru:

»Lassen Sie uns machen. Es ist lediglich ein weiterer Schritt zur Prozessoptimierung. Ich werde Ihnen per Mail die Daten für das Treffen schicken. Für den Rest der Woche haben Sie keine weiteren Termine. Wir haben sie verlegt, damit Sie am Montag einen erholten Eindruck machen. Ich melde mich wieder bei Ihnen, Mr. Präsident.«

Die Freisprechanlage schaltete ab und Tom blieb regungslos am Fenster stehen. Er betrachtete die Menschen und konnte einfach nicht glauben, was Mohammed Fahru gesagt hatte. Er drehte sich um, griff zum Hörer und tippte hektisch eine Nummer.

»Ja. Ich bin's, Tom. Komm bitte in mein Büro und sag Willy Bescheid. Ich habe etwas mit euch zu besprechen.«

Tom schaltete den Fernseher an und schob die DVD, die er in seiner Schreibtischschublade verwahrte, hinein. Hitler erschien vor einer Menschenmasse und gestikulierte und drohte in seiner gewohnten Manier. Tom saß hinter seinem Schreibtisch und blickte gebannt auf den Bildschirm. Seine Pupillen weiteten sich, er begann wieder zu lächeln. Plötzlich klopfte es an der Tür und Tom schaltete ab.

»Herein.«

»Was gibt es denn?«, fragte Ricky schmatzend und schob sich das letzte Stück seines Sandwiches in den Mund.

»Sie werden den Präsidenten umbringen. Nur so komme ich an die Macht.« Seine Worte waren laut und übertrieben.

Willy sah Ricky verstört an.

»Sie werden was?« Willy blickte ungläubig zu Tom.

»Er wird sterben. Damit der Weg für die neue, für die einzig wahre Politik geebnet ist. Die Tage des Präsidenten sind gezählt. Es wird Zeit, das amerikanische Volk von seinem Laster und von all den Schmarotzern zu befreien, um das Land wieder stark und frei zu machen!«

Tom nahm eine Flasche Brandy aus der Schublade.

»Das ist nicht dein Ernst, oder?«, fragte Ricky und lehnte sich über den Schreibtisch.

»Doch, Ricky. Weshalb?« Toms überzogen erstaunte Mimik provozierte seinen Freund. Schon seit geraumer Zeit herrschte ein raues Klima zwischen den beiden.

»Du hast sie nicht mehr alle«, flüsterte Ricky und drehte sich verächtlich von seinem Boss weg. Wie ein Berserker sprang Tom auf, schoss um den Schreibtisch herum und packte Ricky an der Gurgel.

»Sag das nie wieder! Hörst du?! Nie wieder!«, schrie er Ricky mit weit aufgerissenen Augen an.

Willy setzte sich teilnahmslos auf die Couch und beobachtete das Handgemenge. Es war in letzter Zeit zu oft vorgekommen, dass sich die beiden in die Wolle bekamen, als dass es ihn noch schockierte.

»Einen Scheiß werde ich tun«, würgte Ricky mit letzter Kraft hervor und riss Toms Hand von seinem Hals. Tom stand da und sah ihn ungläubig an. Ricky hatte es tatsächlich gewagt, seine Hand wegzuschlagen.

»Das war ein Fehler, Mann«, fauchte er leise und seine Augen verformten sich zu Schlitzen.

Tom packte Ricky am Kragen und wirbelte ihn durch das Büro. Mit einem lauten Schrei schlug er gegen den Aktenschrank. Er blieb liegen und nur das leise Stöhnen verriet, dass er noch bei Bewusstsein war. Tom setzte sich an seinen Schreibtisch, sah in seine Unterlagen und tat so, als wäre nichts geschehen. Nach wenigen Momenten stand Ricky wieder auf beiden Beinen.

»Ich hoffe, das war eine Lehre für dich.« Tom betrachtete kurz seinen ehemaligen Freund.

»Du Psychopath«, zischte Ricky und setzte sich neben Willy auf die Couch.

»Was hast du gesagt?«

»Ich sagte, dass du verrückt geworden bist, Thomas Midler«, sagte Ricky überdeutlich.

»Glaubst du, dass du hier stehen würdest, wenn ich nicht wäre? Meinst du allen Ernstes, du würdest heute einen Porsche auf Firmenkosten fahren, wenn ich dich nicht aus deinem Drecksloch herausgeholt hätte?« Mit hochrotem Kopf sprang Tom auf und sah Ricky wütend an.

»Wir wollten unseren ideellen Werten folgen, unseren Traum mit der amerikanischen Bevölkerung leben. Es war zu keinem Zeitpunkt die Rede von Mord, Korruption und so krankem Rassismus!«, brüllte Ricky zurück und sah Tom schnaubend an.

»Du bist ja so grün hinter den Ohren. Denkst du allen Ernstes, Politik sei ehrlich?«

»Du bist eine Gefahr für die Menschheit, Mann. Ein kleiner Hitler.« Dieser Satz wurde Ricky zum Verhängnis. Tom sprang über den Schreibtisch und packte Ricky erneut am Kragen.

»Nimm das sofort zurück, du kleines Stück Scheiße!«, kreischte er wie wahnsinnig und auch Willy wurde klar, dass Ricky mit seinen Worten recht hatte.

»Das werde ich nicht tun, Adolf.«, krächzte er grinsend und spuckte Tom mitten ins Gesicht.

Tom packte Ricky an den Haaren und schleifte ihn hinter seinen Schreibtisch. Er öffnete das Fenster und hielt Rickys Kopf heraus.

»Willst du springen?! Willst du?! Nimm es zurück!«, brüllte er.

Ricky hob sein Bein und schaffte es, Tom einen gewaltigen Schlag in die Weichteile zu verpassen. Mit einem lauten Schrei ließ Tom von ihm ab und hielt sich mit schmerzverzerrtem Gesicht seinen Schritt. Ricky erkannte seine Chance, nahm all seinen Mut zusammen, und setzte den Mann mit einem gekonnten Kinnhaken außer Gefecht.

»Ach du Scheiße. Ach du große Scheiße.«, jammerte Willy, der dem Spektakel ungläubig zugesehen hatte.

Tom lag am Boden und stöhnte.

»Du verrückter Idiot, was ist bloß aus dir geworden? Ein Größenwahnsinniger!«, schrie Ricky und machte sich auf den Weg, das Büro zu verlassen. Er war gerade bei der Tür angekommen, als er plötzlich wieder die Stimme von Tom hörte.

»Komm sofort zurück, du Ratte.« Ricky drehte sich um.

»Ich denke nicht im Traum…« Er blieb wie angewurzelt stehen.

Toms Hemd war blutverschmiert und aus seiner Nase lief der rote Saft. Mit zerzaustem Haar und irrem Blick richtete er eine Pistole mit Schalldämpfer auf Ricky.

»Oh mein Gott.«, stammelte Ricky.

»Zum Fenster. Los«, sagte er kurz und winkte mit der Waffe Richtung Fenster. Ricky folgte seinen Anweisungen.

»Spring«, flüsterte Tom und kicherte wahnsinnig los.

»Was?«

»Ich sagte, du sollst dich aus dem Fenster stürzen.« Tom drückte die Mündung des Schalldämpfers direkt auf Rickys Stirn.

»Was ist in dich gefahren? Was ist bloß...«

»Spring«, befahl Tom und drückte die Waffe noch stärker an den Kopf.

Ricky konnte nicht mehr. Er setzte sich auf den Boden und weinte. Er hatte Todesangst und sah seinen langjährigen Freund an, der felsenfest entschlossen war, ihn umzubringen.

»Spring wie ein Rehlein, du Verräterschwein. Hihihi, Spring wie ein Rehlein«, trällerte Tom belustigt.

»Lass uns noch mal reden, wir haben beide überreagiert, wir können das aus der Welt schaffen. Ein für alle Mal«, lenkte Ricky ein und hob beschwichtigend die Hände.

»Natürlich können wir das. Spring aus dem Fenster und die Sache ist ein für alle Mal erledigt.« Entzückt über seine eigenen Worte lachte der Parteivorsitzende, ohne Ricky auch nur eine Sekunde aus den Augen zu lassen.

»Du willst mich wirklich tot sehen?« Ricky starrte hilflos auf den Boden.

»Aber so was von, Baby. Das kannst du dir gar nicht vorstellen. Und jetzt spring endlich.«

Wie ein Häufchen Elend saß Ricky auf dem teuren Teppich und heulte wie ein Schlosshund.

»Bitte, bitte nicht.«, flehte er mit tränenerstickter Stimme und faltete seine Hände .

»Komm schon, Ricky. Steh auf.« Tom winkte mit der Waffe nach oben und Ricky stand wieder auf.

»Wir sind doch noch Freunde, oder?«, schluchzte Ricky.

»Du hast es dir einfach vermasselt. Du hast zwei Möglichkeiten: Entweder ich puste dir eine Kugel in dein rebellisches Gutmenschen-Gehirn oder du springst einfach aus dem Fenster.«

Willy, der immer noch geschockt auf der Couch saß, fühlte, dass diese Situation nicht so glimpflich enden würde wie die Zwistigkeiten der vergangenen Tage. Er konnte nicht fassen, in was für einem Szenario zwischen Leben und Tod er gerade gefangen war.

Ricky hörte auf zu weinen.

»Das ist das Ende.«, flüsterte er und nickte.

»Yep. Ich kann keinen Rebellen in der Partei Freies Amerika dulden. Ich muss mich zwischen Fortschritt und Menschenleben entscheiden. Relativ simpel, würde ich sagen, und du weißt, dass ich das wertvollere Gut wähle, nicht wahr?«

Ricky nickte und nun geschah, was Willy bis zu seinem Lebensende nicht mehr vergessen sollte: Ricky erkannte, dass er aufgrund der Entfernung keine Chance hatte, Tom die Waffe zu entreißen. Der Mann stieg wortlos auf den Fenstersims und sprang. Es dauerte keine zehn Sekunden, bis sie hörten, wie der Körper auf dem Asphalt aufschlug. Kurze Zeit später quietschten Autoreifen und das entsetzte Geschrei von Passanten erfüllte die Straße.

Ricky hatte sich umgebracht.

»Wir sagen, während unserer Besprechung ist er zum Fenster gegangen und ist gesprungen. Ohne Worte, ohne Anzeichen. Klar, Willy?«

»Klar.«

»Dann ist ja gut.« Tom steckte die Waffe wieder in die Schublade und setzte sich zu Willy auf die Couch.

»Du musst das alles positiv sehen, Willy. Dir werden nun wesentlich mehr Aufgabengebiete zugeteilt. Egal, kommen wir zum Geschäft.«

Und auch dieser Moment brannte sich in Willys Gehirn ein. Der Blick sollte den Stoff für zahlreiche Albträume liefern. Tom verzog nicht einen Gesichtsmuskel.

»Die Ermordung des Präsidenten wird nächsten Freitag erfolgen. Wie und wo, weiß ich selber nicht, und das ist auch gut so. Mr. Fahru meinte, dass nach dem Ableben des Präsidenten eine außerordentliche Neuwahl stattfinden wird und dass das genau meine Chance ist. Somit würde ich schneller Präsident werden und könnte effektiver dem amerikanischen Volk dienen. Ich habe hier schon einmal eine Liste aufgestellt, die ich Stück für Stück abarbeiten werde, sobald ich Präsident geworden bin. Effizienz ist alles, Willy.«

»Wer gibt dir die Sicherheit, dass du Präsident wirst? Ich meine, trotz unserer Verbindungen entscheidet doch immer noch das Volk«, argwöhnte Willy und lachte.

»Die Kandidaten der Parteien werden natürlich von der GBA geschwächt, zum Beispiel mit Skandalen wie Bestechung oder Unterstützung des Waffenschmuggels für den Nahen Osten. Glaube mir, Mr. Fahru arbeitet mit den besten Strategen der Welt zusammen. Die Sache ist so sicher wie das Amen in der Kirche«, antwortete Tom ruhig und grinste über beide Ohren.

»Das klingt alles so einfach. Das ist die mächtigste Position der Welt und ich kann mir ehrlich gesagt nicht vorstell...«

»Schau, wo wir heute sind und wo wir vor einem Jahr standen. Nichts ist unmöglich, gar nichts.« Und mit diesen Worten übergab Tom Willy die Mappe mit den Stichpunkten, die er als Präsident in Angriff nehmen wollte.

1.Meldepflicht aller Aidskranken sowie Ausweisung alles Asylbewerber mit ansteckenden Krankheiten.

2.Kürzung des Arbeitslosengeldes und Verringerung der Rente.

3.Vertiefung der Kontakte (lt. Mr. Fahru) mit den Splittergruppen im Nahen Osten (Länder S. 6 explizit aufgeführt).

4.Verbot der gleichgeschlechtlichen Liebe.

5.Krankenversicherung für Arbeitnehmer, Dekret zur Kündigung der gesetzlichen Krankenversicherung für sozial Schwache, Arbeitslose und Ausländer.

6.Erfassung und Meldepflicht von Amerikanern, die in einer Ehe oder in einer Lebensgemeinschaft mit ausländischen Mitbürgern sind.

Es waren nur sechs Stichpunkte, doch sie klangen schrecklich und unrealistisch. Willy lief wieder ein kalter Schauer über den Rücken und er dachte zwangsläufig an die Machenschaften des Dritten Reiches.

»Das sind Punkte, die du alleine niemals durchsetzen wirst«, sagte er leise.

»Das ist richtig. So werde ich es dem amerikanischen Volk und der Regierung mit Sicherheit nicht mitteilen. Ich bin der Wolf im Schafspelz.«

Tom lachte über seinen Witz und Willy erkannte, dass der Mann nichts Menschliches mehr besaß. Geleitet vom Hass seines Idols und bestärkt von den Verbindungen zu Danny und Mr. Fahru hatte Thomas Midler seinen Verstand und Willy seinen Freund verloren. Während Willy noch völlig schockiert vor dem Blatt Papier saß, blickte Tom aus dem Fenster nach unten. Es dauerte nicht lange und der Hauptsitz der Partei Freies Amerika war umgeben von Polizisten, Sanitätern und Journalisten.

Willy gab genau die Worte zu Protokoll, die ihm Tom eingetrichtert hatte. Alles ging seinen Weg und gegen 17:00 Uhr verließ auch der letzte Beamte das Bürogebäude der jungen Partei.

Am 22. Dezember des Jahres 2008 traf Tom Midler im Rahmen einer offiziellen Benefizveranstaltung den Präsidenten der USA. Das Treffen wurde kurz gehalten und mehr als ein Händeschütteln und ein paar lobende Worte an den Präsidenten ließ der Zeitplan nicht zu. Dennoch, es war genug, um sich von der Presse mit dem Präsidenten ablichten zu lassen. Tom sah den Mann eindringlich an, der für ihn und die FA sein Leben lassen sollte.

Am 26. Dezember erschütterte gegen 15:10 Uhr eine tragische Nachricht die Welt.

Tom saß zu jenem Zeitpunkt im Büro und rauchte eine Zigarette nach der anderen. Willy hatte freigenommen und verbrachte seine Zeit beim Angeln. Er wollte allein sein und an diesem Tag niemanden unter die Augen treten. Es war die Angst, die Menschen könnten erkennen, dass er für diese Schandtat verantwortlich war, auch wenn das so nicht ganz stimmte. Tom hingegen war nervös, aggressiv und wartete vor dem Fernseher. Er zweifelte bis zum letzten Moment daran, dass die GBA wirklich die Macht besaß, um so etwas zu tun.

»Wir unterbrechen diesen Spielfilm wegen einer Nachricht, die uns das Weiße Haus gerade bestätigte. Der Präsident der Vereinigten Staaten von Amerika wurde heute bei einem Besuch in Boston Opfer einer Autobombe. Das Attentat ereignete sich gegen 14:45 Uhr Ortszeit, als der Präsident auf dem Weg zum Churchill-Hospital war, um der Neueröffnung der Klinik beizuwohnen, als circa zehn Meter vor ihm ein Wagen die Absperrung durchbrach und kurz darauf explodierte. Der Präsident sowie vier Leibwächter waren auf der Stelle tot. Zu den Tätern wollte sich das Police Department sowie der Sprecher des Weißen Hauses nicht äußern. Der Präsident hinterlässt neben der First Lady drei Kinder im Alter von 12, 15 und 21.«

Tom sah, wie die Nachrichtensprecherin mit den Tränen kämpfte, und in ihm wuchs eine unermessliche Wut. Wie konnte die Menschheit so blind sein und einem Mann folgen, der sich die falschen Vorsätze gesteckt hatte und Amerika auf einen verkehrten Weg brachte?

Als weitere Bilder des Tatorts gezeigt wurden, klingelte das Telefon.

»Ja? Hallo?«

»Gratulation zur Beförderung, mein Freund«, sagte die vertraute Stimme von Danny.

»Hallo, Danny, wie geht es Ihnen?«, fragte Tom verunsichert und setzte sich aufrecht hin.

»Dementsprechend. Ich bin jetzt für Westeuropa zuständig. Da haben Sie mich ja elegant abgesägt, mein Freund.« Dannys Worte klangen durchaus freundlich, doch die beißende Ironie in seinem Unterton war nicht zu überhören.

»Ich habe Sie nicht abgesägt, Danny. Ich habe …«

»Lassen wir dieses Thema, wir sind doch keine Kinder, oder?«

»Nein, natürlich nicht.«

»Gut. Der Grund meines Anrufes ist weiß Gott nicht das Interesse an Ihrem Wohlbefinden. Ich soll Ihnen von Mohammed Fahru ausrichten, dass Sie und Willy heute den Flieger um 21:30 Uhr Richtung Österreich nehmen sollen. Das Ticket ist für Sie am Airport hinterlegt. Verstanden?«

»Ja, Danny.«

»Also dann, mein Freund. Man sieht sich.«

Danny Klein hatte aufgelegt und Tom sah den Telefonhörer ungläubig an. Schnell zündete er sich eine weitere Zigarette an und schaltete den DVD- Player ein. Er drehte den Lautstärkeregler auf und setzte sich direkt vor dem Bildschirm auf den Boden. Der Führer erschien und hielt seine Rede zur Lage der Nation und über die Aggressoren aus aller Welt. Tom zog seine Hose aus und tat, was er schon so oft getan hatte: Die Worte Hitlers erregten ihn und er verschaffte sich Abhilfe.

Die Lawine war ins Rollen gekommen. Nichts und niemand konnte den Plan nun noch stoppen. Es lief so, wie Danny Klein ihm damals prophezeit hatte: strukturiert und äußerst penibel geplant. Kein noch so kleines Detail wurde dem Zufall überlassen. Es war ein wunderbares Gefühl, zu sehen, wie er Schritt für Schritt die Stufen des Olymps emporstieg.

»Das ist ja furchtbar«, japste Mandy und hielt sich vor Schreck die Hand vor den Mund.

Ricco war gerade von Lydia gekommen, als die Nachrichtensprecherin die grauenhaften Neuigkeiten verlas. Geschockt saß die Familie Feller vor dem Fernseher.

»Sie haben ihn getötet. Einfach so....«, murmelte Ricco und fixierte das kleine Bild, das links unten im Fernsehrand eingeblendet wurde. Es zeigte den Ort der Explosion. Es benötigte nicht sonderlich viel Fachwissen, um zu erkennen, dass der Präsident bei der Wucht der Detonation nicht die geringste Chance hatte, zu überleben. Die Terroristen waren auf Nummer sicher gegangen und die Zerstörung, die die Autobombe angerichtet hatte, glich der eines Raketeneinschlags.

»Jetzt geht es bergab«, bemerkte Robert beiläufig und schlug die Zeitung auf. Als würde ihn das Attentat nicht sonderlich berühren, ging er wieder zur Tagesordnung über. Mandy hingegen sah apathisch auf den Bildschirm und schüttelte in regelmäßigen Abständen ungläubig den Kopf. Sie konnte einfach nicht verstehen, warum jemand so etwas tat. Amerika ging es gut. Wirtschaftlich schien das Land keine großen Probleme zu haben. Erst letzte Woche hatte eine Umfrage ergeben, dass über siebzig Prozent mit der Politik des Präsidenten zufrieden waren. Politiker aus allen Ländern schickten Beileidsbekundungen in das Weiße Haus. Eine außerordentliche Krisensitzung des Parlamentes war einberufen worden. Weltweit wurden Gedenkminuten abgehalten. Es gab kaum einen Sender, der nicht von den Ereignissen in Boston berichtete. Auch Sam hatte von dem Attentat gehört. Nicht nur durch das Krankenhauspersonal, dessen einziges Thema die Ermordung des Präsidenten war, sondern auch von seinen Eltern.

»Das ist doch furchtbar, oder?«, fragte Pamela bestürzt.

»Ja, das ist schlimm«, antwortete Sam, war jedoch keineswegs überrascht.

Er hatte mit so etwas gerechnet, allerdings nicht so früh. Doch wenn er an seine Träume zurückdachte und ein bisschen nachrechnete, erschien es logisch, dass der Wechsel kurz bevorstand.

»Du hast es schon gewusst. Von den Schwestern, nicht wahr?«, stellte Mike fest und strich seinem Sohn durchs Haar.

»Ja. Von den Schwestern«, antwortete Sam mechanisch.

Pamela und Mike Stromer blieben die üblichen eineinhalb Stunden. Prof. Dr. Möbius hatte ihnen mitgeteilt, dass Samuel voraussichtlich in zwei Wochen entlassen werden könne, sofern sich sein körperlicher Zustand weiterhin so gut verbessere. Eigentlich hatten sie sich vorgenommen, dieses freudige Ereignis ihrem Sohn mitzuteilen, doch der Tod des Präsidenten überschattete alles.

Sam saß aufrecht in seinem Bett und hörte, wie die Pfleger auf dem Gang von der Autobombe redeten. Doch es interessierte ihn nicht. Die Endzeitstimmung hatte den Jungen schon lange zuvor erreicht. Er erinnerte sich an seine Kindheit. Er sah Ricco, sich und ein Mädchen, dessen Name ihm nicht mehr einfiel. Die drei saßen am Ufer eines Sees und ließen flache Steine über das Wasser springen. Es war ein sehr angenehmer Tag, nicht zu heiß und nicht zu kalt. In die Vergangenheit katapultiert, fühlte er sich schlagartig pudelwohl und lächelte friedlich vor sich hin.

»Warum dürfen das die Kinder von morgen nicht mehr erleben?«, hörte er eine Stimme und drehte sich zur Tür.

»Wer ist da?«, flüsterte er und versuchte die Konturen der schattenhaften Person zu identifizieren.

»Keine Medlesterstreet acht, kein Rucksack und keine unendlichen Straßen, Sam.«

»Wer sind Sie?«, fragte Sam verwirrt. Die Tür zu seinem Krankenzimmer, in der die fremde Frau stand, war offen und Sam sah, wie Ärzte und Schwestern hektisch umherliefen. Sirenen heulten auf den Straßen und feuerten das Chaos auf dem Korridor an.

»Ich träume wieder. Oh mein Gott, bitte nicht wieder«, sagte er erschöpft und schlug die Hände über dem Kopf zusammen.

»Keine Angst, mein Freund. Das ist dein letzter Traum. Möglicherweise dein allerletzter«, sagte die weibliche Stimme.

»Ich habe alles versucht. Er glaubt mir nicht. Er tut es einfach nicht«, verteidigte sich Sam.

Mit einem Mal verstummten die Sirenen und wurden abgelöst von dem donnernden Geräusch nahender Kampfjets. Sam drehte sich zum Fenster und realisierte, dass es bereits Nacht war. Außer einem weit entfernt blau schimmernden Licht konnte er nichts erkennen.

»Es geht zu Ende, Sam. Deine Zeit läuft ab. Du musst handeln«, sagte die Stimme liebevoll.

»Was soll ich denn noch alles versuchen?« Er schien schier verzweifelt im Angesicht der seltsamen Person und der Aura, die sie umgab.

»Erinnere dich an deinen letzten Traum. Erinnere dich an dein Treffen mit Ricco. Versuche dich zu erinnern.«

»Ich weiß, was damals war. Ich kann ihn nicht zwingen!«, schrie Sam und wollte nur, dass auch dieser Traum endete.

»Nimm, was du hast, und nutze es. Mach es gut, Samuel Stromer«, flüsterte die Frau und wieder wachte Sam schweißgebadet auf. Er fühlte, dass es der letzte Traum gewesen war. Sam sollte ab diesem Augenblick bis zu seinem Tode nie wieder träumen.

Er richtete sich auf, zog sein Oberteil aus und wischte sich den Schweiß von der Stirn. Anschließend drückte er den Knopf, der die Krankenschwester rief.

»Hallo, Sam. Was gibt's denn?«, sagte die gut gelaunte Krankenschwester. Die Schwester war neu auf der Station und außerordentlich hübsch.

»Ich hätte gerne ein Block, einen Stift und einen Umschlag, wenn's geht.«, bat er und konzentrierte sich mit aller Kraft, sich nicht in den Augen der Schönheit zu verlieren.

»Kein Problem.« Und genauso schnell wie sie im Zimmer gewesen war, war sie auch wieder verschwunden. Fünf Minuten später saß Samuel aufrecht in seinem Bett und formulierte den letzten Brief an seinen Freund Ricco. Obwohl er die Begrüßung bereits geschrieben hatte, fiel ihm nichts mehr ein, dass er schreiben konnte. Sein Kopf schien leer.

Nimm, was du hast, und nutze es. Erinnere dich. Streng dich an. Nimm, was du hast, und nutze es.

Sam legte den Stift beiseite und schloss die Augen. Er rekonstruierte den Traum so gut es nur ging. Und plötzlich wusste er, was die Frau ihm sagen wollte. Schlagartig war ihm klar, worin seine letzte Chance bestand. Er hatte sich im Zimmer von Ricco aufgehalten, hatte Dinge gesehen, die es vielleicht momentan noch gar nicht gab oder vielleicht doch?

Poster hingen an der Wand und ihm fielen plötzlich immer mehr und mehr Details ein. Hastig nahm er seinen Block zur Hand und begann zu schreiben. Nach geschlagenen zwei Stunden drückte er wieder den Knopf, der die Schwester in sein Zimmer rief.

»Bitte geben Sie diesen Brief auf.« Sam übergab der Schwester den Brief.

»Ganz wie Mylord befiehlt.«, witzelte die Schwester und verschwand wieder. Sam lehnte sich zurück und atmete tief durch.

»Der Präsident ist tot. «, sagte er leise zu sich und verstand, wie schnell die Zeit voranschritt. Die Realität näherte sich den Visionen und bald würden sie sich miteinander vereinen. Er dachte an die alte Frau, die Medlesterstreet und seine erste Begegnung mit ihr in dieser Welt. Die Grenzen zwischen Realität und Vision verzerrten sich. Keine Abgrenzung war mehr möglich zwischen Traum und Wirklichkeit seit der Schreckensmeldung über den Tod des Präsidenten. Im Gegenteil: Für Samuel fühlte es sich so an, als würden die Träume in seine Welt eindringen und die Realität neu formen.

Der 26. Dezember des Jahres 2008 endete und ein historisches Ereignis ging in die Geschichte der Menschheit ein.

Die Weihnachtsfeiertage in Amerika verwandelten sich zu Trauertagen. Die Millionenmetropolen waren weihnachtlich und festlich geschmückt worden und dennoch überschattete das Attentat die Feiertage. Der Schock steckte den meisten Mitbürger noch tief in den Knochen und die Flaggen im ganzen Land waren auf halbmast gehisst. Das Weiße Haus verkündete in einer Pressekonferenz, dass die Neuwahlen des neuen Präsidenten nach den Feiertagen stattfinden würden. Der Pressesprecher beteuerte, dass alles Menschenmögliche getan würde, um das Verbrechen aufzuklären und die Drahtzieher zu fassen.

Am 27. Dezember erreichte ein Brief das Haus der Familie Feller. Mandy hatte die Tür geöffnet. Der Postbote teilte ihr mit, dass er eine Unterschrift von Ricco Feller für die Zustellung benötige.

»Ricco! Post für dich!«, schrie Mandy und Ricco bewegte sich vom Wohnzimmer des Erdgeschosses zur Eingangstür.

»Für dich. Ich brauche noch eine Unterschrift, Meister.« Ricco unterschrieb.

»Von wem kommt der Brief denn?« Mandy beugte sich neugierig über den Umschlag, damit sie den Absender lesen konnte.

Ricco drehte ihn jedoch blitzschnell um und sah seine Mutter eisern an.

»Hab ich das jemals bei deinen Briefen gemacht, Mum?«, fragte er und grinste seiner Mutter frech ins Gesicht.

»Hab ich jemals einen Brief mit Rückschein erhalten?«, konterte sie und grinste genauso keck zurück.

»Tja, man kann halt nicht alles im Leben haben.« Ricco drehte sich um und bewegte sich zum Treppengeländer. Er wechselte in den Treppenaufzug und fuhr hoch in den ersten Stock.

»Du hast es aber ganz schön eilig, kleiner Mann!«, schrie Mandy ihrem Sohn spaßend nach.

»Wer kann, der kann.«, konterte Ricco und wechselte oben in seinen zweiten Rollstuhl.

Er legte sich auf sein Bett und betrachtete den verschlossenen Umschlag. Schon beim Empfang des Briefes hatte Ricco den Absender gelesen und ihm war das Herz in die Hose gerutscht. Doch davon hatte er sich nichts anmerken lassen, zu schnell hätte seine Mutter schlussfolgern können, von wem der Brief kam. Er öffnete den weißen Umschlag und nahm das Blatt Papier heraus.

Hallo Ricco,

es tut mir unendlich leid, dass es nicht möglich ist, mit Dir darüber zu sprechen. Du hältst mich für geisteskrank. Das kann ich Dir nicht verdenken. Leider konnte ich mich nicht erklären, aber ich versuche dir den Beweis dafür zu erbringen, dass alles, was ich dir erzählt habe, die Wahrheit ist. Nicht mehr und nicht weniger. Die Zeit rennt uns davon, mein bester Freund. Ich gehe nicht wieder auf meinen Gefallen ein, Du weißt, worum es geht. Vielmehr dient dieser Brief nur dazu, Dir von meinen allnächtlichen Reisen in eine schreckliche zukünftige Welt zu berichten. Bilde Dir dein eigenes Urteil.

Ich hatte wieder einen Traum und nun versuche ich Dich ein letztes Mal zu überzeugen. Ich wurde in meinen Traum wieder in eine kommende Welt katapultiert, in der der Dritte Weltkrieg bereits ausgebrochen ist. Die totale Apokalypse stand bevor und die Auslöschung der Menschheit, wie wir sie kennen, war in Stein gemeißelt.

Ich stand in Deinem Zimmer und habe mich mit Dir unterhalten. Deine Eltern waren tot und Du saßt am Fenster deines Zimmers und starrtest hinaus, abwesend und ohne jegliche Hoffnung. Glaub, was Du willst, Ricco, und entscheide, wie Du willst. Lass mich nur wissen, wie Deine Entscheidung ausgefallen ist, und ob Du die Menschheit retten willst oder nicht.

»Oh, oh ... die Menschheit gleich, Sam ist wohl befördert worden.«, murmelte Ricco zynisch und las weiter.

1.Linke Ecke neben Deinem Wandschrank: ein Poster des Footballstars Micheal Strawer – Denver Broncos.

2.Auf Deinem Nachtschrank befand sich ein Bild von Dir, Lydia und einer Frau, die ich nicht kenne. Es zeigt euch in einem Wald. Im Hintergrund sieht man eine Parkbank.

3.Bei Deinem Unfall hast du Deine Hoden verloren, das ist der Grund, warum Lydia Dich bisher nicht nackt gesehen hat.

Ricco stockte der Atem. Vom ersten Punkt wusste Ricco nichts, da er sich weder für Football noch für die Denver Broncos interessierte. Der zweite Punkt allerdings ließ dem Jungen das Blut in den Adern gefrieren. Es befand sich zwar kein Bild auf seinem Nachttisch, aber Lydias Vater hatte vor zwei Tagen die drei in dem nahegelegenen Wald fotografiert. Ricco starrte auf den Brief und konnte nicht glauben, was dort stand.

Auch den dritten Punkt hatte Ricco niemals erwähnt. Nur seine Eltern wussten von der Amputation.

»Das ist nicht möglich.«

4.Als ich an Dir vorbeisah, erblickte ich in eurem Garten einen kleinen Teich. Soweit ich weiß, war dieser bei meinem letzten Besuch nicht da.

Ricco ließ den Brief fallen. Dieser Punkt gab ihm den Rest. Robert hatte vor einer Woche den Wunsch geäußert, im Frühjahr einen kleinen Teich anzulegen, da er nun das nötige Geld dafür zusammengespart hatte. Er begeisterte sich schon lange dafür und im

Haus der Fellers lagen überall Produktbroschüren und Magazine über den Anbau eines Teichs herum. Ricco entsann sich, dass er vorgestern mit einem Händler telefoniert hatte, um die Preise zu vergleichen.

»Oh mein Gott, oh mein Gott.« Ricco übersprang die letzten zwei Punkte und las den letzten Abschnitt des Briefes hastig durch. Seine Augen flogen über die Zeilen und ihm wurde bewusst, dass Sam nicht log.

Glaube mir oder nicht. Ich habe alles, was nur in meiner Macht steht, versucht, um dich von der kommenden Apokalypse zu überzeugen. Dass der Präsident ermordet wurde, ist nur ein weiteres kleines Mosaikstück in einem blutigen Gesamtbild, das sich stetig formt.

Dein Freund Samuel

»Blutiges Gesamtbild. Er hat recht. Sam hat tatsächlich recht. Er sieht die Zukunft. Gott steh uns bei.« Schnell griff er zum Telefon und ließ sich von der Auskunft die Nummer des St. Vincent-Hospitals geben.

»Hallo, Mum«, plapperte Sam fast schon mechanisch, als er abhob.

»Ich bin's, Ricco. Ich habe deinen Brief gerade erhalten.« Ricco übersprang die Floskeln der Begrüßung und ging zum eigentlichen Grund seines Anrufes über.

»Oh mein Gott. Was soll ich denn jetzt tun?« Doch diese Frage war eigentlich nicht für Sam bestimmt.

Sam erzählte Ricco alles. Er beschrieb jedes Detail, um Ricco an seiner Odyssee in eine andere Zeit teilhaben zu lassen. Nach einer halben Stunde beendete Samuel seine Erzählung über die Visionen, die alte Frau und die Medlesterstreet Nummer acht.

»Was mach ich denn jetzt bloß? Was soll ich bloß tun?«, jammerte Ricco, der mittlerweile kein einziges Wort seines Freundes mehr anzweifelte. Seine Verwirrung war so groß, dass er laut nachdachte.

»Du hast zwei Möglichkeiten: Entweder du hilfst mir … uns … oder du lässt es bleiben und hoffst darauf, dass alles nur erfunden ist. Leider gibt es keine andere Option, mein Freund.«

»Du sagst, der Welt steht ein dritter Weltkrieg bevor. Du hast es in deinen Träumen gesehen.«

»Ricco, ich sah Dinge, die ich niemanden wünsche, jemals zu sehen. Auch nicht in Träumen. Ich weiß, dass ich recht habe. Weißt du, was die Frau zu mir in meinen Träumen gesagt hat?«

»Nein.«

»Sie sagte: ›Sam, denkst du wirklich, die Welt würde noch existieren, wenn es keine Menschen gäbe, die solche Träume hätten?‹«

Eine drückende Ruhe kehrte ein und Sam konnte nur das Atmen seines Freundes hören.

Nach einer Minute unterbrach Ricco die Stille.

»Was erwartest du von mir?«

»Es gibt einen Mann, von dem das Unheil ausgeht, und er wird schneller an die Macht gelangen, als es Amerika lieb ist. Die Welt wird geblendet sein und in Sicherheit gewogen werden, die gar keine ist. Mit einem Mal wird der neue Präsident zuschlagen. Doch dann ist alles zu spät. Glaube mir, Ricco. Hättest du diese Bilder gesehen, diese Zeitungen gelesen, du würdest es für einen abgedrehten Hollywoodstreifen halten, doch das ist es leider nicht.«

»… die Welt wird geblendet … in Sicherheit gewogen …«, murmelte Ricco leise und dachte unwillkürlich an seinen Geschichtsunterricht. Standen diese Worte nicht in einem der unzähligen Lehrbücher über den Zweiten Weltkrieg?

»Du erwartest nach wie vor, dass ich aufgrund deiner Visionen einen Mord begehe, richtig?«, stellte Ricco fest.

»Ich erwarte gar nichts von dir, Ricco. Ich habe dir gesagt, was ich gesehen habe. Ich habe dir Beweise gebracht, mehr als genug. Es liegt an dir. Kannst du dich noch an die Frage unserer Religionslehrerin erinnern?«, fragte Samuel.

»Welche von den unzähligen?«

»Sie hatte uns in einer Stunde einmal gefragt, was wir tun würden, wenn wir die Zeit zurückdrehen könnten und mit Hitler in einem Raum wären. Weißt du das noch?«

»Ja, fast alle haben gesagt, dass sie ihn umbringen würden, um den zweiten Weltkrieg und den Holocaust zu verhindern«, erinnerte sich Ricco.

»Für viele Menschen wäre das eine Möglichkeit, das unendliche Leid, das über diese Welt hereinbrach, zu verhindern, und die Geschichte neu und friedlich zu schreiben. Nur leider war das nicht zu realisieren. Die Zeit kann man nicht zurückdrehen. Niemals. Wie viel Leid wäre der Menschheit dadurch erspart geblieben? Wie hätte sich die Welt dann verändert? Aber es ist nun einmal geschehen. Doch Thomas Milder lebt und noch ist es nicht zu spät.«

»Wer?«

»Das ist der Name des Mannes. Thomas Midler. Er wird nicht nur einen globalen Krieg vom Zaun brechen, sondern auch Atombomben einsetzen. Er ist noch nicht an der Macht, aber es wird nicht mehr allzu lange dauern, dann wird jeder seinen Namen kennen und ihn als neuen Präsidenten der Vereinigten Staaten feiern.« Sams Stimme klang ernst und sehr traurig. Ricco war sich nicht sicher, aber er meinte, Sam für einen Moment schluchzen zu hören.

»Ich würde wegen Mordes verurteilt und lebenslang in einem Gefängnis sitzen. Mein Leben wäre vorbei. Für eine Vision, die du hattest. Nur dafür«, dachte Ricco laut nach.

»Ich weiß, Ricco. Ich weiß, was ich von dir verlange, und ich weiß, wie schrecklich diese Tat ist, die ich einfordere. Aber die Bilder, die ich gesehen habe, übertreffen deine schrecklichsten Vorstellungen. Mord kann niemals etwas Gutes sein. Niemals. Aber welche Möglichkeiten haben wir? Eine Frage habe ich an dich.«

»Ja?«

»Glaubst du mir?«

»Ja.« Ricco wurde wütend, aber eigentlich war es nur die Verzweiflung darüber, dass er sich eingestehen musste, dass es so viele Zufälle schlicht und ergreifend nicht geben konnte.

»Warum ich? Warum muss ich mein Leben wegwerfen für deinen Traum? Warum hast du mich ausgesucht? Warum?«

»Warum musste ich diese Dinge sehen, Ricco? Kannst du mir sagen, warum ich all das sehen musste und nie wieder vergessen werde?«

Ricco dachte über Samuels Frage nach, aber ihm fiel keine plausible Antwort ein.

»Anscheinend ist es unser Schicksal«, antwortete Ricco schließlich leise.

»Ich weiß es nicht, Ricco. Es macht den Anschein, als müssten wir diese Aufgabe meistern.«

»Was ist, wenn du dich täuschst? Was passiert, wenn nachdem ... ich ... nun diesen Mord ... Was ist, wenn deine Träume nicht aufhören? Ich kann doch nicht mir nichts, dir nichts irgendeinen Thomas Midler umbringen!«, jammerte Ricco.

»Ich wünschte, du wärst in meinen Träumen dabei gewesen. Glaube mir, du hättest nicht einmal den Ansatz eines Zweifels. Sollte Thomas Midler Präsident der Vereinigten Staaten werden, ist alles zu spät.«

»Ich habe von diesem Mann noch nie etwas gehört. Welcher Partei gehört er an?«

»Der Partei Freies Amerika. Einer rechtsgerichteten Partei, die relativ jung ist. Ich habe den Namen in meinem Handy gegoogelt und bin auf diesen Namen gestoßen. Der Wolf im Schafspelz«, antwortete Sam.

Ricco atmete tief durch und schüttelte den Kopf.

»Es tut mir leid, Sam. Wirklich.«

Er hatte aufgelegt. Er wollte nicht glauben, was sein Freund ihm da erzählte und haderte mit sich. Die Vernunft siegte und Ricco zerriss Samuels Brief langsam in tausend Stückchen. Das Thema war erledigt. Ein für alle Mal. Ricco ging zu seinem Handy und suchte das Foto, das ihn und Sam auf dem Basketballplatz zeigte. Er sah sich das Bild sehr lange an, bis er es schließlich löschte und somit auch die Freundschaft für sich auflöste.

Seinen Eltern hatte Ricco vorgelogen, dass der Brief von Lydia war und dass sie ihm damit eine Freude machen wollte. Er hatte keine Lust, sich dem ewigen Kreuzverhör seines Vaters zu stellen und das unendliche Frage- Antwort-Spiel mitzumachen. Er verabredete sich mit Lydia, die keine zwanzig Minuten später vor seiner Tür stand. Die beiden gingen spazieren und Ricco erzählte ihr alles bis ins kleinste Detail. Lydia Maslowski, die eher zu den temperamentvollen Menschen gehörte und ihrem Gegenüber auch einmal über den Mund fuhr, wenn ihr etwas nicht gefiel, hörte schweigend zu. Ricco redete mindestens dreißig Minuten ohne Punkt und Komma. Die beiden waren an ihrer gewohnten Parkbank angekommen und Lydia setzte sich wortlos hin.

»Und, was denkst du?«, fragte er schließlich.

Lydia blickte Ricco in die Augen und schüttelte den Kopf.

»Er sagte dir Dinge, die er gar nicht wissen kann, und verlangt von dir einen Mord. Das ist Irrsinn.«, antwortete sie leise.

»Aber das Foto. Das mit dem Teich. Das sind doch Dinge, die er gar nicht wissen kann. Vielleicht hat er ja doch ...«

»Nein«, unterbrach ihn Lydia. Sie sah ihn zornig an und stand auf.

»Würdest du, weil dein bester Freund schlecht träumt, einen Menschen töten?«

»Natürlich nicht. Aber...«

»Kein aber, Ricco. Kein aber.« Und mit diesen Worten war das Thema für Lydia vom Tisch. Sie begab sich hinter den Rollstuhl des Jungen und löste die Bremse. Sie drehte Ricco um und zeigte ihm damit unmissverständlich, dass sie zurückwollte.

»Ich möchte, dass du keinen Kontakt mehr mit Sam hast. Bitte. Er bringt dich nur auf seltsame Ideen.«

»Wenn du das möchtest«, antwortete Ricco, doch schon zu diesem Zeitpunkt ging in ihm etwas Eigenartiges vor. Der Gedanke, dass Sam vielleicht doch in die Zukunft sehen konnte, ließ ihn nicht mehr los. Dazu hatte sein Freund zu viele Beweise geliefert und schließlich gab es da noch einen Namen, den Ricco auf jeden Fall überprüfen wollte: Thomas Midler. Ein Mann, von dem er bis zum heutigen Tage noch nie etwas gehört hatte. Ricco wollte wenigstens in Erfahrung bringen, ob es diese ominöse Partei und deren Parteivorsitzenden gab. Insgeheim hoffte er, dass alles nur ein Konstrukt aus Sams Gedankenwelt war.

Zu Hause angekommen verhielt sich Ricco seinen Eltern gegenüber völlig normal. Sie aßen zu Abend und unterhielten sich über belanglose Themen und Geschehnisse. Nachdem Ricco aufgegessen hatte, verabschiedete er sich relativ zügig und zog sich in sein Zimmer zurück. Er schloss seine Tür ab und setzte sich an seinen Schreibtisch. Ricco schaltete den Computer ein. Wie viele zahllose Nächte hatte er vor dieser Kiste verbracht und versucht, die Welt vor Monstern zu retten? Die Computerspiele waren für ihn immer eine andere Welt gewesen. Hier konnte er abschalten, sich und seine Probleme vergessen und sich vollkommen gehen lassen. Doch heute war ihm nicht nach Zocken. Im Zeitalter des Internets war es keine Kunst mehr, schnell Informationen zu finden. Ricco war sehr versiert und hatte sich durch die unzähligen Stunden am Rechner viel angeeignet. Mehr als es der durchschnittliche Jugendliche in seinem Alter vermutlich getan hatte. Durch seine Behinderung und die Tatsache, dass er vielleicht ein wenig öfters zu Hause war als seine gleichaltrigen Schulkameraden, entwickelte sich Ricco immer mehr zu einem Spezialisten auf diesem Gebiet. Ein Autodidakt, der rasend schnell dazu lernte und sich auch Zugang zum Darknet verschafft hatte. Ricco befand sich nach wenigen Momenten im Internet und recherchierte, um dort Informationen über die Partei Freies Amerika zu bekommen.

Hätte er sich ein wenig mehr mit Politik befasst, so wäre die aufsteigende Partei für ihn sicherlich kein Fremdwort gewesen. Die FA wurde immer populärer und selbst Riccos Eltern hatten schon von ihr und dem Vorsitzenden Midler gehört. Die Partei galt als vielversprechender Newcomer der politischen Szene der USA.

Nach wenigen Sekunden baute sich die Startseite der Homepage »Freies Amerika« auf. Stück für Stück wurde Ricco klar, um welche Partei es sich hier handelte. Er bekam eine Gänsehaut und blickte wie hypnotisiert auf den Namen des Mannes, der laut Samuel die Welt in den Dritten Weltkrieg stürzen sollte. Ricco klickte sich ein wenig durch die Homepage, bis er letztendlich auf das Parteiprogramm stieß.

»Oh mein Gott.«, stammelte er entsetzt und überflog die Punkte hastig.

2. Strengere Auflagen für den Bezug des Arbeitslosengeldes.

6. Abschaffung des Asylgesetzes sowie Ausweisung von Ausländern, deren Aufenthalt für ungerechtfertigt befunden wird.

10. Verbot der offenen Beziehung oder Lebensgemeinschaft zwischen gleichgeschlechtlichen Menschen.

12. Kürzung der sozialen Hilfe für Behinderte, Frührentner und Hinterbliebene nach Prüfung.

»Das kann doch nicht angehen«, sagte Ricco laut. Sofort musste er an Adolf Hitler und dessen »Säuberung im Dritten Reich« denken und Ricco fröstelte es. Er klickte sich nochmals durch den Informationsdschungel, bis er ein Bild von Thomas Midler auf seinem Bildschirm hatte. Das Foto zeigte den Mann in Siegerpose. Er lachte, hatte einen Ordner in seiner Rechten und zeigte das Victoryzeichen mit seiner Linken. Es konnte Einbildung sein, doch Ricco sah einen unermesslichen Hass in den lachenden Augen. Unter dem Menüpunkt »Pressemitteilungen« fand er ein Interview:

»Ich will den Menschen helfen und Amerika in eine sichere und vor allen Dingen saubere Zukunft leiten. Es kann nicht angehen, dass einem Migranten, der unser Wirtschaftssystem belastet, mehr Geld im Monat zur Verfügung steht, als einem Amerikaner, der aufgrund einer Rationalisierung oder eines Jobverlusts durch Ausländer um seine Existenz fürchten muss. [...] Möglicherweise sind unsere Ideologien, wie Sie es sagen, ›rechtsgerichtet‹. Was für ein unpassendes Wort. Es ist tragisch, dass man sich heutzutage dafür schämen muss, auf sein Land stolz zu sein. Was spricht gegen einen gesunden Patriotismus? Ich muss mich nicht schämen, ein echter Amerikaner zu sein, und will meinem Volk helfen. Wenn die Regierung nicht bald einlenkt, werden wir Sodom und Gomorra in unserem Land haben, glauben Sie mir.«

Ricco konnte nicht fassen, was er da las. Dieser Mann war verrückt. Sicher gab es im Parlament Politiker, die ähnliche Ideologien verfolgten, aber keiner sprach so dreist, so radikal und offen über seine Pläne. Ricco konnte sich von dem Interview nicht lösen und las eine weitere Passage, die sich am Ende der Seite befand.

»Einige können gerne den Vergleich zu Hitler suchen, ich sage Ihnen jetzt einmal was. Die Ideologien und Grundgedanken, mancher Politiker der Vergangenheit waren keineswegs schlecht oder verkehrt. Die Umsetzungen waren in meinen Augen zu plump. Ich bin kein Duplikat Adolf Hitlers, das möchte ich hier und jetzt noch mal ausdrücklich betonen, dennoch versuche ich, aus der Geschichte zu lernen und Fehler der Vergangenheit nicht nochmals aufleben zu lassen.«

»Ich bin kein Duplikat Hitlers…Hitlers…HITLERS …« Immer und immer wieder stolperte Ricco über diese Zeile und die Buchstaben brannten sich in seine Augen. Plötzlich wusste er, dass Sam recht hatte. Er war nicht verrückt geworden. Sam sah die Zukunft, hatte Visionen und tat alles, um Schlimmes zu verhindern. Ricco griff nach dem Telefon und wählte die Nummer des St. Vincent-Hospitals.

»St. Vincent-Hospital. Guten Tag.«

»Mein Name ist Ricco Feller. Bitte verbinden Sie mich mit Zimmer 307 Samuel Stromer«, sagte er hastig.

»Kleinen Moment, bitte«, sagte die höfliche Stimme am anderen Ende der Leitung. Kurz darauf erklang sie erneut:

»Hören Sie?«

»Ja.«

»Das geht leider nicht. Mr. Stromer ist verlegt worden. Ich kann momentan keine Gespräche weiterleiten«, bemerkte die Stimme in einem fast schon singenden Ton.

»Verlegt? Wohin? Warum?«

»Sind Sie ein Verwandter des Patienten?«, sang die Stimme fröhlich weiter in den Hörer und Ricco verlor die Geduld mit dem Mann am anderen Ende der Leitung.

»Nein, ich bin kein Verwandter!«, brüllte Ricco in das Telefon. Wenn er etwas auf den Tod nicht ausstehen konnte, dann waren es Menschen, die mit vollkommen überzogener Stimme in den Hörer sangen.

»Sie brauchen nicht unhöflich werden«, sagte die männliche Stimme etwas geknickt.

»Wo ist Samuel? Warum kann ich ihn nicht sprechen?«, fragte Ricco nochmals und versuchte etwas freundlicher zu sprechen.

»Er wurde verlegt. Mehr kann ich Ihnen nicht sagen.«

»Geben Sie mir bitte Professor Dr. Möbius.« Ricco hatte keine Geduld mehr, dieses sinnlose Gespräch mit dem Herren am anderen Ende der Leitung weiterzuführen.

»In welcher Angelegenheit möchten Sie ihn sprechen?«, fragte der Mann und startete erneut sein Geträller.

»In welcher Angelegenheit? Es geht um Samuel Stromer, Herrgott noch mal. Geben Sie mir augenblicklich den Professor, andernfalls werde ich eine Beschwerde gegen Sie einreichen.«

»Moment«, zischte der Mann am anderen Ende der Leitung bissig in den Hörer und parkte Ricco in einer Warteschleife. Nach geschlagenen fünf Minuten des Wartens hörte er endlich die Stimme des Professors.

»Möbius?«

»Guten Tag, Professor, hier spricht Ricco Feller, ich bin der Freund von Samuel Stromer und wollte wissen …«

»Ja, ja. Du willst sicher wissen, warum du nicht mit Sam sprechen kannst, nicht wahr?«

»Richtig.«

»Sam hatte vor einer Stunde einen Nervenzusammenbruch. Wir haben ihn in die psychiatrische Abteilung verlegt. Er wird dort beaufsichtigt, momentan haben wir ihm erst mal starke Beruhigungsmittel verabreicht, er ist soweit stabil.«, sagte Dr. Möbius.

»Nervenzusammenbruch? Oh mein Gott, was hat er denn gesagt? Gibt es irgendeinen Grund dafür?«, fragte Ricco betroffen und zitterte.

» Er schrie, dass wir alle sterben würden, und fragte immer wieder, warum ihm niemand glaubt. Er redete von einem Krieg und weinte fürchterlich. Ich denke, dass sich diese Panikattacke wieder legen wird und die Halluzinationen sicherlich eine Folge einer falschen Kombination der Präparate waren, die den Muskelaufbau fördern«, plapperte Möbius vor sich hin.

»Oh Gott.«

»Nicht alle Medikamente ergänzen sich ohne Nebenwirkungen. Es kann hin und wieder solche Folgen haben, doch durch die Anpassung der Dosierung ist bald alles wieder im Lot. Ich denke, du kannst morgen wieder mit deinem Freund sprechen.«

Professor Doktor Möbius hatte aufgelegt. Eindeutig sah der Arzt nicht die schwerwiegenden Probleme von Sam. Doch Ricco hütete sich davor, ihm oder den Stromers irgendetwas davon zu sagen. Das würde die ganze Situation nur noch schlimmer machen. Ricco legte sich auf sein Bett und dachte fieberhaft nach. Immer mehr kam das Gefühl in ihm auf, dass Sam recht hatte. Das machte die Sache nicht einfacher. Ricco hatte immer noch das Bild von Thomas Midler vor Augen. Sollte es wirklich so sein, dass Samuel Stromer aus New Jersey den Dritten Weltkrieg voraussah, so wäre es Riccos Aufgabe, dies zu verhindern.

Er lag in seinem Bett, starrte an die Decke und öffnete langsam den Mund:

»Glaubst du wirklich, dass die Welt noch existieren würde, wenn es solche Menschen mit solchen Träumen nicht gäbe?« Dieser Satz befand sich wie ein Damoklesschwert über ihm.

»Er wusste, dass ich Selbstmordgedanken in mir trage. Er wusste es.«, murmelte er leise zu sich und schlief ein.

Das friedvolle Leben war mit einem Schlag verschwunden und Ricco Feller, der Junge, der sich mühevoll zurück in sein junges Leben gekämpft und langsam seinen inneren Frieden mit sich und seinem Schicksal geschlossen hatte, begann umzudenken. Er begriff, dass vielleicht doch mehr Verantwortung auf seinen Schultern lag, als er eigentlich wahrhaben wollte.

Die schönen Zeiten waren gegangen und die Welt wurde wieder finster. An diesem Abend realisierte Ricco, dass alles an ihm lag. Wenn alles wirklich stimmte, war er es, der die Geschichte weiterschrieb.

Der Flieger landete rechtzeitig am Salzburger Flughafen. Von hier aus waren es nur noch einige Minuten zu Mohammed Fahru. Der hochrangige Funktionär hatte Thomas Midler und William Oberter eine exklusive Einladung zur Silvesterparty geschickt. Der gepanzerte Wagen mit verspiegelten Scheiben brachte die beiden Gäste zu ihrem Ziel.

»Unglaublich, sieh mal, Tom, da ist sogar eine kleine Bar drinnen.«, staunte Willy und zog das kleine Mahagonitürchen vor seinem Sitz nach unten.

»Lass das stehen.«, befahl Tom knapp und Willy gehorchte. Wie immer.

Der Wagen war durch ein schweres Glas von der Fahrerkabine abgetrennt. Ein elektronisches Knacken durchbrach den hinteren Teil des Wagens und die Stimme des Chauffeurs verkündete:

»Wir sind da, meine Herrschaften.«

»Wahnsinn.«, flüsterte Willy und betrachtete die luxuriöse Villa. In der Empfangshalle angekommen reichte eine äußerst reizvolle Bedienung den beiden Herren ein Getränk.

»Schön, dass ihr euch die Zeit genommen habt, um mit mir und meinen Gästen in das neue Jahr zu feiern«, ertönte die Stimme von Mr. Fahru. Lächelnd und mit einem Sektglas ausgestattet steuerte der einflussreiche Mann auf seine Gäste zu.

»Vielen Dank für Ihre Einladung, Sir«, sagte Willy und streckte dem großen Mann die Hand zum Gruß entgegen.

»Lass doch bitte das ›Sir‹ weg. Nenn mich Mohammed, Willy. Wir sind alle eine große Familie mit einem großen Ziel, nicht wahr?« Der Mann lachte über seine Worte und zeigte ihnen den Weg ins Gästezimmer. Den Nachmittag verbrachte Tom damit, sämtlichen Papierkram zu erledigen. Es war gegen 21:00 Uhr, als ein Mann die jeweiligen Zimmer betrat und sie bat, nach unten zu kommen. Tom hatte sich für diesen Anlass einen neuen Anzug gekauft und auch Willy hatte sich herausgeputzt.

»Das ist doch, Tom, ist das nicht…« Willy blieb auf der Treppe stehen und zeigte mit dem Finger auf einen Mann. Schnell schlug Tom die Hand nach unten.

»Untersteh dich, du Trottel. Ja, das ist John Vossner«, fauchte Tom wütend und sah Willy strafend an.

»Unglaublich. Was macht der denn hier? Ist er das wirklich?« Willy konnte immer noch nicht fassen, dass er sich keine zehn Meter neben dem wohl begehrtesten Hollywoodstar seiner Zeit befand. Der Mann war nicht nur auf dem Cover vieler Regenbogenblätter abgebildet, auch den Oskar in zwei Kategorien hatte der Schauspieler dieses Jahr abgesahnt.

»Meinst du, ich kann nach einem Autogramm fragen?«, bat Willy schüchtern.

»Wenn du das tust, werde ich dich eigenhändig töten.«

In früheren Zeiten hätte Willy den Spruch nicht ernstgenommen, doch schnell fiel ihm wieder der Zwischenfall mit Ricky ein.

»Entschuldige«, sagte Willy beschämt und tat das, was er sonst auch immer tat. Er ordnete sich unter und hielt seinen Mund. Das war gesünder. Die Feier war gerade im vollen Gange, als Mohammed zu Tom und Willy kam.

»Na, wie gefällt euch meine kleine Party?«

»Sehr beeindruckend, Mohammed, wirklich. Wie viele Gäste sind heute anwesend?«, fragte Tom und Willy merkte, dass sich sein Freund perfekt jeder Gesellschaft anpasste, in der er sich befand.

»Oh, keine Ahnung. Ich schätze mal zweihundert. Ich möchte euch jemanden vorstellen, der für euch sehr wichtig sein wird. Das ist Mr. Nigel.« Mohammed winkte einen Mann zu sich herüber und Tom erkannte sofort, um wen es sich handelte.

»Ich kenne Sie, Mr. Nigel. Sind Sie nicht im Weißen Haus beschäftigt?«, fragte Tom und merkte, wie seine Hände klamm wurden.

»Das ist richtig, Mr. Präsident. Ich freue mich schon auf unsere zukünftige Zusammenarbeit«, sagte der Mann grinsend.

»Präsident. Präsident.« Tom stand mit halboffenem Mund da und die Worte hallten in seinem Kopf.

»Ich, ähm …« Tom stotterte. Seine Selbstsicherheit und sein antrainiertes Charisma waren verschwunden. Mr. Nigel blickte leicht verwundert zu seinem Gastgeber und anschließend wieder fragend zu Tom.

»Was haben Sie denn?«, fragte Mr. Nigel fürsorglich und zog lächelnd seine Augenbrauen nach oben. Tom wischte sich die Hände an der Hose ab und erwiderte das Lächeln, auch wenn es etwas künstlich wirkte.

»Sie haben mich Mr. Präsident genannt«, stellte Tom fest.

»Ja, und?«, fragte Mr. Nigel.

»Ich bin noch gar nicht Präsident. Noch nicht einmal als Kandidat aufgestellt.«

Mr. Nigel brach in schallendes Gelächter aus.

»Was ist denn so lustig? Ich würde gerne mitlachen«, fragte Mohammed vergnügt.

»Mr. Midler versteht nicht, weshalb ich ihn Mr. Präsident nenne«, sagte Mr. Nigel lachend.

Mohammed Fahru flüsterte dem Mann etwas ins Ohr, klopfte Tom freundschaftlich auf die Schulter und entfernte sich wieder grinsend. Nigel nickte und winkte ab.

»Kommen Sie bitte mit, Mr. Midler.« Nigel grinste freundlich und ging voraus. Willy folgte den beiden in das Arbeitszimmer von Mr. Fahru.

»Nennen Sie mich bitte Michael«, sagte Nigel, setzte sich in einen Sessel und faltete die Hände zusammen.

»Setzt euch doch«, forderte er die zwei auf und fuhr fort:

»Ich glaube, ich muss euch einmal etwas Grundlegendes erklären. Ich bin seit über zehn Jahren im Weißen Haus beschäftigt und weiß mehr, als ihr zu träumen wagt. Die Politik ist ein abgekartetes Spiel – war es immer, wird es immer sein – und nichts funktioniert besser als ein vorprogrammierter Mechanismus ohne Fehler. Habt ihr mich soweit verstanden?«

Tom und Willy nickten.

»Tom, du wirst Präsident der Vereinigten Staaten. Das ist so sicher wie der Stau auf der 59. am Montagmorgen. Aufgrund der erfolgreichen Fortschritte der Globalen Befreiungsarmee und dem schrecklichen Ableben des Präsidenten haben wir Möglichkeiten, unseren Plan schneller voranzutreiben. Eine Neuwahl wird am 2. Januar bekannt gegeben. Am 18. Februar 2009 wird die Wahl vollzogen, bei der du als knapper Gewinner hervorgehen wirst. Knapp deshalb, weil die amerikanische Bevölkerung sonst merken würde, dass etwas nicht stimmt. Schließlich ist die Partei Freies Amerika relativ jung und es gab in der amerikanischen Geschichte noch keinen Präsidenten einer kleinen Partei, die auch noch so unerfahren war. Aus diesem Grunde wird die FA eine Koalition eingehen, um an die nötigen Stimmen zu kommen. Unsere Mitglieder, die hohe Funktionäre der Republikaner sind, haben eingewilligt und sind über alles informiert. Es steht deinem Erfolg also nichts im Weg«, beendete Michael Nigel seine Ausführung.

»Das ist Wahnsinn. Au Mann, Tom, das ist echt irre«, plapperte Willy euphorisch los und klatschte in die Hände.

Michael sah erst Willy und dann Tom kritisch an.

»Hör auf, Willy«, flüsterte er, doch dieser hörte nichts mehr um sich herum. Alles klang so einfach und genial, dass Willy vergaß, wo er sich befand.

Argwöhnisch betrachtete der Politprofi William Oberter und wusste für einen Augenblick nicht, ob er lachen oder weinen sollte. Das war nicht die Late-Night-Show. Michael Nigel verstand nicht, was dieser offensichtlich minderbemittelte Mann mit seinem Geklatsche und Gejohle bezwecken wollte.

»Tom, wer ist diese Witzfigur?«, fragte Michael und sah Willy verächtlich an.

»Hey, Mann! Pass auf, was du sagst! Ich bin William Oberter, zuständig für die Administration der FA!«, keifte Willy und Tom merkte, das diesem der bevorstehende Erfolg über den Kopf wuchs. Michael stand langsam auf und musterte Willy.

»Mr. Präsident, ich würde dich bitten, dich wieder der Party anzuschließen. Ich habe noch kurz ein Gespräch mit deinem Freund zu führen«, flüsterte Michael und Tom wusste, dass es an der Zeit war zu gehen und sich von seinem Freund Willy für immer zu verabschieden. Wenn er eins durch seine anfänglich dummen Fragen gelernt hatte, dann war es die Tatsache, dass die GBA zwar Raum zum Lernen ließ, aber keine Geduld mit Personen hatte, die offensichtlich den Intellekt eines Pflastersteines besaßen.

»Lang lebe Amerika. Auf eine bessere und saubere Zukunft«, verabschiedete sich Tom. Er wusste genau, dass Willy nun sterben würde, weil er nicht in das System passte. Für einen Moment dachte er darüber nach, die Situation zu deeskalieren, doch je länger er grübelte, umso bewusster wurde ihm, dass Willy sich immer wieder in solche Situationen hineinmanövrieren würde. Diese Politmaschinerie war mächtig und groß. Es schien, als würde er langsam ihre Komplexität und Spielregeln verstehen, doch Willy leider nicht. Und genau aus diesem Grund musste er von Bildoberfläche verschwinden, bevor die medialen Augen dieser Welt die Mitglieder der FA genauer unter die Lupe nahmen.

Tom verließ den Raum und gesellte sich zu der Feier. Er unterhielt sich mit wichtigen Diplomaten aus Fernost und knüpfte Kontakte. Jeder der anwesenden Gäste sprach Tom genauso an, wie es Michael getan hatte. Nach und nach gewöhnte er sich an den Klang seines noch nicht verliehenen Titels und wusste, dass es nur noch wenige Wochen dauern würde, bis er bei der offiziellen Vereidigung am Ziel seiner Träume angelangt war.

»Was soll ich bloß mit dir machen, William?«, stöhnte Michael und rieb sich die Augen. Er setzte sich wieder auf den Ledersessel und für einen Moment hörte man nur das Ticken der alten Wanduhr. Willy begriff nicht, was Michael Nigel damit meinte.

»Du bist ein sympathischer, tapsiger Trottel, aber leider zur falschen Zeit am falschen Ort. Verstehst du, was ich dir damit sagen möchte?«

»Nein«, antwortete Willy verwirrt und ein merkwürdiges Gefühl machte sich in seiner Bauchgegend breit.

»Normalerweise würde ich sagen, dass du schnell das Weite suchst und husch, husch unter den Stein zurückkrabbelst, unter dem du hervorgekrochen bist, aber unter diesen Umständen geht das leider nicht, William. Du bist zu sehr in all das involviert. Definitiv ein Fehler von Danny, aber es ist, wie es ist. Allerdings werde ich mit Mohammed noch einmal klären müssen, dass so etwas nicht passieren darf. Wie auch immer, das soll jetzt nicht dein Problem sein.«

»Was willst du von mir, Michael?«, fragte Willy.

Die Party war im vollen Gange und die Gäste amüsierten sich. Tom sah immer wieder zu der verschlossenen Tür, die in das Büro von Mohammed

Fahru führte. Doch niemand kam heraus. Weder Michael noch Willy war zu sehen. Die beiden befanden sich nun schon länger als zehn Minuten in dem Büro. Plötzlich näherten sich zwei Gestalten der Tür und postierten sich davor.

»Du bist dem Job nicht gewachsen, William. Das will ich dir damit sagen. Die FA wird in naher Zukunft einem großen, sehr großen Publikum entgegentreten und ich habe nicht vor, dich dabei zu sehen.« Michael pulte mit einem Brieföffner den Dreck unter seinen Fingernägeln hervor.

»Das hast du nicht zu bestimmen. Mir muss deine Nase ja auch nicht passen, oder?«, fauchte Willy.

Michael unterbrach seine Maniküre und sah sein Gegenüber mitleidig an. Er beugte sich über den Schreibtisch und winkte ihn zu sich. Willy gehorchte. Nur wenige Zentimeter trennten die Männer voneinander und Michael setzte Willy den Brieföffner an den Kehlkopf.

»Du jämmerlicher Idiot. Du kannst froh sein, dass wir uns auf einer Party befinden, sonst hätte ich dich schon lange ausgelöscht.«

»Ich möchte mit Mr. Fahru sprechen«, verlangte Willy und riss Michael den Brieföffner aus der Hand. Er drehte sich um und ging zur Tür. Bevor er diese jedoch erreichte, betraten zwei Männer das Zimmer und versperrten ihm den Weg.

»Lasst mich durch. Ich bin William Oberter, Administrator der FA«, schrie Willy laut los.

Einer der Männer schloss die Tür, während sein Kollege Willy einen Magenschwinger verpasste, sodass dieser vor Schmerzen zusammensackte.

»Verstehst du jetzt die Spielregeln?«, fragte Michael, betrachtete die Szenerie und fuhr mit der Reinigung seiner Nägel fort.

Willy rappelte sich stöhnend und mit schmerzverzerrtem Gesicht auf. Der Mann im Sessel lächelte ihn nur mitleidig an.

»Das wirst du bereuen. Sobald Tom Midler Präsident der Vereinigten Staaten ist, werde ich dir die Hölle auf Erden bereiten.«

»Wirst du das?«

»JA, VERDAMMT!«, brüllte Willy.

»Na gut, ich würde sagen, dann fragen wir Tom doch einfach mal, oder?« Der ironische Unterton des Bediensteten des Weißen Hauses war nicht zu überhören. Einer der beiden gut gebauten Männer verließ das Zimmer. Es vergingen wenige Minuten, bis Tom in Begleitung des Bodyguards den Raum betrat. Er blickte ausdruckslos zu Willy und anschließend zu Michael.

»Mr. Präsident, William droht, dass er mich nach der Präsidentschaftswahl fertigmachen möchte. Und was sagte er? Richtig: mir die Hölle auf Erden bereiten möchte«, sprach Michael leise und erst jetzt begriff Willy, dass er sich mit seinen eigenen Worten einen Strick gedreht hatte. Und die Schlinge schloss sich fest um seinen Hals.

»Stimmt das, Willy?«, fragte Tom und tadelte seinen Freund mit einem strafenden Blick.

»Die haben mich geschlagen, Tom. Dieser Idiot sagt, ich sei nicht fähig zu diesem Job«, platzte es aus Willy heraus. Tom sah Michael an und die beiden nickten sich zu. Willy bemerkte die Geste und verstand die Welt nicht mehr.

»Was zur Hölle geht hier vor?!«, schrie er und packte Tom am Kragen. In Sekundenschnelle befand Willy sich im Schwitzkasten des einen Bodyguards.

Tom näherte sich seinem Freund bis auf wenige Zentimeter und hob strafend den Zeigefinger. »Fass mich nie wieder an, hörst du. Nie wieder.«

Willy schüttelte den Kopf und sah den Mann, der einst sein Verbündeter gewesen war, verständnislos an.

»Mr. Präsident?« Tom nickte erneut. Ohne ein weiteres Wort zu verlieren, verließ er den Raum.

Willy beobachtete die ganze Situation und kam sich vor wie in einem schlechten Film. »Und jetzt?«, fragte er salopp und sah abwechselnd Michael Nigel und die Bodyguards an.

»Es war interessant, dich kennengelernt zu haben, William«, sagte Michael höflich und auch er verließ den Raum. Die Bodyguards packten Willy und verließen das Büro durch die Hintertür, die nach draußen führte. Sie schleppten den zappelnden Mann zu einem Swimmingpool, der sich in dem gepflegten Garten der Villa befand. Dieser Teil war für das feiernde Partyvolk nicht zugänglich und Willy erkannte schnell, dass der von großen Hecken umgebene Bereich für niemanden einzusehen war. So kam es, dass er gegen 22:30 Uhr am Rand des beleuchteten Pools stand.

»Was wird das, Freunde?«, fragte er ängstlich und bemerkte, dass seine Achselhöhlen feucht wurden.

»Hände ausstrecken«, befahl einer der Sicherheitsbeauftragten forsch und Willy gehorchte.

Der andere legte Trainingsbänder um Handgelenke und Fußknöchel. Jedes der Bänder trug zehn Kilo Gewicht.

»Hört auf mit dem Blödsinn, Jungs. Wir können über alles reden, oder? Wisst ihr nicht, wer ich bin?!« Hysterisch drehte Willy sich um und sah dem Bodyguard ängstlich in die Augen. Der versteinerte Blick des Mannes schockte ihn und er beschloss, nicht panisch zu werden, um die Situation sachlich zu klären.

»Spring rein«, verlangte der Mann knapp, während er am Lautstärkeregler seines Empfängers drehte. In Willy stieg Todesangst auf.

»Wie viel?«

»Was wie viel?«

»Wie viel Geld wollt ihr? Ich kann euch reich machen, glaubt mir das«, bettelte Willy und suchte verkrampft nach einem Ausweg. Der Bodyguard reagierte nicht auf das Angebot und sah ungeduldig auf seine Uhr.

»Spring ins Wasser. Wir haben nicht ewig Zeit«, wiederholte er seine Forderung. Schlagartig humpelte Willy links an ihm vorbei und entwischte dem Mann. Sein ganzes Leben lief wie ein Kurzfilm vor seinem geistigen Auge ab und trotz der schweren Gewichte war Willy verdammt schnell. Doch es dauerte keine Minute und die Männer hatten den verzweifelten Mann eingeholt. Sie hielten ihm den Mund zu und trugen ihn zurück zum Beckenrand.

»Nein, ich will nicht sterben. Bitte…«, wimmerte er, doch es war zu spät.

Die Männer warfen ihn ins Wasser und Willys Todeskampf begann. Die Gewichte zogen ihn nach unten und verkrampft versuchte er, sich über Wasser zu halten. Immer wieder tauchte er auf und blickte in die versteinerten Gesichter der Männer. Sie sahen in Seelenruhe dabei zu, wie Willy um sein Leben kämpfte. Er schaffte es, irgendwie an den Beckenrand zu kommen, und hielt sich verkrampft daran fest.

»Bitte. BITTE.«, gurgelte Willy, doch der Fuß des Bodyguards landete auf seinen Fingern und verursachte knackende Geräusche in der Hand. Schreiend ließ er los und tauchte wieder ab. Er kämpfte, wie er es noch nie in seinem Leben getan hatte, und schlagartig kam ihm die rettende Idee. Er tauchte auf, nahm tief Luft und verschwand von der Wasseroberfläche. Schnell löste er die Gewichte an Füßen und Händen und tauchte wieder auf. Mit letzter Kraft schwamm er an den Beckenrand und wusste, dass er nur wenig Zeit hatte, bis wieder ein Fuß seine Finger zerquetschte. In der Zwischenzeit waren zwei weitere Männer dazu gekommen, die dem dramatischen Spektakel unbeeindruckt zusahen.

»Bitte nicht, bitte.«, winselte Willy.

»Das bringt doch nichts«, sagte der Security-Mann und zog den erschöpften Mann aus dem Wasser.

»Lasst mich Leben. Ich will leben.«, japste Willy.

Sein Hemd wurde aufgerissen und ein Trainingsgürtel um seine Taille geschnallt. Einer der Männer verpasste Willy einen brutalen Kinnhaken. Sie warfen den benommenen Willy zurück in den Pool. Der grausame Kampf ums Überleben begann von vorn. Immer und immer wieder schnappte Willy nach Luft, schrie nach seiner Mutter und gurgelte. Nach fünf Minuten war das Wasser ruhig. Willy, der Mann, der einst mit Tom einen Traum geträumt hatte, verlor den Kampf und tauchte ab. Für immer. Sein lebloser Körper trieb auf dem Grund des Swimmingpools. Die Bodyguards betrachteten ihn noch zehn Minuten. Schließlich sprang einer der Männer hinein und entfernte die Gewichte von der Leiche. Sie entfernten den Trainingsgürtel und warfen Willy wieder ins Wasser.

Am nächsten Morgen sollte Willys Leiche überraschend gefunden werden und eine tiefe Betroffenheit machte sich bei den anwesenden Partygästen des Vorabends breit. Die Polizei vernahm die Gäste und den Gastgeber. Tom weinte hemmungslos vor den Augen der Kriminalbeamten, als er von dem tragischen Tod seines Freundes erfuhr.

Das neue Jahr kam und große Teile des Landes waren von einer funkelnden Schneedecke überzogen. Alles nahm wieder seinen normalen Lauf und das Attentat geriet, wenn auch nur sehr langsam, in Vergessenheit. Auch in New Jersey hatte es geschneit und die Kinder tollten im Schnee umher. Familien gingen mit ihren Kindern und Hunden spazieren und die weißen Flocken landeten sanft auf der Erde. Doch die Harmonie, die in der Medlesterstreet zu herrschen schien, trog.

Ricco saß an diesem 3. Januar am Fenster des Wohnzimmers und starrte nach draußen. Er beobachtete Kinder, die Nachbarn und die Schneeflocken, die unermüdlich vom Himmel fielen. Es war eine Idylle, die er schon lange nicht mehr erlebt hatte. Für einen kleinen Augenblick vergaß er seine Sorgen und widmete sich dem Bild, das sich ihm auf der anderen Seite der Scheibe bot.

»Wir gehen spazieren, Ricco. Möchtest du mitkommen?«, fragte Robert, während er seine Stiefel schnürte.

»Nein, danke. Ich bleibe lieber drinnen. Hier ist es wärmer und ich sehe alles. Geht nur.«

»Wir sind etwa in einer Stunde wieder da.«.

Ricco hatte nicht noch einmal versucht, Sam anzurufen. Er dachte fast in jeder freien Minute an ihn und seine Worte. Sie gingen ihm einfach nicht mehr aus dem Kopf und er bekam immer mehr das Gefühl, etwas unternehmen zu müssen. Die Zeit lief ihm davon und er hatte mittlerweile keinerlei Zweifel mehr an der Prophezeiung. Ein Junge auf einem Fahrrad kämpfte sich durch den Schnee. Ricco kehrte von seinen Gedanken zurück in die Realität und beobachtete ihn. Auf dem Gepäckträger befanden sich zusammengerollte Plakate und er blieb an einer Litfaßsäule direkt neben dem Haus der Fellers stehen.

Ricco holte sich ein Glas Milch aus dem Kühlschrank und kehrte zum Wohnzimmerfenster zurück. Der vielleicht fünfzehnjährige Junge hatte mittlerweile ein Plakat entrollt und war dabei, es an die Säule zu kleben. Riccos Augen weiteten sich er ließ das Glas aus seiner Hand fallen. Die weiße Flüssigkeit ergoss sich über den teuren Wohnzimmerteppich.

»Oh mein Gott.«, stammelte Ricco und las das Plakat noch einmal.

KUNDGEBUNG

Am 24. Januar findet in der Boardwalk-Halle eine Veranstaltung der Partei Freies Amerika statt. Alle amerikanischen Mitbürger sind herzlich eingeladen. Der Parteivorsitzende Thomas Midler wird nach der Kundgebung gerne auf Ihre Fragen eingehen.

Für ein sauberes, besseres Amerika! FA

»Das ist nicht wahr.«, stotterte Ricco und rieb sich die Augen. Doch es half nichts. Das Plakat war immer noch zu sehen. Die Boardwalk-Halle umfasste mehr als 10.000 Plätze und galt in New Jersey als zweitgrößte Halle für Veranstaltungen. Ricco las immer wieder den Namen, der in dicken schwarzen Lettern auf dem Plakat stand:

THOMAS MIDLER

Er löste zitternd die Bremsen seines Rollstuhls und fuhr eilig ins Badezimmer. Schnell hangelte er sich über die Toilettenschüssel und übergab sich. Sam hatte recht behalten. Das Grauen trat ein. Es war nur noch eine Frage der Zeit, bis sich alle Vorhersagen bewahrheiteten. Ricco schaltete den Computer ein und ging ins Netz. Er stolperte über den Nachrichtenticker und wieder wurde ihm ein Schock verpasst. Er zitterte und war kaum mehr in der Lage, die richtige Taste zu treffen. Er las den Bericht immer wieder und druckte ihn letztendlich aus.

»Das ist das Ende«, flüsterte er.

»Wie heute bekannt gegeben wurde, steht einer Koalition zwischen den Demokraten und der Partei Freies Amerika nichts mehr im Wege. Nun sei es nur noch eine Formalität, um zwei starke Parteien mit einer gemeinsamen Ideologie zusammenzuführen, so Thomas Midler. ›Das amerikanische Volk braucht eine Veränderung, einen Weg, um Amerika wieder stark zu machen. Wir werden alles Menschenmögliche unternehmen, um auf die Probleme unseres Volkes einzugehen und sie zu lösen. Es sind schwere Zeiten angebrochen, doch wenn unsere Wählerschaft weiterhin so anwächst, sieht die Zukunft Amerikas grandios aus‹, teilte Midler bei einer Pressekonferenz in Boston mit.«

»Seid ihr denn alle blind?«, fragte Ricco lauthals in den leeren Raum hinein und erschrak vor seiner eigenen Stimme. Er konnte die kleinen Feinheiten deuten, die Thomas Midler von sich gab, und dennoch war es für ihn schwer zu glauben, dass er der Einzige sein sollte, der sie verstand.

»Was soll ich bloß tun?«, stöhnte er und bewegte sich auf sein Bett zu.

Das Plakat sowie die Nachrichten hatten dem Jungen den Rest gegeben. Er hätte so gern daran geglaubt, dass Sam nur halluzinierte. Midler war der Wolf im Schafspelz.

»Ich kann hingehen. Nein, ich muss. Aber ich kann nicht töten. Ich muss ihn aufhalten, das ist Wahnsinn.«, dachte er laut nach.

Gegen 18:30 Uhr weckte Mandy ihren Sohn, um ihn zum Abendessen abzuholen. Ein Ritual, das bei den Fellers schon von jeher großgeschrieben wurde. Der Hackbraten schmeckte vorzüglich und Ricco hatte Hunger wie ein Bär. Als er schließlich aufgegessen hatte und sich auf den Weg nach oben machen wollte, sprachen seine Eltern über ein scheinbar harmloses Thema.

»Ich finde, wir sollten es uns wenigstens einmal anhören, Mandy«, sagte Robert beiläufig und kratzte den Rest des Kartoffelpürees zusammen. Ricco verharrte in der Bewegung.

»Ach, Robert, wieder so ein Quacksalber. Wir haben doch genug davon im Fernsehen. Ich habe ehrlich gesagt keine große Lust, so einen Schaumschläger aus der Nähe zu sehen«, entgegnete Mandy und räumte die Teller ab.

»Ich finde das Plakat aussagekräftig. Irgendwie hat es etwas und außerdem treten sie in einer ziemlich großen Halle auf. Ich denke nicht, dass das irgendeine kleine Partei ist. Mal sehen, vielleicht haben die wirklich mal eine gute Idee«, rief Robert seiner Frau nach und grinste seinen Sohn an.

»Ihr redet von der FA, nicht wahr?«, fragte Ricco fast schon ängstlich und merkte, wie seine Stimme zitterte.

»Hast du es auch schon gelesen? Es klingt nicht schlecht, oder? Mandy! Unser Sohn hat das Plakat auch schon entdeckt! Er findet es nicht schlecht!«, sang Robert euphorisch zu seiner Frau.

»Sag nie wieder so etwas, Dad. NIE WIEDER, HÖRST DU!«, schrie er seinen Vater an und löste die Bremsen seines Rollstuhls.

Robert sah ihn erstaunt an. Auch Mandy war aus der Küche zurückgekehrt, um nach dem Rechten zu sehen. Doch es war bereits zu spät. Ricco war schon auf dem Weg nach oben. Mit Tränen in den Augen bewegte er sich in sein Zimmer. Die Nerven des Jungen lagen blank und hätten seine Eltern gewusst, was er wusste, wäre diese Situation sicher anders verlaufen.

Das Leben war für ihn in diesen Tagen wie ein Schachspiel. Die Dame stand in hinterer Reihe und wartete nur darauf, dass die Bauern vorstürmten, um das Feld für ihre strategischen Züge freizugeben.

»Geht es dir besser?«, fragte die vertraute Stimme.

Sam hörte das Ticken der Wanduhr und sah sich in dem Zimmer um. Überall hingen alte Gemälde mit düsteren Motiven. Kaum ein Bild vermittelte das Gefühl der Freude oder der Hoffnung.

»Bist du noch da?«, ertönte erneut die Stimme.

Sam musterte den Schreibtisch, der ein mittelalterliches Aussehen hatte. Irgendwie erinnerte ihn die Form an eine Tafelrunde. Stetig durchbrach das schwere Ticken der Wanduhr die Ruhe. Berge von Unterlagen waren auf dem Tisch abgelegt worden und zwischen einem Aschenbecher und einer kleinen Vase mit einer einsamen Kunstblume lag ein Handy, das in regelmäßigen Abständen blinkte.

Er betrachtete eine Sanduhr, die am linken Rand des Schreibtisches stand. Der Sand war abgelaufen und Sam musste an seine Träume denken.

»Samuel?«

»Ja, Dr. Möbius?« Sam zuckte zusammen, rieb sich die Augen und sah den Professor fragend an.

»Ich hatte dich gefragt, ob es dir besser geht?« Der Arzt lächelte ihn an.

»Ich atme«, antwortete Sam knapp und begann wieder, das Zimmer mit seinen neugierigen Blicken zu durchsuchen. Permanent stieß er auf Gegenstände, an denen sein Blick hängenblieb, und sofort drifteten seine Gedanken wieder ab.

Möbius beobachtete den Jungen aufmerksam und machte sich Notizen, doch davon bekam sein Patient nichts mit. Vielmehr war dieser daran interessiert, weshalb Dinge links standen und nicht rechts. Warum befand sich auf dem Schreibtisch kein Bild von Mrs. Möbius oder den Kindern? Es waren belanglose Dinge, über die Samuel Stromer minutenlang nachdenken konnte. Zweifelsohne lagen seine Nerven flach.

»Was soll ich nur mit dir machen?«, fragte Dr. Möbius laut und zog seine Augenbrauen besorgt nach oben.

»Wie meinen Sie das, Doc?« Sam war wieder in die Realität zurückgekehrt.

»Du sitzt da und schaust von links nach rechts und von oben nach unten. Du reagierst nicht auf meine Fragen«, stellte Möbius fest und wartete auf eine Erklärung. Doch Sam sagte nichts. Er sah den Mann ausdruckslos an und es machte unwillkürlich den Anschein, als würde der Junge sich wieder aus dieser Welt verabschieden.

»Ein Außenstehender würde denken, dass du unter Drogen stehst. Eigentlich wollte ich dein seelisches Befinden auf Herz und Nieren prüfen, doch das kann ich mir schenken«, sagte Möbius traurig, schlug Sams Krankenakte auf und schrieb.

Sam sah dem Arzt zu. Wie konnte sich dieser Mann erlauben, über seine Gedanken, seine Seele und seinen Problemen zu urteilen?

»Und jetzt wissen Sie wohl schon alles?«, fragte Sam plötzlich und der Professor schreckte nach oben. Er hatte nicht damit gerechnet, dass der Junge noch etwas sagen würde. Um so erschrockener war sein Gesichtsausdruck.

»Wie meinst du das?«

Sam wusste, dass der Professor bei einer tiefergehenden Konversation alles aus ihm herauskitzeln konnte, umso behutsamer war er und überlegte sich jedes Wort dreimal, bevor er seinen Mund öffnete.

»Na ja, Sie sehen mich an und wissen Bescheid. Machen eine Prognose und der Fall Stromer ist gegessen.«

»Traust du mir so etwas wirklich zu?« »Ja.«

»Warum?«

»Weil Sie keine Ahnung haben, was in mir vorgeht. Sie haben nicht den geringsten Schimmer. Letztendlich geht es doch nur darum, die Krankenakte zu schließen, nicht wahr?«, entgegnete Sam zynisch.

»Dann erkläre es mir, Samuel Stromer«, sagte er schließlich und grinste ihn breit an.

»Das hättest du wohl gerne. Sam, mach den Mund auf. Hopp, braver Sam. Sitz! Ja, so ist's fein! Mach den Mund auf! Na? Hopp!«, dachte sich Sam belustigt.

»Wir haben alle Zeit der Welt, Sam«, bekräftigte der Arzt seine Aufforderung und schloss seine Mappe.

»Nein, Sir. Das werde ich nicht tun. Sie würden es nicht verstehen oder falsch deuten. Das hätte zur Folge, dass Sie meine Gedanken falsch beurteilen würden, und das wiederum wäre ein Eigentor für mich«, schlussfolgerte Sam.

»Bitte?«

Die beiden saßen sich gegenüber und blickten sich in die Augen. Weder Sam noch der Professor wollte in diesem Augenblick etwas sagen. Nur das Ticken der alten braunen Wanduhr war zu hören. Immer und immer wieder. Tick, tack, tick, tack.

Professor Möbius erhob sich mühsam aus dem Sessel und ging nachdenklich in seinem Büro umher. Er dachte über die Worte des Patienten nach und blieb schließlich hinter ihm stehen. Sam bewegte sich nicht und wartete ab.

»Das musst du mir genauer erklären. Du bist also der Meinung, dass ich dich grundsätzlich nicht verstehen würde?«

»Glauben Sie an Schicksal?«, fragte Sam schließlich leise.

»Ja. Wie kommst du darauf?«

Sam drehte sich um und sah den Professor musternd an.

»Ich möchte wieder auf mein Zimmer. Bitte«, beendete Sam die Konversation abrupt und stand auf.

Möbius sah Sam kritisch an, doch er hatte keine andere Wahl. Sam befand sich zwar im St. Vincent-Hospital, war aber weder eine Geisel noch ein Kriegsgefangener.

»In Ordnung. Ich bringe dich wieder auf dein Zimmer, Sam. Wenn du allerdings doch das Bedürfnis hast, mit mir zu reden, stehe ich dir jederzeit zur Verfügung … Tag und Nacht.«

Sam nickte und die beiden verließen das Büro.

»Einen wunderschönen guten Morgen, Mr. Midler!« Susan, eine große Frau mit langer blonder Mähne, war seit geraumer Zeit die persönliche Assistentin des Polit-Newcomers.

Tom hatte seit Anfang des Jahres viel Rummel um seine Person erlebt. Das Interesse an der FA wuchs fast schon stündlich. Die Strategen der GBA sowie die enormen finanziellen Mittel verhalfen ihr zu einem raschen Erfolg. Der Koalition mit den Republikanern stand nichts mehr im Wege und Tom betrat an diesem Mittwochmorgen das Büro mit einem breiten Grinsen. Immer mehr Bürger wollten der FA beitreten und eine weitere Zweigstelle sollte in New York eröffnet werden.

»Wie geht es Ihnen?«, fragte Susan höflich und lächelte ihren Chef an.

»Gut, Susan. War irgendetwas Wichtiges heute Morgen?«, fragte Tom gut gelaunt und hängte seinen Mantel an die Garderobe des Vorzimmers.

»Sie sollen bitte Mr. Fahru in Italien zurückrufen. Ich habe Ihnen die Nummer auf den Schreibtisch gelegt.«

»Und sonst?«

»Nur dieser Brief. Die restliche Post ist das Übliche, nichts Besonderes«, sagte Susan und gab ihrem Boss den Brief. Nach ein paar Minuten befand sich Tom in seinem Büro. Er hatte es sich bequem gemacht und sah sich die Morgennachrichten an. Fast kein Tag verging, ohne dass die FA mit irgendwelchen Meldungen in den Nachrichten war. Tom genoss mittlerweile diesen Ruhm und fühlte sich wie der Mittelpunkt der politischen Welt. Er öffnete den Brief und zündete sich eine Zigarre an.

Sehr geehrter Mr. Midler,

wir haben Ihr Schreiben vom 10. Januar 2009 erhalten und haben alles in die Wege geleitet. Bereits bestehenden Mitgliedern haben wir die Mitgliedschaft gekündigt, die Ihren Anforderungen nicht gerecht wurden.

Die Zweigstellen in New Jersey, New York, Oklahoma, Los Angeles, San Francisco sowie Washington haben die entsprechenden Schritte bereits eingeleitet.

Zur Bestätigung der von Ihnen geforderten Punkte benötigen wir noch eine Unterschrift.

Folgende Kriterien müssen für eine Mitgliedschaft der Partei Freies Amerika gegeben sein:

1.Amerikanische Staatsangehörigkeit ohne Migrationshintergrund.

2.Einwandfreier Leumund.

3.Keine vorherige Mitgliedschaft in einer kommunistischen Vereinigung, inkl. Splitterparteien, siehe Anhang S. 2.

4.Sollte eine sexuelle Neigung zu gleichgeschlechtlichen Personen bekannt sein, ein unheilbares Krankheitsbild bestehen, ist eine Mitgliedschaft nicht möglich.

Wäre es nach Tom gegangen, so stünden in diesem Brief noch ein paar Punkte mehr. Doch seine Berater rieten ihm, diese wegzulassen – der Hang zum Extremen brach bei dem jähzornigen Politiker immer wieder durch. Doch selbst diese Anforderungen zur Parteiangehörigkeit stieß in den Medien schon auf Kritik. Nicht jedoch in der Bevölkerung.

»Sehr gut, sehr gut.«, murmelte Tom und unterschrieb das Dokument. Alles lief nach Plan und in seinem Kopf wuchsen der Hass und die unendliche Sehnsucht nach Macht. Immer öfter sah sich Tom Bilder des Führers an. Er las die Geschichte des Dritten Reiches und machte sich Notizen über die Fehler der Vergangenheit, die er vermeiden wollte. Mohammed Fahru wusste von Toms starken Drang, das amerikanische Volk von Ausländern zu befreien. Doch in gewisser Weise glichen sich die beiden Männer von ihren

Träumen und Gedanken. Die GBA wollte eine globale politische Führung und Tom half ihnen dabei, die Radikalisierung bis zu einem gewissen Grad voranzutreiben. Die Strategen der GBA wiesen Tom immer wieder in die Schranken.

»Es ist Besuch für Sie da«, ertönte es aus der Sprechanlage.

»Wer ist es?«

»Ein gewisser Mr. Freemann. Er meint, er wäre im Auftrag des Gouverneurs hier.«

»Sagen Sie ihm, dass ich jetzt leider keine Zeit habe. Er soll seine Kontaktdaten hinterlassen. Ich rufe ihn zurück.«

»Wird gemacht!« Die Sprechanlage schaltete wieder ab und Tom deaktivierte sie, um in Ruhe telefonieren zu können. Er wählte die Nummer, die ihm Susan gegeben hatte, und lehnte sich zurück.

»Fahru?«

»Hallo, Mr. Fahru, ich sollte Sie zurückrufen«, begrüßte Tom seinen Vorgesetzten.

»Gut, dass Sie anrufen, Mr. Midler. Ich habe erfreuliche Neuigkeiten für Sie. Anfang März wird voraussichtlich der neue Termin für die Präsidentschaftswahl bekannt gegeben. Wie Sie wissen, war die Wahl für Mitte Februar angesetzt, jetzt haben wir allerdings die endgültige Bestätigung erhalten. Trotz der Verzögerung werden Sie also noch vor dem Sommer Präsident werden.«

Nach dem Telefonat ließ Tom die Jalousien seines Büros nach unten. Er schob eine Dokumentation über den Zweiten Weltkrieg in den DVD-Player. Auf dem Bildschirm flimmerten die grauenhaften Taten der SS. Die Kamera zeigte Schwarz-Weiß-Aufnahmen aus Auschwitz und Dachau, von Hinrichtungen und Bergen von Leichen. Es erregte Tom wie eh und je, die Macht jenes Mannes zu sehen, der damals auf der ganzen Welt für Angst und Schrecken sorgte.

»Susan, kommen Sie bitte mal zu mir«, sagte er durch die Sprechanlage und zog die Jalousien hoch.

Die Tür ging auf und die Blondine kam herein. Sie trug ein wunderschönes Kleid. Tom spürte die Erektion zwischen seinen Beinen und hatte nur einen einzigen Gedanken im Kopf.

»Was kann ich für Sie tun?«, fragte Susan höflich und setzte sich auf den Stuhl gegenüber vom Schreibtisch.

»Zieh dich aus«, keuchte Tom und betrachtete die Frau mit gierigen Blicken.

»Wie bitte?« Susans Gesicht spiegelte ihre Fassungslosigkeit wider.

»Ich sagte, du sollst dich ausziehen!«

»Geht es Ihnen nicht gut, Mr. Midler?«, fragte Susan besorgt und sah ihn verwundert an.

»Zieh dich aus oder bist du taub?!«, schrie Tom wütend und griff sich mit der Hand in die Hose.

Susan stand langsam auf. Während Sie sich rückwärts zur Tür bewegte, schüttelte sie wie in Zeitlupe den Kopf.

»Ich glaube, ich spinne.«, flüsterte sie, ohne ihren Boss aus den Augen zu lassen.

»Du kommst sofort zurück und ziehst dich jetzt aus, verdammt«, fauchte Tom.

»Das werde ich nicht tun! Wofür halten Sie mich eigentlich?!«, schrie die Frau.

»Für eine geile Schlampe. Du wirst doch nicht etwa dem zukünftigen Präsidenten widersprechen, oder?«, fragte Tom und grinste teuflisch.

»Präsident? Was reden Sie da? Sie sind ja wahnsinnig«, brüllte Susan ihren Chef an und hatte die Tür endlich erreicht.

»Sag das nie wieder zu mir!«, kreischte Tom, griff nach seinem schweren Metalllocher und warf ihn nach der Frau. Der Locher prallte mit Wucht gegen die teure Holztür des Büros, die Susan im letzten Moment zugeschlagen hatte.

»Hau ab! Du bist gekündigt!«, brüllte er ihr nach und fuhr sich mit den Händen durch sein Haar. Doch das hörte Susan nicht mehr, sie war bereits auf dem Weg das Hauptquartier der Partei zu verlassen. Für immer.

Er schnaufte. Immer wieder blickte er hasserfüllt auf die Tür. Wie vom Blitz getroffen, schoss Tom in die Höhe, nahm das Newtonpendel, das in greifbarer Nähe war, und warf es mit voller Kraft gegen die Wand.

»Niemand nennt mich wahnsinnig. Niemand.«, schnaubte er wie ein gereizter Bulle. Er ließ sich in den Ledersessel fallen und griff zum Handy.

»Fahru?«

»Hallo, Mr. Fahru. Hier Midler. Ich habe eine Bitte an Sie«, schossen die Worte aus Toms Mund.

»Meine Güte, was ist denn passiert?«, fragte Mohammed.

»Ich glaube, wir haben ein kleines Problem mit einer Mitarbeiterin«, japste Tom.

»Weshalb?«

»Sie kennen doch meine Sekretärin Susan Flemming?«

»Das hübsche Ding mit dem weiten Ausschnitt?«

»Genau die. Ich habe ihr heute fristlos gekündigt.« Tom entspannte sich ein bisschen und lockerte seine Krawatte.

»Warum?«

»Ich war kurz beim Imbisswagen. Als ich zurückkam, hat sie in meinem Büro nach Unterlagen gesucht. Ich habe sie zur Rede gestellt, doch sie meinte, sie hätte nur ihren Notizblock gesucht. Ich bin dann raus und habe ihren Block von ihrem Schreibtisch geholt.« Tom erzählte, ohne zu zögern. Sein Hass auf die Frau wuchs von Sekunde zu Sekunde.

»Das ist ja ein Ding. Und dann?«, fragte Mr. Fahru leise.

»Als sie keine Chance mehr hatte, mir auszuweichen, schrie sie mich an und ohrfeigte mich. Sie sagte, sie hätte schon einige Unterlagen kopiert und würde diesen Laden auffliegen lassen. Sie hätte alles gesammelt und würde zur Polizei gehen, wenn wir ihr keine Abfindung zahlen würden.« Tom war für einen kurzen Augenblick selbst erstaunt über seine eiskalte Improvisation. Was sein Märchen für Folgen haben würde, wusste er, doch es war ihm egal. Schließlich war sie nur eine kleine Kreatur, die keine Berechtigung hatte, in seinem zukünftigen Land zu leben.

Mohammed Fahru schwieg.

Die Pause dauerte fast eine Minute und Tom dachte nach. Hatte er sich versprochen? Passte irgendetwas nicht zusammen? Warum hatte er nichts von weitergeleiteten Emails erzählt? Fehler. Hätte er besser die Mails anstatt der Unterlagen genommen? Fehler.

»Wie viel weiß sie?«

»Nicht viel. Ich bin mit Sicherheit noch kein Vollprofi, aber ich bin auch nicht dumm. Die wichtigsten Unterlagen sind hier im Tresor. Doch ihr Wissen langt, um uns unnötigen Ärger einzuhandeln und die FA in ein falsches Licht zu rücken. Ob sie an meinen Mails war, weiß ich leider nicht.«

»Was weiß sie über mich?«, fragte Fahru schließlich.

»Nichts. Ein unbedeutender Geschäftsfreund aus dem Nahen Osten. Nicht mehr und nicht weniger«, antwortete Tom schnell.

»Wo wohnt sie?«

»Jacobstreet fünf.«

»Ich kümmere mich darum, Tom. Sie werden Ende der Woche eine neue Sekretärin bekommen, die ich auswähle.«

Mr. Fahru hatte aufgelegt und Tom lächelte. Dieses Gespräch bedeutete das Todesurteil für Susan Flemming. Er öffnete das Fenster und blickte auf all die Menschen, die ihres Weges gingen.

»Ich bin euer Herrscher, euer Führer«, flüsterte er und betrachtete den Berufsverkehr, der die Stadt verstopfte. Die Blechkolonne bewegte sich über die Straße und Busse spuckten in regelmäßigen Abständen Fahrgäste aus.

»Ihr seid alle unbedeutend.«

Draußen tobte ein gewaltiger Schneesturm und die beiden hatten sich überlegt, dass es gemütlicher wäre, einen kuschligen Abend vor dem Fernseher zu verbringen. Die Eltern von Lydia waren über das Wochenende weggefahren und besuchten Tante Funny. Warum und woher Sie diesen Kosenamen hatte, wusste Lydia nicht, und eigentlich war es ihr auch egal. Sie mochte diese Frau nicht. Vielleicht weil sie immer so penetrant nach Rauch stank oder vielleicht deswegen, weil sie nach jedem Satz »nich?« sagte. Eine Angewohnheit, die Lydia zu einem Tier machen konnte. Das letzte Mal sah sie die Frau im Herbst vor drei Jahren. Seitdem sträubte sie sich mit Händen und Füßen dagegen, dieser Person nochmals unter die Augen treten zu müssen. Sie hatte Ricco bekocht und die Verliebten machten es sich im Bett bequem, um den Samstagabendfilm anzusehen. Draußen drückte der gewaltige Wind mit voller Wucht an die Scheiben und umso kuschliger empfanden die beiden die traute Zweisamkeit.

»Ich werde es tun. Ich muss es tun.«, plapperte Ricco leise vor sich hin und bemerkte nicht, dass Lydia seine Worte hörte.

»Was musst du tun, Schatz?«, fragte sie und stellte eine große Schüssel Pudding auf den Tisch.

Ricco schreckte zusammen und starrte entgeistert in die Augen seiner Freundin.

»Ich, was?«, stotterte er.

»Du sagtest gerade eben: Ich werde es tun. Ich muss es tun?«, wiederholte sie neugierig.

In letzter Zeit war ihr aufgefallen, dass Ricco mit den Gedanken woanders war.

»Ich muss gar nichts tun. Den Schokopudding muss ich essen. Das ist das Einzige, was ich muss«, plapperte Ricco völlig überzogen.

»Ricco, was ist bloß los mit dir?«, fragte sie verzweifelt.

»Was meinst du denn?«, fragte Ricco mit vollem Mund.

»Warum redest du nicht mit mir?« Sie fuhr ihm sanft mit der Hand über die Wange. Er blickte seine Freundin an.

»Was in Gottes Namen soll denn los sein?«

»Hör auf damit!« Wenn sie etwas auf den Tod nicht ausstehen konnte, dann war es, wenn man sie für dumm verkaufen wollte.

»Okay, verdammt. Okay. Ich werde es dir erzählen. Ich werde dir alles erzählen.«

Den kuschligen Fernsehabend konnte er vergessen. Dafür aber fiel nun auch eine große Last von ihm ab. Er redete und redete. Es dauerte geschlagene eineinhalb Stunden, bis Ricco mit allem fertig war. Draußen tobte weiterhin der Sturm und nur die kleine Stehlampe im Zimmer spendete Licht.

Lydia hatte die ganze Zeit nichts gesagt. Nicht einmal auf die Toilette war sie gegangen, dabei hatte sie das Gefühl, als würde ihre Blase gleich platzen.

»Ich bin fertig«, sagte Ricco erschöpft und diese Tatsache traf sowohl auf die Geschichte als auch auf seine angegriffenen Nerven zu. Lydia starrte traurig in die Augen ihres Freundes. Tränen liefen über ihre Wange hinab. Ricco fühlte sich wie ein Schwein. Wie jemand, der gerade seine Frau geschlagen hatte.

»Es tut mir leid«, stotterte er schließlich leise, doch seine Worte fanden kein Gehör.

Lydia weinte ununterbrochen, bis sie schließlich aufstand und ins Badezimmer ging. Nach zehn Minuten kam sie zurück. Ihre Augen waren geschwollen und ihre Nase gerötet.

»Du wirst es tun, nicht wahr?«, flüsterte sie ängstlich und zitterte am ganzen Körper.

»Ich weiß es nicht. Ich weiß es einfach nicht«, antwortete Ricco.

»Glaubst du an Sams Visionen?«, fragte er.

Sie blickte ihm starr in die Augen und zuckte plötzlich mit den Schultern. Wäre die Situation nicht so angespannt gewesen, hätte Ricco gelacht, denn das Zucken sah aus wie das einer Marionette, dessen Spieler ein wenig zu barsch an den Fäden gezogen hatte.

»Ich weiß es nicht. Es klingt so unrealistisch.«

»Weißt du, was er mir gesagt hat?« Riccos Hände lagen ineinander und er starrte auf seine tauben Beine.

»Was denn?«

»Die Frau in seinen Träumen hat ihn einmal gefragt, ob er wirklich davon überzeugt sei, dass die Welt noch existieren würde, wenn es keine Menschen mit solchen Träumen gäbe.«

Sie dachten darüber nach und weder Lydia noch Ricco wagte es, diesen Spruch als Schwachsinn hinzustellen.

»Bist kein Mörder. Bist der sympathische, tollpatschige Mann, den ich einmal heiraten möchte.« Wimmernd kamen die Worte aus Lydias Mund.

»Nein. Ein Mörder bin ich nicht. Gewalt kann nie eine Lösung sein. Aber sollte alles stimmen, sollten alle Vorhersagen von Sam eintreten … Sollte ich mich falsch entscheiden, könnte ich zum größten Massemörder werden, den die Welt jemals gesehen hat.«

Lydia suchte verkrampft nach einem Gegenargument.

»Was ist, wenn du diesen Menschen tötest? Was passiert dann mit dir? Mit mir?«, fragte sie.

»Man würde mich für lange Zeit einsperren. Mein Leben wäre gelaufen.«

»Willst du das wirklich?! Du kannst mich doch nicht alleine lassen!« Schluchzend griff sie nach einem Taschentuch und putzte sich die Nase.

»Und wenn ich es nicht tue? Wenn ich Sam und seine Visionen nicht ernst nehme? Was passiert, wenn er recht behält?«, fragte er.

»Dann werden wir alle sterben. Oh mein Gott.«, antwortete sie leise und fixierte hilfesuchend die Augen ihres Freundes.

»Ich habe es in seinen Augen gesehen, Schatz. Ich habe in seinen Augen Angst gesehen. Nackte Angst. Wie man es dreht und wendet, es ist ein Irrgarten ohne Ausgang«, dachte Ricco nach. Er ergriff die zitternde Hand seiner Freundin.

»Du musst mir eins versprechen, Lydia«, sagte er leise und sie nickte.

»Sage niemals irgendjemanden etwas darüber. Egal was passiert, was ich vielleicht tue oder auch nicht. Du musst wie ein Grab schweigen, bitte.«

Schlagartig riss sich Lydia los und sprang auf. »Das ist ein Abschied, nicht wahr?« Mit glasigen Augen sah sie Ricco an.

»Das weiß ich nicht. Versprich es mir. Bitte.«

»Ich verspreche es dir.«, flüsterte sie.

Er lächelte, doch sein Lachen war aufgesetzt, und sie spürte, wie sehr er sich dazu zwang.

Die beiden lagen sich Minuten später in den Armen und es dauerte keine zehn Minuten, bis Lydia vor Erschöpfung einschlief. Ricco blieb die ganze Nacht wach und streichelte das lange Haar seiner Freundin. Immer wieder sah er sie an, lächelte und wischte sich die Tränen von der Wange. Er hatte sie angelogen. Es war ein Abschied. Ein Abschied aus einem Leben, das Ricco über alles liebte und sich so sehr gewünscht hatte. In dieser Nacht akzeptierte der Junge die Entscheidung, die sein Unterbewusstsein schon lange gefällt hatte. Für sich, für seine Eltern, für seinen Engel Lydia und für das Fortbestehen dieser Welt. In jener Nacht entschied sich Ricco Feller für den Mord an Thomas Midler.

Sie redeten in den nächsten Tagen nicht mehr über das Thema. Sie sahen sich in der Schule, gingen anschließend ein wenig spazieren, doch beiden war klar, dass Distanz das beste war, um diese Beziehung intakt zu halten.

Ricco beschäftigte sich zunehmend mit der Beschaffung von Informationsmaterial. Stundenlang saß er vor dem Computer und sog unendlich viele Fakten über die FA aus dem Internet. Ricco war besessen von der Idee, herauszufinden, wer Thomas Midler wirklich war. Doch je mehr Informationen er bekam, umso mehr verdichteten sich seine Befürchtungen. Sam hatte recht behalten. Doch trotz allem wollte Ricco Feller sichergehen. Immer wieder meldete sich die Vernunft in seinem Kopf und immer wieder wollte sein Verstand nicht wahrhaben, was offensichtlich unausweichlich schien. Bis zum 13. Januar des Jahres 2009. An jenem Morgen um 02:34 Uhr starben auch die letzten Zweifel in ihm ab.

In den Tiefen des Darknets hatte er über ein Forum eine Website gefunden. FREIES AMERIKA Link to https://FAgoto11Qr/MTM.com war groß auf der ansonsten leeren Seite zu lesen. Ricco notierte sich die Adresse und trank einen Schluck Apfelsaft. Das Suchen und die ewige Konzentration nagten an seiner Energie, doch die Neugier trieb ihn immer weiter und weiter. Ein Rettungswagen, der durch die Dunkelheit der Stadt raste, unterbrach seine Recherche, doch schnell widmete er sich wieder seiner Arbeit. »Dann schauen wir mal«, ermutigte er sich. Die Seite baute sich langsam auf.

WELCOME! ENTER PASSWORD :

_____

»Na, ganz toll.« Ricco beäugte die zwei Zeilen genervt und wollte gerade wieder abbrechen, als sein Spieldrang mit ihm durchging.

»Versuchen kann man es ja mal«, flüsterte er und die Neugier packte ihn.

Normalerweise flog man aus passwortgeschützten Seiten im Darknet nach der ersten falschen Eingabe hochkant wieder heraus. Die Erfahrung hatte er schon oft gemacht. Die dynamische ID wurde registriert, sodass man die

Verbindung komplett trennen musste, um einen neuen Versuch wagen zu können. Umso größer wurde der Drang, diesen Schutz zu durchbrechen. Ricco kaute auf seinem Bleistift und überlegte verkrampft, was das richtige Passwort sein konnte. Nach einer Bedenkzeit von fünf Minuten versuchte Ricco sein Glück und gab: »Präsident Thomas Midler« ein. Einen kurzen Augenblick lang wurde der Bildschirm schwarz, doch dann erschien die gleiche Meldung wieder. Auch das nächste Passwort war falsch.

»Noch ein Versuch? Was zur Hölle ist das für eine Homepage?«, fragte sich Ricco und betrachtete kritisch den blinkenden Cursor auf dem Monitor.

»Aller guten Dinge sind drei, heißt es doch. Dann nehme ich … ach, egal …« Er gähnte und beschloss, vielleicht doch noch ein paar Stündchen zu schlafen.

Er rieb sich schlaftrunken die Augen und gab ein letztes Mal, ohne groß darüber nachzudenken, irgendetwas ein. Wieder wurde der Bildschirm schwarz. Ricco wollte den PC schon ausschalten, als er mit offenem Mund erstarrte. Eine in Schwarz gehaltene Seite baute sich auf.

»Das ist nicht möglich.«

WILLKOMMEN! Bitte wählen Sie aus folgenden Optionen: Historie, Partei, Chat, Werbeartikel/Informationsbroschüren, News.

Ricco schüttelte den Kopf. Er konnte nicht glauben, dass sein Passwort wirklich gestimmt hatte. Er hatte schlicht das Wort »Weltkrieg« eingegeben. Langsam bewegte er die Maus auf die Option Chat und klickte. Zwei Mitglieder waren im Chatroom angemeldet. Es waren keine Namen, sondern Nummern angegeben.

»Hallo«, schrieb er schnell und musste auch gar nicht lange warten, bis der Fremde zurückschrieb.

»Hi.«

»Wie heißt du?«, schrieb Ricco.

»Das ist egal. Nenn mich, wie du willst.« Die Antworten kamen in einer unglaublichen Geschwindigkeit zurück, sodass Ricco das Gefühl hatte, dass die unbekannte Person nur auf die Entertaste drückte.

»Ist das ein Geheimnis?« Doch kaum hatte er seine Antwort abgeschickt, blinkte auch schon ein neuer Text.

»Nein. Aber es spielt keine Rolle. Was machst du so spät noch hier?«, fragte die unbekannte Person.

»Ich suche Informationen über diese Partei. Bist du ein Mitglied?«

»Nein.« Die Buchstaben waren fett geschrieben.

Ricco wunderte sich über den Nachdruck der Antwort, dachte aber nicht weiter darüber nach.

»Ich auch nicht. Was machst du hier?«

»Ich passe auf.«

Ricco knabberte angestrengt auf seinem Bleistift und tippte weiter.

»Worauf denn?«

Und nun passierte es das erste Mal, dass der mysteriöse Fremde nicht sofort antwortete. Der Cursor blinkte und Ricco zog die Augenbrauen neugierig nach oben.

»Auf dich.«

Ricco ließ sich in seinem Rollstuhl zurückfallen.

»Auf mich?«, flüsterte er und schrieb schließlich weiter.

»Weshalb auf mich?«

»Du brauchst meine Hilfe. Du solltest nicht so kritisch sein.«

»Wie meinst du das?«

»Vertraue mir. Welches Passwort hast du eingegeben?«, fragte der Chatteilnehmer.

»Weltkrieg. Schon eigenartig, oder?«

»Warum?«

»Na ja, für eine politische Homepage ziemlich unpassend«, antwortete Ricco schnell.

»Weshalb hast du es dann eingegeben?«, fragte der Fremde schließlich und Ricco dachte über die Frage nach. Normalerweise mangelte es ihm niemals an Antworten und dummen Sprüchen. Doch nun wusste er nicht, was er antworten sollte.

»Einfach so«, schrieb er und schickte es ab.

»Das glaube ich dir nicht, Ricco Feller«, kam als Antwort zurück und Ricco erstarrte.

»Ricco Feller. Ich habe nie gesagt, wie ich heiße. Woher, verdammt noch mal. Wer ist das?«, fauchte er. Ricco fühlte sich nackt, entblößt und enttarnt.

Mittlerweile hatte der Stundenzeiger die Nummer vier umrundet und näherte sich langsam der fünf.

»Okay, Freundchen, ich kann auch anders«, ermutigte er sich.

»Ich heiße nicht Ricco Feller!«

»Natürlich nicht und wahrscheinlich sitzt du auch nicht im Rollstuhl«, erschien nach wenigen Augenblicken. Ricco lehnte sich wieder zurück und starrte ungläubig auf den Monitor. Er war schon nahe daran, seine Mutter aus dem Schlaf zu reißen, um ihr die Zeilen zu zeigen. Doch nach einer kurzen Bedenkzeit hielt er es für besser, die Idee zu verwerfen.

»WER BIST DU?«

»Ein Freund.« »Kenne ich dich?« »Nein.«

»Was willst du von mir?«, schrieb Ricco und machte sich allmählich ernsthafte Sorgen. Träumte er oder war das alles wirklich real?

»Sam hat recht, Ricco. Und das weißt du auch. Fürchte dich nicht vor deinen Gedanken.«

Während der Junge diese Zeilen las, wurde ihm übel, er musste aufstoßen. Das war eindeutig zu viel gewesen. Diese Person irgendwo in den unendlichen Weiten des Internets kannte nicht nur ihn und seine Behinderung, sondern auch noch seinen besten Freund. Doch schlagartig schossen ihm die Worte von Sam in den Kopf. Er hatte ihm alles erzählt, bis ins kleinste Detail und es konnte eigentlich nur einen einzigen Mensch geben, der das alles wusste: Die Frau, die tot war und seinen Freund in Träumen immer wieder besuchte.

»Wer bist du?« Der Zeiger blinkte, doch Ricco wartete vergeblich auf eine Antwort. Mehrere Minuten lang saß er regungslos vor dem Bildschirm, bis er feststellte, dass er sich allein im Chatroom befand. Die Person war verschwunden und somit auch der Chatverlauf. Ricco schaltete schnell seinen Computer aus. Er legte sich angezogen wie er war in sein Bett und schlief ein.

Drei Stunden später weckte Mandy ihren Sohn und sah in seine müden und erschöpften Augen.

»Du bleibst besser zu Hause. Ich glaube, da ist eine Grippe im Anflug«, hatte sie besorgt gesagt.

Ricco schlief bis in den Nachmittag hinein und als er seine Augen öffnete, war irgendetwas mit ihm geschehen. In ihm war etwas, das zuvor nicht da gewesen war. Er hatte tatsächlich schon öfters an Selbstmord gedacht, besonders wenn er bei Footballspielen zusah oder Pärchen bei ihren Spaziergängen. Auch das hatte Sam gewusst.

»Glaubst du wirklich, dass die Welt noch existieren würde, wenn es solche Menschen mit solchen Träumen nicht gäbe?«

Ricco Feller hatte seine Entscheidung getroffen. Er hatte sicher nicht vor, als Märtyrer in die Geschichte Amerikas einzugehen, und dennoch wusste er, was von ihm abhing. Er setzte sich gegen 16:30 Uhr wieder an den Schreibtisch und nahm ein weißes Blatt Papier zur Hand.

Der Countdown hatte begonnen, die Entscheidung war gefällt und Ricco bereitete sich darauf vor, die Abfahrt aus dem normalen Leben zu nehmen.

»… aus diesen Gründen, haben wir uns dazu entschlossen, Ihren Sohn Anfang März aus unserer Klinik zu entlassen.«

Mit besten Grüßen Prof. Dr. Möbius

Dieser 17. Januar war für Pamela und Michael Stromer der schönste Tag seit Langem. Samuel sollte nach Hause kommen. Nach all den Monaten sollte er endlich wieder in sein normales Leben zurückkehren.

»Wir werden wieder eine Familie sein, nicht wahr?«, schluchzte Pam und die Freudentränen liefen ihre Wange hinab. Mike umarmte seine Frau und die beiden machten eine Flasche Sekt auf. Fast zeitgleich teilte Professor Möbius seinem Patienten im St. Vincent- Hospital die frohe Botschaft mit, doch die Reaktion von Sam verwunderte den Arzt.

»Freust du dich?«, fragte Professor Möbius und klopfte dem Jungen freundschaftlich auf die Schulter.

»Es macht keinen Unterschied. Aber ich bin froh, wieder in die Medlesterstreet zurückzukehren.« Das waren die einzigen Worte, die Sam dazu preisgegeben hatte.

Es war auch der 17. Januar, als Lydia immer wieder versuchte, mit ihrem Freund Ricco zu reden. Doch dafür war es zu spät. Er hatte sich innerhalb der letzten Tage sehr verändert. Er war ruhig geworden und redete nur noch, wenn er gefragt wurde.

»Shirley und Robin fragen, ob wir Lust haben, mit ihnen heute Abend ins Kino zu gehen. Der neue Streifen mit …«

»Ich habe heute keine Zeit, Lydia. Du kannst ruhig mitgehen«, antwortete er und schrieb nebenbei weitere Notizen in sein kleines Büchlein, das bereits seitenweise vollgeschrieben war.

»Du willst also nicht?«, fragte Lydia enttäuscht.

»Wollen schon, aber ich habe noch so viel Arbeit.«

»Du bist noch Schüler, Ricco Feller«, zischte sie enttäuscht ins Handy.

»Du weißt ganz genau, welche Art von Arbeit ich habe«, antwortete er ruhig. Und mit diesem Satz hatte Ricco nicht nur wieder das empfindliche Thema aufgegriffen, er hatte seiner Freundin mitgeteilt, wie er sich entschieden hatte. Das Ende des Gespräches war auch das Ende der Beziehung. Lydia hatte wimmernd aufgelegt und Ricco saß mit dem Handy an seinem Schreibtisch und hörte dem regelmäßigen Tuten der Leitung zu.

»Ich liebe dich, Lydia«, flüsterte er und legte schließlich auf.

Ricco hatte seine Eltern so weit bearbeitet, dass sie zugestimmt hatten, mit ihm auf die Versammlung der FA zu gehen. Schließlich sollten sie dabei sein, wenn ihr Sohn in die politische Geschichte einging. Ricco hatte seiner Mum die Grippe äußerst originalgetreu simuliert und so kam es, dass er für einige

Tage krankgeschrieben wurde. Er hatte Zeit genug, um alle Vorbereitungen zu treffen, die nötig waren. Seine Notizen versteckte der Junge unter seinem Bett, um keinen Verdacht aufkommen zu lassen.

Ricco Feller schloss an diesem 17. Januar des Jahres 2009 nicht nur mit seiner Beziehung ab, sondern auch mit seinem Leben. In seinem Kopf gab es nur noch ein Ziel:

Thomas Midler stoppen. Koste es, was es wolle.

Wie eine Maschine, die nur einem einzigen Befehl nachgeht, agierte Ricco dieser Tage. Er wusste, dass er damit sein Leben und das seiner Eltern zerstören würde. Seine Eltern würden nach einiger Zeit wieder zurück in den Alltag finden oder vielleicht auch nicht, aber eins konnte er mit seiner Aktion garantieren: Sie würden am Leben sein.

Auch für Lydia war es ein endgültiger Abschied. Obwohl sie wusste, was er vorhatte, schwieg sie. Aus Liebe zu ihm. Ricco war besessen von dem Gedanken, dieses Monster aus dem Weg zu räumen, und so furchtbar es auch war, die Mitwisserin eines geplanten Attentats zu sein – ihre Liebe zu ihm war stark genug, um diesen Fakt zu verdrängen.

Bis spät in die Nacht hinein tüftelte Ricco an dem Plan, eine Schusswaffe in die streng bewachte Halle zu schmuggeln, in der Thomas Midler in sieben Tagen seinen Auftritt haben sollte. Schließlich handelte es sich um kein Rockkonzert, sondern um eine politische Veranstaltung, bei der es nur so von Security-Personal wimmelte. Doch am 20. Januar fiel ihm die Lösung des Problems ein. Er begann in Foren nach einer Schusswaffe zu suchen. Die Reaktionen auf diese wenig subtile Annonce in den Tiefen des Webs waren beeindruckend bizarr. Riccos elektronischer Postkasten platzte aus allen Nähten und die Mails machten ihm teilweise Angst. Vom eleganten Ladykiller bis hin zur scharfen Panzerfaust reichte die Angebotspalette. Nach einigen Mails mit zwielichtigen Gestalten hatte Ricco letztendlich das Angebot eines Mannes, der in New Jersey wohnte, angenommen. Es handelte sich um eine Magnum und Ricco war sich mit dem Mann über den Preis einig geworden. Sie verabredeten sich und der Deal ging schnell über die Bühne. Der Mann, dessen Namen er nicht wusste und der sich »Peacemaker65« nannte, hatte Ricco wie vereinbart eine Plastiktüte in den Schoss gelegt und den Jungen anschließend ein wenig spazieren gefahren. Ricco hatte dem Waffenhändler mitgeteilt, dass sich das Geld neben der Radbremse befand. Er hatte es mit einem Gummi um die Metallstange gewickelt. Nach einigen Minuten stoppte der Fremde, nahm das Geld von der Bremse und verschwand.

Als Ricco zu Hause ankam, hatte er Glück, da seine Eltern beide im Garten waren.

Ricco war seine gesamten Ersparnisse losgeworden, aber wofür sollte er sie noch nutzen? Oben angekommen öffnete er die Plastiktüte und was zum Vorschein kam, versetzte ihn in Ehrfurcht.

»Wow.« Ricco drehte die relativ schwere Schusswaffe, um sie von allen Seiten zu begutachten. Ein Päckchen Patronen hatte der Dealer beigelegt, kostenfrei versteht sich. Ricco lud die Waffe, sicherte sie und zielte wahllos in seinem Zimmer umher. Was man im Internet doch alles mit Videos lernen konnte. Durch diese Waffe sollte Thomas Midler sterben. Ricco Feller hatte den Gedanken verdrängt, dass er durch diese Aktion zu einem Mörder werden würde … zu einem richtigen Mörder. Die Visionen seines Freundes und die seltsame Chatbegegnung hatten ihn überzeugt, dass es sein musste. Dieser Weg war nicht der Richtige, aber der einzige, den er gehen konnte.

Ricco saß an seinem Schreibtisch und spielte mit einem Radiergummi. Er durchdachte alle nur erdenklichen Möglichkeiten, um die Schusswaffe an den Wachen am Eingang vorbeizuschmuggeln. Und endlich kam ihm die Erleuchtung. Soviel er wusste, kontrollierten die »Safe Angel« die Veranstaltung. Ein Sicherheitsservice, der angemietet wurde. Ricco hatte sich sämtliche Informationen über die Firma besorgt und auch darüber, mit welchen Methoden sie arbeitete. So brachte er zum Beispiel in Erfahrung, dass am Eingang der Halle Metalldetektoren die Besucher durchleuchteten.

»Mein Gott. Gott, bin ich dämlich.«, fluchte Ricco laut und nun fiel ihm auch das perfekte Versteck für die Waffe ein. Sein ganzer verdammter Rollstuhl bestand aus Metall, also würden die Detektoren sowieso anschlagen. Er entschied, die Waffe unterhalb seines Sitzes zu befestigen. Bis dahin war sein Plan perfekt, doch wie sollte es weitergehen? Ricco wusste zwar, dass er sehr weit vorn sitzen würde, doch wo genau, konnte er nicht sagen. Die Behindertenplätze variierten von Event zu Event. Abgesehen davon war Ricco weder ein ausgebildeter Scharfschütze noch Mitglied in einem Schützenverein. Er wusste, dass er genau ein einziges Mal dazu kommen würde, abzudrücken, bevor sich eine Armee von Sicherheitskräften auf ihn stürzen würde.

Und genau dieser eine Schuss musste sitzen. Ricco traute es sich zu, bis auf eine Entfernung von zehn Metern zu treffen, obwohl er noch niemals geschossen hatte, doch weiter niemals ... Würde er nicht treffen, wäre die Katastrophe nicht mehr zu stoppen. Ricco würde versagen und Thomas Midler könnte der Welt bald sein wahres Gesicht zeigen.

»Ich werde es schaffen. Für die Menschheit, Lydia ... Mum ... Dad ... Sam.« Ricco lag auf seinem Bett und zählte alle Menschen auf, die er kannte. Er war voller Konzentration. Sollte dieser Schuss treffen, so würde der Welt die größte Katastrophe seit Bestehen der Menschheit erspart bleiben.

Ein Zurück gab es nicht mehr. Ricco saß in einem Schnellzug mit einem One-Way Ticket in der Hand.

»... und genau aus diesem Grund wird Channel drei ein Exklusivinterview mit dem Vorsitzenden der Partei Freies Amerika, Thomas Midler, um 17:00 Uhr senden.«

Tom schaltete das Radio aus. Vor wenigen Stunden erst war er in der Luxussuite im Hilton eingetroffen. Absichtlich vier Tage vor seiner Kundgebung in der Boardwalk-Halle. Schließlich war er noch nie in New Jersey gewesen, und wenn es die Situation und die Termine zuließen, sah sich der viel gefragte Mann die Stadt noch ein wenig an, bevor er sie wieder in einem Privatjet verlassen musste.

Er öffnete die Minibar und nahm sich eine Flasche Whiskey heraus. Der Stress der letzten Zeit hatte enorm zugenommen und er war heilfroh darüber, dass er nun vier Tage etwas verschnaufen konnte. Tom setzte sich auf die Couch. Er schaltete den Fernseher ein und sah sich die Nachrichten des Tages an.

»... wurde bekannt gegeben, dass die Arbeitslosenzahlen im Vormonat wesentlich geringer waren als im November.« Tom knipste den Kasten aus. Er zog seine Augenbrauen zusammen und stellte die Flasche auf den Tisch.

»Verlogenes Pack.«, fauchte er leise, als sein Handy klingelte.

»Ja?! Was denn?«, zischte er immer noch wütend über die Nachrichten.

»Hier spricht Roger Barkley. Mr. Midler, vergessen Sie bitte nicht Ihren Termin beim Radiosender um 14:00 Uhr.«

»Ich weiß, ich bin ja nicht bescheuert. Noch was?«

»Nein. Mr. Midler. Ich wollte Ihnen noch viel Erfolg für die Veranstaltung am …«

»Jaja, ist gut. Wiederhören.« Tom legte auf.

Er stand auf und öffnete seinen Koffer. Ein Relikt längst vergangener Tage nahm er stets mit auf seine Reisen. Es war seine Lieblings-DVD. Er schob sie in den Player und schaltete den Fernseher erneut an. Das Band lief und Toms Augen bekamen wieder dieses geheimnisvolle und furchterregende Leuchten.

»Das waren noch Nachrichten und sie werden wiederkommen, anders. Besser.«, flüsterte er und nahm sich ein Blatt Papier aus dem Aktenkoffer. Immer wieder fielen ihm neue Punkte ein, die er auf seiner Tournee durch halb Amerika ansprechen wollte. So wie er es formulieren wollte, konnte man es unmöglich an die Öffentlichkeit herantragen, und genau aus diesem Grund mailte er alle Einfälle zu seinen Politologen. Zufrieden war er mit der Nachbearbeitung seiner Texte nie, da sie zu fast neunzig Prozent verharmlost wurden. Doch damit musste er sich abfinden, die Zeit war noch nicht reif, um der Menschheit sein wahres Gesicht zu zeigen. Erneut klingelte es und Tom stoppte erbost sein Band.

»JA?!«

»Hallo, Mr. Midler, hier spricht Fahru. Sind Sie gut angekommen?«

»Oh. Mr. Fahru entschuldigen Sie meinen Ton, aber heute klingelt das Ding wirklich ununterbrochen«, sagte Tom leise und verfluchte sich für seine ungezügelte Art. Es gab auch in seiner Welt noch Menschen, denen er sich beugen musste. Mohammed Fahru stand ganz oben auf dieser Liste.

»Kein Problem. Sie sind ein gefragter Mann. Ich habe mit dem Abgeordneten der Republikaner gesprochen und er meinte, dass die Dinge sich sehr gut entwickeln. Wir haben bereits begonnen, die Feierlichkeiten für die Präsidentschaftswahl zu organisieren.«

»Sollten wir vielleicht nicht einmal abwarten, ob alles so läuft, wie wir uns das vorstellen? Ich weiß, dass bisher alles umgesetzt wurde, was die GBA geplant hat, doch das ist ein sehr großer Schritt, wenn Sie verstehen, was ich meine«, sagte Tom zögernd.

Eine kleine Pause trat ein und er konnte das leise Lachen von Mr. Fahru hören.

»Glauben Sie mir, wir haben schon ganze andere Dinge hinbekommen. Schwierigere und wesentlich komplexere Projekte als dieses hier. Vertrauen Sie mir.«

»In Ordnung.«

»Ich rufe Sie später noch einmal an, ich habe ein anderes Gespräch auf der Leitung. Wiederhören.«

Tom starrte sein Handy nachdenklich an. Er konnte die Ziellinie seines steinigen Weges zum Erfolg vor seinen Augen sehen. Eines hatte sich der kranke Thomas Midler geschworen: Sollte er sein Ziel erreichen, würde er das Gleiche machen, was jener Diktator getan hatte. Seinen Verbündeten in den Rücken fallen, ohne zu zögern. Den Plan B hatte er schon vor vielen Wochen akribisch ausgearbeitet und wusste, was zu tun war, um aus dem Spinnennetz der GBA zu entkommen. Ein massiver Präventivschlag unter dem Vorwand einer terroristischen Gefahr für das amerikanische Volk würde die GBA in die Schranken verweisen und dort hinschicken, wo sie hingehörten.

Gegen 13:45 Uhr stoppte der verdunkelte Wagen vor dem Sendegebäude des Radiosenders Channel drei. Pünktlich traf Tom im Studio ein.

Jeff gehörte zur lokalen Prominenz New Jerseys und ließ es sich nicht nehmen, das Interview mit dem Newcomer selbst zu führen. Der Moderator war das, was man als Lebenskünstler bezeichnete, und genau diese Leichtigkeit, die er Tag für Tag seinen Hörern vermittelte, machte ihn zu Everybody's Darling. Sein Capy der Gruppe Kiss sowie seine zerrissene Jeans

478

deuteten darauf hin, dass ihm die gesellschaftlichen Normen nicht besonders kümmerten.

»Hallo, Mr. Midler, schön, dass Sie sich die Zeit genommen haben«, begrüßte Jeff seinen Gast und streckte ihm die Hand entgegen. Tom musterte den Mann abfällig und ignorierte die ausgestreckte Hand.

»Was ist denn mit Ihnen passiert?«, fragte er zynisch und betrachtete angeekelt die zerrissene Jeans.

»Wieso?«

»Wurden Sie überfallen?«

»Haben Sie ein Problem mit meinem Outfit?«, fauchte Jeff und hielt dem durchdringenden Blick seines Gegenübers stand.

»Überleg dir gut, wie du mit mir sprichst, Bürschchen«, antwortete der Parteichef leise und just in diesem Augenblick erschien der zuständige Redaktionschef.

»Schön, Sie zu sehen, Mr. Midler.« Der Mann trug einen Anzug und eine Frisur, die dank einer ordentlichen Portion Haarspray fest an seiner Kopfhaut klebte.

»Guten Tag, Mr. …«

»Mein Name ist Beckstein. Peter Beckstein. Ich begrüße Sie recht herzlich in unseren Studios. Hatten Sie eine angenehme Anreise?«, fragte der Mann mittleren Alters höflich.

»Beckstein. Sind Sie Deutscher?«, fragte Tom und lächelte.

»Meine Vorfahren kommen aus Dortmund.«

»Sehr gut.«

»Gut, ähm … Dann fangen Sie mal an, Jeff.« Mit diesen Worten verließ er das Aufnahmestudio.

»Setzen Sie sich bitte hier hin, Mr. Midler«, sagte Jeff und platzierte sich auf der gegenüberliegenden Seite des Tisches. Ein großes Mikro hing zwischen den beiden. Jeff schlug seine Notizen auf.

»Mr. Midler, Sie haben die Partei Freies Amerika ins Leben gerufen. Was sind die wichtigsten Punkte Ihres Parteiprogramms? Und wie erklären Sie sich den raschen Zuwachs an Mitgliedern?«, fragte Jeff in einem neugierigen Tonfall, während seine Augen Gleichgültigkeit ausstrahlten. Einen kurzen Moment lang verharrte Toms Blick auf dem gelangweilten Gesichtsausdruck des Moderators, doch dann entschied er sich, auf die Fragen einzugehen.

»Das Ziel der Partei ist es unter anderem, Amerika wieder wirtschaftlich zu stärken. Kein Amerikaner soll Probleme haben, einen Job zu finden. Wir vertreten die Meinung der Mehrheit und deshalb haben wir auch einen so großen Erfolg «, antwortete Tom. In ihm stieg der Drang, diesem Kerl die Meinung zu sagen, doch erneut besann er sich auf seine Position und den Zweck seines Besuches.

»Aha, na ja. Waren Sie als Jugendlicher auch schon politisch engagiert?«

Die ironische Stimmlage von Jeff lachte Tom ins Gesicht und er musste sich zusammennehmen, um diesem Typ nicht an die Gurgel zu springen.

»Ich habe schon immer davon geträumt, den Menschen Amerikas ein besseres Land, eine bessere Wirtschaft und einen besseren Schutz vor Kriminellen zu schenken. Schauen Sie sich doch einmal um: Man kann nachts nicht mehr auf die Straße gehen, weil es nur so von zwielichtigen Gestalten wimmelt.«

»Was verstehen Sie unter zwielichtigen Gestalten?«

»Menschen, die nicht arbeiten wollen, sich auf Kosten der arbeitenden Bevölkerung ausruhen, Asylanten oder Freaks.« Bei seinem letzten Wort lächelte er Jeff missbilligend an.

»Freaks. Wen meinen Sie damit? Etwa die Jugendlichen?«

Tom begriff schnell, dass Jeff drauf und dran war, ihm aus den eigenen Worten einen Strick zu drehen.

»Nein. Die Jugend hat damit nichts zu tun. Doch viele von ihnen sind ohne Lehrstelle und lungern den ganzen Tag auf der Straße herum. Es sollten Beschäftigungsmaßnahmen für junge Menschen eingeführt werden.« Sein Puls raste, doch er nahm all seine Kraft zusammen, um nicht auf die Provokationen einzugehen.

Sie sahen sich einen Moment lang tief in die Augen. Jeff war es, der dem Blick nicht standhielt. Der direkte Hass und die offensichtliche Wut in Thomas Midlers Augen verstörten den Radiomoderator. Jeff bemerkte, wie schnell sich der Brustkorb seines Interviewpartners hob und senkte. Umso verwirrender war der Anblick des professionell lächelnden Gesichts.

»Stopp das Band kurz, Harry«, sagte Jeff schließlich und das rote Leuchtschild, auf dem »Aufnahme« zu lesen war, erlosch.

»Hören Sie zu, Mr. Midler. Ich mag Sie genauso wenig wie Sie mich. Aber es ist nun einmal Teil meines Jobs, Interviews mit Menschen zu führen. Egal, ob wir uns sympathisch sind oder nicht. Je besser wir kooperieren, umso schneller haben wir die ganze Sache hinter uns.« Jeffs Tonlage klang ruhig, aber es genügte Tom schon, diesen Freak nur anzusehen, um vor Aggressionen fast zu platzen.

»Sie können nur zu Gott beten, dass ich nicht einmal Präsident der Vereinigten Staaten werde. Dann haben solche Menschen wie Sie nichts mehr zu lachen, das verspreche ich Ihnen«, zischte Tom.

»Können wir weitermachen, Jeff?«, ertönte die blecherne Stimme aus dem Off.

Jeff drückte einen Knopf und beugte sich über das Mikro.

»Kleinen Moment noch, Harry. Wir haben es gleich«, antwortete er und ließ den Knopf wieder los, ohne seinen Blick von Toms Augen zu lassen.

»Mr. Midler, was soll das?« Der Moderator lehnte sich zurück und faltete die Hände. Tom beugte sich langsam über den Tisch, der ihn von Jeff trennte.

»Komm mir nicht blöd, du Radiofuzzi. Weißt du eigentlich, wer ich bin?«

»Ja. Sie sind Thomas Midler, Parteivorsitzender der FA und nicht sehr kooperativ«, zischten die Worte aus Jeffs Mund.

»Wie Sie wollen, ganz wie Sie wollen.«, murmelte Tom und stand auf.

»Was machen Sie?«, fragte Jeff verunsichert.

Tom ging um den Tisch herum und beugte sich soweit über Jeff, dass sein Mund nur noch wenige Zentimeter von seinem Ohr entfernt war.

»Ich werde jetzt dafür sorgen, dass du kleines Arschloch deinen Job verlierst«, flüsterte er deutlich in sein Ohr und verließ das Aufnahmestudio. Er betrat den Raum hinter der Glasscheibe. Jeff saß wie versteinert auf seinem Stuhl und betrachtete, wie sein Gast ein paar Worte mit Mr. Beckstein wechselte. Es folgte ein wildes und anscheinend entschuldigendes Gefuchtel von Peter Beckstein, doch der Parteivorsitzende winkte ab. Er zeigte noch einmal kurz auf Jeff und verließ den Raum.

Was nun geschah, sollte Jeff ein Leben lang nicht mehr vergessen.

Peter Beckstein schlug die Tür zum Aufnahmestudio auf und brüllte mit hochrotem Kopf:

»Haben Sie noch alle Tassen im Schrank, Jefferson?«

»Warum? Was ist denn passiert?«

»Das fragen Sie noch? Nehmen Sie Drogen oder so etwas?!«, schrie Beckstein völlig hysterisch.

»Was ist denn los zum Teufel?«, schrie jetzt auch Jeff und sprang aus dem Sessel. So aufgebracht hatte er Beckstein in all den Jahren, die er nun schon für Channel drei arbeitete, noch nie gesehen.

»Wie können Sie es wagen, Mr. Midler ein patriotisches Nazischwein zu nennen?!«, donnerte sein Chef. Jeff stand mit offenem Mund da und konnte nicht glauben, was er da hörte.

»Seien Sie bloß froh, dass Mr. Midler von einer Klage absieht, Sie Idiot!« Beckstein schrie so laut, dass es in Jeffs Ohren klingelte.

»Ich habe so etwas nicht gesagt!«, verteidigte sich der Moderator. Beckstein wandte sich von ihm ab und schritt durch den Aufnahmeraum.

»Raus«, sagte er schließlich, ohne Jeff anzusehen.

»Bitte?«

»Ich sagte, Sie sollen gehen. Sie sind gekündigt«, antwortete Beckstein leise und drehte sich zu Jeff um.

»Wem glauben Sie mehr?! Mir oder dem da?!«, brüllte Jeff und zeigte erbost mit dem Finger zur Tür.

»Dem da. Und jetzt raus hier«, sagte Peter Beckstein und hielt die Tür auf.

An diesem Tag verließ der Radiomoderator, dessen Einschaltquoten beträchtlich waren, den Sender für immer. Wäre Thomas Midler keine politische Persönlichkeit gewesen, dessen Karriere abzusehen war, und wäre Channel drei nicht von den Republikanern finanziert, so wäre dieses Gespräch anders verlaufen. Doch Beckstein wusste, dass man nie die Hand beißen durfte, die einen füttert. Tagtäglich erhielt er Bewerbungen von neuen, jüngeren Jeffs – für ihn spielte es keine Rolle, wessen Name auf dem Schild neben dem Mikrofon stand.

»Was sollte das Tom?«

Er hatte sein Hotelzimmer gerade betreten, als sein Handy klingelte.

»Was meinen Sie, Mr. Fahru?«

»Sie wissen genau, was ich meine. Weshalb hat das mit dem Interview nicht geklappt?«, fragte sein Vorgesetzter streng.

»Diese Figur hat mich verarscht. Entschuldigen Sie bitte, bei allem Respekt, aber irgendwo ist Schluss!«, verteidigte sich Tom wütend.

»Wann und wo Schluss ist, Tom, entscheiden nicht Sie! Haben Sie das verstanden?« Zum ersten Mal verwies Fahru ihn in die Schranken.

»In Ordnung, Mr. Fahru«, presste der Parteichef hervor.

»Passen Sie bitte das nächste Mal besser auf und um Gottes Willen üben Sie sich in Selbstbeherrschung. Das ist mir in der Vergangenheit schon einmal aufgefallen. Zügeln Sie sich bitte etwas. Ich melde mich wieder.« Tom warf das Handy in die Ecke.

»Du Kakerlake. Ich werde dich ausradieren«, zischte er leise und verdunkelte das Hotelzimmer. Wieder legte der Mann die DVD in den Player.

Seine Psyche war nicht nur angeschlagen, sondern krank. Er formte sich seine Realität. Wieder holte er die Mappe heraus, in der er in Feinarbeit alle Punkte aufführte, die Hitler falsch gemacht hatte und die es galt, zu vermeiden. Konzentriert blätterte er, bis er schließlich fand, wonach er gesucht hatte. Er strich Passagen durch und schrieb sie neu. Schließlich war er, Thomas Midler, nun am Zug und würde Amerika und der Welt zeigen, wie es sein konnte, einen besseren, einen perfekten Anführer zu besitzen. Toms Hass war seine gefährlichste Waffe. Gepaart mit seinem Größenwahn und der Unwissenheit Mohammed Fahrus war er nicht aufzuhalten. Er legte die Mappe beiseite und holte sein Tagebuch raus.

»Menschen sagen, Adolf Hitler, Josef Stalin oder auch Ruhollah Chomeini seien kranke Psychopathen gewesen. Das stimmt nicht, denn diese Menschen waren begnadete Genies. Anders ist nicht zu erklären, wie ein einziger Mensch, es schaffen kann, Menschenmassen, Millionen, ja, sogar ganze Nationen für sich zu begeistern.

Ich werde der Welt eine neue Perspektive schaffen. Amerika neue Türen öffnen und der restlichen Welt, egal ob Europa, Fernost, oder sonst wo, beweisen, dass es nur eine einzige Supermacht geben kann. Ein arisches Volk wird den Weltfrieden wahren und die Vermischung der Rassen vermeiden. Der Tag wird kommen, an dem ich der Welt beweisen werde, dass Hitlers Ansatz richtig und der einzig wahre Weg zur Kontrolle und Glückseligkeit des Planeten war. Der Tag wird kommen, an dem man mich preisen wird. «

Es schien, als würde sein kurzes Leben an ihm vorbeiziehen. In den letzten Tagen fielen Ricco immer mehr Dinge aus seiner Vergangenheit ein. Erlebnisse, die er dachte, schon längst vergessen zu haben, doch plötzlich hatte er sie wieder bildlich vor Augen. Fotos, Augenblicke, die ihn wehmütig, aber auch sehr glücklich stimmten.

An jenem 24. Januar des Jahres 2009 wachte Ricco mit einem Lächeln auf den Lippen auf. Er hatte gut geschlafen und war für seine Verhältnisse relativ früh ins Bett gegangen. Am Vorabend hatte er seine Mahlzeit bedächtig zu sich genommen, ohne dass Robert und Mandy etwas davon merkten. Schließlich wusste er, dass es sein letztes Abendessen mit seinen Eltern sein würde. Ricco sah aus dem Fenster und wurde von den warmen Sonnenstrahlen geblendet. Er drehte sich zur Seite und blickte nachdenklich auf seinen Nachttisch. Der Tag war gekommen: Heute würde sich herausstellen, ob er zu diesem Schritt fähig war oder nicht.

»Heute ist dein Tag, Ricco Feller. Zeig der Welt, was du auf dem Kasten hast, auch wenn sie es nicht verstehen werden«, murmelte er und richtete sich auf. Es war schon absurd. Heute Abend würde er Thomas Midler umbringen. Was sollte er der Polizei sagen? Seinen Eltern? Er blickte auf das Bild von Lydia und für den Bruchteil einer Sekunde zweifelte er an dem Plan. Doch nur für einen Bruchteil. Der Wolf im Schafspelz musste gestoppt werden und er, Ricco Feller, würde diesen Akt vollbringen.

Er duschte sich und fuhr schließlich nach unten, um zu frühstücken. Sein Vater war schon bei der Arbeit und Ricco hatte heute den letzten Tag seiner Krankmeldung erreicht.

»Hast du gut geschlafen, Ricco?«, fragte Mandy mit einem Lächeln auf den Lippen und stellte ihrem Sohn das Frühstücksei auf den Tisch.

»Ja. So gut habe ich schon lange nicht mehr geschlafen«, antwortete er.

»Was hast du heute vor?«

»Nichts. Ich warte eigentlich nur auf den Abend, Mum.«

»Ich habe gar nicht gewusst, dass du dich plötzlich so für Politik interessierst, Schatz? Na ja, du wirst langsam auch erwachsen.« Sie grinste und ging wieder in die Küche.

»Ja, da hast du wohl recht, Mum. Ich bin erwachsen geworden«, antwortete er so leise, dass Mandy es nicht hören konnte.

»Dein Dad kommt 17:30 Uhr nach Hause. Wir fahren so gegen 19:00 Uhr los, nur damit du weißt, wann du fertig sein musst. Allerdings gibt es da noch ein kleines Problem …«, rief Mandy aus der Küche und Ricco schreckte auf.

»Es platzt. Der Plan. Tom Midler. Atomwaffen. Krieg. Muss hin.« Ein Schlagwort nach dem anderen schoss dem Jungen wie Artilleriefeuer in den Kopf. Mit weit geöffneten Augen starrte er auf den Tisch.

»… wir können nicht ganz bis zum Ende bleiben. Dein Dad hat morgen einen wichtigen Termin um 7:30 Uhr. Du weißt doch, er braucht seinen Schlaf«, fuhr Mandy fort.

»Oh, das ist kein Problem, Mum. Mich interessieren auch nur die wirklich wichtigen Punkte der Versammlung.«

Nach dem Frühstück begab sich Ricco in sein Zimmer. Er setzte sich an seinen Schreibtisch und nahm ein Blatt Papier, das er extra gekauft hatte. Es war ein edles Briefpapier, das eine sehr glatte und glänzende Oberfläche hatte. Der Abschiedsbrief sollte schön und edel wirken. Ricco wusste, dass er heute Abend nicht sterben sollte, und dennoch war es ein Abschied. Ein Abschied von seinen Eltern, von der Medlesterstreet, von New Jersey, von seinem Leben. Sam hatte recht behalten, es gab keine andere Option. Er tötete, um Leben zu retten. Doch was würde danach kommen? Ein schwarzes Loch und ein tristes Leben hinter Gittern eines der unzähligen

Staatsgefängnisse Amerikas. Er würde ein Zeichen setzen und alle Menschen, die er liebte, vor dem sicheren Tod bewahren. Ricco krempelte seine Ärmel hoch, zog die Kappe des Folienstiftes ab und begann zu schreiben…ein letztes Mal an seinem Schreibtisch.

Es dauerte geschlagene zweieinhalb Stunden, bis Ricco den Stift beiseitelegte. Er hatte sich bemüht, so schön und sauber, wie er nur konnte, zu schreiben.

Liebe Mum, lieber Dad,

wenn Ihr diesen Brief lest, ist es vollbracht. Die Zeitungen, das Radio und das Fernsehen werden davon berichten. Ich liebe Euch mehr als mein eigenes Leben und ich habe das, was ich getan habe, für Euch getan. Wahrscheinlich begreift Ihr nicht, weshalb ich ein Menschenleben ausgelöscht habe, aber genau aus diesem Grund, schreibe ich Euch diese Zeilen.

Thomas Midler wäre der Auslöser des Dritten und wahrscheinlich letzten Weltkrieges geworden. Eine dystopische Vorstellung. Es wäre so gekommen. Ich bin bei klarem Bewusstsein und war mir in meinem ganzen Leben noch nie so klar darüber, was ich zu tun habe. Weint nicht um mich, trauert nicht und vor allen Dingen macht Euch bitte keine Vorwürfe. Ich habe mich erkundigt und schätze, dass ich entweder eine Haftstrafe von fünfundzwanzig Jahren bekommen werde oder die lebenslange Einlieferung in die geschlossene Psychiatrie. Aber es spielt keine Rolle, denn ich habe mein Ziel erreicht. Was ich tun musste, habe ich getan, um die Apokalypse zu verhindern, alles andere ist unwichtig. Die Menschen sind so blind und eingelullt in ihrem Leben und übersättigt von den Medien. Sie hätten es erst erkannt, wenn es zu spät ist, wie so oft in der Geschichte der Menschheit.

Ihr sollt begreifen, warum ich das tat. Ich weiß, dass es richtig war. Nächtelang lag ich wach und dachte über alles nach. Ich hatte das Gefühl, wahnsinnig zu werden, einfach loszuschreien und wegzulaufen ... doch laufen kann ich nicht mehr. Und selbst wenn ich gehen könnte, wohin sollte ich denn gehen? Thomas Midler wurde, ohne dass ich es wollte, zu meinem Problem. Und irgendwie bin ich froh darüber. Zum ersten Mal in meinem Leben habe ich mich einem Problem gestellt und es gelöst, auch wenn viele Menschen die Lösung nicht verstehen können. Ich hoffe, dass wenigstens Ihr mir Glauben schenkt.

Die Polizei und der Geheimdienst werden mich verhören und mich in die Mangel nehmen, davon bin ich überzeugt, doch ich werde schweigen. Schließlich handelt es sich hierbei um ein politisches Attentat und das Ausmaß dieses Mordes werde ich zu spüren bekommen.

Ich liebe Euch!

Lacht, lebt und genießt dieses Leben. Es ist so kostbar. Vergesst mich nicht.

Ricco

Er legte das Blatt Papier vor sich hin und rieb sich die Augen. Schließlich nahm er einen schwarzen Umschlag aus der Schublade und faltete den Brief sorgfältig zusammen. Er nahm einen zweiten Stift aus der Schublade und schrieb mit weißer Farbe auf das schwarze Kuvert:

Für Euch.

Gegen 17:15 Uhr wich die Sonne dem Mond und machte Platz für die bevorstehende Nacht. Zur etwa gleichen Zeit wachte Ricco aus seinem tiefen Schlaf auf. Er griff zum Handy.

»Stromer?«

»Hallo, Sam. Hier spricht Ricco. Du weißt, wer heute in der Stadt ist?«, fragte er.

»Ja. Warum?«

»Ich werde es tun, Sam. Ich tue es nicht deshalb, weil du mich darum gebeten hast, sondern weil du mich überzeugt hast. Vielleicht kommst du mich ja einmal besuchen, wenn sie dich entlassen haben. Vergiss mich nicht.« Und mit diesen Worten legte Ricco auf.

Er zog sich um und überprüfte nochmals den Rollstuhl. Die Waffe war geladen und entsichert. Unendliche Male hatte Ricco für diesen Moment in der Richard-Blum-Halle geübt. Hundertemale zog er die Waffe unter seinem Rollstuhl hervor und übte das Zielen in der Luft. Und er wurde von Mal zu Mal besser. Wie ein Revolverheld aus Westernfilmen längst vergangener Tage zog er blitzschnell seine Magnum. Der Trick würde klappen und bevor irgendjemand die Chance hatte, zu agieren, sollte Thomas Midler tot auf der Bühne liegen. Was dann folgen sollte, war Ricco egal. Gegen 18:15 Uhr verließ er sein Zimmer und blieb am Treppengeländer stehen. Normalerweise musste er in den Treppenlift umsteigen, um unten den anderen Rollstuhl zu nehmen, doch auch dafür, hatte er bereits vorgesorgt.

»Mum!«, schrie er und keine Minute später stand Mandy unten an der Treppe.

»Was ist denn, mein Schatz?«

»Darf ich heute mit diesem Rollstuhl rausgehen? Ich weiß, es macht Mühe in runterzutragen, aber ich …«

»Ach, Ricco. Das macht doch keine Umstände! Warte, ich hole deinen Vater.« Mit seinem Dackelblick konnte der Junge alles bei seiner Mutter erreichen und dieses Wissen nutzte ihm heute mehr als je zuvor. Unten angekommen aß die Familie Feller noch eine Kleinigkeit und macht sich anschließend auf den Weg zu Richard-Blum Halle. Das tagtägliche Gedränge des Berufsverkehrs war abgeklungen und sie kamen gut durch die Straßen von New Jersey. Ricco war überwältig von den Menschenmassen, die zur Halle drängten. Auch die nahegelegene Bushaltestelle war überfüllt. Immer wieder hielt ein Bus und ließ eine Menschentraube frei. Alles in allem war es furchteinflößend für Ricco. Er war zwar schon einmal in dieser Halle gewesen, doch damals handelte es sich lediglich um ein Rockkonzert der Gruppe Kiss. Heute sah er die Menschen, die dieser Veranstaltung beiwohnen wollten, mit anderen, mit ängstlichen Augen.

»Alles Schafe, die ihren Hirten suchen. Blinde Schafe.«, dachte er sich kopfschüttelnd und sah zwei junge Männer, die ein Transparent in die Halle transportierten, auf dem stand:

MIDLER FOR PRESIDENT.

Ricco befand sich im nächsten Augenblick an der Eingangstür der Richard- Blum-Halle und wurde mit einem Metalldetektor durchsucht. Wie er es sich gedacht hatte, schlug das Gerät an. Die Tatsache, dass es sich um einen Rollstuhl aus Metall handelte, überzeugte die Security. Ricco Feller wurde an diesem Abend mit einer scharfen Waffe in die Halle hineingelassen. Die Sicherheitskräfte bemerkten nicht, wie sich in kürzester Zeit Angstschweiß auf der Stirn des Jungen bildete.

Gegen 19:24 Uhr befand sich die Familie Feller in der ersten Reihe links außen.

»Guten Abend, meine Damen und Herren!«, tönte es aus den Lautsprechern und das Licht erlosch. Drei Spotlights suchten die Ränge der Halle ab. Die Veranstaltung wurde wie eine Rock-Show aufgezogen und das Publikum applaudierte und johlte.

Ricco zuckte zusammen und starrte gebannt auf die Bühne, ein Scheinwerferlicht traf ihn und ließ ihn zusammenfahren. Schließlich betrat ein Mann die Bühne.

»Ich möchte mich als Erstes für Ihr Erscheinen bedanken und habe vor ein paar Minuten die Info bekommen, dass die Boardwalk-Halle restlos belegt ist... Danke, Amerika!«

Die Lautstärke des Applauses zwang den Redner zu einer kurzen Pause.

»Ich bin sehr stolz darauf, Ihnen hier und heute einen Mann vorstellen zu dürfen, der mehr möchte, als nur Ihre Wählerstimme. Ein Mann, dessen größter Wunsch es ist, dass Sie Teil seines Traumes werden. Begrüßen Sie mit mir recht herzlich: THOMAS MIDLER!« Die letzten Worte wurden mit einem Echoeffekt verzerrt.

Ricco bekam eine Gänsehaut und die Menge rastete vor Begeisterung aus. Er musste unwillkürlich an die Schwarz-Weiß-Aufnahmen des Dritten Reiches denken, die er im Geschichtsunterricht gesehen hatte. Tausende streckten damals ihre Hand zum Gruß und der Führer musste noch nicht einmal mit seiner Rede beginnen.

Das Spotlight ging wieder an und suchte wild auf der Bühne umher. Eine perfekte Show mit dem richtigen Kick, die die Richard-Blum-Halle in kürzester Zeit in einen Hexenkessel verwandelte. Plötzlich stoppte der Strahler am Rand der Bühne und zum

Vorschein kam jener Mann, den Ricco auf unzähligen Fotos gesehen hatte.

»Hallo, Thomas, jetzt lernen wir uns kennen...«, flüsterte Ricco und fixierte den Mann wie ein hungriger Adler seine Beute.

Die Masse tobte und Thomas Midler winkte bescheiden ab. Er trat ans Mikro und grinste verlegen auf den Boden. Der perfekte erste Eindruck eines sympathischen jungen Mannes, der der Öffentlichkeit lediglich seinen Traum erzählen wollte, doch Ricco las in diesen Augen wie in einem offenen Buch.

»Ich wünsche Ihnen einen wunderschönen guten Abend, meine Damen und Herren. Danke, dass Sie gekommen sind«, begrüßte Tom das Publikum und erntete erneut einen grandiosen Beifall.

Das Licht auf der Bühne ging an und beleuchtete den großen Schriftzug der FA. Thomas Midler streckte seine Arme zu beiden Seiten aus und wieder applaudierte die Menge. »FREIES AMERIKA«, war in großen Lettern zu lesen und Ricco wurde schlecht.

»Wie Sie sicherlich aus den Medien erfahren haben, gilt die FA als volksnahe Partei. Deswegen möchte ich vorab eines klarstellen: Es handelt sich heute Abend nicht um einen Monolog, den ich vortragen möchte. Ich würde mir wünschen, dass Sie kritisch Ihre Fragen stellen, zu jeder Zeit. Ich werde zu jeder Frage Stellung beziehen und alles beantworten. Das verspreche ich Ihnen. Wir haben keine Geheimnisse.«

Und wieder setzte der Applaus ein. Eines musste Ricco Thomas Midler zugestehen. Er hatte die Gabe, die Massen zu begeistern. Der Junge dachte nach und schlagartig änderte er seinen Plan. Die Bühne war weiter weg, als er es anfangs gedacht hatte, und einen zielsicheren Schuss traute er sich aus dieser Distanz nicht zu. Er musste sofort handeln. Ricco atmete tief durch und hob schließlich seine Hand. Er fixierte die Augen des Thomas Midler und betete zu Gott, dass sie ihn sehen würden.

»Da haben wir ja die erste Frage«, tönte es aus den gigantischen Lautsprecherboxen.

Riccos Moment war gekommen und es lag nun an ihm, alles richtig zu machen. Wenn der Mann wirklich so volksnah war, wie er tat, würde er von der Bühne hinuntersteigen. Tom ging zum Bühnenrand, hielt sich schützend die Hand vors Gesicht, um etwas gegen das Scheinwerferlicht sehen zu können, und beugte sich nach vorn. Sein aufgesetztes Lächeln erzeugte in Ricco erneut ein Übelkeitsgefühl aus.

»Was ist Ihre Frage?«, fragte er euphorisch und drehte den Kopf neugierig zur Seite.

»Es wird funktionieren, es muss funktionieren.« Ricco blickte wieder zu seiner Hand und war sich sicher, dass dieser Schachzug den König aus der Reserve locken würde.

»Ich möchte Ihnen die Hand geben!«, rief Ricco laut zur Bühne und spürte, wie sein Puls immer schneller wurde.

Da Tom einem Jungen im Rollstuhl diesen einfachen Wunsch nicht verwehren konnte, kletterte er vorsichtig von der Bühne. Er ging zielstrebig auf Ricco Feller zu und streckte ihm schon auf halbem Weg grinsend die Hand entgegen.

»Du bist das Böse, Thomas Midler!«, schrien Riccos Gedanken und er bemerkte, wie zusammen mit Midler auch die Security näher rückte. Ihm blieb nur wenig Zeit.

»Hallo! Schön, dass du gekommen bist«, sagte Thomas Midler schließlich und drückte die Hand des Jungen. Der Händedruck war kalt und stark. Ricco blickte durchdringend in die Augen des Mannes und für einen kurzen Augenblick schien es, als würde Thomas zurückschrecken. Dieser Moment dauerte nur ein oder zwei Sekunden, doch es genügte Ricco.

»Ich wollte Ihnen nur dafür danken, dass Sie dem amerikanischen Volk Harmonie bescheren wollen. Die Welt braucht Frieden und keinen Hass, nicht wahr, Mr. Präsident?«, sagte Ricco so leise, dass nur Midler es hören konnte.

Tom wollte seinen Händedruck lösen, doch Ricco hielt seine Hand fest umschlossen. Ungläubig starrte er in die Augen des Jungen. Der Junge im Rollstuhl jagte ihm einen Schauer über den Rücken.

»Ja, ich wünsche noch einen schönen Abend«, sagte der Parteivorsitzende schließlich, winkte mit der anderen Hand dem tobenden Publikum und riss sich mit einem kurzen Ruck los.

Midler drehte sich wieder um in Richtung Bühne und wollte gerade losgehen, als geschah, was geschehen musste. Blitzschnell bückte sich Ricco, riss die Waffe vom Rollstuhl und zielte auf den Hinterkopf des Mannes. Den nächsten Moment sollte Ricco bis zum Ende seiner Tage nicht mehr vergessen. Aus weiter Ferne hörte Ricco plötzlich Schreie, doch er ließ sich nicht abhalten. Er konzentrierte sich auf den Hinterkopf und drückte ab... zwei- oder dreimal. Die Schreie wurden lauter und es schmerzte in seinen Ohren, doch er ließ den Blick nicht von Thomas Midler. Ricco sah, wie ein kleiner Teil der Schädeldecke des Kopfes nach außen klappte. Kurz darauf fiel er wie ein nasser Sack zu Boden. Tom Midler blieb regungslos liegen und Ricco sah, das Dutzende von Menschen auf ihn zuliefen. Er zielte nochmals auf den regungslosen Körper und schoss sein Magazin leer.

Es war vollbracht. Ricco hatte seine Aufgabe erfüllt und ließ die Waffe fallen. Er drehte seinen Kopf zu seiner Mutter, die neben ihm saß, und blickte in ihre fassungslosen Augen.

»Was hast du getan?«, stammelte sie und hielt sich die zitternde Hand vor den Mund.

»Ich habe es für euch alle getan.« Schnell gab er seiner Mutter den Brief, bevor die Sicherheitskräfte brutal seinen Kopf nach unten drückten.

Thomas Midler wurde am 24. Januar des Jahres 2009 in der Richard-Blum- Halle in New Jersey erschossen. Ein Dutzend Securitykräfte überwältigten den wehrlosen Ricco Feller und schoben ihn aus der Halle raus. Der Junge sah aus dem Augenwinkel, wie Heerscharen von Polizeikräften in die Halle einmarschierten und Sanitäter sich über den erschossenen Thomas Midler beugten. An mehr konnte sich Ricco nicht erinnern. Ihm wurde schwarz vor Augen.

Auch Mandy und Robert Feller wurden von der Halle direkt in einen Polizeibus gebracht. Die darauffolgende Nacht mussten sich die schockierten Eltern einem Bomberdement von Fragen stellen. Immer und immer wieder wurden sie getrennt voneinander befragt. Unermüdlich schienen die Beamten des FBI ihre Fragen zu wiederholen. Das Radio sowie das Fernsehen brachten Sondersendungen und gegen 3:15 Uhr brach Mandy Feller bewusstlos zusammen. Sie wurde in jenes Krankenhaus gebracht, in dem auch Samuel Stromer lag, dem St. Vincent-Hospital. Robert hingegen beteuerte immer wieder seine Unwissenheit und seine Unschuld.

»Was wissen Sie darüber, Mr. Feller?«, fragte der unrasierte Beamte und Robert kam sich vor, als würde er in einem schlechten Krimi mitwirken.

»Nichts«, wiederholte er seine Antwort zum tausendsten Mal.

»Wie Sie wollen. Bringt ihn weg«, sagte der Mann mit der Dienstmarke am Gürtel und zwei Beamte brachten Robert in eine Zelle.

Es dauerte eine geschlagene Woche, bis Robert Feller aus der Untersuchungshaft entlassen wurde. Der Grund dafür war schlicht und ergreifend der, dass Ricco ein umfassendes Geständnis abgelegt hatte und die Beamten in ihrem Protokoll vermerkten, dass Ricco Feller geständig und kooperativ in der Vernehmung war. Mandy erholte sich von dem Schock nicht und wurde nach einem weiteren Zusammenbruch in die Psychiatrie

übergeben. Die Familie Feller zerbrach, es wurde nie wieder so, wie es einmal war.

Er blickte starr und ausdruckslos aus dem Fenster hinaus. Sein Mund war halb offen und es machte den Eindruck, als wäre er nicht mehr bei Verstand. Die Tür wurde aufgeschlossen und ein Mann trat herein. Er berührte ihn an der Schulter und Ricco zuckte ängstlich zusammen.

»Hallo, Ricco. Ich heiße Steven Malter. Ich werde dich vor Gericht vertreten, wenn du das möchtest«, sagte der Mann mit der Nickelbrille und einem sympathischen Lächeln.

Ricco erwiderte das Lächeln schwach und schüttelte dann langsam den Kopf.

»Möchtest du das nicht?«, fragte Malter und setzte sich neben den Jungen.

»Nein, Sir. Was ich getan habe, habe ich getan. Es gibt keinen Grund, die Wahrheit zu verdrehen oder zu lügen«, antwortete Ricco leise.

»Es geht hier nicht um Lügen oder darum, irgendetwas zu verdrehen. Du brauchst einen Rechtsbeistand, denn die Mühlen der Justiz sind gnadenlos. Ich möchte dir nur helfen, damit dein Strafmaß nicht zu hoch ausfällt.«

»Das ist schon in Ordnung, Sir«, flüsterte Ricco. Er drehte seinen Rollstuhl von Malter weg und sah abwesend in den Himmel.

Steven Malter erhob sich wieder und ging zur Tür.

»Du kannst mich jederzeit anrufen, falls du es dir noch einmal überlegen solltest, Ricco. Ich will dir nichts Böses«, versicherte der Anwalt noch einmal und verließ den Raum.

»Ich wollte auch nie etwas Böses.«, murmelte Ricco und betrachtete einen Schwarm Vögel, der an seinem Fenster vorbeiflog.

Ein Vogel hatte den Schwarm verlassen und ließ sich direkt am Fenstersims nieder. Das possierliche Tierchen drehte seinen Kopf hektisch von der einen Seite zur nächsten und flog wieder davon. Dem querschnittsgelähmten Jungen lief eine Träne die Wange hinab und er wünschte sich, in seinem nächsten Leben ein Vogel zu sein. Ein Tier, das frei war und in einer Welt leben konnte, in der es weder gut noch böse gab.

Sam öffnete die Tür zu seinem Zimmer und blickte in das große, farbenfrohe Plakat, das quer über seinem Bett hing: »Willkommen zu Hause!«

Er grinste verlegen und bemerkte, dass alles noch genauso da stand wie vor dem Unfall. Er setzte sich auf sein Bett und lächelte glücklich.

»Na? Alles zu deiner Zufriedenheit, Sohnemann?«, fragte Mike und klopfte seinem Sohn auf die Schulter.

Sam nickte und plötzlich klingelte das Telefon. Verdutzt blickte er auf den Apparat und anschließend zu seinen Eltern.

»Geh ran«, rief seine Mum grinsend und Sam befolgte ihren Rat. Er hob ab und es dauerte einen kurzen Augenblick, bevor er etwas sagte:

»Hallo?«

»Schön, dass du wieder da bist!«, schrien mehrere Stimmen auf der anderen Seite der Leitung und Sam erkannte sofort seine Schulkameraden. Es wurde aufgelegt und der Junge musste lachen.

»Wer war es denn?«, fragte Mike unschuldig und zog die Augenbrauen übertrieben nach oben.

»Ich weiß nicht. Sie haben …« Weiter kam Sam nicht, da seine Tür aufgerissen wurde und seine Schulkameraden hineinstürmten.

Sie hatten vom Erdgeschoss aus angerufen und diese Überraschung war wohl mehr als gelungen. Sie stürmten auf Sam zu und feierten ihn euphorisch.

»Schön, dass du wieder da bist, Mann.«, plapperte Andy. Er trug die Haare genauso wild und zerzaust wie damals.

»Wir lassen euch dann mal alleine. Unten gibt's Essen und Trinken. Sam, wir kommen abends wieder nach Hause. Lasst das Haus bitte einigermaßen stehen.« Mike und Pam drehten sich um und verließen Sams Zimmer. Die Überraschung war gelungen und die Klasse der St. Stanley Highschool nutzte den Tag mit Sam. Neuigkeiten wurden ausgetauscht und die Jungs und Mädels lieferten sich heiße Duelle, an der Playstation.

Gegen Abend war der ganze Spuk vorbei und auch die letzten Gäste hatten nun das Haus der Stromers verlassen. Sam saß wieder auf seinem Bett und betrachtete das Chaos, das seine Freunde hinterlassen hatten. Er war nicht böse deswegen, im Gegenteil. Langsam fühlte Sam, wie das Leben wieder in ihn zurückkehrte. Lange Zeit war er von der Außenwelt abgeschnitten und nun kam dieses Feuer, diese unsagbare Lebensenergie in seinen Körper zurück. Doch eins hatte ihn den ganzen Nachmittag gewundert: Niemand erwähnte auch nur mit einer einzigen Silbe seinen besten Freund. Gegen Abend war er sich sicher, dass seine Schulfreunde aus Nachsicht dieses Thema gekonnt umgingen.

Sam saß mit seinen Eltern beim Abendessen. Die Familie war wieder vereint.

»Mum? Dad?«, unterbrach Sam seine Eltern.

»Was denn?«, fragte Pam und fuhr ihrem Sohn liebevoll durchs Haar.

»Wie geht es Ricco?«, fragte er schließlich und die glücklichen Augen seiner Mutter trübten sich.

»Ich räum kurz den Tisch ab«, flüsterte sie leise und verschwand mit einem Stapel Teller in der Küche.

Mike rieb sich das Gesicht und wusste, dass es keinen Ausweg gab. Er musste mit seinem Sohn reden.

»Ricco, nun … Sam, weißt du, es gibt Dinge im Leben, die kann man nicht verstehen. Situationen, die einfach geschehen, und du musst sie hinnehmen.«, begann sein Vater.

»Ricco hat etwas sehr Schlimmes getan und sitzt dafür im Gefängnis, in der Nähe von Detroit.«

»Ich weiß, was er getan hat, ich habe es gelesen«, antwortete Sam.

»Warum hat er sein Leben weggeworfen? Wofür?« Mike hatte Tränen in den Augen, denn auch ihm ging die ganze Sache nah.

»Hat man ihn schon verurteilt?«, fragte Sam und starrte auf die Wanduhr, die sich neben dem Esstisch befand.

»Ja. Sie haben ihn zu …«, Mike musste seinen Satz unterbrechen, um seine Tränen zu unterdrücken,

»… zu fünfundzwanzig Jahren ohne Bewährung verurteilt. Er hat einen Menschen erschossen. Er hat das ganze verfluchte Magazin leer geschossen.«

Mike konnte nicht mehr. Er verbarg sein Gesicht in den Händen und weinte bitterlich. Pam stand in der Küchentür und auch sie hielt sich die Hand vor den Mund, um ihr Schluchzen zu verbergen.

»Bitte legen Sie den Inhalt Ihrer Taschen auf dieses Tablett, Sir«, sagte der Beamte routiniert und blickte dem Gast in die Augen. Der Mann tat, was der Beamte von ihm verlangte, ohne zu zögern. Er wurde fast zwei Minuten lang mit einem Metalldetektor untersucht. Immer wieder ertönte ein Piepsignal. Die Türen wurden von Innen und Außen gleichzeitig geöffnet. Anders war es nicht möglich, weder in das Gebäude hinein noch hinaus zu gelangen.

Der in Grau gehaltene Vorraum vermittelte das Gefühl, man befände sich im Wartezimmer zur Hölle.

»Alles in Ordnung, Sir. Haben Sie etwas für den Häftling dabei?«

»Nein.«

»In Ordnung. Folgen Sie mir, Sir«, sagte der beleibte Beamte, der Sam an Bud Spencer erinnerte.

Die beiden durchquerten eine Unmenge von Gängen und Türen, die sich hinter ihnen wieder schlossen. Die letzte Tür öffnete sich und Sam betrat einen kleinen Raum, der mit einer dicken Glasscheibe durchtrennt war. Er setzte sich auf den Stuhl und starrte auf die gegenüberliegende Seite.

»Wenn Sie fertig sind, drücken Sie bitte den braunen Knopf hier.« Mit diesen Worten entfernte sich der Mann.

Sam hatte einen Funksender bekommen, auf dem sich nur ein Knopf befand. Er begutachtete das kleine, moderne Gerät, als er plötzlich wieder das elektronische Surren hörte. Auf der anderen Seite des Raumes war das kalte Neonlicht zu sehen, das aus den Zwischengängen in den Besucherraum strömte. Sam schloss die Augen und wenige Sekunden danach hörte er, wie sich die Tür wieder schloss. Er vernahm ein Knacken. Der Lautsprecher wurde eingeschaltet.

»Schön, dich zu sehen, Sam.« Riccos Stimme klang schwach und ohne Hoffnung.

Er öffnete die Augen und sah in die seines besten Freundes. Sam drückte den Sprechknopf, der sich an der Tischkante befand, und näherte sich dem kleinen Mikrofon.

»Wie geht es dir, Ricco?«, fragte er.

»Ich lebe, ich atme«, antwortete Ricco knapp und lächelte schwach.

»Ich weiß nicht, was ich sagen soll, ich finde einfach nicht die richtigen Worte …«, flüsterte Sam und ließ den Blick auf die Tischplatte sinken.

»Gibt es die überhaupt? Die richtigen Worte?«

»Du sitzt meinetwegen im Gefängnis, wegen meinen Visionen, weil du mir geglaubt hast…ich…«

»Sam?« Ricco unterbrach seinen Freund und presste seine Hand gegen das Glas.

Sam hob den Kopf und auch er drückte seine Hand gegen die Scheibe.

»Sieh mal, weißt du noch?« Mit der anderen Hand zeigte Ricco Sam ein Foto. Es zeigte die beiden Freunde beim Basketballspiel. Sam wusste es noch wie heute. Es war ein warmer Sommerabend im Juli gewesen und die beiden hatten bis tief in die Nacht Cola getrunken, Basketball gespielt und das Leben genossen. Sam sah die Gesichter zweier Teenager, die ihr Leben noch vor sich hatten. Ein Foto, das aus längst vergangenen Tagen war. Es trieb Sam Tränen in die Augen und er kämpfte dagegen an, nicht loszuweinen.

»Ich liebe dich, Mann«, flüsterte Ricco, ohne seine Hand vom Glas zu nehmen.

Sam konnte nicht mehr, er zog seine Hand von dem Panzerglas weg und verhüllte sein Gesicht in den Händen und begann zu weinen.

»Kannst du dich noch an das Bon-Jovi-Konzert vor drei Jahren erinnern?«

»Ja.«, wimmerte Sam und nickte.

»Ich denke sehr oft daran. Es gab da eine Zeile in einem Song ›Blood on Blood‹ hieß der Titel. Wir waren mit Lucy und Victoria da. Oh man, das war die beste Zeit meines Lebens.« Ricco betrachtete seine Hände und sah Sam in die Augen.

»Ich fühle mich so schuldig. Du hast eine Katastrophe verhindert und mit deiner Freiheit dafür bezahlt.«

Wieder unterbrach Ricco seinen Freund.

»Ich würde alles dafür geben, diesen Moment noch einmal erleben zu dürfen.« Ricco wischte sich eine Träne von der Wange. Seine Augen weinten, doch sein Mund lächelte sanft.

»Es ist okay, mein Freund. Es ist gut, wie es ist. Hätte ich mich anders entschieden, hätten wir diesen Moment nicht. Es ist okay, Bruder. «

Sam verließ das Justizgebäude nach der Besuchszeit und setzte sich in sein Auto. Er suchte nach im Handschuhfach nach einer CD. Nach einer halbstündigen Fahrt bog er auf den Highway ab. Er ließ alle Fenster seines alten Fords nach unten, den er sich letzte Woche gekauft hatte. Schließlich klickte er auf einen bestimmten Track des Albums und das Lied »Blood on Blood« der Band Bon Jovi erklang.

Die Heimfahrt war gut, denn es gab kaum Verkehr auf dem Weg nach New Jersey, und dennoch war es ein weiter Weg, bis er wieder zu Hause ankommen würde. Doch das war ihm egal. Im Hier und Jetzt zählte nichts mehr als der Moment. Immer wieder lächelte Sam und nickte bestätigend den Kopf.

»Es ist okay, Bruder«, wiederholte er leise die Worte seines Freundes und drehte das Radio lauter.

Through the years and miles between us, It's been a long and lonely ride

But if I got a call in the dead of the Night, I'd be right by your Side

Blood on blood

Sam blickte auf die unendliche Straße, die ihn nach Hause führen sollte, und drückte das Gaspedal durch. Das Leben war wie ein Highway.

Es gab Abfahrten und Umleitungen, Tempolimits und Baustellen, doch eins blieb immer gleich: Es ging immer weiter, egal, für welche Richtung man sich entschied.

Lightning Source UK Ltd.
Milton Keynes UK
UKHW010901150822
407319UK00003B/940